LILI ANDERSEN

Austern
SURPRISE

Die Inselköchin ermittelt

Ein Nordsee-Krimi

WILHELM HEYNE VERLAG
MÜNCHEN

Penguin Random House Verlagsgruppe FSC® N001967

Originalausgabe 03/2022
© 2022 by Lili Andersen
Copyright © 2022 dieser Ausgabe
by Wilhelm Heyne Verlag, München,
in der Penguin Random House Verlagsgruppe GmbH,
Neumarkter Str. 28, 81673 München
Redaktion: Sandra Lode
Printed in Germany
Umschlaggestaltung: Eisele Grafik-Design, München,
unter Verwendung von © Bigstock (maystra, paseven,
yntheticmesssiah, Ku), iStockphoto (vora, MicroStockHub),
Shutterstock.com (Sonsedska Yuliia)
Satz: Uhl + Massopust, Aalen
Druck und Bindung: GGP Media GmbH, Pößneck
ISBN: 978-3-453-42510-1

www.heyne.de

Prolog

3. Oktober 1620

Am Horizont hatten sich unheilvolle Wolkenungetüme zusammengeballt. Mit einem Schlag war es dunkel geworden,
und die Menschen hatten sich in ihre Häuser zurückgezogen. Mit Sorge beobachtete Ogge Brodersen den plötzlich
aufkommenden Wind, der die Wasseroberfläche in Bewegung versetzte, geradeso als lauerten in der Tiefe Ungeheuer,
die mit aller Macht nach oben drängten.

In zwei Monaten jährte sich zum fünften Mal die Große
Schadensflut, die im Jahre des Herrn 1615 vierzig Wehlen
in die Deiche geschlagen und dabei sogar den mitten durch
Strand verlaufenden Moordeich beschädigt hatte. Dreihundert Menschen hatten den Tod gefunden, drei Kirchen
waren zerstört worden, Dörfer verwüstet.

Der Wind zerrte an Ogges weitem Umhang aus Schafwolle. Er blies aus dem Westen, trieb das Wasser unerbittlich
in Richtung Land. Er würde dafür sorgen, das Wasser nach
der Flut trotz Ebbe nicht zurückweichen zu lassen. Und die
nächste Flut kam so sicher, wie auf die Nacht der Tag folgte,
das Wasser würde noch höher steigen. Sein Blick glitt über
die Deiche. Sie würden dem standhalten. Noch im letzten
Jahr waren sie erhöht und verstärkt worden.

Mit schweren Schritten trat Sönke Brodersen an Ogges Seite.

»Und?«

Der junge Mann schüttelte den Kopf.

»Wir sollten gelassen, aber wachsam bleiben. Die Sieltore werden sich öffnen, und das Wasser wird abfließen. Wenn der Sturm nicht noch zunimmt. Doch ich bin guter Hoffnung, dass der Allmächtige ein Einsehen mit uns hat.«

»Dein Wort in seinem Ohr. Möge er den Sturm zügeln.«

Sönke, Ogges jüngerer Bruder, hob den Kopf in Richtung Horizont, schnupperte wie ein Hund und sog die Luft tief in seine Lungen. »Ich rieche nichts. Und auf meine Nase kann man sich verlassen. Dieser Wind trägt keine Gefahr mit sich.«

Ogge lächelte und gab seinem Bruder einen Klaps auf den Hinterkopf. »Du und deine Nase. Wer ist denn gestern in die Schafscheiße gefallen? Wo war da deine Nase?«

Sönke grinste und knuffte Ogge in die Seite. Das war vielleicht ein peinlicher Auftritt gewesen. Das hatte man davon, wenn man den fliegenden Röcken zweier Mädchen hinterherschaute, statt auf den Weg zu achten. Er lenkte von diesem für ihn unerquicklichen Thema ab.

»Die alte Atje sitzt am Ofen und erzählt mal wieder vom Gottesfrevel der Rungholter. Macht sie ja immer, wenn eine Sturmflut droht. Man mag es kaum glauben, dass eine so stolze und reiche Stadt einfach so verschwindet, zunichtegemacht, weil es Gott so gefiel. Allerdings wüsste ich nicht, was zuletzt hier vorgefallen sein könnte, weswegen der Allmächtige uns zürnen könnte.«

Fragend sah er seinen älteren Bruder an. Der runzelte die Stirn und überlegte ernsthaft.

»Nein, nichts, was soll hier schon gewesen sein? Oder glaubst du, nur weil der versoffene Iven vor die Kirche gekotzt hat, droht uns nun der Untergang? Dann wären wir alle schon lange nicht mehr auf dieser Welt, so wie der säuft.«

Sönke brach in lautes Gelächter aus, das der immer wieder aufbrausende Wind davontrug. Er pfiff ihm um die Ohren, zerrte an seiner dunkelblauen Filzkappe, drohte, sie ihm vom Kopf zu reißen. Mit seiner rechten behaarten Pranke, die kaum zu dem schmächtigen Körper des Siebzehnjährigen passen wollte, hielt er sie fest.

»Sag, Ogge, glaubst du wirklich, die Geschichte mit der besoffenen Sau, den Oblaten im Bier und dem geschundenen Priester war der Grund für Rungholts Untergang? War es wirklich eine Strafe des Allmächtigen?«

Der Ältere zuckte mit den Achseln.

»Ich weiß es nicht, aber wir sind mit unseren Deichen gut gewappnet. Die Grote Mandränke war vor mehr als zweihundertfünfzig Jahren. Keiner von uns ist dabei gewesen, über Generationen ist darüber erzählt und gesponnen worden. Wer soll also noch wissen, was und warum sich das alles zugetragen hat.« Er räusperte sich. »Und ich möchte eigentlich nicht an einen zürnenden und rachsüchtigen Gott glauben.«

In diesem Moment drang Glockengeläut von der eine viertel Meile entfernten Kirchwarft an ihre Ohren.

»Pastor Heinsen läutet die Glocken. Hoffen wir, dass sie nicht von drohendem Unheil künden.«

Sönke hielt erneut seine Nase in den Wind. »Da kommt nichts auf uns zu.«

Auch Ogge ließ seinen Blick wieder über das Wasser

schweifen, seine Augen tasteten den dunkelgrauen Himmel ab. Mit einem Seufzer der Erleichterung drehte er sich zu seinem Bruder um.

»Auf deine Nase und meine Augen ist Verlass. Geh zurück und verkünde allen, es wird nicht so schlimm werden. Der Sturm wird zulegen und die zweite Flut wohl um einiges höher werden. Schick mir noch vier Männer raus, wir werden die beiden Hauptsiele und den Deich vor der äußersten Warft im Auge behalten. Mehr können wir nicht tun, und mehr ist auch nicht erforderlich. Wir haben im letzten Jahr gute Arbeit geleistet.«

Auch wenn nach Einschätzung von Ogge Brodersen keine Gefahr für das Land bestand, näherte sich die Flut wie ein gefräßiges Tier. Sönke konnte die Faszination seines Bruders und seiner Schwester Levke für das alles hier, und damit meinte er wirklich alles – das windumtoste Land, die Warften, die Deiche, den schlickigen Boden nach und vor den Fluten, die Schauer- und Spukgeschichten, den Geruch nach verbranntem Torf und nasser Schafwolle, den Geschmack von gesalzenem und geräuchertem Fisch – nicht verstehen. Ihn zog es in die Ferne. Er würde hier nicht alt werden wollen, um bei jedem auch nur leise auffrischenden Lüftchen, das sich eventuell zu einem Orkan erheben konnte, mit dem Schlimmsten zu rechnen. Sein Ziel war Antwerpen. Er hatte schon viel von der großen Stadt in Flandern gehört. Dort würde er irgendwann sein Glück machen. Doch von seinem großen Traum hatte er noch niemandem erzählt. Sein Vater würde ihm das Fell gerben, wenn er damit ankäme. Sein Platz sei an der Seite der Familie. Doch noch fehlten ihm die geeigneten Mittel, von hier wegzukommen. Aber irgendwann … Und wenn er in der großen Stadt genügend Reichtum angehäuft hätte, würde er zurückkehren und die, die ihm lieb und teuer waren, daran teilhaben lassen. So lautete sein Plan.

Träumend starrte Sönke in die Ferne. Was war das? Ein Pfahl, der aus dem Wasser ragte? Doch noch bevor er seinen Bruder darauf aufmerksam machen konnte, war das Stück Holz schon wieder verschwunden. Die Flut war hungrig.

»Es ist wirklich nicht zu glauben, dass sich hier vor unseren Augen einmal eine reiche Stadt befunden hat«, kam er wieder auf Rungholt zu sprechen und verzog sich dabei schaudernd in seinen Umhang. »Alles weg, Mensch und Tier, einfach alles. Was meinst du, ob die Holzreste, die Vater vor drei Wochen entdeckt hat, ein Teil der Kirche von Rungholt waren? Ich habe keine zwei Tage, nachdem Vater davon berichtet hat, nach ihnen Ausschau gehalten, doch da war schon wieder alles unter dem Sand und Schlick vergraben.«

Ogge zuckte mit den Achseln. »Von der Kirche, vielleicht von einem Haus, einem Stall, ich habe keine Ahnung. Wie dem auch sei, hier irgendwo muss Rungholt gelegen haben.« Er wies mit seiner rechten Hand zum Wasser und schwenkte seinen Arm dann in alle Richtungen. »Denk nur an die beiden Münzen, die Levke gefunden hat, oder an den Krug mit dem merkwürdigen Wellenmuster, der bei der alten Sinja steht. Und noch viel mehr hat man hier immer mal wieder gesehen oder gefunden. Allerdings, ob die Stadt wirklich so unermesslich reich war, wie die Alten erzählen, vermag ich nicht zu beurteilen. Vielleicht war sie einfach nur ein wichtiger Handelsplatz mit einem Hafen, in dem Schiffe aus fernen Ländern angelegt haben.« Ogge hatte bei den letzten

Worten nachdenklich und gespannt in die Ferne geschaut, als erwarte er, dort ein Schiff mit geblähten Segeln auftauchen zu sehen.

»So, nun wollen wir aber nicht mehr den alten Geschichten nachhängen, denken wir an das, was kommt. Zumindest werden wir in dieser Nacht kein Ungemach zu erleiden haben. Der Sturm wird sich ordentlich ins Zeug legen, aber er birgt keine Gefahr. Was stehst du also noch hier rum. Spute dich, es wird allen eine Erleichterung sein, das zu hören.«

Es kam, wie Ogge es vorausgesagt hatte. Der Sturm richtete keine Schäden an, die Deiche hielten, Mensch und Vieh hatten die Gefahr einmal mehr überstanden. Zwar hatte die erste Flut am Nachmittag am Deich geleckt, die zweite in den frühen Morgenstunden des Folgetages noch versucht, die Schutzwälle anzunagen. Doch dabei war es geblieben. Das nachfolgende Niedrigwasser gegen zehn Uhr am Vormittag ließ die Priele wie silberne ruhende Schlangen in der Herbstsonne glänzen.

Am Tag danach

Levke Brodersen wusste, nach solchen Unwettern zeigten sich die Schätze im Watt am ehesten. Die Kraft des Windes und die Wut des Wassers gaben so manchen Fund frei, ließen eine rote Scherbe oder eine von Seepocken vernarbte Schmuckschließe an die Oberfläche treten. Aber auch Knochen, von denen sie nicht hätte sagen können, ob sie von Menschen oder Tieren stammten, kamen zum Vorschein, oder bronzene bauchige Gefäße, die sich kaum von den

Grapen unterschieden, die auch bei ihnen im Haus über dem Feuer hingen.

Altes Gelumps, so ihr Vater, wenn sie mit ihren Schätzen nach Hause zurückkam. Lediglich die beiden Münzen waren ihm einen erstaunten Blick wert gewesen. Es war zwar kaum etwas darauf zu erkennen, und die kaum lesbaren Schriftzeichen sahen sehr merkwürdig aus, aber die Geldstücke schienen aus Silber zu sein. Levke hatte sie in der kleinen Holzkiste mit der geschnitzten Ähre auf dem Deckel sicher verwahrt. Der Wetzstein dagegen, den sie aus dem Schlick geborgen hatte, war sofort in des Vaters Werkstatt gelandet.

Der soll aus der untergegangenen Stadt sein? Den wird jemand erst vor Kurzem dort verloren haben, so seine Einschätzung.

Warum sich allerdings irgendein *Jemand* mit einem Wetzstein ins Watt begeben haben sollte, erschloss sich Levke nicht wirklich. Nur, Widerspruch duldete der Vater nicht.

Das Wetter war nun ruhig, genau richtig, um sich auf Schatzsuche zu begeben. Die junge Frau hatte ihre Schuhe auf dem Deich gelassen und marschierte barfuß ins Watt. Sie trug unter ihrem dunkelblauen Rock eine Hose von Sönke, ihr eigenes langes weites Kleidungsstück war ihr nur hinderlich. Levke stopfte den Rock nun in die Hose und band diese mit einem Viehstrick um ihren Bauch herum enger, damit sie nicht rutschte. Den Leinensack, in dem sie immer ihre Schätze transportierte, hatte sie an das Seil geknotet.

Levkes Füße versanken im Schlick. Er war kalt und quetschte sich angenehm kitzelnd zwischen ihren Zehen hindurch. Es war ein für den Oktober erstaunlich milder Tag, der so nach dem letzten Sturm nicht zu erwarten gewesen war. Sie strich sich die langen lockigen Haare aus dem

Gesicht und beschirmte ihre Augen mit beiden Händen. Wie ein Vogel auf der Jagd nach einem Wurm spähte sie über den glänzenden Sandboden. Ihr Blick wanderte Zoll um Zoll über die Fläche, unter der sie Rungholt vermutete. Das war kein Altweibergeschwätz, keine Spukgeschichte, wie ihr Vater gerne behauptete, diese Stadt hatte es wirklich gegeben. Davon war nicht nur Levke überzeugt. Warum sonst erzählten noch heute die Alten davon? Was waren schon zweihundertsechzig Jahre? Nichts! Ihre Großmutter hatte eine Tante gehabt, deren Cousine einen Vater hatte, dessen Großmutter wohl zusammen mit dem Pastor damals dem Untergang entkommen konnte. Oder so ähnlich.

Die Sonne sandte ihre Strahlen von einem Himmel, der so blau und unschuldig daherkam, dass ihm an einem solchen Tag niemand etwas Böses zutrauen würde. Levke blinzelte, als etwas Gleißendes sie für einen Moment blendete. Keine einhundert Schritte entfernt lockte ein glänzendes Etwas sie an. Doch augenblicklich machte Enttäuschung sich in ihr breit. Schon wieder eine Grape. Solche Dinger aus Bronze hatte sie schon drei an der Zahl gefunden. Die Enttäuschung wich bei näherer Betrachtung allerdings schnell einer gehörigen Portion Erregung. Diese Grape war größer als alle anderen und glänzte wie ein Aal in der Sonne. Das bauchige Gefäß steckte zu drei Vierteln im Sand. Irgendetwas musste darin verborgen sein, dessen Glitzern Levke angezogen hatte, als sich vorhin ein Sonnenstrahl in die Grape verirrt hatte.

Neugierig beugte sie sich über den Kessel, der ehedem von einer Schweinsblase abgeschlossen und abgedichtet worden war, die noch in Resten am Rand klebte. Vorsichtig steckte Levke ihre Hand hinein, wühlte damit ein wenig in den Tiefen der Grape herum, um dann einen brüchigen Lederbeutel hervorzuziehen. Sie öffnete ihn und riss die Augen auf. Der Beutel war voll mit Münzen, die den beiden ähnelten, die sie vor Wochen im Schlick gefunden hatte. Nur waren diese hier in einem wesentlich besseren Zustand. Sie zog die Lederschnur, die um den Beutel geschlungen war, zusammen und steckte ihn in ihren Leinensack.

Doch welches Glitzern hatte sie auf die Spur der Grape geführt? War es doch der bronzene bauchige Körper des Gefäßes selbst gewesen? Noch einmal tauchte ihre Rechte in den Kessel und beförderte einen kleinen Krug zutage, dessen einzelner Henkel abgebrochen war. Noch gut erkennbar zierten große Spiralen die feine Keramik.

Nun beugte sich Levke tief über die große Öffnung. Sie hielt den Atem an. Vorsichtig hob sie den Schatz ans Tageslicht. Der Becher schien ihr aus purem Gold zu sein. Er maß vielleicht drei Daumen in der Höhe und ebenso in der oberen Breite. Sie hob ihn gegen die Sonne. So etwas Wunderschönes hatte sie noch nie gesehen. Ehrfurchtsvoll strich Levke mit ihrem Zeigefinger über die kleinen Stiere, die zwischen den winzigen Bäumen sprangen – perfekt modelliert, lebensnah. Sie setzte den Becher vorsichtig zu dem Lederbeutel mit den Münzen in ihren Leinensack und zog einen zweiten Becher gleicher Machart aus dem Kessel. Die junge Frau errötete. Eine Reihe nackter Männer, die eine Waffe oder einen Dreschflegel, so genau konnte sie es nicht erkennen, über der Schulter trugen, zierten das kleine Gefäß mit den beiden winzigen Henkeln. Sie war auf einen echten Schatz gestoßen, und der Kessel barg noch mehr.

Als Levke sich auf den Heimweg machte, war der Leinensack gefüllt und schwer. Den Rest ihrer Beute trug sie in dem hochgeschürzten Rock mit sich, den sie aus der Hose gezogen hatte und nun mit beiden Händen zusammenraffte.

Jetzt musste sie zusehen, dass sie nach Hause kam. Der Wind hatte erneut aufgefrischt, und von Westen zogen mit großer Geschwindigkeit dunkle Wolken heran. Der Herbst hatte seine ganz eigenen Gesetze. Eben noch wärmte die Oktobersonne von einem blauen Himmel, den Flügelschlag eines Austernfischers später musste man sich sputen, wollte man trockenen Fußes das sichere Land hinter dem Deich erreichen.

Levke hoffte inständig, dass der abrupte Wetterwechsel kein Fingerzeig des Allmächtigen war, der ihr diesen Raub, diesen Frevel übel nahm. Aber das war doch schließlich nicht das erste Mal! So war es schon immer gewesen, so würde es auch immer sein. Was das Wasser freigab, das durfte man auch behalten. Nur hatte sie noch nie einen solchen Schatz geborgen. Es war also wirklich etwas dran an den Erzählungen der Alten. Diese Stadt und ihre Bewohner mussten wirklich reich gewesen sein, denn – dessen war sich Levke sicher – ihre Münzen, ihre Goldbecher und all das andere, was sie mit sich trug, waren Schätze aus dem untergegangenen Rungholt.

Kapitel 1

Pellworm im Oktober

Louise bremste ab und sprang vom Rad, als sie das gelbe Postfahrrad von Wimmer entdeckte, der eben wieder an die Straße trat. Er lächelte spitzbübisch.

»Moin, Louise. No, wi geiht? Du kannst dat wohl nich afftöb'n, dat de Post henn noh di kümmt.«

»Moin, Wimmer.« Louise tat so, als wäre sie überhaupt nicht interessiert am Inhalt der großen Tasche, die auf dem Transportvehikel festgeschnallt war, obwohl sie es tatsächlich nicht erwarten konnte. Sie fuhr sich durch die dichten kinnlangen Locken und richtete ihre Augen auf Wimmers hagere Gestalt. Ein Duell entspann sich, das sich seit mittlerweile fast acht Wochen zwischen ihnen abspielte. Hatte er nun was im Gepäck oder nicht? Machte Louises Herz heute einen Freudensprung oder nicht?

Die Locke, die sie eben hinters rechte Ohr gestrichen hatte, wurde von einer Windbö erwischt, und Louise versuchte, sie erneut zu bändigen. Ihre Haare, die sie sich in einem Anflug von Wut und Schmerz darüber, dass Thierry Worms sie nicht einfach nur verlassen hatte, sondern seine Ex-Frau ihr auch noch das Leben schwermachte, hatte abschneiden lassen, waren wieder gewachsen. Die Wochen des

Ankommens, Einlebens und Heimischwerdens auf der kleinen Insel hatten ausgereicht, die Wunde langsam, aber sicher verheilen zu lassen.

Louise Dumas, einst Spitzenköchin im Elsass – ein Gourmetstern für sie und das *La Grenouille d'Or* war zum Greifen nahe gewesen – fühlte sich hier mittlerweile pudelwohl. Von ihrer ersten Reaktion nach der Trennung und der Drohung von Madame Worms, sie würde in keiner Küche auf dieser Welt mehr eine Anstellung finden, nie mehr kochen zu wollen, war sie mittlerweile weit entfernt. Sie lebte jetzt seit mehr als vier Monaten auf Pellworm im Haus ihrer Patentante Fine Dierksen, kümmerte sich mit ihr um Haus und Hof, um Katzen und Hühner und um Sture, den Esel. An zwei bis drei Tagen in der Woche tobte sie darüber hinaus ihre kulinarische Kreativität in der Küche des *Warft Cafés* von Frauke Winkler aus.

Fine war die älteste und beste Freundin ihrer Mutter, und es war keine Frage gewesen, dass sie Louise nach ihrer unglücklichen Liaison mit Thierry Worms mit offenen Armen empfangen hatte. Mit ihren fünfundsechzig Jahren war sie eine attraktive und bodenständige Frau, die es in den letzten Monaten verstanden hatte, Louises Selbstvertrauen und Selbstbewusstsein wieder aufzubauen und zu festigen. Die wertvollen Kochmesser mit den eleganten und scharfen Damaszenerklingen, Louises wichtigste Utensilien in der Küche, kamen wieder regelmäßig zum Einsatz. Das alles hatte sie Fine zu verdanken. Daneben hatte der Zauber der Insel dazu beigetragen, dass sich Louise auf Pellworm einfach nur wohlfühlte und die Insel mittlerweile als ihr zweites Zuhause betrachtete.

Vor zwei Wochen hatte sie einige Besorgungen in Husum zu erledigen gehabt, und mit ihr waren zahlreiche Urlauber an Bord der Fähre gegangen. Sie hatten ihre Herbstferien auf Pellworm verbracht und reisten nun voll Bedauern wieder aufs Festland zurück. Ein Funke Stolz und eine ordentliche Portion Freude hatten Louise bei dem Gedanken durchströmt, in ein paar Stunden das Privileg genießen zu dürfen, wieder auf ihre Insel zurückzukehren.

Ja, sie war angekommen und genoss in diesem Moment das kleine Scharmützel mit Wimmer. Seine Augen hielten Louises Blick noch einen Augenblick stand, dann grinste er, öffnete die noch prall gefüllte Tasche, wühlte ein wenig darin herum und zog eine riesige Postkarte heraus. Frech hob er den Arm und wedelte ein wenig mit der bunten Ansichtskarte vor Louises Nase herum.

»Los, rück sie raus, sonst mach ich dich kalt.«

Louise reckte ihre knapp einhundertsechzig Zentimeter, kniff die Augen zusammen und zielte mit Daumen und Zeigefinger auf den Briefträger, der sie um mehr als einen Kopf überragte.

»Eine Karte aus Cartagena. Dein Freund kommt ganz schön rum.« Mit einem breiten Grinsen überreichte Wimmer Louise die bunte Ansichtskarte, auf der eine ockerfarbene Kirche in einen azurblauen Himmel aufragte. *San Pedro Claver – Cartagena los Indios Columbia* prangte in geschwungenen Lettern darunter.

»Die wie vielte ist das jetzt?«

»Wimmer, sei nicht so neugierig und wage es bloß nicht, meine Post auch noch zu lesen.«

Mit diesen Worten steckte Louise die Ansichtskarte in

ihre Jackentasche und radelte los, nicht ohne sich noch einmal umzudrehen und Wimmer zuzuwinken.

In der reetgedeckten Kate angekommen stürmte sie, ein Chanson von Georges Moustaki trällernd, in die Küche. Der Text war zwar traurig, aber das Lied kam Louise jedes Mal in den Sinn, wenn sie auf Wimmer traf. *Le jeune facteur est mort. Il n'avait que dix-sept ans. L'amour ne peut plus voyager, il a perdu son messager. Der junge Briefträger ist tot. Er war erst siebzehn Jahre alt. Die Liebe kann nicht mehr reisen, sie hat ihren Boten verloren.* Wimmer war allerdings mindestens fünfzig, hatte also das kritische Alter schon längst überschritten.

Es duftete nach Apfelgelee, das Fine soeben in bereitgestellte Gläser füllte. Ein Hauch von Zimt erreichte Louises Nase und nach intensivem Schnuppern die nelkenlastige Würze des selbst gemachten Apfellikörs, den Fine in der Woche zuvor aus Äpfeln aus dem eigenen Garten, einem hochprozentigen Korn, einer Zimtstange und Nelken hergestellt hatte. Einen kleinen Schuss davon hatte sie in eine Hälfte des Gelees getan, während die andere einen zarten Rosenduft verströmte.

Fine löffelte eine kleine Portion des heißen Gelees in ein Schälchen, wo es schnell abkühlen konnte. »Ich bin gespannt, wie es dir schmeckt. Kannst du schon mal die Brötchen in das Körbchen legen? Ich bin hier gleich fertig, dann können wir frühstücken.«

Louise ließ die krossen Brötchen aus der Papiertüte in ein rundes Weidekörbchen fallen. »Es riecht einfach himmlisch, dein Gelee. Ich glaube, ich mag das ohne Schuss noch lieber als das mit. Es duftet herrlich. Hast du etwa Rosenblätter mitgekocht?« Sie nahm einen kleinen Löffel und überzog die

Spitze mit einem Hauch des goldgelben Gelees. Sie kostete vorsichtig und schloss verzückt die Augen. »*Mon Dieu*, Fine, das ist eine Offenbarung. Du kennst mich, zu einer Mettwurst könnte ich niemals Nein sagen, ein Stück Inselkäse, für mich immer ein Hochgenuss, aber das hier … Zum Niederknien gut. Was ist das für eine Sorte, die in deinem Garten wächst? Ich habe sie wachsen und reifen sehen, aber nie einen Gedanken daran verschwendet, wie sie heißt. Ich vermute mal, eine ganz alte?«

Louise deckte den Tisch, während Fine das letzte Glas zuschraubte und es umgekehrt auf ein Küchentuch stellte.

»Ja, ganz recht. Es ist die *Agathe von Klanxbüll*. Nix Rosenblätter. Der Apfel selbst entwickelt dieses feinblumige Aroma.« Sie stellte den großen Kupfertopf in die steinerne Spüle und ließ warmes Wasser hineinlaufen.

»Was für ein origineller Name. Hast du eine Ahnung, wieso der Apfel so heißt?«

»Nicht nur das. Mein Großvater Tietje kannte sogar die Züchterin. Die Bäume in unserem Garten sind vor über achtzig Jahren gepflanzt worden. Die Setzlinge hat er noch von Agathe Petersen persönlich bekommen. Klanxbüll liegt so knapp sechzig Kilometer nördlich von Husum. Zwischen Klanxbüll und Rodenäs hat Agathe ein Gasthaus betrieben. Das muss jetzt auch schon hundert Jahre her sein. Opa Tietje hat erzählt, ein Reisender, der in Petersens Gasthaus abgestiegen war, habe einen Apfel gegessen. Der hat ihm so gut geschmeckt, dass Tante Agathe, wie sie von allen genannt wurde, nach dem Griebs fragte, also dem Kerngehäuse. Sie nahm die Kerne raus, setzte sie in einen Topf mit Erde und die Setzlinge dann in ihren Garten. Nach ein paar Jahren trugen die Bäumchen die ersten Früchte. Und wir haben Nachfahren von Agathes Apfelbäumen hier im Garten. Der Apfel ist eine echte Augenweide mit seinen roten Bäckchen, und sein Duft hält länger an als jedes Parfum.«

»Das ist eine wirkliche *conte de fée*, ein Märchen. Fehlt nur noch ein junger Prinz, der einen solchen Apfel seiner Angebeteten schenkt und sie damit für sich gewinnt. Vielleicht zähmt er einen Drachen, der ihr jedes Jahr zu einer bestimmten Zeit einen Apfel überbringt, sodass sie ihn, der in der Ferne weilt, nicht vergisst.«

Mittlerweile war der Kaffee aufgebrüht und verströmte sein kräftiges Aroma in Fines Küche. Louise liebte diesen Raum mit dem alten Holztisch, dessen Kerben von jahrzehntelanger Nutzung zeugten, dem Tellerschrank, in dem Fine ihr blau-weißes Geschirr mit dem Strohblumenmuster aufbewahrte, und die steinerne Spüle, in der das Wasser länger heiß blieb als in jedem Edelstahlbecken. Sie goss den Kaffee ein, während Fine zwei dunkle Walnussbrötchen aufschnitt.

»Du hast wirklich eine blühende Fantasie, mien Deern. Apropos Prinz in der Ferne. Kannst du deiner Postkartengirlande ein neues Stück hinzufügen? So fröhlich, wie du eben vor dich hin geträllert hast, bist du doch garantiert Wimmer, dem Drachenboten, über den Weg gelaufen, und der hatte was für dich dabei.«

Louise rollte gespielt genervt mit den Augen, während sie sich dick Butter auf eine Brötchenhälfte strich, die ein noch dickerer Klacks Apfelgelee krönte.

»Was seid ihr alle neugierig auf eurem Inselchen. Passiert denn hier sonst gar nichts, außer dass Mademoiselle Dumas ab und zu eine bunte Ansichtskarte bekommt?« Sie biss in ihr Brötchen. »Ist das *délicieuse*. Unglaublich lecker.« Dann grinste sie von einem Ohr zum anderen. »Aber es ist tatsächlich heute etwas angekommen. Warte.«

Louise leckte sich einen Finger ab, an dem etwas von der goldenen Köstlichkeit klebte, flitzte in die Diele und kam mit der Karte zurück, die sie freudestrahlend an ihre Brust drückte.

»Er macht ja nie viele Worte, aber das ist doch einfach nur süß. Egal wo er steckt, es kommt eine Ansichtskarte. Vor lauter Rosenapfelduft, der mich magisch in die Küche gezogen hat, hätte ich die Karte beinahe vergessen. Schön, nicht? Als wäre sie aus Gold, so leuchtet die Kirche in der Sonne.«

Fine setzte ihre Lesebrille auf und begutachtete das Motiv.

»Ja, wirklich sehr imposant. Cartagena, das ist in Kolumbien. Dann macht er sich sicher bald auf den Weg in die USA.«

»Er ist schon da. Ich habe zwar noch keine Karte, aber er hat eine WhatsApp geschickt. Er weiß, wie froh ich bin zu wissen, wenn er gut an seinem Ziel angelangt ist. Die Karte aus Cartagena wurde immerhin schon vor neun Tagen abgestempelt. Ich bin mal gespannt, ob die Post aus den USA schneller hier ankommt.« Louise lehnte die Ansichtskarte an die Zuckerdose und betrachtete sie mit einem verliebten Blick. »Vor Weihnachten ist er wieder auf der Insel. Dann sehen wir mal weiter.« Sie wurde ernst. »Es ist schon merkwürdig, welche Geschichte uns zusammengebracht hat. Wäre Klas Thams nicht gestorben, hätten wir uns wahrscheinlich nach Thams Geburtstag aus den Augen verloren.«

»Nun, wer weiß. Auf jeden Fall hat die Geschichte die Inselbewohner ganz schön aufgewühlt. So etwas hatten wir noch nie. Momme sagte neulich noch, so eine Aufregung hätte er sich vor seiner Pensionierung lieber erspart.«

Louise dachte mit großer Zuneigung an Momme Mommsen, den ehemaligen einzigen Inselpolizisten, der seit Ende Juni im Ruhestand war. Er hatte seiner Nachfolgerin noch angeboten, ihr in der ersten Zeit mit Rat und Tat zur Seite zu stehen, was diese allerdings mit einer guten Portion Blasiertheit quittierte, wie er Louise erzählt hatte. Nein, diese Frau sei überhaupt nicht sein Fall, hatte er gemeint. *Wer nicht will, der hat gewollt. Bevor ich mich über die ärgere, genieße ich doch lieber meine neue Freiheit, gehe zum Fischen oder schnitze aus Treibguthölzern meine fantastischen Wesen. Aber am liebsten sind mir die Ausflüge mit Fine*, hatte er Louise dann mit einem Augenzwinkern gestanden.

Nach dem genussreichen Frühstück räumten die beiden Frauen auf und spülten das Geschirr. Louise brachte den Hühnern und Sture die Apfelschalen und zog sich dann in ihr Zimmer zurück, um die Karte zu ihren Kollegen an die rote Schnur zu hängen, die sie von Wand zu Wand gespannt hatte. Neunundzwanzig waren es mittlerweile. Die erste Karte hatte Chris bereits in Bremerhaven aufgegeben, bevor er das Schiff nach Lima bestiegen hatte. Von Wäscheklammern gehalten erzählten die Karten von Chris' Reisen nach Lima und Porto Velho, nach Manaus, Boa Vista, Maturin, Caracas und Maracaibo. Allein vom *Parque Nacional Del Catatumbo* hatte er drei Postkarten gesandt, die atemberaubende Landschaften zeigten. Sein letztes Ziel auf dem südamerikanischen Kontinent war Cartagena gewesen, von wo aus er nach Florida geflogen war. Dort war Chris vor sechs Tagen gelandet, doch die Karte aus Miami stand noch aus.

Louise öffnete das Fenster. Eine kräftige Brise Seeluft bauschte die Vorhänge auf und ließ die Karten an der roten Schnur tanzen. Bald war die Feriensaison auf Pellworm zu Ende. Die Sommerwochen hatten Tausende von Touristen auf die Insel gespült, und die Herbstferien sorgten noch einmal für ordentlichen Schwung. Doch dann war es fast vorbei. Fine meinte, ab November könne man die Touristen mit der Lupe suchen. Weihnachten und der Jahreswechsel füllten dann noch einmal die Gästebetten, und dann war wirklich Schluss. Ab Januar war man bis zum nächsten Ansturm auf Pellworm unter sich.

Tief sog Louise die frische salzhaltige Luft ein und leckte sich über die Lippen, schmeckte noch immer die feine Süße des Apfelgelees. *Eine wunderbare Kombination,* ging es ihr durch den Kopf. »Ich weiß, es ist ein Sakrileg, aber ich muss es unbedingt ausprobieren«, murmelte sie und sprang die Treppe hinunter in die Küche.

»Fine?«

»Hmm?« Fine saß am Tisch und studierte das *Nordfriesland Tageblatt.*

»Kann ich das kleine Glas mit Gelee haben, ich hab da so eine Idee.«

»Natürlich, ich will deiner Kreativität ja nicht im Wege stehen. Was hast du denn vor?«

»Kannst du dich an den Feigensenf erinnern, den ich vor ein paar Wochen mitgebracht hatte? So was in der Art würde ich gerne mit dem Apfelgelee versuchen. Eigentlich ist es fast zu schade dafür, aber wenn das Ergebnis so wird, wie ich es mir wünsche … Und ich hab da noch eine Idee. Apfelsenf.« Sie biss sich auf die Lippen und überlegte. »Dazu brauche ich Senfkörner. Ich mach mich nachher auf den Weg in den Supermarkt. Also, wenn du noch was brauchst.«

Fine setzte ihre Brille ab. »Du machst mich neugierig. Ich schätze, du brauchst Senf für dein erstes Experiment?«

Louise nickte und öffnete den Kühlschrank. »Eigentlich nur von dem grobkörnigen und vom Gelee. Ich mische es zwei zu eins, *et voilà* haben wir einen wunderbaren Begleiter zum Käse. Ich bringe uns noch etwas Käse mit und ein paar Trauben, dazu ein schöner Roter. Was meinst du?«

»Das hört sich sehr gut an. Dann lass ich dich mal machen.« Fine setzte wieder ihre Brille auf und widmete sich den Todesanzeigen.

Während Louise mischte, rührte und abschmeckte, vernahm sie aus Fines Richtung ein *Ach* oder *Na so wat*.

»Fertig. Koste mal.« Sie hielt ihrer Patentante eine Tasse und einen kleinen Löffel hin. »Genau die richtige Mischung, hoffe ich, nicht zu süß und nicht zu scharf.«

Fine stippte den Löffel in den Apfelgeleesenf und probierte vorsichtig. »Ah, das ist absolut keine Vergeudung, das ist einfach nur lecker. Wo du immer nur die ganzen Ideen hernimmst, mien Deern.«

Zufrieden deckte Louise die Tasse ab und stellte sie in den Kühlschrank. »Entwickelt sich einfach so hier drin.« Sie tippte sich an die Stirn. »Dann mach ich mich mal auf den Weg. Hoffentlich haben die Senfsaat im Laden. Ich werde mich an einem echten Apfelsenf versuchen. Wenn dir noch was einfällt, was ich mitbringen soll, ruf einfach an.«

Ein starker Wind wehte Louise entgegen. Sie musste ordentlich auf dem Rad dagegen ankämpfen, doch sie fühlte sich frei und unbeschwert. Was gab es Schöneres, als sein Leben auf diesem wunderbaren Fleckchen Erde verbringen zu dürfen. Nur einmal schnürte es ihr die Brust zusammen, als sie das Holzkreuz am Straßenrand passierte. Ein frischer Strauß Herbstastern hing am rechten Kreuzarm. Hier war die junge Inken Jensen im Sommer vor drei Jahren zu Tode gekommen. Lange hatte man nicht gewusst, was damals wirklich geschehen war. Bis zum letzten Sommer, als die Wahrheit endlich ans Licht gekommen war.

Kapitel 2

Einige Monate zuvor

Artikel aus dem *Husumer Nachrichtenblatt* vom 13. Juli

Fast zum tödlichen Verhängnis geworden …

Fast zum tödlichen Verhängnis geworden ist einem jungen Mann aus Hannover seine leichtsinnige Erkundung des Wattenmeeres. Der Sechzehnjährige, der mit seinen Eltern die Ferien in Husum verbringt, war nach dem Besuch des Nissenhauses alleine zu einer Wattwanderung aufgebrochen, von der er beinahe nicht mehr zurückgekehrt wäre. Am Dienstagnachmittag schloss ihn die Flut ein. Der junge Mann konnte nur dank seines Handys mit GPS-Funktion und des Einsatzes des Amphi-Rangers aus dieser gefährlichen Situation gerettet werden. Das Amphibienfahrzeug mit Allradantrieb und Schiffsschraube erreichte den Watterkunder, als dieser bereits bis zur Hüfte im Wasser stand. Abenteuerlust sei sein Motiv gewesen, so der junge Mann, der sich von Fuhlehörn bei Ebbe auf den Weg zur Hallig Südfall gemacht hatte, in der Hoffnung auf Relikte des untergegangenen Rungholt zu stoßen.

An dieser Stelle sei noch einmal dringend darauf hingewiesen, dass es nur mit professioneller Führung erlaubt ist, eine Wattwanderung zur Hallig Südfall von Nordstrand aus zu unternehmen.

Bei sachkundiger Führung ist die Wattwanderung ein Erlebnis, bei dem man das alte Rungholt vor seinen Augen auferstehen sieht. Alleine, ohne Kenntnis der Gezeiten, jedoch ein manchmal tödliches Unterfangen, denn das Watt ist nicht immer ein fester Grund, den man sorglos betreten kann. Die Schlickablagerungen wandeln sich ständig, Schlickfelder, die auf keiner Karte zu finden sind, können zu einer tödlichen Falle werden. ADW

Artikel aus dem *Husumer Nachrichtenblatt* vom 21. Juli

Schatzsucher müssen sich an die Regeln halten

Wie das Husumer Nachrichtenblatt erfahren hat, sind vor einigen Tagen außergewöhnliche Artefakte im Watt vor der Hallig Südfall entdeckt worden. Ein sechzehnjähriger Urlauber aus Hannover, der nur knapp dem Tod im Wattenmeer entkommen ist (wir berichteten), hat eine Anzahl offenbar erstaunlicher Funde einer Mitarbeiterin des Nissenhauses übergeben, von wo sie an das Archäologische Landesamt Schleswig-Holstein weitergeleitet werden. Ein ausführlicher Bericht zu den entdeckten Gegenständen folgt. Leider konnte der junge Mann keine genauen Angaben mehr zum Fundort machen, was die Einschätzung und Einordnung der Funde nicht nur erschwert, sondern quasi unmöglich macht.

Daher an dieser Stelle ein Hinweis an alle »Schatzsucher« im Wattenmeer, in dem bis heute Überreste längst versunkener Siedlungen und Ortschaften erhalten sind. Im Wattboden schlummern die letzten Spuren von Warften, Deichen und Brunnen, die nicht selten an den Prielrändern wieder auftauchen. Dabei stoßen Wattwanderer auf Keramikscherben, Steine, Knochen, Metallgegenstände und mehr. Was ist zu tun, wenn der Wattwanderer über ein Zeugnis der Vergangenheit stolpert?

Zunächst ist die Fundmeldung oberstes Gebot. Alle archäologischen Funde unterliegen der Meldepflicht (Meldung an das Archäologische Landesamt Schleswig-Holstein). Stellt sich der Fund als bedeutend heraus, erfolgt eine wissenschaftliche Bearbeitung und eventuelle Konservierung. Doch der Finder sei beruhigt, oftmals dürfen die Funde nach der Begutachtung zurück zu ihrem Entdecker.

Wichtig sind das Lokalisieren des Fundes und die genaue Angabe der Fundumstände. Dazu sollten, wenn möglich, die genauen Koordinaten festgehalten werden, dies mittels Smartphone, Fotos oder auch durch Einzeichnen in eine mitgeführte Umgebungskarte. ADW

Artikel aus dem *Husumer Nachrichtenblatt* vom 2. August

Noch keine Stellungnahme zu den sensationellen (?) Funden aus dem Wattenmeer vor der Hallig Südfall Auch auf mehrfaches Nachfragen des Husumer Nachrichtenblattes hat das Archäologische Landesamt Schleswig-Holstein in Kiel noch keine Angaben über die Funde im Wattenmeer vor der Hallig Südfall gemacht. Wie berichtet, hat ein junger Mann aus Hannover, der sich leichtsinnig im Wattenmeer in Lebensgefahr gebracht hatte, eine Reihe von Funden gemacht, die er dem Nissenhaus in Husum übergeben hat, von wo sie in das Archäologische Landesamt Schleswig-Holstein in Kiel gelangt sein sollen. Wie aus Insiderkreisen bekannt geworden ist, soll es sich bei diesen Funden um eine kleine archäologische Sensation handeln.

Wir hoffen, bald Näheres berichten zu können. ADW

Kapitel 3

Husum im September

Als Adrian Willner die Ausgabe des *Husumer Nachrichtenblatts* vom 13. Juli in Händen gehalten hatte, hätte er den Artikel am liebsten ausgeschnitten, gerahmt und auf seinen Platz gestellt. Sein erster größerer Zeitungsbeitrag. Weitere waren gefolgt, seine journalistische Karriere hatte begonnen. Vorbei die Zeit, da er sein Talent in einer Schülerzeitschrift mit dem Aufreger über verschmutzte Toiletten vergeudet hatte oder sich über einen Professor mit rechtsradikalen Äußerungen in der Unizeitung echauffierte, nein, es war ein echter Artikel in einer echten Wochenzeitung. Doch leider hatte er noch immer keinen festen Arbeitsplatz, auch keinen Vertrag mit dem *Husumer Nachrichtenblatt*, noch nicht einmal einen Stuhl in den Redaktionsräumen. Adrian war frisch von der Journalistenschule nach Husum gekommen, die Welt stand ihm offen. Glaubte er, hoffte er. Doch es war alles nicht so einfach. Keine Zeitung stellte mehr fest ein, ein Volontariat war das Höchste der Gefühle, und sein erster Artikel über den Tag der offenen Tür der Freiwilligen Feuerwehr in Wittbek war erst gar nicht gedruckt worden.

Und dann hatte es der Zufall gewollt, dass Adrian, den Kopf voller trüber Gedanken und mörderischer Ideen –

wie schafft man sich eine überhebliche, seine Qualitäten nicht erkennende und, noch schlimmer, diese negierende Chefredakteurin vom Hals? – Zeuge der Rettungsaktion im Watt geworden war. Dieser kleine Idiot aus Hannover hätte fast sein Ende in der Flut gefunden. Er erinnerte sich daran, als wäre es gestern gewesen. Kreidebleich und bis über den Hintern durchnässt hatte man den Jungen aufs Festland gebracht. Adrian hatte seine Chance ergriffen und den jungen Tölpel nicht mehr aus den Augen gelassen, nachdem der zitternd vor Kälte und Schreck aus dem roten Amphibienfahrzeug herausgeklettert war.

Der Wattranger warf dem Jungen noch einen aufmunternden Blick zu und begann, einen Zettel mit seinem Bericht auszufüllen. Wann war er gerufen worden? Wie lange hatte der Einsatz gedauert? Wo genau hatte er den Wattwanderer in Not aufgegabelt? Wie war zu diesem Zeitpunkt dessen Zustand? Und ganz sicher folgte bald die Rechnung für die Rettungsaktion, mutmaßte Adrian. Und das mit Recht. Hoffentlich war sie saftig. Der Rettungswagen, der schon vor Ort bereitstand, war wieder abgerauscht, nachdem die Eltern den jungen Mann in ihre Arme geschlossen und der Vater sich als Notfallmediziner der Sophienklinik in Hannover entpuppt hatte, der sich um seinen Sprössling kümmern würde.

Adrian hatte sich mit besorgter Miene dazugesellt und dabei ganz den Eindruck erwecken können, er habe irgendetwas mit der Rettung des Jungen zu tun. *Also, ich war mir ja nicht sicher, aber als ich da draußen in der Ferne diesen Punkt entdeckte, habe ich mir gleich gedacht, dass da … Natürlich habe ich sofort reagiert.* Die Eltern schüttelten ihm die Hand, Adrian zog auch noch seine Jacke aus und legte sie demonstrativ zusätzlich über die Wolldecke, die zum Wärmen über den Schultern des unglücklichen Wattwanderers lag.

»Na, so was passiert aber nicht noch einmal«, meinte er dann großväterlich, obwohl er kaum fünf oder sechs Jahre älter als der junge Hannoveraner war. »Wohl auf Schatzsuche gewesen und die Zeit vergessen, hm?«, fügte er noch mit einem Blick auf die ausgebeulten Hosentaschen des jungen Mannes hinzu. Das würde ein netter Artikel werden, den die Kaiser ganz sicher abdruckte.

Dass noch viel mehr daraus werden konnte, war Adrian spätestens dann klar geworden, als der Junge bei dem Wort *Schatzsuche* rot anlief, in seine rechte Hosentasche griff und einen kleinen, auf der Oberfläche von Seepocken besetzten Gegenstand herauszog. Während die glücklichen Eltern sich ein letztes Mal bei ihrem Wattretter vor dem roten Amphibienfahrzeug bedankten, versuchte Adrian zu erkennen, was da in der Hand des Jungen lag.

»Zeig mal her«, forderte er ihn auf, doch Tom, wie der Knabe von seinen Eltern genannt worden war, machte keinerlei Anstalten, seinen Fund preiszugeben, schloss stattdessen die Hand zur Faust. Bleich stand er da, seine Unterlippe zitterte verdächtig.

»Hör mal, ich mach dir keine Schwierigkeiten, aber du weißt, dass du das da abgeben musst. Alles andere, was du gefunden hast, natürlich auch. Komm, lass mich wenigstens Mal einen Blick drauf werfen.«

Tom zögerte, dann öffnete er die Hand und drehte sein Fundstück um. Es war rund, etwas kleiner als ein Eineurostück, aber etwas dicker, schätzte Adrian. Vielleicht eine

Münze? Die zweite Seite war von den Seepocken verschont geblieben, sie war lediglich verdreckt. Mit seinem Fingernagel kratzte der Junge auf der Oberfläche herum, noch immer schweigsam und von einem sichtbar schlechten Gewissen geplagt.

»Tom, ab nach Hause. Du gehörst in die heiße Badewanne und dann ins Bett.«

Die Eltern rückten an, um ihren Sprössling in ihr Feriendomizil zu geleiten. Tom ließ seine Hand in der Hosentasche verschwinden. Doch Adrian hatte erkennen können, was den Gegenstand in dessen Hand zierte – ein Vogel mit kurzen abgespreizten Flügeln.

Toms Vater murmelte ein letztes Dankeschön und zog Adrians Jacke von den Schultern seines Sohnes. Dann verschwanden die drei in Richtung eines Audis mit Hannoveraner Kennzeichen. Der Mann redete auf Tom ein, worauf sich der Junge umdrehte und Adrian zurief, dass er natürlich seine Funde abgeben würde, das hätte er von Anfang an vorgehabt.

Den ersten Artikel zum Geschehen im Watt hatte Adrian allgemein gehalten, über die Rettung des Jungen geschrieben und eine Warnung hinzugefügt, wie gefährlich eine Wattwanderung ohne kundigen Führer sein könne. Für den zweiten Artikel hatte er Kontakt mit dem Nordfriesland Museum und dem Archäologischen Landesamt in Kiel aufgenommen, um zu erfahren, was das Watt preisgegeben hatte. Doch die Antworten waren sehr allgemein ausgefallen, man müsse die Funde zunächst sichten, blablabla. Überhaupt hatte Adrian den Eindruck gewonnen, man sei dort nicht sehr auskunftsfreudig.

Er hatte dann ein zweites Mal nachgehakt, wieder ohne Erfolg. Bei seinem dritten Anruf in Kiel wollte er dann wissen, wie lange denn eine solche Untersuchung dauerte. Er hätte sich das Telefonat sparen können. Nicht nur, dass nichts dabei herausgekommen war, es hatte auch noch einen Anschiss der dämlichen Kaiser zur Folge gehabt. Er solle endlich Ruhe geben. Ihr sei zu Ohren gekommen, er würde sich mit seiner ewigen Fragerei nach den Fundstücken aufführen wie ein investigativer Journalist. Was er denn erwarte, ob er glaube, in Kiel würden sie auf einem Schatz sitzen, den sie vor der Öffentlichkeit geheim halten wollten? Er solle die Leute ihre Arbeit machen lassen. Wenn es von den Archäologen etwas Interessantes zu berichten gäbe, würden sie das tun.

Investigativer Journalist. Das konnte die Kaiser haben. Wenn sie ihm schon unterstellte, sich wie ein Enthüllungsjournalist zu gebärden, dann würde er dem gerne nachkommen.

Adrian fertigte aus dem Gedächtnis eine Zeichnung der Münze an. Der Durchmesser ähnelte dem einer Eineuromünze, also etwa dreiundzwanzig Millimeter. Sie war nicht richtig rund wie die modernen, gestanzten Münzen, sondern eher unförmig in ihrem Umriss. Aus welchem Material sie war, hätte er nicht sagen können. Er brauchte genauere Informationen, die wahrscheinlich der Finder der Münze haben würde. Doch irgendwie hatten sich alle gegen ihn verschworen. Ein erstes Telefongespräch mit Hannover hatte ihn nicht weitergebracht. Tom ging bereits wieder zur Schule. Seine Mutter teilte Adrian mit, man habe am selben Tag noch alles im Nissenhaus abgegeben, von wo man die Funde nach Kiel weiterleiten wollte. Es wäre ja nichts Besonderes gewesen. Ein paar Scherben, etwas, was wie ein Klumpen zusammengeschmolzenes Metall ausgesehen hätte, vielleicht ein Gewicht, denn etwas Ähnliches habe man im Nissenhaus als Exponat gesehen, und so was wie eine Münze, wahrscheinlich ein ganz normales, verdrecktes Geldstück.

Von wegen normales, verdrecktes Geldstück. Adrian konnte sich das Gefühl nicht erklären, aber er war sich sicher, dass es etwas Besonderes war. Genauso ein Gespür und der Drang, dem nachzugehen, machten einen guten Journalisten aus. Wenn er nur genauer hingesehen hätte. Er versuchte, sich den Vogel in Erinnerung zu rufen, doch seine Recherche im Internet zu dem Motiv war ernüchternd. Zig Länder hatten Vögel auf ihren Münzen. Neuseeland prägte sie mit einem Kiwi, in Kroatien war es eine Nachtigall und auf der griechischen Euromünze eine Eule. Die kam dem Ganzen noch am nächsten. Also doch nichts Außergewöhnliches? Einfach ein Geldstück, das lange im Wasser gelegen hatte, von Pocken überzogen worden und Wind und Wetter ausgesetzt war, die an dem guten Stück genagt hatten?

Verdammt noch mal, nein! Das war kein normales Geldstück gewesen, es war dicker und die Ränder unregelmäßig. Wenn er sich doch nur genauer an den Vogel erinnern könnte. Die Flügel waren sehr klein gewesen. Ein Engel? Nein! Was hatte sonst noch Flügel? Und wenn er sich nun von dem Begriff *Vogel* verabschiedete? Vielleicht besser geflügeltes Wesen?

Adrian googelte die Begriffe *Münze, geflügeltes Wesen, alt, antik,* und die Suchmaschine spuckte ihm in Sekundenschnelle zahlreiche Beispiele aus. Sphingen, Greife, echte Vögel, alles war dabei, geprägt auf Gold und Silber, Kupfer oder Bronze. Aber auch Siegel und Siegelringe waren mit diesen Motiven geschmückt worden und das seit der frühesten Antike. Vielleicht war es ja gar keine Münze, sondern die Platte eines Rings, der der eigentliche Ring verloren gegangen war?

Adrian suchte weiter und stieß auf die Abbildung eines antiken Siegelrings, der dem, was er in Erinnerung hatte, schon recht nahekam. Abgedruckt war das Stück in einer Heidelberger Dissertation zum Thema *Goldene Siegelringe der ägäischen Bronzezeit*. Flugs lud er sich die wissenschaftliche Arbeit herunter und blätterte virtuell darin herum. Plötzlich blieb ihm der Atem weg. Das war tatsächlich kein Vogel gewesen, es war ein Greif, ein mythisches Wesen mit Flügeln. Und genau eine solche sagenhafte Gestalt hatte er als Abbildung in dieser Arbeit entdeckt. Er war sich jetzt zu hundert Prozent sicher. Das war nicht die Prägung auf einer Münze, sondern die Zierde eines Siegelrings. Das war ja ein Ding! Laut dem in der Doktorarbeit erläuterten Grabungsbefund gehörte der abgebildete Siegelring in die Zeit der minoischen Kultur. Mann, das war ja ewig her, mindestens dreitausend Jahre. Doch wie kam ein solches Stück ins nordfriesische Wattenmeer? Oder ging jetzt der journalistische Gaul mit ihm durch? Spann er sich da irgendetwas zusammen?

Und dann hatte Adrian keine Ruhe mehr gegeben, hatte die Mitarbeiter im Museum in Husum und im Archäologischen Landesamt mit Anrufen und Fragen bombardiert, doch vergebens, er bekam keine brauchbare Auskunft. Husum hatte die Funde weitergeleitet, ohne sie groß zu untersuchen, das war Aufgabe der Archäologen in Kiel. Man könne sich nicht erinnern, ob da eine Münze dabei gewesen sei. Sie erhielten täglich Fundstücke. Natürlich seien da auch Geldstücke dabei, Gulden, sogar römische Münzen, aber an ein Stück mit geprägtem Greifenwesen könne man sich beim besten Willen nicht erinnern. Und in Kiel lagen die vielen Wattfunde bis zur weiteren Begutachtung in irgendeinem Depot. Es war frustrierend.

Ein erneuter Anruf in Hannover brachte Adrian zunächst immer noch nicht weiter. Zwar hatte er dann Tom persönlich an der Strippe, doch der Junge hatte seinen Funden wohl nur oberflächliches Interesse geschenkt, er sagte, er sei froh gewesen, das ganze Zeug loszuwerden, ohne noch irgendeinen Anschiss zu erhalten. Adrian nahm ihm das zwar nicht ab, aber was hätte er machen sollen?

Noch einmal nahm er sich die Doktorarbeit aus Heidelberg vor und druckte sich die Umzeichnung des Siegelrings groß aus. Keine Frage, das Motiv erinnerte ihn an das auf Toms Fund. Dann hatte sein Festnetztelefon geklingelt, die Nummer war unterdrückt. Auch wenn es in den meisten Fällen bei solchen Anrufen Werbefuzzis waren, die ihm irgendetwas andrehen wollten, nahm Adrian sie meist entgegen. Man wusste ja nie.

Die etwas unsichere Stimme von Tom aus Hannover drang an sein Ohr. Er habe es total vergessen, er habe ja ein Foto von dem Steinding gemacht. Es sei ja total verdreckt gewesen. Er habe es etwas gereinigt und als Erinnerung mit seinem Handy fotografiert. Erst jetzt, als er mal den ganzen Müll löschen wollte, sei er wieder drübergestolpert. *Die ganze Aufregung, wissen Sie. Sorry.* Aber wenn Adrian das Foto haben wolle, er könne es ihm gerne schicken.

Nach einer Minute piepste Adrians Handy, das Foto war da. Zwar etwas unscharf, aber nach Adrians Einschätzung eindeutig. Das Motiv, das die Münze, den Ring, oder was auch immer es war, zierte, ähnelte stark dem auf dem Siegel-ring, einem Fund aus einem minoischen Grab Tausende von Kilometern vom Wattenmeer vor Husum entfernt.

Kapitel 4

Als Louise mit ihren Einkäufen zurückkehrte, war Fine unterwegs. Ihre Patentante hatte sie doch noch beauftragt, aus Thams Hofladen, den Louise fast jede Woche mit großer Begeisterung aufsuchte, Esskastanien mitzubringen. Sie gehörten zwar nicht zu den Früchten, die die Natur Pellworms hervorbrachte, aber zu einem herzhaften Herbstgericht passten sie allemal, und so wurden sie von Zeit zu Zeit auch hier angeboten. *Marrons.* Louise liebte Esskastanien. Was Fine wohl mit ihnen vorhatte? Vielleicht ein Maronenpüree? Es würde wunderbar zu der Hähnchenterrine passen, die sie vorbereiten wollte, denn ein frisch geschlachtetes Hähnchen hatte sie im Hofladen ebenso angelacht wie der herzhafte Speck von bester Bioqualität. Für ihre Terrine würde sie zwar nur das Brustfleisch brauchen, doch ein Hähnchen sollte nicht umsonst gestorben sein, alles würde sie verarbeiten. Von den Knochen bis zu den Innereien.

Louise breitete ihre Einkäufe auf dem Tisch aus, die Maronen, Hähnchen, Speck, dunkelrote Trauben, eine Tüte mit Senfkörnern – natürlich hatte es die im Supermarkt gegeben, schließlich legten die Leute ihre Gurken meist selbst ein, wie Louise sich sagte – , ein Päckchen mit Pistazien für die Terrine und ein großes Stück Inselkäse mit dem Namen *Rungholt* von der Insel-Käserei für das Abendbrot.

Mit einem großen Korb marschierte sie in den Garten. In den letzten Rosen tummelten sich summend und brummend nimmermüde Insekten, und die Hühner kamen aufgeregt angerannt, in der Hoffnung auf eine kleine Futterration zwischendurch. Louise warf ihnen eine Handvoll Körner ins Gehege, die sie mit ruckenden Köpfchen aufpickten. Sture beäugte das Ganze aufmerksam aus der Entfernung. Noch stand genügend Gras auf der Weide, da blieb er lieber, wo er war, nicht, dass man noch irgendwas von ihm wollte. Louise wanderte zwischen den Beeten entlang, erntete Mohrrüben, Zwiebeln, zwei Pastinaken und ein Büschel Petersilie.

Die beiden Rezepte, die sie sich für heute ausgedacht hatte, würden wahrscheinlich, wenn sie glückten und mundeten, wie sich Louise das vorstellte, Eingang in ihr geplantes Kochbuch finden. Noch hatte sie keinen Schimmer, wie sie das Projekt aufziehen wollte. Doch ihre Sammlung vergrößerte sich täglich um mindestens zwei Rezepte. Und das, was sie auftischte, war nicht einfach nur schmackhaft, wie ihr Fine oder die Landfrauen, die sie ab und an bekochte, und die Gäste des *Warft Cafés* versicherten, sie waren auch ein Augenschmaus, liebevoll angerichtet wie ein kleines Kunstwerk. Doch Kochbücher gab es wie Sand am Meer. Wahrscheinlich wurden die Verlage, die solche Bücher herausbrachten, geradezu mit Ideen überschüttet. Mediterrane Küche, vegane Küche, Herbstküche, Kochen mit dies, Kochen mit das. Louise hatte sich auf den gängigen Plattformen im Internet kundig gemacht, es gab eigentlich für jeden Geschmack und für jede persönliche Lebenseinstellung bereits das passende Kochbuch.

Ihre Besonderheit lag in der Kombination der raffinierten französischen Küche und der traditionellen Küche hier im Norden mit ihren wunderbaren Produkten von den Weiden und aus dem Wasser. Sie liebte die kleinen Nordseekrabben, die hier Porren hießen, wie sie schon am ersten Tag auf Pellworm gelernt hatte. Ob eine solche Kombination einen Verlag überzeugen würde? Leider hatte sie es bis heute versäumt, ihre Küchenkreationen einmal zu fotografieren. Wenn es auch nur für sie selbst gewesen wäre. Es war ja geradezu eine Mode geworden, Selbstgebackenes oder Gekochtes abzulichten und ins Netz zu stellen. Auch in den Restaurants wurde fleißig geknipst, bevor man sich mit Messer und Gabel über sein Essen hermachte. Das war natürlich im *La Grenouille d'Or* gar nicht gerne gesehen worden. Louise war es mittlerweile egal. Wenn die Leute ihre Speisen fotografieren wollten, warum nicht. Vielleicht würde sie auch Hubertus Schulte bitten, wenn dieser mal wieder auf Pellworm seinen Urlaub verbrachte, eines ihrer Gerichte abzulichten. Hubertus war ein begnadeter Hobbyfotograf. Sie hatte ihn im Sommer auf dem Fährschiff nach Pellworm kennengelernt, und er war ihr zu einem guten Freund geworden. Nicht nur das. Ihm verdankte sie ihr Leben.

Für einen Moment schweiften Louises Gedanken zurück in diese aufregende Zeit, als sie das Geburtstagsfest für Klas Thams, alias Jeff Storm, Schlagersänger, der die Massen begeisterte, ausgerichtet hatte. Nur gut, dass das ausgestanden war. Sie schüttelte die Erinnerung ab und begann mit der Zubereitung ihres Apfelsenfs.

Die kleinen gelben Senfkörner mahlte sie zu einem feinen Mehl. Ein Agathe-Apfel verlor seine rote Schale – die Hühner würden sich freuen –, dann schnitt Louise ihn in winzige

Würfel. Zusammen mit dem Senfmehl, Apfelsaft und Apfelessig wanderten sie in eine Pfanne, dazu gepresster Knoblauch, eine in winzige Stücke geschnittene Zwiebel, etwas Honig, Pfeffer und Salz. Zu guter Letzt gab Louise, nachdem die Masse knapp zehn Minuten geköchelt hatte, einen weiteren Esslöffel Senfkörner dazu. Der Biss auf die Körnchen würde zu einer ganz besonderen Geschmacksexplosion führen. Sie schmeckte ab. Sehr schön, der Senf genügte ihren Ansprüchen. Die Menge reichte für zwei kleine Gläser, die sie sofort verschloss. Noch ein paar Tage im Kühlschrank, dann wäre der Senf gut durchgezogen, und man konnte ihn servieren. Zu ihrer Hähnchenterrine ein perfekter Begleiter und ein harmonisches Geschmackserlebnis.

Flink wusch sie das Hähnchen, trennte das Brustfleisch heraus und legte es beiseite. Das Gemüse wurde geschält, die Schalen wanderten mit dem Rest des zerlegten Geflügels in einen großen Topf mit kaltem Wasser. Noch zwei Lorbeerblätter, drei Nelken, eine getrocknete Chilischote, ein Teelöffel Pfefferkörner und etwas Salz dazu, und in neunzig Minuten würde der Duft einer kräftigen Brühe die Küche erfüllen. Dann widmete sie sich der Leber, die sie mit einer kleinen gewürfelten Zwiebel in Butter anbriet, dazu ein Schuss Apfelschnaps, etwas Majoran, Salz und Pfeffer, das Ganze im Anschluss grob püriert – eine Gaumenfreude auf einer Scheibe dunklen Brotes. Sie füllte die kleine Portion in ein Schälchen, deckte es ab und stellte es in den Kühlschrank.

Für die Terrine musste sie mehr Zeit einplanen. Fein geschnittene Zwiebeln, eine geriebene Möhre und eine Pastinake dünstete sie mit einem Hauch Knoblauch in Öl an, fügte Thymian, Salz, Pfeffer und ihr geliebtes *Piment d'Espelette* hinzu. Nach zehn Minuten war das Gemüse bereit abzukühlen. Schon jetzt zog ein verführerischer Duft durch die Küche. Die Hähnchenbrust drehte Louise durch den Fleischwolf, mischte sie mit der Gemüsemischung und schmeckte die Farce noch einmal kräftig ab. Sie legte eine Kastenform großzügig mit dem in Streifen geschnittenen Speck aus und füllte etwas mehr als die Hälfte der Farce ein, darüber eine Handvoll gerösteter und gehackter Pistazien, eine letzte Schicht Hackfleischmischung und zum Schluss das Ganze mit Speck abgedeckt. Bei einhundertachtzig Grad im Backofen wäre die Terrine nach einer knappen Stunde fertig. Heiß oder kalt, ein wahrer Genuss. Louise lief jetzt schon das Wasser im Mund zusammen, wenn sie nur daran dachte. Bis dahin war Zeit genug aufzuräumen, zu spülen und schnell unter die Dusche zu springen, bevor sie zum vorletzten Mal in dieser Saison zum *Warft Café* radelte.

Die Zwiebelschalen und die winzigen Federn samt Kielen, die sie noch aus dem Hähnchen gezupft hatte, wanderten in den Biomüll. Um den Mülleimer nicht zu verschmutzen, packte Louise ihren Abfall immer in die Seite einer alten Zeitung, die Fine neben dem Mülleimer aufbewahrte, um sie gleich zur Hand zu haben. Mittlerweile hatte sich der Zeitungsstapel sehr verkleinert. Das Exemplar, das Louise herauszog, erschien ihr wie ein letzter Gruß des Sommers. Es war eine Zeitung von Anfang August, als die Temperaturen die sechsundzwanzig Grad überschritten hatten und das Leben auf der Insel noch von den Feriengästen geprägt gewesen war. Louise konnte sich tatsächlich noch an die Schlagzeile des *Husumer Nachrichtenblattes* erinnern, das einmal in der Woche kostenlos im Supermarkt auslag, die ihr jetzt wieder ins Auge sprang. Eine archäologische Sensation aus dem Wattenmeer war angekündigt worden. Merkwürdig, da war wohl nichts draus geworden, sonst hätte man doch in den folgenden Wochen und Monaten mal etwas davon gehört. Louise zuckte mit den Achseln und wickelte den Abfall in das Blatt.

Kapitel 5

Bremen drei Wochen zuvor

Christine Evers hatte in den letzten Wochen in ihrem Werkstattatelier für einen Privatsammler ein kleinformatiges Gemälde von Max Liebermann aufwendig restauriert. Ein solch
hochkarätiges Bild hatte noch nie den Weg zu der Gemälderestauratorin gefunden. Es war ihr eine Freude gewesen, den
Farben, die der Impressionist für seinen *Spaziergang am Meer*
verwendet hatte, zu ihrer alten Strahlkraft zu verhelfen. Jetzt
waren die winzigen Risse in der Leinwand ausgebessert, der
Schmutz und der gelbliche Firnis entfernt und die Fehlstel-
len mithilfe einer Lupenbrille Millimeter für Millimeter mit
der Farbe, die sie nach mehreren Versuchen perfekt zusam-
mengemischt hatte, retuschiert worden.

Wenn sie einem Gemälde wieder zu seiner ehemaligen
Schönheit verholfen hatte, es in neuem Glanz erstrahlte,
konnte sie sich nur mit Mühe davon trennen. Neben dem
Künstler, der sein Sujet auf die Leinwand, einen Holzunter-
grund oder einen Karton gebannt hatte, war sie die Person,
die das Kunstwerk, seine Entstehung, seine Aussage am besten kannte und verstand, es war ihr Baby.

Schon früh hatte Christine ihre Leidenschaft zur Malerei
entdeckt, ein Studium an der Kunsthochschule in Bremen

folgte fast zwangsläufig. Doch irgendwann hatte sie sich eingestehen müssen, dass es einfach nicht ausreichte, den puren Willen zum Malen und eine Portion Begabung mitzubringen. Es fehlte ganz einfach der Esprit. Sie konnte kopieren, Porträts anfertigen, eine achtbare Aktzeichnung, die handwerklich von bester Qualität war, zu Papier bringen. Doch das Genie fehlte. Als sie es sich eingestanden hatte, war sie in ein tiefes Loch gefallen. Doch ihr Vater tröstete sie, wusste weiter und überredete Christine zu einem Studium, das sie in den letzten Jahren zu einer anerkannten Gemälderestauratorin hatte heranreifen lassen.

Christine Evers arbeitete selbstständig in ihrer eigenen Werkstatt im Bremer Viertel. Nach den ersten beiden Jahren, in denen sie jeden Cent zweimal hatte umdrehen müssen, konnte sie sich mittlerweile über ein ordentliches Auskommen freuen, ihre Auftragsbücher waren gut gefüllt. Nebenbei ging sie selbst auf die Jagd nach Gemälden, die sie meist bei Haushaltsauflösungen ergatterte, im Anschluss restaurierte und für ein Mehrfaches des von ihr bezahlten Preises weiterverkaufte. Allerdings war bisher noch nie der »Kracher« dabei gewesen. Ein kleiner echter Campendonk, ein unerkannter Runge, das wäre es. Doch leider war ein solcher Hochkaräter bisher nie dabei gewesen. Und so war Christine wieder vor zwei Wochen in der Erwartung aufgebrochen, unter dem Gerümpel auf einem Dachboden – das Haus sollte demnächst abgerissen werden – nichts wirklich Aufregendes zu entdecken.

Das Gemälde stand mit drei weiteren Bildern im Wohnzimmer, in dem es nach abgestandener Luft und Verfall gerochen hatte. Die drei Werke, die sie zuerst begutachtet hatte, entpuppten sich auf den ersten Blick als Drucke, doch mit dem vierten hatte sie den Fund ihres Lebens gemacht. Hoffte sie.

Die Erben waren froh gewesen, den alten Plunder für fünfhundert Euro loszuwerden. Christine hatte das Bild sorgsam in weiches Papier und Noppenfolie verpackt und in ihrem Sprinter zur Werkstatt transportiert. Vor Aufregung konnte sie kaum einen klaren Gedanken fassen und wäre fast einem vorausfahrenden Wagen an der auf Rot schaltenden Ampel ins Heck gefahren. Was, wenn sie wirklich recht hatte? Ihr geschultes Auge hatte sie eigentlich noch nie getrogen. Wenn sie nicht alles täuschte, verbarg sich unter dem Schmutz der Jahrhunderte ein ganz besonderes Gemälde, ein wahrer Schatz, ein Stillleben der flämischen Malerin Clara Peeters.

Sie parkte im Hof, schloss die Tür zur Werkstatt auf und trug ihren Fund hinein. Das Herz schlug ihr bis zum Hals, als sie das Gemälde aus den dicken Verpackungsschichten befreite. Sie stellte das Bild auf eine Staffelei und ließ es zunächst mit Abstand auf sich wirken.

Die Künstlerin hatte eine klassische Stilllebenanordnung gewählt. Auf einem massiven Holztisch stand auf der rechten Seite eine große Kanne aus Silber mit einem Deckel und einem Ausguss in Form eines Vogelkopfes, links, als Pendant dazu, ein blauer Krug, aus dem ein Strauß weißer und rosafarbener Rosen und drei üppiger Narzissen quoll. Weiße Blütenblätter lagen vor dem Krug, ein Zeichen der Vergänglichkeit. Den Platz zwischen Kanne und Krug nahm eine weiße Platte aus feinstem Porzellan mit durchbrochenem Rand ein, der an zierlichste Häkelkunst erinnerte, auf der, eine neben der anderen, geöffnete Austern lagen. Noch erschienen sie grau und unscheinbar vor Christines Augen, aber nach einer Säuberung würden die Perlmuttschalen glänzen, das Austernfleisch darin würde aussehen, als könne man direkt nach der Muschel greifen, um sie auszuschlürfen. Hinter der Platte türmten sich geschlossene Austern, elegant neben- und übereinanderdrapiert, dahinter lagen zwei angeschnittene Käselaibe. Mittig vervollständigte ein Kristallpokal das Arrangement, in dem bald wieder der goldene Wein funkeln würde.

Christine, die seit einem Toast zum Frühstück noch nichts gegessen hatte, lief das Wasser im Mund zusammen, als sie sich den sonnengelben Käse und seinen orangegelben Bruder mit einer gebackenen Auster und einer Scheibe frischen Weißbrots auf einem Teller vorstellte. Eine köstliche Mahlzeit, die sämtliche Sinne anregte.

Es würde eine wahre Freude sein, das Gemälde zum Leben zu erwecken und es, hoffentlich, Clara Peeters zuschreiben zu können. Christine nahm sich einen Notizblock und ihre Kamera. Sie notierte *Öl auf Eichentafel, keine sichtbaren Schäden*, ergänzte um den weiteren Erhaltungszustand, fotografierte das Gemälde in seinen Details und im Gesamten. Dann nahm sie das Bild von der Staffelei, legte es auf ihren großen Arbeitstisch und löste das Gemälde vorsichtig aus dem schadhaften barocken Rahmen.

Der Zustand der Bildoberfläche war wirklich einwandfrei, keine Risse, nur wenige, ganz feine Krakelüren. Es schien viele Jahrzehnte, vielleicht sogar Jahrhunderte auf dem Dachboden verbracht zu haben. Weder UV-Strahlung noch Feuchtigkeit hatten Schäden angerichtet. Doch die Verschmutzung war enorm. Christine mutmaßte, dass das Bild lange Zeit in einem Raum, in dem geraucht und mit Kohle geheizt worden war, gehangen hatte. Dazu hatte sich ein üppiger gelblicher Fettfilm darauf abgelagert und sich mit dem Staub der Jahrhunderte eng verwoben.

Mit der Präzision einer Chirurgin bei der Operation am offenen Herzen begann Christine mit einem Wattestäbchen, das mit einem speziellen Lösungsmittel getränkt war, Zentimeter um Zentimeter das Bild von der Schmutz- und Firnisschicht zu befreien. Sie fing mit der silbernen Kanne an, denn hier würde sie hoffentlich das Geheimnis um die Urheberschaft des Gemäldes lüften können. Sie hielt den Atem an, als sich das gleißende Schimmern des Silbers fast schmerzhaft in ihre Augen bohrte. Ganz langsam schälte sich aus dieser funkelnden Oberfläche ein Gesicht heraus, das Antlitz von Clara Peeters, das sich in der bauchigen Wölbung der Kanne spiegelte. Christine stieß ein lautes Triumphgeheul aus. Sie hatte es doch gewusst! Clara Peeters hatte sich in ihren Bildern gerne auf diese Art und Weise verewigt.

Sie setzte ihre Lupenbrille auf und betrachtete das winzige Selbstporträt der Künstlerin, für Christine ein Indiz, dass Clara sich ihres Könnens bewusst war und auf diese Weise ihren Stolz auf die eigenen Fähigkeiten und ihr Schaffen dokumentierte, auch wenn sie niemals die Berühmtheit ihrer männlichen Zeitgenossen erlangt hatte.

Clara Peeters war zur gleichen Zeit wie Peter Paul Rubens, Jan Brueghel der Ältere und Frans Snyders in der flämischen Stadt Antwerpen tätig gewesen, ohne deren Popularität je zu erreichen. Genau aus diesem Grund und wegen ihrer exquisiten Früchte- und Essensstillleben lag sie Christine besonders am Herzen. Viel war nicht über die Künstlerin bekannt, die wahrscheinlich schon in sehr jungen Jahren eine fundierte Ausbildung genossen haben musste. Geboren um 1594, gestorben um 1657, datierten die ganz sicher von ihrer Hand stammenden Gemälde zwischen 1607 und 1621.

Christine entdeckte zwar auf Anhieb keine Signatur, aber das Selbstporträt in der Kanne ließ keinen Zweifel an der Urheberschaft Clara Peeters' zu. Auf einigen ihrer Bilder hatte sie ihre Signatur selbstbewusst in ein silbernes Messer »graviert«, doch auf diesem Bild gab es kein Messer. Doch was war mit einer Datierung? Millimeter für Millimeter scannte die Restauratorin mit den Augen das Gemälde ab. Hier, an dieser Stelle musste sich das Jahr, in dem das Stillleben geschaffen worden war, verbergen. Vorsichtig setzte Christine den Wattestab mit dem Lösungsmittel ein. Sie stieß einen lauten Pfiff aus. 1633, zwölf Jahre nach dem letzten, Clara sicher zuzuschreibenden Gemälde, war es entstanden. Es hatte Christine schon immer gewundert, warum die Künstlerin nach 1621 nichts mehr gemalt haben sollte.

Sie reckte sich und begann, wie ein eingesperrtes Raubtier durch ihr Werkstattatelier zu tigern. Das Bild war eine Sensation. Ein unbekanntes Spätwerk von Clara Peeters, ein Gemälde von höchster Qualität, allein der Einsatz des kostbaren Lapislazuli-Blau zeugte davon, von welchem Wert das Bild auch für den Auftraggeber gewesen sein musste, der ganz sicher ein erkleckliches Sümmchen dafür bezahlt hatte. Feinstes Porzellan, Silber und Kristall waren ästhetisch in Szene gesetzt. Wahrscheinlich war der Auftraggeber ein betuchter Kaufmann oder Händler gewesen, wie es sie unter den Einwohnern von Antwerpen im 17. Jahrhundert so zahlreich gegeben hatte.

Christine umrundete ihren Arbeitstisch, warf von allen Seiten einen Blick auf ihren Fund, ging in die Hocke, um die Oberflächenbeschaffenheit zu begutachten. Dachte man sich die Dreckschicht weg, so gab es kaum Höhungen, die Eichentafel war flach wie das sprichwörtliche Brett. Plötzlich stutzte sie. Dort, wo der orangegelbe Käselaib lag, war die Farbschicht eindeutig eine Nuance höher, ebenso bei einem halben Dutzend Austern davor. Nun zog der farbenfrohe Käse ihre Augen magisch an. Warum fügten er und die Muscheln sich nicht in die Oberflächenstruktur ein? Nachdenklich biss sie sich auf die Lippen.

Irgendwo unter den zahlreichen Katalogen und Bildbänden in ihrem Atelier musste doch der Ausstellungskatalog aus dem Prado in Madrid liegen. Die Abbildungen darin waren vorzüglich. Christine fand ihn zwischen einem Ausstellungskatalog zu Liebermann in der Kunsthalle Bremen und einem prächtigen Bildband über die frühe Tafelkunst Italiens. Eifrig begann sie zu blättern.

Clara hatte dem Käse einige ihrer Stillleben gewidmet. In der Kombination mit einem Hummer oder einer Artischocke lagen sie aufeinandergestapelt, halbe oder viertel Laibe, deren Textur trocken und rissig erschien, wie man es bei einem älteren Käse erwartete. Christine hatte keine Ahnung von Käsesorten, die hellen Laibe sahen für sie aus wie Gouda, die dunklen waren wohl Käse eines besonders fortgeschrittenen Reifegrades. Sie verglich die Fotos im Katalog mit ihrem Gemälde. Der orangefarbene Käse passte definitiv nicht ins Bild. Er sah aus wie ein Cheddar. Sie blätterte den Katalog durch, kein einziger Käse hatte diese Farbe.

Gespannt widmete sie sich dann verschiedenen Einträgen im Internet zum Thema Stillleben des Barock und Käse. Doch nie tauchte ein dermaßen farbenfrohes Exemplar auf. Bei keinem einzigen Künstler. Was hatte es nur mit diesem Käse auf sich? Sie gab den Begriff *Cheddar* ein. Es gab ihn ganz sicher seit 1655, gut, warum nicht auch ein paar Jahre früher. Doch der Urcheddar war einfach nur gelb, gelb wie ein Gouda. Erst vor zweihundert Jahren begann man ihn einzufärben, zunächst mit Safran, dann mit Annatto. Und heute lag er orangegelb in den Fromagerien. Doch wenn ein Käse erst ab etwa 1800 eine solche Farbe erhalten hatte, wie konnte es dann sein, dass auf Claras Gemälde von 1633 ein orangefarbener Käse präsentiert wurde?

Christine entschloss sich, zunächst den Käse von der Schmutzschicht und dem Firnis zu befreien, um im nächsten Schritt ganz vorsichtig mit einem feinen Skalpell die oberste Farbschicht abzutragen. Eigentlich hatte sie zunächst das gesamte Bild reinigen wollen, aber sie musste dem Geheimnis auf die Spur kommen.

Nach Stunden brannten ihre Augen, das Skalpell zitterte in ihrer Hand. Ihr Mund war ausgedörrt. Sie hatte während ihrer Arbeit weder gegessen noch getrunken, wahrscheinlich sogar das Atmen vergessen.

Christine stand auf, schenkte sich ein Glas Wasser ein und trank es auf einen Zug leer. Sie biss sich auf die Lippen und schüttelte den Kopf. Ganz erstaunlich, was hier zutage getreten war. Nicht einfach nur erstaunlich, es war merkwürdig.

Andererseits wurde allmählich klar, was mit dem Stillleben geschehen war.

Nach einer weiteren Stunde legte sie das Skalpell sprachlos zur Seite, der Rest des Käses und eine der Austern waren nun fast vollkommen entfernt. Darunter kam ein Gegenstand zum Vorschein, den Christine so nie und nimmer auf dem Gemälde erwartet hätte. Allerdings erklärte sich jetzt die Überpinselung durch einen orangefarbenen Käselaib. Sie würde die abgehobenen Farbpigmente prüfen, doch schon jetzt war sie sich sicher, dass die Übermalung zwischen 1800 und 1850 gemacht worden war. Nicht nur das Gemälde war eine Sensation, auch der übermalte Bildgegenstand.

Nicht selten, nein in der Regel, hatten die Auftraggeber die Sujets des bestellten Gemäldes bestimmt, und dem Auftraggeber für dieses Bild schien dieser Gegenstand sehr wichtig gewesen zu sein. Ebenso wie der spätere Besitzer des Kunstwerks ganz offenbar ein Problem mit der Darstellung, die diesen Gegenstand zierte, gehabt haben musste. Ein so großes Problem, dass er ihn durch einen großen Käse und ein halbes Dutzend Austern hatte verdecken lassen.

Kapitel 6

Husum im Oktober

Adrian Willner hatte seinen zweiwöchigen Urlaub im September in der Bretagne mit zwei Kumpeln verbracht. Hätte er geahnt, dass seine Recherchen zu dem geheimnisvollen Artefakt ihn ans Mittelmeer führen würden, sein Ziel wäre Kreta gewesen. Doch er hatte die beiden Jungs nicht enttäuschen wollen. Wieder in Husum konnte er es kaum erwarten, sich erneut auf Spurensuche zu begeben.

Er hatte lange hin und her überlegt, das Foto mit dem Fund aus dem Watt der Autorin der Heidelberger Dissertation zu schicken und sie um ihre Meinung und Einschätzung zu bitten. Leider hatte Tom nur die eine Seite fotografiert, und das Foto war schon recht verschwommen. Er ließ es bleiben. Zuerst musste er mehr über den geheimnisvollen Gegenstand wissen. Wie war er ins Wattenmeer gelangt und durch wen? War er einem wattwandernden Münzsammler abhandengekommen? Blödsinn! Wer also hatte ihn dort verloren, abgelegt, versteckt? Und vor allem, wann? Erst in jüngster Vergangenheit? Oder hatte ein Reisender, ein Händler vor Jahrhunderten das gute Stück mitgebracht und verloren? Oder war es bei einem Schiffsunglück ins Wasser gelangt? Gab es etwa noch mehr davon?

Um diese Fragen zu beantworten, begab sich Adrian nach seiner Urlaubspause wieder auf Internetrecherche. Wattenmeer, Fund, Münze, Ring – mehr Schlagwörter brauchte er nicht einzugeben, um ernüchtert festzustellen, dass der Fund wahrscheinlich nicht so einzigartig und außergewöhnlich war, wie er gehofft hatte. In einem Artikel *Weihrauch gegen Pelze* aus dem Jahr 2017 im *Spiegel* musste er lesen, dass bereits im frühen Mittelalter, das heißt zwischen dem 7. und 10. Jahrhundert, mehr als achtzigtausend Münzen aus dem Orient nach Skandinavien gelangt waren, also noch nördlicher als Husum. Achtzigtausend! Adrian konnte es nicht fassen. Und er hatte insgeheim gedacht, nach all der Recherchearbeit seine Story über *den* Sensationsfund im Watt bald der *Zeit* oder *Geo* anbieten zu können. Kein Wunder, wenn das Ding unbeachtet und ohne allzu großes Interesse zu wecken in einem archäologischen Depot in Kiel schlummerte. Die bekamen da wahrscheinlich täglich solche Funde rein. Wenn es wirklich etwas Sensationelles wäre, dann hätte man also wahrscheinlich doch davon gehört. Warum hatte er nicht eher dahingehend recherchiert? Er hätte sich Zeit sparen und seine Nerven schonen können. Frustriert schaltete er seinen Computer aus.

Andererseits … Adrian kam ins Grübeln. Wann war noch einmal die minoische Kultur gewesen, der er, mittlerweile fast schon ein Fachmann auf dem Gebiet der Vogelwesendarstellungen im Kontext der Numismatik, das Stück zuordnete? Er fuhr den Computer wieder hoch. Plötzlich durchzuckte es ihn wie ein Blitz. Was hatte Tom noch mal gesagt? Steinding! Er hatte dem in diesem Moment überhaupt keine Bedeutung beigemessen. Doch wenn Tom es Steinding nannte, bedeutete das gar nichts. Oder? Und wenn es nun tatsächlich weder aus Bronze noch aus Gold war, könnte es dann tatsächlich aus Stein sein? Wenn ja, dann war es weder eine Münze noch die Platte eines Rings, dann könnte es sich, so viel hatte Adrian sich schon angelesen, vielleicht um ein Siegel handeln. Dann konnten ihn die achtzigtausend Münzen im Wattenmeer mal.

Mit flinken Fingern gab er die Begriffe *Greifen, Minoer* und *Siegel* ein. Unfassbar, es gab eine komplette Datenbank mit dem Titel *Corpus der minoischen und mykenischen Siegel.* In das Suchfeld schrieb er nur das Wort Greif, und Sekunden später erschienen Umzeichnungen von Siegelabdrücken mit dem Greifen als Motiv. Tatsächlich, einer davon sah dem Wesen, dessen Foto er ausgedruckt neben dem Computer liegen hatte, zum Verwechseln ähnlich. Ein Wesen mit kurzen Flügeln, einem Vogelkopf, der nach rechts blickte, und einem Schwanz, der an den eines Löwen erinnerte. Das Siegel selbst war aus Hämatit, auch Blutstein genannt.

Mit vor Aufregung feuchten Händen suchte Adrian weiter. Da schrieb einer: *Dass die Minoer sehr siegelfreudig waren, zeigen die zahlreichen Funde von Steinsiegeln, die durchbohrt sind und an einer Schnur um Hals oder Handgelenk getragen werden konnten.*

Adrian betrachtete das Foto genauer. Den winzigen Punkt oben am Rand des Artefakts hatte er noch gar nicht bemerkt. Wahrscheinlich war das kein Punkt, das war ein Loch, das sich mit Schmutz zugesetzt hatte. Jemand hatte dieses Siegel an einer Schnur, wahrscheinlich aus Leder, getragen und verloren. Ein Siegel, das mehr als dreitausend Jahre alt war. Adrians Aufregung wuchs, bis er durch einen kleinen Artikel erneut auf dem Boden der Tatsachen landete. Nicht nur wurden diese Siegel gefälscht, um sie an gutgläubige Touristen für ein ordentliches Sümmchen zu verscherbeln, nein, es gab sie auch als Nachbildungen in den Museumsshops für wenige Euro zu kaufen. Was Kairo sein Skarabäus aus Stein als Massenware, war Knossos sein Siegel. Irgendein weitgereister Touri hatte das Ding vielleicht bei einer Wattwanderung verloren. Ausgerechnet er, Adrian Willner, investigativer Journalist und Anwärter auf den Pulitzerpreis, hatte sogar davon geträumt, die Sensation kundzutun, die Minoer seien bis Husum gekommen. Lächerlich, wie er sich nun eingestand.

Nachdenklich nahm er das Foto mit in die Küche und goss sich eine Tasse Kaffee ein. Der Kaffee stand schon seit Stunden auf der Warmhalteplatte seiner altmodischen Kaffeemaschine, war entsprechend stark und belebte Adrians Lebens- und Forschungsgeister. Mit einer Lupe, die in der Küchenschublade zwischen einer noch nie benutzten Muskatnussreibe und einem Glas voller Gummiringe ihr Dasein fristete, setzte er sich an den Küchentisch und scannte das Foto Millimeter für Millimeter ab. Leider ergab sich dabei nicht der kleinste Hinweis, ob es nun echt antik war oder nicht. Nur Fachleute konnten beurteilen, ob es ein Artefakt aus minoischer Zeit war. Er musste es einfach wissen. Und zwar pronto.

Noch einmal versuchte Adrian, nun mit einer geballten Charmeoffensive, die zuständige Museumsmitarbeiterin und die verantwortliche Kraft im Archäologischen Landesamt in Kiel zunächst an die Strippe zu bekommen, und ihnen, als ihm dies geglückt war, endlich eine befriedigende Aussage zu dem Fundstück aus dem Wattenmeer zu entlocken. Doch er hätte sich seine netten Worte und seine Atemluft mal wieder sparen können. In Husum teilte man ihm erneut und leicht genervt mit, die Funde seien nach kurzer Betrachtung doch längst nach Kiel gegangen.

In Kiel hatte er ein wenig mehr Glück. Immerhin zeigte man sich dort minimal gesprächsbereiter. Offensichtlich hatte Adrian eine wissenschaftliche Hilfskraft erwischt, die ihn nicht gleich abwimmelte. Das, was sie ihm sagte, brachte ihn zwar nicht weiter, ließ ihn jedoch erstaunt die Brauen heben. Finger hämmerten auf einer Tastatur herum. Dann erhielt er die Auskunft, es seien Scherben eines irdenen Gefäßes aus dem späten Mittelalter und ein zusammengedrückter Bronzerest einer Grape, also eines großen Gefäßes, registriert worden. Das war's. Auch mehrmaliges Nachfragen hatte nichts gebracht. Nein, kein Siegel, keine Münze, kein Ring, nichts dergleichen.

Sprachlos starrte Adrian auf sein Handy. Das gab's doch nicht. Wollten die ihn verarschen? Hier lag doch das Foto, und in seinem Handy war es ebenfalls abgespeichert. Umgehend rief er wieder in Hannover an. Tom hatte das Foto mittlerweile gelöscht. Hörbar genervt hatte er sogar behauptet, er könne sich sowieso nicht mehr genau erinnern. Er solle ihn jetzt damit in Ruhe lassen, wahrscheinlich sei es sowieso nur ein vergammelter Kronkorken gewesen. So wie auf denen von Specht-Bräu, da sei auch so ein Viech drauf. Sein Vater habe ihm gleich gesagt, sein Schatzfund sei irgendein verloren gegangenes Geldstück gewesen. Mehr könne er nicht dazu sagen. Tschüs.

Adrian schüttelte nur den Kopf. Was war das denn jetzt? Blieb am Ende tatsächlich nichts übrig als ein gammeliger

Kronkorken? Das Foto sprach dagegen. Vielleicht war es im besten Fall die Kopie eines antiken Stücks, das man im Museumsshop erwerben konnte? Er kratzte sich nachdenklich am Kinn. Nein, garantiert nicht. Wenn man ihm in Kiel weismachen wollte, da sei außer Scherben und Bronzemüll nichts dabei gewesen, dann, ja dann konnte es sich nicht um eine Nachbildung eines Siegels handeln, das hätte man ja wohl ruhig offenlegen können. Doch wenn man verschwieg, sogar leugnete, dass ein solches Artefakt überhaupt den Weg dorthin gefunden hatte, dann musste es damit eine ganz besondere Bewandtnis haben. Nur welche? Jemand wollte nicht, dass es publik wurde! So einfach war das. Doch das würde er ändern. Er würde einen Artikel auf seine Homepage stellen und die Fachwelt aufrütteln, denn er konnte sich kaum vorstellen, dass die dämliche Kaiser seine gesammelten Erkenntnisse veröffentlichen würde.

Plötzlich durchzuckte Adrian eine Idee, und wieder fragte er sich, warum es immer so lange dauerte, bis er eine Erleuchtung hatte. Flink gab er die Suchbegriffe *minoisch*, *Wattenmeer* und *Nordsee* in die Suchmaschine ein. Zack. Das war doch was. Ein Artikel in der *Zeit*, schon einige Jahre alt. Kurz zusammengefasst stand darin, eine Expertin der Universität Bremen, Professor Elisabeth Schwontkowski, und ein Archäologe aus Kiel, Professor Sven Hammerstein, stritten sich darüber, ob Schiffe der Minoer, oder wenigstens ein minoisches Handelsschiff, irgendwann in grauer Vorzeit Rungholt angelaufen hatten. Adrian googelte Elisabeth Schwontkowski, die Ethnologin war immer noch im Dienst.

Unschlüssig lehnte er sich in seinem Stuhl zurück. Wenn er nun Kontakt zu einem dieser Wissenschaftler aufnahm?

Kiel kam nicht infrage, die Leute dort waren zu wenig kooperativ. Kurz entschlossen begab er sich auf die Seite der Universität Bremen, Fachbereich Kulturwissenschaften, Archäologie und Ethnologie. Prof. Dr. Elisabeth Schwontkowski und Lutz von Winterfeld, MA.

Nach wenigen Sekunden meldete sich eine verschnupfte Stimme am anderen Ende der Leitung. Nein, Frau Professor sei nicht im Haus, um was es ginge? Adrian erklärte, er habe eine ganz besondere Entdeckung aus dem Watt, ließ aber dabei offen, wer diese gemacht hatte und was es im Speziellen sei. Kurz überlegte er, ob er schon den bedeutungsschweren Begriff *minoische Kultur* einbringen sollte, ließ es dann aber sein und fragte nach Lutz von Winterfeld, dem Mitarbeiter der Professorin. Er wurde kurzerhand zu von Winterfeld durchgestellt.

An der Stelle, als Adrian kundtat, ein Foto eines ganz besonderen Artefakts aus dem Wattenmeer vor Pellworm zu besitzen, unterbrach der Archäologe ihn.

»Wissen Sie, wie viele Schatzsucher glauben, einen außergewöhnlichen Fund gemacht zu haben? Wir könnten einen ganzen Saal mit diesen Funden füllen«, ließ er ihn wissen, nahm sich aber doch die Zeit, sich das Fundstück beschreiben zu lassen.

Adrian schloss seine Beschreibung mit den Worten »wohl echt antik, ich reihe es in die minoische Periode ein«, was sich für ihn sehr wissenschaftlich anhörte. Doch von Winterfelds Skepsis wich nicht wirklich, man müsse das Stück schon im Original sehen. Damit konnte Adrian nun nicht aufwarten, und er versprach von Winterfeld, ihm das Foto zu schicken. Dann könne man ja weitersehen.

Enttäuscht beendete der junge Journalist das Gespräch. Er hatte sich mehr erwartet. Vielleicht nicht gerade überbordenden Jubel, aber doch wenigstens ein stärker spürbares Interesse. Warum war dieser von Winterfeld so zurückhaltend gewesen? Er hatte doch hier den Beweis für die Richtigkeit von Professor Schwontkowskis Theorie, und von Winterfeld, als ihr enger Mitarbeiter, müsste sich doch darüber freuen. Sehr merkwürdig, dieses Verhalten. Mit dem Foto würde er ihn noch ein wenig zappeln lassen.

Er goss seinen mittlerweile kalt gewordenen Kaffee in die Spüle, setzte sich mit einem Glas Wodka wieder an seinen Schreibtisch und studierte erneut eingehend das Foto. Die Qualität war ganz schön mies. Ob er den skeptischen Lutz von Winterfeld damit überzeugen konnte, erschien ihm fraglich.

Das Klingeln des Telefons riss Adrian aus seinen Gedanken. Zuerst verstand er gar nicht so recht, was die Person eigentlich von ihm wollte. Irgendwie nuschelte sie ins Telefon, als ob sie durch einen Schal oder ein Stück Watte sprechen würde. Doch nach einem *Ich breche das Gespräch ab, wenn Sie nicht deutlich sprechen*, kam von der anderen Seite unmissverständlich das Angebot, ihn, Adrian Willner, darüber aufzuklären, was es mit dem Artefakt aus dem Watt auf sich habe. Heute Abend noch beim *Ochsenpiet*, halb acht, wäre ja noch ganz angenehm draußen, deswegen unter der alten Linde im Biergarten, da sei man ungestört.

Vier Stunden später war Adrian auch nicht schlauer als zuvor. Eine solche Heimlichtuerei war zwar recht spannend, aber wenn am Ende nichts dabei herauskam, war es einfach nur kindisch und zeitraubend. Nichts, aber auch gar nichts hatte er erfahren, was er auch nur annähernd gebrauchen konnte, geschweige denn zu einem supermegaspannenden Artikel hätte verarbeiten können. Es blieb bei vagen Andeutungen über den Verbleib des Fundes. Ob es sich tatsächlich um ein antikes Siegel handelte, darüber schwieg sich sein Gegenüber ganz aus. Auf Adrians Frage, wie bedeutend das Artefakt für die archäologische Fachwelt wohl sei, gab es nur ein Schulterzucken.

Adrian fragte sich kurz, warum man ihn überhaupt herbestellt hatte. Die Antwort lag auf der Hand, aber als er sie erkannte, war es schon zu spät. Man hatte ihm die Würmer aus der Nase gezogen, und er hatte auch noch preisgegeben, Kontakt zu dem Finder aus Hannover und auf seinem Handy ein Foto des Fundes zu haben. Standhaft hatte er sich allerdings geweigert, es zu zeigen, brach dann nach zwei Gläsern Bier, die er auch noch im Lokal hatte ordern müssen, da der Biergarten, wie man ihm mürrisch mitteilte, schon geschlossen war, an einem doch eher ungemütlichen Oktoberabend stinksauer das unergiebige Gespräch ab. Man könne sich ja wieder zusammensetzen, wenn es etwas für ihn wirklich Brauchbares zu berichten gäbe. Dann hatte er zehn Euro auf die Eichenplatte des Tischs geworfen und war aufgestanden. Weit und breit war keine Bedienung zu sehen. Sie waren die einzigen Gäste gewesen, die sich draußen aufhielten, und man hatte es noch nicht einmal für notwendig befunden, die bunte Lichtergirlande, die zwischen den noch erstaunlich üppig belaubten Lindenbaumzweigen hing, anzuschalten.

Schlecht gelaunt stapfte Adrian über einen landwirtschaftlich genutzten Fahrweg nach Hause. Der Mond spiegelte sich in den Regenpfützen und schien gerade hell genug, sodass Adrian auf die Taschenlampe in seinem Handy verzichten konnte. Außerdem ging es sowieso eineinhalb Kilometer schnurstracks geradeaus. Leise schimpfte er vor sich hin, als er plötzlich das satte Brummen eines Dieselfahrzeugs vernahm. Ein Auto näherte sich ihm von hinten. Adrian verließ den Fahrweg und wechselte auf einen Trampelpfad entlang der Felder. Verärgert, denn der Pfad war total matschig, drehte er sich um, als das Fahrzeug ihn nach einiger Zeit immer noch nicht passiert hatte. Der schwere, dunkle Wagen folgte ihm mit offenbar gleichmäßiger Geschwindigkeit, schien immer den gleichen Abstand zu ihm zu halten. Adrian konnte diesen protzigen SUVs nichts abgewinnen. Die Dinger bevölkerten die Straßen, unförmige riesige Autos, meist gefahren von Helikoptermüttern, die ihn weder in eine Parklücke steuern noch vernünftig um eine Kurve fahren konnten. Auch auf dem Parkplatz vor dem *Ochsenpiet* hatten zwei oder drei von der Sorte gestanden. Adrian fuhr umweltbewusst und ökologisch einwandfrei Fahrrad. Nur heute war er ausnahmsweise zu Fuß unterwegs.

Warum überholte der Wagen ihn denn nicht? Adrian legte einen Zahn zu, der Fahrer des Wagens gab ein wenig Gas. Adrian verfiel in ein Schneckentempo, doch der SUV machte immer noch keine Anstalten, ihn zu überholen. Adrian blieb stehen, das Auto hielt an. Ganz allmählich beschlich ihn ein mulmiges Gefühl. Eindeutig, die dunkle Riesenkiste verfolgte ihn. War das einer der Wagen, die auf dem Parkplatz gestanden hatten? Bis zum Ende des Weges waren es jetzt keine neunhundert Meter mehr. Dort begannen die ersten

Häuser, dort war er in Sicherheit. In Sicherheit? Was war hier eigentlich los?

Adrian rannte los, beschleunigte weiter. Seine Schuhe quatschten bei jedem Schritt auf dem schlammigen Pfad, und das unangenehme Gefühl nasser Socken machte sich breit. Obwohl er sich als sportlich bezeichnet hätte, ließ seine Kondition Meter für Meter nach, und bald raubte ihm schmerzhaftes Seitenstechen den Atem. Vielleicht sollte er in die Rapsfelder ausweichen. Bliebe er auf dem Pfad oder gar dem Weg, würde der Wagen ihn, wenn sein Fahrer Gas gäbe, unweigerlich erfassen, vielleicht sogar töten. Erst jetzt stellte sich Adrian die Frage, wer überhaupt hinterm Steuer saß. Wer konnte ein Interesse daran haben, ihn zu verfolgen? Ihm womöglich etwas antun? Er hatte keine Feinde. Er selbst konnte doch keiner Fliege etwas zuleide tun. Shit, was war hier eigentlich los? Doch wenn er jetzt ins Rapsfeld abbog, was würde es nützen? Diese Karre konnte sich überall Bahn brechen, also keine Chance zu entkommen.

Er konnte nur eins tun: rennen und hoffen und beten, die ersten Häuser rechtzeitig genug zu erreichen. Seine Gedanken kreisten wirr um Filme, in denen Leute in ähnliche Situationen geraten waren. Dieser Autofahrer in der Wüste, permanent den Trucker im Genick. Wie hieß der Streifen noch? Cary Grant. War der nicht in ein Maisfeld gerannt, hinter dem war doch ein Flugzeug her gewesen. *Der unsichtbare Dritte*. Hitchcock. Grant hatte es überlebt. Doch das dichte Maisfeld hatte ihn vor seinem Feind unsichtbar werden lassen. Geradezu lächerlich, dies in einem Rapsfeld zu versuchen. Und wenn er sich einfach nur etwas einbildete? Wahrscheinlich saß in dem SUV ein Landwirt, der seine

Felder rechts und links aus dem Wagen heraus inspizierte. Scheiße, das war doch Bockmist. Der Mond erhellte zwar die Umgebung, aber das reichte doch nicht aus. Oder war es einfach nur irgendein Idiot, der sich einen Spaß daraus machte, ihn zu verfolgen und ihm einen Schrecken einzujagen? Das war's. Der konnte was erleben. Arschloch.

Adrian wurde plötzlich schwarz vor Augen, er musste langsamer machen, am liebsten wäre er stehen geblieben. Was, wenn er es wirklich täte? Einfach stehen bleiben, sich umdrehen, auf den Wagen zugehen. *Hey, was willst du überhaupt von mir?*

Zwischen den hechelnden Atemzügen – er hatte das Gefühl, seine Lunge würde gleich bersten – beherrschte sein Gehirn jetzt nur ein einziges Wort: Albtraum. Doch keine Chance, daraus zu erwachen. Scheiße, was für eine Scheißsituation! Er musste dem ein Ende bereiten.

Er stellte sich mitten auf den Weg, hob die Arme, als wolle er den Wagen stoppen. Der hielt auch tatsächlich an. Die Scheinwerfer blendeten ihn, dann heulte der Motor auf, der Wagen schoss auf Adrian zu. Er schloss die Augen, unfähig, einen einzigen weiteren Schritt zu tun. Das Auto würde bremsen. Ganz sicher.

Kapitel 7

Die nächsten beiden Tage auf der Insel flogen nur so dahin, und dann brach auch schon der Tag an, an dem Louise ihren letzten Kocheinsatz am Abend im *Warft Café* hatte. Für diesen hatte sie sich etwas Besonderes ausgedacht. Um die Überraschung auch gelingen zu lassen, hatte sie die Einkäufe selbst erledigt, doch mussten diese auch ins Café gebracht werden. Allerdings ließ die augenblickliche Situation den berechtigten Zweifel zu, dass ihre Idee, die Taschen mit den Lebensmitteln so zu transportieren, wirklich klug gewesen war.

Die ersten Begegnungen mit Wanderern und Spaziergängern, Joggern und Radfahrern hatten Louise noch veranlasst, sich auf dem Anhänger zu ducken und demonstrativ in eine andere Richtung zu schauen, als die Leute sie fröhlich grüßten und ihr mit herzhaftem Lachen zuwinkten. Oder galten der Gruß und das Gelächter überhaupt nicht ihr, sondern dem sowohl grau- wie auch dickfelligen, langohrigen Monster, das selbstbewusst auf dem Hänger stand und, wie es Louise schien, den Menschen mit gebleckten Zähnen zulächelte?

Nach zwei Kilometern der Rumpelfahrt war es ihr zu blöde geworden. Woher kamen bloß diese unzähligen Leute, die ihr begegneten? Gab es auf Pellworm ein Nest, dem alle entfleucht waren, um ihren Weg zu kreuzen? Ab jetzt würde sie ihnen mit Grandezza und Würde begegnen. Sie verließ ihre kauernde Position und stellte sich aufrecht hin. Mit einer Hand hielt sie sich am Rahmen des Hängers fest, mit der anderen winkte sie huldvoll, die Handfläche zu sich gerichtet, wie sie es bei einem Auftritt der Queen in ihrer goldenen Kutsche gesehen hatte. Das laute Wiehern Stures und das Blöken der drei Schafe, die ebenfalls auf dem Anhänger standen, wirkten wie Beifallsbekundungen zum majestätischen Auftritt. Spätestens in einer Viertelstunde wären sie und ihre Entourage *das* Thema auf der Insel. Eigentlich hätte man eine solche Fahrt sogar genießen können. Ein schon fast überirdisch blauer Himmel wölbte sich über Pellworm, nur in Richtung Horizont färbte er sich dunkler. Ein Schwarm Nonnengänse flog mit kehligen Rufen in einer V-Formation, die kein Choreograf dieser Welt eleganter hätte dirigieren können, den südlichen Gefilden entgegen.

Hinrich steuerte seinen Trecker in Richtung Alte Kirche und das nicht gerade langsam oder gar sanft. Louise war mehr als einmal ins Straucheln geraten, während ihre Weggefährten sicher auf ihren vier Beinen standen.

Wie hatte es nur so weit kommen können? Wie war sie nur in eine derart peinliche Situation geraten?

Schon als sie sich singend der Weide genähert hatte, war Sture misstrauisch geworden. Normalerweise wurde er mit einem lauten, kernigen »Moin, Sture« begrüßt. Doch wenn eine der Damen, die den großen Stall mit dem schönen Stroh auf dem Dach und den vielen Fenstern bewohnten, trällerte, war Gefahr im Verzug. Louise hatte es sofort seinem Gesicht und seiner ganzen Körpersprache angesehen – Sture war alles andere als begeistert, sie zu sehen. Mit angelegten Ohren war er schnaubend rückwärtsgegangen, doch dann hatte seine Gier obsiegt. Einer saftigen Möhre konnte er einfach nicht widerstehen. Louise hatte ihn mit der Wurzel angelockt, und gleichzeitig hielt sie hinter ihrem Rücken das rosafarbene Halfter versteckt, das er nicht ausstehen konnte. Welche Farben unterschieden Esel eigentlich, hatte sich Louise schon öfter gefragt. Zumindest war Rosa ein rotes Tuch für den Eselmann. Doch in dem Moment, als er nach der Möhre schnappte, lag, schwupps, das Halfter an seinem Kopf. Doch Sture wäre nicht Sture gewesen, wenn er sich nicht eine fürchterliche Rache ausgedacht hätte.

Scheinbar willig war er die ersten Meter mitgelaufen, um dann, als es zu spät zum Umkehren war, seine Beine in den Boden zu stemmen und das zu tun, wofür er und seine Verwandten berühmt waren – bockig zu sein wie ein Esel.

Holpernd bewegte sich jetzt das Gefährt um eine Kurve und hielt an. Gott sei Dank keine Zuschauer, die sie und ihren Esel beim Ab- beziehungsweise Aussteigen beobachten konnten. So hoheitsvoll wie möglich – Louise fühlte sich an Marie-Antoinette erinnert, die von ihrer Karre stieg, dann allerdings den Weg zum Schafott antreten musste – krabbelte sie vom Anhänger.

»Noh denn, hier trenn' sik unse Wege. Gröht Frauke un Fine von mi. Un bring dien Esel mull Maneern bi.«

Hinrich tippte sich an seine Kappe und fuhr weiter, während Louise Sture wieder die prall gefüllten Satteltaschen über den Rücken legte. In ihnen hatte sie alles verstaut, was sie heute für den wöchentlichen Grillabend benötigte. Fine hatte die Taschen aus zwei unkaputtbaren alten Kartoffelsäcken genäht und sie mit einem breiten Stück Lammfell verbunden, das weich auf Stures Rücken zu liegen kam.

Frauke trat aus dem großen reetgedeckten Haus, in dem sie mit ihrer Familie lebte und in dem das *Warft Café* Urlaubsgäste und Einheimische mit selbst gebackenem Kuchen und herzhaften kleinen Gerichten bewirtete. Sie trocknete sich die Hände an einem grün karierten Geschirrtuch ab. Die beiden jungen Frauen umarmten sich mit drei Wangenküsschen, den *bisous*, wie sie in Louises Heimat üblich waren. Es machte Louise große Freude, im *Warft Café* für die Gäste Speisen zu zaubern, die durch frische regionale Produkte überzeugten und in ihrer Kombination aus französischer Raffinesse und bodenständiger norddeutscher Küche Frauke jeden Abend in der Saison ein volles Haus bescherten.

»Na, ihr wart aber mal flott unterwegs. Ich habe euch erst in einer Viertelstunde erwartet. Hat Sture dir diesmal keinen Strich durch die Rechnung gemacht? Bei deinem ersten Versuch, ihn als Lastenträger einzusetzen, hat er doch schon nach hundert Metern gestreikt.« Frauke kraulte Sture die Stirn, was dieser sichtlich genoss.

»Sagen wir mal so, es gibt noch Luft nach oben«, antwortete Louise trocken. Tatsächlich war der kleine Esel die letzten dreihundert Meter nicht nur brav mitgetrottet, nein er ging so forsch voran, dass der Führstrick sich mehr und mehr spannte und Sture nun Louise hinter sich herzog statt umgekehrt. »Zumindest war er auf dem letzten Wegstück recht kooperativ. Bis dahin durfte ich auf dem Anhänger von Hinrich mitfahren. Die Leute haben vielleicht geguckt. Ein Esel, drei Schafe und mittendrin Mademoiselle Dumas, die sich bei der ganzen Rumpelei kaum auf den Beinen halten konnte.«

Louise grinste und strich sich eine dunkle Locke aus dem Gesicht, während Frauke sich die Lachtränen aus den Augen wischte.

Als sie sich wieder beruhigt hatte, lud sie die Satteltaschen ab und brachte sie in die Küche, während Louise die kleinen Hufe auf eingetretene Steinchen überprüfte. Stures Ohren schnellten nach vorne, als Frauke mit einem rotgoldenen Apfel zurückkam. Sie hatte ihn halbiert, und so frech das Grautier sich ansonsten zeigen konnte, so vorsichtig nahm es die Apfelhälften von Fraukes Hand und zermalmte sie genießerisch zwischen seinen großen Zähnen.

»Fehlt nur noch, dass Sture die Augen zumacht und vor Wonne seufzt«, kicherte Louise, während sie gemeinsam den Esel auf die Weide brachten, auf der Fraukes Schafe neugierig ihre langen Köpfe hoben, als Sture hineinspazierte und sich ebenfalls über die Halme, die sich im Wind bewegten, hermachte.

»Wir haben noch Zeit für einen Pott Kaffee, bevor es losgeht. Die Zeit ist einfach nur so dahingerast. Schon wieder geht eine Saison zu Ende. Und was für eine! Louise, ich kann mich nur noch mal für deine Hilfe bedanken. Die nächsten Tage kommt meine Schwester zum Helfen, und dann ab mit der ganzen Familie für zwei Wochen nach Fuerteventura. Laut Wettervorhersage hat es da immer noch über fünfundzwanzig Grad. Für Pellworm sind dagegen schon die ersten Herbststürme angekündigt.« Frauke zog die Schultern hoch, als fröstelte sie jetzt schon. »Nicht, dass ich den Herbst auf Pellworm nicht lieben würde, aber wenn wir schon mal richtig Urlaub machen, dann doch bitte mit Sonne und Wärme satt. Schade, es wäre schön, wenn du mitkommst. Willst du es dir nicht doch noch mal überlegen?«

Louise schüttelte den Kopf. »Nein, ich werde einfach so bald wie möglich die Ruhe und das Nichtstun genießen. Trubel hatte ich genug.«

Frauke verzog schuldbewusst das Gesicht. »Hab ich dich zu sehr beansprucht?«

»Aber nein, auf keinen Fall. Das meinte ich doch gar nicht. Nein, die Geschichte mit Klas Thams. Das war nun wirklich nicht der Einstieg in mein neues beschauliches Inselleben, wie ich es mir vorgestellt hatte.«

Die beiden Frauen schwiegen einen Moment. Frauke füllte den Kaffee in zwei Becher und drückte der Freundin einen in die Hand. »Was hast du vor? Wirst du an deinem Kochbuch arbeiten?«

»Ja, ich werde weiter darüber brüten wie ein Huhn auf seinem Ei. Mal sehen, was schlüpft. Hab ich dir eigentlich schon das Neueste erzählt? Fine und Momme gönnen sich zusammen eine kleine Reise.« Über Louises Gesicht legte sich ein breites Lächeln. »Sie fahren nach Bremen. Ist das nicht goldig? Fine und Momme. Ich finde das einfach unglaublich charmant. Jetzt, da Momme in Pension ist, haben die beiden Zeit füreinander. Ich kümmere mich um die Vierbeiner und die Hühner, und sie kann endlich mal für ein paar Tage weg. Bremen ist ja nun wirklich nicht aus der Welt.«

»Och, wie nett ist das denn für die zwei! Apropos Momme. Ist dir eigentlich schon seine Nachfolgerin, diese Solveig Olms, über den Weg gelaufen? Ich meine, hast du dich mal mit ihr unterhalten? Gesehen hab ich sie natürlich, aber mehr als ein Kopfnicken war ihr nicht zu entlocken. Hier im Café war sie auch noch nicht.«

»Klar hab ich sie gesehen, auch schon ein paar Worte mit ihr gewechselt. Ich hab das Gefühl, wir beide werden keine Freundinnen. Sie hat so merkwürdig eng stehende Augen. Genau wie Madame Worms. Dazu hat sie Momme auch ganz schön abblitzen lassen, als der ihr seine Unterstützung angeboten hat. Was war das für ein Tamtam in der Presse, als sie auf Pellworm ihren ersten Auftritt hatte. Momme sagte, ein Blitzlichtgewitter auf einem roten Teppich wäre gar nichts dagegen gewesen. *Pellworms erste Inselpolizistin* stand in irgendeinem Blatt. Und nicht nur das, Fine hat gehört, der NDR plant sogar eine Reportage über die Frau in Uniform auf Pellworm.«

Louise erinnerte sich noch gut an ihr erstes Zusammentreffen mit Solveig Olms. Es war an einem Freitag im August, als sie mit dem Fahrrad auf dem Weg zu Heike gewesen war, einer Freundin von Fine aus dem Landfrauenverein. Heikes Enkelkind hatte in der Woche darauf getauft werden sollen, und die Familie hatte Louise gebeten, ein besonderes Festessen zu kochen. Den Kopf voller Ideen hatte sie nicht bemerkt, dass erstens das vordere Schutzblech samt Lampe wackelte wie ein Kuhschwanz und zweitens die Inselpolizistin an der Straßenkreuzung stand, die Louise ansteuerte. Eigentlich hätte der Tag nicht schöner sein können. Es sah aus, als würden sich die wolligen Leiber der genügsam auf den grünen Wiesen weidenden Schafe am Himmel spiegeln, über den sich die Wolken gemächlich von einer sanften Brise treiben ließen. Die Temperatur lag um zehn Uhr am Vormittag bereits bei milden dreiundzwanzig Grad, und Louise sog, während sie in den Himmel blinzelte, die würzige Seeluft ein. Wieder einmal schwirrten ihr dabei passende Liedzeilen eines Chansons von Georges Moustaki durch den Kopf. *Nous prendrons le temps de vivre, d'être libres, mon amour. Sans projets et sans habitudes, nous pourrons rêver notre vie.* Ja, sie nahm sich die Zeit zum Leben, fühlte sich frei. Fröhlich begann sie, die gefühlvolle Melodie vor sich hin zu trällern, als eine barsche Stimme sie aus ihrer Gute-Laune-Stimmung riss.

»Anhalten, sofort absteigen. Das Schutzblech. So geht das aber nicht.« Vor Louise baute sich die Inselpolizistin auf und stemmte die Arme in die Hüften. Ihre Augen verbargen sich hinter einer verspiegelten Pilotenbrille.

Fast wäre Louise mit dem Rad gestürzt, so sehr hatte sie sich erschrocken. Ihr entfuhr ein lautes *quoi*? Was wollte diese Frau von ihr? Kurzerhand entschloss sich Louise, auf diese unfreundliche und ruppige Aufforderung erst gar nicht einzugehen und sich als unwissende französische Touristin auszugeben, die der deutschen Sprache nicht mächtig war.

»Excusez-moi, mais je ne comprends pas l'allemand. Je suis en vacances ici et je fais une promenade à vélo.«

Sie schob mit einem breiten Lächeln ihr Fahrrad an der Polizistin vorbei und wollte wieder aufsteigen, um weiter zu radeln. Doch die machte ihr einen gehörigen Strich durch die Rechnung. Frau Olms verstand offenkundig Französisch und konnte sich auch noch leidlich in dieser Sprache ausdrücken. Zwar hatte sie einen gruseligen Akzent, war aber leider so verständlich, dass Louise es nicht einfach ignorieren konnte. Sie hörte sich also eine Moralpredigt an und wurde schließlich aufgefordert, ihr Fahrrad, das sich in einem katastrophalen Zustand befände, zu schieben. Doch damit nicht genug.

»Sie haben wohl geglaubt, mich für dumm verkaufen zu können«, hatte die Polizistin ihr zum Abschied noch hinterhergerufen. Irgendwie stimmte es ja, aber durch ihre unfreundliche und schroffe Art hatte Solveig Olms sie ja geradezu provoziert, fand Louise.

Glücklicherweise war es nicht weit bis zum Fahrradhandel von Holdt, der Schaden war schnell mittels Sachverstand und einer Schraube behoben, und Louise hatte ihre Fahrt wieder aufnehmen können. Sie schüttelte bei der Erinnerung unwillig den Kopf und schilderte Frauke die Begegnung bis ins kleinste Detail. Die rollte nur mit den Augen.

»Ich kann auch noch was dazu beitragen. Ich hab gehört, sie sucht nach einem Häuschen. Sie hat sogar Sören wegen Trunkenheit auf dem Fahrrad ein Knöllchen verpassen wollen. Hat sie aber sein lassen, nachdem man ihr erzählt hat, was es mit dem Schicksal seiner Familie auf sich hat, und wie sehr ihn Inkens Tod immer noch umtreibt, obwohl er mittlerweile weiß, wer ihn verschuldet hat. Nun, besser war das, also mal nicht gleich den harten Gesetzeshüter raushängen zu lassen. Wie findest du sie denn so vom Aussehen her?«

Jetzt grinste Louise. »Für einen *Flic* ist sie ziemlich klein und rund. Muss man in Deutschland nicht eine Mindestgröße haben?«

Frauke zuckte mit den Achseln. »Keine Ahnung. Das wär doch ganz schön diskriminierend, oder? Und was hast du gesagt? Eng stehende Augen hat sie auch noch. Ist mir gar nicht so aufgefallen. Kein gutes Zeichen. Warten wir's ab. Na egal, zeig mal, was du Schönes mitgebracht hast.«

Louise stellte ihren Kaffeebecher auf der Anrichte ab. »Du kannst schon die Tafel beschriften. Am letzten Abend gibt es drei einfache Gerichte zur Auswahl, dann haben wir hinterher nicht so viel aufzuräumen. Clubsandwich mit Räucherlachs, Lasagne mit Schafskäse und Lammkoteletts mit Chimichurri stehen auf dem Speisezettel.«

Frauke schluckte. »Mir läuft ja jetzt schon das Wasser im Mund zusammen. Das muss doch für dich die reinste Folter sein, das Café ab morgen geschlossen, Fine weg, und dann auch keine Landfrauen mehr, die du in ihrer Küche bekochen kannst.«

»Ganz so schlimm wird es nicht werden, aber du hast schon recht. Am liebsten koche ich für eine ganze Kompanie, das steigert meine Kreativität. Aber auch schon für zwei gebe ich natürlich mein Bestes. Ist schon drollig, ich koche eigentlich nur ganz selten für mich alleine. Apropos, ich muss dir noch erzählen …«

Frauke unterbrach Louise mit einem breiten Grinsen. »Sag jetzt nichts. Kochen für zwei. Das bedeutet, ein gewisser Jemand beendet bald seine Weltreise?«

Louise lächelte. Natürlich freute sie sich auf Chris' Rückkehr. Wenn er wiederkam, würde sie es allerdings mit dieser Beziehung langsam angehen lassen. Die Affäre mit Thierry hatte ihr fast das Herz gebrochen, auf einen solchen Gemütszustand konnte sie ein zweites Mal gerne verzichten. Überstürzen würde sie auf jeden Fall nichts mehr.

»Frauke, du bist ein albernes Huhn. Nein, er ist zurzeit in Florida, fährt von dort quer durchs Land und dann entlang der Westküste nach Kanada. Von dort fliegt er abschließend nach New York. Vor Weihnachten kommt er ganz sicher nicht zurück. Nein, die neuesten Neuigkeiten habe ich mir bis zum Schluss aufgehoben. Ich hab ganz spontan einen Job angenommen. In drei Tagen geht's schon los. Wie du weißt, arbeitet Fine ab und zu ehrenamtlich im Inselmuseum. Dort hat Birte vom Tourismusservice sie angesprochen, ob ich für die Teilnehmer einer Tagung, die ganz kurzfristig nun auf Pellworm stattfindet, kochen würde. Eigentlich sollte sie in Husum sein, aber im gebuchten Tagungshotel hat es einen ziemlichen Wasserschaden gegeben. Der Vorsitzende der *Rungholtfreunde*, die das Kolloquium *Die Rungholt-Dialoge* organisieren, hat nach einer Möglichkeit gesucht, auf die Schnelle sechsunddreißig Teilnehmer unterbringen zu können, und die Pellwormer *Nordsee Lodge* hat sich bereit erklärt. Sie verschieben deswegen ihre saisonale Schließung um vier Tage. Allerdings hat ihr Koch schon seinen Urlaub gebucht, *et voilà*, Mademoiselle Dumas übernimmt die Küche. Morgen erfahre ich dann Genaueres. Bis jetzt weiß ich nur, dass es eine archäologische Tagung ist, während der sich die Forscher mit den Funden der letzten Jahre aus dem Watt beschäftigen. Fine meinte, sie erhoffen sich neue Erkenntnisse zum untergegangenen Rungholt. Abgesehen davon freue ich mich aufs Kochen und bin echt gespannt, was die Tagung zu bieten hat. Rungholt ist ja schon ein besonderes Thema, vielleicht finde ich ja die Zeit, mir den einen oder anderen Vortrag anzuhören. Und wenn das vorbei ist, packe ich das Kochbuch so richtig an.«

Louise hatte ohne Punkt und Komma geredet und Frauke lediglich verwundert den Kopf geschüttelt.

»Das sind ja tolle Neuigkeiten. Du traust dich wirklich was. Ich glaube, ich könnte nicht so spontan zusagen. Schade, so was Archäologisches hätte mich auch interessiert. Ob die Vorträge öffentlich sind?« Frauke runzelte die Stirn und dachte nach. »Es wird ja tatsächlich immer mal wieder was im Watt gefunden. Hat nicht im Sommer ein Junge irgendwas entdeckt und ist von der Flut eingeschlossen worden? Aber, ob das was Wertvolles war oder aus dem untergegangenen Rungholt stammte, davon hab ich nichts gelesen. Na ja, wir werden's irgendwann erfahren. Aber ganz ehrlich, diese Touristen. Sie unterschätzen einfach die Gefahr.« Frauke senkte die Stimme und deklamierte mit pathetischer Miene. »*Heut bin ich über Rungholt gefahren, die Stadt ging unter vor sechshundert Jahren. Noch schlagen die Wellen da wild und empört wie damals, als sie die Marschen zerstört. Die Maschine des Dampfers schütterte, stöhnte, aus den Wassern rief es unheimlich und höhnte: Trutz, blanke Hans. Von der Nordsee, der Mordsee, vom Festland geschieden …*«

Mit einem Mal schwieg sie etwas verlegen. Louise kannte diese Gedichtzeilen von Detlev von Liliencron, sie hatte sie mittlerweile schon öfter gehört und gelesen. Spontan, um Frauke über ihre plötzliche Verlegenheit hinwegzuhelfen, wiederholte sie die ersten Sätze auf Französisch.

»*Aujourd'hui je suis passé au-dessus de Rungholt, la cité engloutie il y a six cents ans. Les vagues battent encore sauvagement …*«

Ihre Stimme klang selbst für sie beängstigend und düster. Obwohl es für Oktober ein erstaunlich milder Tag war, fröstelte es Louise mit einem Mal, geradeso als hätte sie ein eiskalter Hauch gestreift.

Kapitel 8

Eine Sache hatte Louise nicht bedacht: Nie im Leben würde sie Sture um halb zwölf in der Nacht bei tiefster Finsternis dazu bewegen können, mit ihr nach Hause zu laufen. Weitsicht war wohl nicht ihre größte Stärke, und diese hatte sie offensichtlich ganz im Stich gelassen, als sie beschlossen hatte, sich mit dem Esel auf den Weg zu Frauke zu machen.

Der Wind hatte aus Westen kommend am Abend zugelegt und sich nicht lumpen lassen, gegen elf Uhr noch einmal aufzufrischen. Dabei trieb er dunkle Wolken vor sich her, die bereits am Horizont zu ahnen waren und nun den Nachthimmel in tiefste Schwärze hüllten. Frauke hatte vorgeschlagen, Sture auf der Weide zu lassen, ihr Mann würde ihn morgen mit dem Hänger bringen. Dann, nachdem der letzte Gast gegangen und alles auf- und weggeräumt war, hatte sie Louise nach Hause gefahren.

Die beiden Frauen verabschiedeten sich, winkten sich noch ein letztes Mal zu, Frauke brummte um die Kurve, und Louise wandte sich zu Fines Kate, ihrem Inselzuhause. Die letzten Rosen, die neben der Haustür dem Herbst trotzten, leuchteten geheimnisvoll im schwachen Licht der Lampe, die Fine anschaltete, wenn sie oder Louise in der Dunkelheit heimkehrten. Wie immer war die Tür nicht abgesperrt. Niemand schloss auf Pellworm seine Haustür ab, und wenn dies doch einmal vorkam, dann waren die Wohnung oder das Häuschen garantiert von einem Urlauber vorübergehend in Besitz genommen worden. Unter der Tür zu Fines Schlafzimmer schimmerte kein Licht hervor, ihre Patentante schlief den Schlaf des Gerechten.

Louise putzte sich die Zähne, fiel ins Bett und schlummerte umgehend ein. Der Wind, der um das Haus toste, Bäume ächzen und Fensterläden klappern ließ, hinderte sie nicht daran, wie ein Murmeltier zu schlafen, leise schnarchend, tief und traumlos, bis ein dumpfes Dröhnen sie gegen vier Uhr plötzlich aus Morpheus' Armen riss.

Louise fuhr auf und rieb sich die Augen. Mit einem Schlag war sie hellwach. Was war das für ein merkwürdiges Geräusch gewesen? Sie konnte es im Moment überhaupt nicht zuordnen. Keine Tür, die ins Schloss gefallen war, kein Eimer, der scheppernd über den Hof rollte. Es war ein dumpfer Ton gewesen, ein tiefes *Dong, Dong*, von dem Louise nicht hätte sagen können, woher es gekommen war. Sie spitzte die Ohren und lauschte in die Dunkelheit.

Da, es tönte erneut, nun ein einzelner Schlag. War das eine Kirchenglocke? Aber warum um Himmels willen läutete eine Glocke mitten in der Nacht oder besser gesagt am frühen Morgen, wie Louise mit einem Blick auf die Uhr feststellte? War etwas passiert? Drohte eine Sturmflut? Rief man so die Inselbewohner zusammen?

Mit einem Satz sprang Louise aus dem Bett und lief auf nackten Sohlen zum Fenster. Erleichterung machte sich umgehend in ihr breit, und sie schalt sich eine Närrin. Der Wind hatte mittlerweile nachgelassen, nicht ohne vorher die Wolken zu vertreiben. Funkelnde Sterne umgaben jetzt einen

Mond, dessen Konturen sich messerscharf vom Himmel abzeichneten. Doch sie war sich sicher, sie hatte das Läuten einer Glocke nicht geträumt. Noch einmal lauschte sie aufmerksam, es war nichts mehr zu hören. Nun, sie würde Fine fragen, was es damit auf sich hatte. Sie tapste zurück ins Bett und war im nächsten Moment schon wieder eingedöst.

Um sieben Uhr erreichte der Geruch von frischem Kaffee Louises Nase bereits im oberen Flur, während Fine mit ihrer klaren Altstimme ein Liedchen vor sich hin trällerte.

»*Bonjour*, meine liebe Fine. Hast du schon alles gepackt? Eigentlich wollte ich für dich das Frühstück vorbereiten, aber du bist mir mal wieder zuvorgekommen. Bist du schon ein wenig aufgeregt? Und habt ihr euch eigentlich ein Programm zusammengestellt oder wollen du und Momme einfach nur die traute Zweisamkeit genießen?«, schnatterte Louise fröhlich drauflos.

Sie umarmte ihre Patentante und deckte den Frühstückstisch fertig, während Fine die Eier in die Eierbecher beförderte. Als sie sich wieder umdrehte, ließ doch tatsächlich eine leichte Röte Fines Gesicht leuchten, wie Louise schmunzelnd registrierte.

»Nein und ja und ja. Warum sollte ich aufgeregt sein? Hör mal, ich bin eine Frau über sechzig und kein Teenager, der seinem ersten Rendezvous entgegenfiebert.« Fine lächelte. »Nun, vielleicht doch ein klitzekleines bisschen. Und ja, wir haben ein Programm und werden es zu zweit genießen. Kunsthalle, Überseemuseum, Bürgerpark. Für die Abende haben wir Konzertkarten für die Glocke und am Samstag für das GOP, ein Varietétheater, das Artistik vom Feinsten bietet. Was Momme noch nicht weiß, ich habe Karten für das

Werder-Spiel. Das soll eine Überraschung sein.« Fine setzte sich und goss den Kaffee ein.

»Im Kühlschrank ist noch der Rest unserer Hähnchenterrine, die schmeckt auch wunderbar kalt zum Frühstück.«

Louise stand auf und holte die irdene Form. Fine legte sich eine Scheibe von der Terrine aufs Brot, biss hinein und verzog genüsslich das Gesicht, während Louise ihrer Scheibe Vollkornbrot eine ordentliche Portion Butter gönnte. Darauf ein wenig grobes Meersalz gestreut, für sie der perfekte Begleiter zum Frühstücksei. Sie klopfte mit dem Löffel auf die Eischale. *Klong, klong*, die Schale gab nach, und Louise zupfte sie nachdenklich ab. Das Klopfgeräusch hatte sie entfernt an das dumpfe Glockengeläut in der Nacht erinnert. Oder hatte sie vielleicht doch nur geträumt? Fine würde es wissen.

»Sag, Fine, hat heute Nacht eine Kirchenglocke geläutet? Ich hab so einen dunklen Ton gehört, es war ganz merkwürdig. Es kam mir wie der Schlag einer Glocke vor, aber irgendwie klang es dumpfer. So als würde der Ton durch dichten Nebel dringen. Aber draußen war alles klar, ich hab nachgeschaut. Hatte es irgendwas mit dem Sturm in der Nacht zu tun? Aber dann war ja alles wieder ruhig. War irgendwas los? Hast du es auch gehört?«

Fine schüttelte unmerklich den Kopf. »Nein, nicht, dass ich wüsste. Was du Sturm nennst, war ja auch nicht mehr als ein Lüftchen. Warte erst mal die richtigen Herbstorkane ab, mien Deern, da wirst du noch Augen machen. Aber zurück zu deiner Frage: Ich habe nichts gehört, keinen einzigen Ton. Wenn heute Nacht oder in der Früh etwas auf der Insel passiert wäre, du kannst mir glauben, Renate würde schon hier sitzen und uns brühwarm davon berichten. Nein, da war nichts, nix passiert und wahrscheinlich auch kein Glockengeläut.«

Louise trank einen Schluck Kaffee und blieb beharrlich. »Ich hab mich schon gefragt, ob ich es mir eingebildet habe, überhaupt etwas gehört zu haben. Aber je länger ich darüber nachdenke, desto sicherer bin ich. Es war eine Kirchenglocke. Zwei- oder dreimal hat sie geschlagen.« Sie biss sich auf die Lippen. »Und die Töne kamen auch nicht von der Neuen Kirche. Mehr aus Richtung der Alten Kirche, also eher vom Wasser her. Wie soll ich es dir nur beschreiben, es war so ein dumpfes *Dong, Dong, Dong*, als wäre der Klöppel in etwas eingewickelt. Trotzdem war es ganz deutlich zu hören.« Sie schloss die Augen und versuchte, sich noch einmal den Ton in Erinnerung zu rufen. »Es hört sich verrückt an, so würde es sich anhören, wenn eine Glocke unter Wasser geläutet wird.«

»Sag das noch mal, Louise.« Fine stellte den Kaffeebecher, den sie soeben an den Mund führen wollte, wieder hin.

»Ja, wenn ich es mir recht überlege, es hörte sich an, das heißt, ich stelle es mir so vor, als ob jemand eine Glocke unter Wasser läuten würde. Dumpf und doch eindeutig zu hören.«

Fine lehnte sich in ihrem Stuhl zurück, faltete die Hände im Schoß und sah Louise eindringlich an. »Das muss eine Ewigkeit her sein, dass jemand den Klang der Glocke vernommen hat. Das war vor, lass mich überlegen, mindestens dreißig Jahren. Damals ist die kleine Birte ertrunken. Diese Glocke gehört in das Reich der Sagen und Legenden. Wir haben doch noch vorgestern über die Tagung der *Rungholt-*

freunde gesprochen. Du hast ja auch schon einiges über die sagenhafte Stadt gelesen. Nun, sie lag vor unserer Insel. Hier hat vor vielen Jahrhunderten alles anders ausgesehen, Pellworm war noch nicht Pellworm. Es gibt natürlich die alten Geschichten, die sich um eine solche sagenhafte Stadt ranken. Unter anderem die, dass alle sieben Jahre in der Johannisnacht die Glocke der Kirche von Rungholt zu hören ist, aber nur Sonntagskinder nehmen sie wahr.«

Fine machte eine Pause und rechnete nach. »Also, die Johannisnacht ist schon lange vorbei, alle sieben Jahre passt auch nicht. Bist du wenigstens ein Sonntagskind?«

Louise entging nicht die leichte Unruhe in Fines Stimme. Fine, diese bodenständige Frau, die sich vor nichts und niemandem fürchtete, schien doch tatsächlich ein wenig aus der Fassung geraten zu sein. Sie lächelte beruhigend.

»Sehe ich etwa nicht so aus? Ein Sonntagskind wie aus dem Bilderbuch. Sonnig und freundlich. Ein Sonntagssonnenkind. An solche Spukgeschichten glaube ich nicht, obwohl sie natürlich etwas Faszinierendes an sich haben. Wahrscheinlich habe ich mich doch verhört oder einfach nur geträumt. Ich hatte mich gestern noch mit Frauke über Rungholt unterhalten, sie hat das Gedicht von Liliencron rezitiert. Da spielt die Glocke allerdings keine Rolle, wenn ich mich nicht irre.«

Im tiefsten Innern war Louise davon überzeugt, dass sie diesen rätselhaften Ton gehört hatte. Doch Fines Reaktion ließ es ihr ratsam erscheinen, das Ganze als Traum oder Einbildung abzutun.

»Nein, da hast du recht. Ich weiß auch nicht, wann die Geschichte mit der Kirchenglocke von Rungholt zum ersten

Mal aufgekommen ist. Aber diese Sage hat sich durchaus in den Köpfen der Menschen festgesetzt. Es gibt da so ein Lied, ich weiß im Moment überhaupt nicht, wer es gesungen hat, aber die Zeilen haben mir sehr gut gefallen. Es ging dabei um die Glocke.« Fine überlegte einen Moment, schloss die Augen und begann, mit ihrer schönen Altstimme leise zu singen. *»Wenn es still ist, die See ganz ruhig ist, hört man ihren Klang, die Glocken Rungholts läuten schon sehr lang, durch die Tiefe, durch die Zeiten, aus einem alten Ort, die Glocken Rungholts klingen immerfort.«*

Sie verstummte und blickte etwas verlegen auf ihren Kaffeepott. Louise war während des Gesangs eine Gänsehaut über den ganzen Körper gekrochen.

Fine straffte ihren Oberkörper, ihre Stimme nahm wieder einen festen Klang an. »Nun ja, eine Sage halt, eine alte Spukgeschichte. Nicht mehr. Was hast du denn heute Schönes vor? Und apropos Töne, ich habe Stures morgendlichen Gesang vermisst. Er steht ja schon mit den Hühnern auf. Hast du ihn bei Frauke gelassen?«

Die mystisch-unheimliche Stimmung, die Louise während Fines Gesangseinlage erfasst hatte, war verschwunden. Ihre Patentante hatte sich offensichtlich dazu entschlossen, das Thema zu wechseln.

»Ja, er hat die Nacht auf der Weide beim *Warft-Café* verbracht. Klaus bringt ihn mit dem Hänger zurück. Ich hatte überhaupt nicht nachgedacht.«

Lachend berichtete Louise von ihrem Abenteuer am Vortag, als Sture sie schmählich im Stich gelassen hatte und sie samt Grautier auf dem wackeligen Hänger mit drei Schafen von Hinrich durch die Gegend gekarrt worden war.

»Ich sag dir, das spricht sich auf der ganzen Insel rum. Nachdem ich einsehen musste, dass Peinlichkeit hier absolut fehl am Platze war, habe ich das Beste draus gemacht, den Leuten zugewinkt wie eine Weinkönigin im Elsass, wenn sie bei einem Weinfest auf einem Umzugswagen durchs Dorf gefahren wird. Ich glaube, sogar Sture hat es Spaß gemacht. Nur hatte ich nicht daran gedacht, wie finster es sein würde, wenn ich nach Hause laufe und unser Eselchen womöglich seine Pausen auch auf dem Rückweg einfordern wird. Die Satteltaschen hat er auf dem Hinweg allerdings getragen wie ein echter Kerl, ich hatte sogar den Eindruck, er kam sich ziemlich wichtig vor. Du kennst doch diesen leicht arroganten Gesichtsausdruck, den er manchmal draufhat, wenn du ihn beim Plündern des Salatbeetes erwischst. Nach dem Motto: Das steht mir zu, ich bin der Größte, was wollt ihr denn? Genau so hat er geguckt. Noch einen Kaffee?«

Fine schüttelte den Kopf. »Ich muss mich so langsam sputen. Wir nehmen die Fähre um Viertel vor zehn. Was ist nun mit dir?«

»Ach so, ja entschuldige. Was ich heute noch so vorhabe? Nicht viel, ich werde mich vielleicht um mein Kochbuch kümmern. Am späteren Nachmittag treffe ich mich mit Femke von der *Nordsee Lodge*. Die Tagung beginnt offiziell übermorgen mit einer Mitgliederversammlung. Allerdings wollen einige Teilnehmer schon heute im Laufe des Tages eintreffen. Für sie wird Femke ein kaltes Büfett vorbereiten. Ab morgen übernehme ich mit zwei Küchenhilfen. Zum Glück brauche ich mich nicht noch um die Lebensmittel zu kümmern. Die Kühlschränke und Vorratskammern sind wohl gut gefüllt. Allerdings weiß ich noch nicht, was sonst genau dort erwartet wird. Gesetztes Essen, Büfett, Mittagstisch und/oder Abendessen, Personenzahl, Vorlieben, Allergien …«

Louise verstummte, und Fine seufzte auf. Die Geschichte war immer noch allgegenwärtig. Klas Thams, Deutschlands Schlagerstar Nummer eins und Sohn der Insel Pellworm, war im Juni an einem allergischen Schock verstorben. Louises Krabbenbällchen hatten ihm den Garaus gemacht. Aber so einfach war die Geschichte dann doch nicht gewesen.

Fine verschwand im Badezimmer. Louise räumte das Frühstücksgeschirr in die Spülmaschine. Ein Kaffeelöffel purzelte auf den Fliesenboden. *Kling.* Seltsam war das schon. Sie hörte Glockengeläut, und auch wenn sie dies gegenüber Fine wieder relativiert hatte, so war sie sich immer noch sicher, die Töne vernommen zu haben. Dann die Sage über die Rungholtglocke, und jetzt fand auch noch diese Tagung der *Rungholtfreunde* statt. Ein merkwürdiger Zufall. Auf jeden Fall würde sie die Zusammenkunft dieser Historiker, Archäologen, Ethnologen und Museumsleute dazu nutzen, nicht nur ihre Kochkünste kreativ zu entfalten, sondern, wenn es ihre Zeit zuließ, ganz sicher Mäuschen zu spielen und zu versuchen, dem einen oder anderen Vortrag oder einer Diskussionsrunde zumindest zu lauschen. Und vorher das tun, was sie schon lange geplant hatte, nämlich das kleine Privatmuseum von Hellmut Bahnsen besuchen, in dem man Funde aus dem Watt bewundern und sich von ihm etwas über die sagenumwobene Stadt erzählen lassen konnte. Damit wäre sie für die *Rungholt-Dialoge* gewappnet.

Als eine Dreiviertelstunde später Momme mit seinem

Auto vorfuhr, stand Fine mit gepacktem Koffer, einer riesigen Handtasche und einer kleinen Kühltasche mit Proviant für die Zugfahrt von Husum über Hamburg nach Bremen bereits in den Startlöchern.

»Danke, mien Deern. Ohne dich könnte ich das gar nicht machen. Was wäre mit den Hühnern, wer würde sich um Sture kümmern?« Fine drückte Louise fest an sich. »Dienstag nehmen wir die Fähre um 14.40 Uhr von Nordstrand zurück.«

Momme war derweil ausgestiegen, um Fines Gepäck zum Auto zu tragen. Auch er umarmte Louise herzlich und brummte: »Na denn mal los.«

War dieser gestandene Mann etwa ein kleines bisschen aufgeregt? Louise lächelte. Wie sie Fine und Momme dieses Glück doch gönnte. Irgendwann würde das Glück, nach der Weltreise dieses besonderen Mannes, auch wieder an ihre Tür klopfen. Doch bis dahin würde noch einige Zeit ins Land gehen. Eine neue Aufgabe wartete auf sie. Eine ganze Gruppe von Archäologen und anderen Erforschern des Altertums wollte von ihr bekocht werden.

Sie winkte dem Auto hinterher und warf einen Blick auf die Uhr. Es war noch genügend Zeit für einen Besuch des Museums, das unzählige Schätze aus dem Watt beherbergte.

Kapitel 9

Christine Evers hatte die Fähre um 16.40 Uhr von Nordstrand nach Pellworm bestiegen. Obwohl sie im Norden Deutschlands lebte, war das Meer nicht ihr bester Freund. Gestern hatte sie die Wetterprognosen kritisch beäugt. Wäre auch nur das kleinste Lüftchen auf der Fahrt zur Insel zu erwarten gewesen, sie wäre nicht an Bord gegangen. Obwohl das Schiff ruhig dahinglitt, hatte sie das Gefühl, in der nächsten Sekunde seekrank zu werden. Da nutzte auch die kleine Pille nichts, die sie in weiser Voraussicht geschluckt hatte. Sie klammerte sich an ihrer großen Reisetasche fest und schloss die Augen. Während die anderen Passagiere an Bord den sonnigen Herbsttag genossen, die Seevögel, die über den blitzblauen Himmel flogen, beobachteten und ihrer Freude über die winzigen Schaumkronen, die über die leichten Wellen tanzten, Ausdruck verliehen, hatte Christine alle Mühe, ihren Brechreiz zu unterdrücken.

Nein, die See und sie, das war ein Aufeinandertreffen von Feuer und Wasser, wobei Christine nicht gerade den Begriff feurig für sich als hervorstechendes Merkmal ihres Charakters gewählt hätte. Sie war zielstrebig, neugierig und in ihrem Drang, zu forschen und zu entdecken, nicht aufzuhalten. Also doch ein Feuer, das in ihr loderte? Sie war sich im Moment nicht so ganz sicher. Am liebsten läge sie jetzt unter ihrer dicken Bettdecke, um dann wie von Zauberhand auf die Insel transportiert zu werden. Weg von diesem schlingernden Ungetüm, dessen stampfende Motoren es aggressiv durchs Wasser bewegten.

»Ist Ihnen nicht gut, mein Kind?« Eine ältere Frau betrachtete sie mitleidig.

Christine nickte, brachte aber kein Wort hervor. Sie befürchtete, mit der ersten Silbe auch noch ihr Mittagessen aus ihrem Mund zu entlassen.

»Und dabei ist heute so ein wunderbarer Tag. Da gab es schon ganz andere Tage im Oktober, wo einem der Sturm um die Ohren bläst und die Fähre zum Gotterbarmen schaukelt. Ich könnte Ihnen da Geschichten erzählen. Ich bin Renate Vollertsen, mir gehört das *Lütte Töpferhus* auf der Insel. Und Sie, Sie machen bei uns Urlaub?«

Christine nickte. Es entsprach zwar nicht der Wahrheit, doch sie fühlte sich nicht in der Lage, dieser wetterfesten Insulanerin auch noch große Erklärungen abzugeben.

Renate verstand. »Am besten gehen Sie runter, bestellen einen Tee mit Rum und denken an etwas, was Ihnen Freude bereitet, an etwas, was Sie ablenkt. Hier zu stehen und die Augen zuzumachen, ist nicht förderlich für Ihren Kreislauf. Irgendwann dreht sich nämlich alles um Sie herum, und Sie wissen nicht mehr, wo Sie sind. Nicht, dass Sie mir noch stürzen.«

Die Frau meinte es bestimmt gut, dachte Christine, aber das, was sie so von sich gab, war, bis auf die Idee, sich in den Bauch des schlingernden Ungetüms zu verziehen, nicht wirklich hilfreich. Aber diese Renate hatte ja recht. Offensichtlich hatte sie jetzt schon leichte Bewusstseinsstörungen, denn die Fähre glitt ja in Wirklichkeit ruhig dahin, das monotone Stampfen der Dieselmotoren hatte eigentlich überhaupt nichts Gefährliches an sich. Sie bedankte sich mit einem Nicken und einem verzagten Lächeln und schlich nach unten.

»Bitte einen Tee mit ganz viel Rum«, bat sie, verzog sich wie ein waidwundes Reh in eine Ecke und stellte ihre Tasche auf das rote Kunststoffpolster. So käme hoffentlich niemand auf die Idee, sich neben sie zu setzen und ihr weitere gut gemeinte Ratschläge zu erteilen.

Christine nahm einen Schluck des duftenden kräftigen heißen Getränks und versuchte, an etwas anderes als an die Umgebung, sprich gefährliche See, zu denken. Letztendlich war ihr gar nichts anderes übrig geblieben, als nach Pellworm zu reisen, wenn sie das Geheimnis des Gemäldes weiter ergründen wollte.

Nachdem Christine das Stillleben gereinigt und die wenigen Stellen, an denen es nötig war, restauriert hatte, war auch der allerletzte Zweifel, den sie nach der Entdeckung des Selbstbildnisses und der Signatur sowieso kaum noch gehegt hatte, ausgeräumt – es war ein Gemälde der flämischen Malerin Clara Peeters. Keine spätere Kopie im Stil und mit gefälschter Signatur Claras, nein ein authentisches Werk. Immer wieder hatte sie es mit den Bildern im Katalog verglichen, war sogar ins *Reijskmuseum* nach Amsterdam gefahren, um sich die dort ausgestellten Werke der Künstlerin im Original anzuschauen.

Noch war sie mit ihrem Schatz nicht an die Öffentlichkeit gegangen. Sie würde das Gemälde nicht behalten, das stand bereits fest. Eine Auktion wäre der beste Weg, es einem

Kunstliebhaber für eine stattliche Summe zu verkaufen. Sie hoffte, es würde vielleicht zweihundertfünfzigtausend Euro bringen. Christine musste schlucken, wenn sie an eine solche Summe dachte. Doch zuerst würde man das Bild einer genauen Prüfung unterziehen. War es überhaupt echt, würden sich die Fachleute fragen. Einer solchen Examinierung hielt das Bild hundertprozentig stand. Doch vorher musste und wollte sie sich über seine Provenienz klar werden. Dieses Gemälde barg ein Geheimnis. Warum war es überarbeitet, übermalt worden, an dieser einen besonderen Stelle?

Das Haus, auf dessen Dachboden sie dieses wunderbare Werk von Clara Peeters entdeckt hatte, war mittlerweile abgerissen worden. Es war schade drum gewesen, fand Christine. Das Haus hatte sich seinen alten Charme bewahrt, allerdings war es innen und außen oft umgebaut und umgestaltet worden und somit kein Fall mehr für die Denkmalpflege, wie bedauernd festgestellt werden musste. Christine hatte den Besitzer kontaktiert, einen Neffen des verstorbenen letzten Eigentümers, von dem sie das Bild abgekauft hatte. Es war der erste Schritt gewesen, dem Gemälde und seiner Vergangenheit auf die Spur zu kommen.

Der Typ hatte keine Ahnung gehabt, woher sein Onkel das Bild hatte, aber viel könne es ja wohl nicht wert gewesen sein, sonst hätte er es ja wohl aufgehängt. Außerdem habe sein Onkel das Haus erst vor elf oder zwölf Jahren gekauft, ihn würde es nicht wundern, wenn der alte Schinken da schon auf dem Dachboden gelegen hätte. Oder sei es etwa wertvoll, hatte er dann noch nachgehakt. Christine hatte verneint, sie sei einfach nur neugierig, wo es herkäme. Wenn sie es irgendwann dem Kunstmarkt überließ, würde dieser

Schnösel sowieso nichts davon mitbekommen, er hatte das Bild ja noch nicht mal eines Blickes gewürdigt, als sie es eingepackt hatte. Es ging ihn im Übrigen auch nichts mehr an. Sie hatte es entdeckt, gekauft und bezahlt. Ein ganz normaler Handel.

Im Bauarchiv in Bremen hatte man ihr dann weiterhelfen können. Das Haus hatte sich ein Baumwollhändler 1893 erbauen lassen, der sein riesiges Domizil an der Parkallee verlassen musste, nachdem der fiese Baumwollkapselkäfer seine gesamte Pflanzung entlang des Rio Grande 1892 zunichtegemacht und ihn fast in die absolute Pleite getrieben hatte. Carl-Theodor Andresen hieß der Mann, der einer weitverzweigten angesehenen Bremer Familie entstammte. Die Frage war nur: Hatte er das Bild in dieses Haus gebracht, oder war es einer seiner Nachfahren gewesen? Hing das Bild vielleicht ursprünglich in seiner schlossähnlichen Villa in der Parkallee? Nur war dieses Gebäude heute nicht mehr vorhanden. Was mit dessen damaligem Inventar passiert war, konnte ihr niemand sagen. Alles hatte der Baumwollhändler Andresen aber wohl nicht mitnehmen können, dazu war das neue Haus zu klein gewesen. Doch das Gemälde hatte offenbar den Weg dorthin gefunden.

Christine hatte sich dann auf die Suche nach Informationen zu Carl-Theodor Andresen gemacht und war in den Archiven der MAUS, einer Gesellschaft für Familienforschung, fündig geworden. Andresen hatte 1849, als er noch ein wohlhabender Mann gewesen war, geheiratet: Elisabeth Molitor, die Tochter eines calvinistischen Pastors. Also daher wehte wohl der Wind. Die streng gläubige, erzkonservative junge Frau hatte sich über den Anblick auf dem Gemälde wahrscheinlich zutiefst schockiert gezeigt, und ihr nachgiebiger Gatte hatte es übermalen lassen. Es passte perfekt, die Farbpigmente waren zwischen 1840 und 1850 einzuordnen. Seitdem verdeckten ein halbes Dutzend Austern und ein Käselaib den »Stein des Anstoßes«, bis zu dem Tag, an dem Christine ihn davon befreit hatte. Sie war wie elektrisiert gewesen. Wie kam ein solches Gefäß, das wahrscheinlich aus purem Gold war und einer Kultur zugeordnet werden musste, die erst durch die Grabungen eines Heinrich Schliemann oder Arthur Evans in das Bewusstsein der Menschen getragen worden war, auf ein Gemälde einer Künstlerin aus Antwerpen in der Mitte des 17. Jahrhunderts? Und wie war das Gemälde in den Besitz von Andresen gelangt? Das war die nächste Frage, die sie sich gestellt hatte, denn die Baumwollhändlerfamilie war nicht die Auftraggeberin gewesen, das wusste Christine mittlerweile. In ihrer Fantasie sah sie die Szene deutlich vor Augen: Ein betuchter Antwerpener besucht Clara in ihrem Atelier, bei sich trägt er den goldenen Becher, bittet sie, ein Stillleben zu malen, in dem dieser einen besonderen Platz erhält.

Gläser und Pokale, Schüsseln und Schalen aus Silber und Kristallglas, das seit dem 15. Jahrhundert aus Venedig kommend auf den Tischen der Reichen prangte, ja all das war auf den Stillleben dieser Epoche zu entdecken, aber nie ein solches Artefakt mit einer Szene, die wohl fast jeder Frau in der Mitte des 19. Jahrhunderts die Schamesröte ins Gesicht treiben musste.

Christine kramte ihre Notizen aus der Reisetasche. Die Beschäftigung mit diesem ganzen Rätsel lenkte sie tatsächlich ab, und die Fähre schaukelte in ihrer Einbildung bei Weitem nicht mehr so bedrohlich wie noch vor ein paar Minuten.

Es war die reinste Detektivarbeit gewesen, der Provenienz des Gemäldes noch weiter nachzuspüren. Jetzt hoffte sie, auf Pellworm mithilfe der Person, mit der sie morgen früh verabredet war, das Rätsel zu lösen, wie der geheimnisvolle Goldbecher überhaupt seinen Weg in den Norden gefunden haben könnte. Leise murmelte sie einen Namen vor sich hin, den Namen des Mannes, der der Auftraggeber des Gemäldes gewesen war, und dessen Wurzeln sie hier auf Pellworm zu finden hoffte. Sönke Brodersen.

Kapitel 10

Schon vor dem offiziellen Beginn der *Rungholt-Dialoge* hatten sich zahlreiche Teilnehmer in der *Nordsee Lodge* eingefunden und ihre Zimmer bezogen. Nach und nach trudelten sie wieder im Foyer des Hotels ein. Stimmengewirr und leises Murmeln erfüllten den großzügigen Empfangsraum, laute und fröhliche Begrüßungen wurden ausgetauscht, hier und da genügte auch nur ein leichtes Kopfnicken. *Lange nicht gesehen, wie schön, dich hier zu treffen, was macht die Forschung, wie geht's der Familie.* Eine Stimme, die einem Nebelhorn gleich durch das Foyer erscholl, übertönte alles, sehr zum Leidwesen des Angesprochenen und Ehegatten der Frau mit dem lauten Organ.

»Mein Hämmerchen, zieh doch nicht schon wieder so ein Gesicht, es war doch sonnenklar, dass die alte Ziege hier auftauchen wird.«

»Das weiß ich auch, und nenn mich nicht immer Hämmerchen. Und vor allem, schrei hier nicht so herum. Du kannst von Glück sagen, dass sie gerade raus ist. Wenn sie das gehört hätte. Alte Ziege. Aber so ganz unrecht hast du auch wieder nicht.« Der Mann schmunzelte. »Mit zunehmendem Alter gleicht Elisabeth tatsächlich immer mehr einer Ziege. Hast du gesehen, sie hat sogar einen kleinen Bart, dazu diese hervorstehenden Augen.«

Dr. Sven Hammerstein, Archäologe und Spezialist für den

nordfriesischen Raum vom Paläolithikum bis hin zur Zeit der Wikinger, fuhr sich durch das schütter werdende Haar. Schon auf dem Fährschiff nach Pellworm hatte er *die Ziege* entdeckt. Natürlich, anders kam man ja auch kaum auf die Insel. Er hasste alles an dieser Frau. Die gedrungene Gestalt, das dunkle, grau werdende kurze Haar, die beschissene Intellektuellenbrille, die sanfte Stimme, die voller Heimtücke war, ihr ewiges *Tss*, wenn jemand nicht dieselbe Meinung vertreten wollte, der sie war, ein Geräusch, wie das einer fetten Fliege, die einem um den Kopf schwirrte. Frau Professor Dr. Dr. Elisabeth Schwontkowski, Archäologin und Ethnologin an der Universität Bremen. Eine Kollegin, eine verhasste Kollegin. Seit Jahren standen sie und er zwei verfeindeten Lagern vor, und das im Grunde genommen wegen etwas, was es so gar nicht mehr gab, wegen Rungholt oder genauer gesagt wegen der strittigen Frage, wo diese Stadt gelegen hatte oder, noch detaillierter ausgedrückt, wegen des Streits um die Bedeutung, die dieser Ort einmal besessen hatte.

Hammerstein und sein Gefolge aus Kiel negierten nicht die Wichtigkeit dieses untergegangenen Handelsplatzes, doch mehr war es eben nicht gewesen, ein Handelsplatz, der seine Bedeutung, die er im Mittelalter gehabt hatte, mit seinem Untergang in der Großen Sturmflut verlor. Schwontkowski, die sich permanent damit rühmte, nicht *nur* Archäologie studiert, sondern auch noch einen zweiten Doktortitel in der Ethnologie errungen zu haben, war Verfechterin einer äußerst gewagten Theorie. Doch noch nicht einmal für eine Theorie reichte es nach Hammersteins Dafürhalten, was Schwontkowski seit nunmehr zwölf Jahren kundtat: Antike Schiffe sollten Rungholt angesteuert und Handel getrieben haben. Absoluter Schwachsinn nach Hammersteins Meinung. Und Beweise dafür hatte sie keine, die Ziege.

Nach dem Auftauchen von ein paar Scherben und dem Rest einer Grape – absolut nichts Außergewöhnliches, so Hammersteins verkündete Expertenmeinung, wenn man ihn danach fragte – war der Expertenstreit erneut entbrannt, wegen nichts und wieder nichts. Dabei wusste keiner so genau, wo diese Funde genau zu verorten waren. Der Junge aus Hannover hatte in seiner Panik vollkommen die Orientierung verloren. Als man ihm noch in Husum im Museum eine Karte vor die Nase gehalten hatte, wo er denn nun seine Entdeckung gemacht habe, hatte er mal hierhin, mal dahin getippt, um letztendlich seinen Wurstfinger, so Hilla Uldrup, eine Museumsmitarbeiterin, auf ein Fleckchen zu halten, das der Hamburger Hallig entsprach. Wo er ganz sicher nicht gewesen war.

Hilla hatte von Tim oder Tom Soundso dessen *Schätze* entgegengenommen. Als der erste Zeitungsartikel im *Husumer Nachrichtenblatt* erschien, war es in der Fachwelt noch ruhig geblieben, doch der dritte Artikel hatte den Sturm im Wasserglas dann entfacht. *Aus Insiderkreisen*, blanker Unsinn. Wer sollte aus Insiderkreisen etwas vermeldet haben, wo es laut Professor Hammerstein nichts zu vermelden gab? Elisabeth Schwontkowski hatte ihn noch vor einer Woche angerufen, um ihm mitzuteilen, sie werde nicht eher ruhen, bis das verschwundene Artefakt, das ihre Theorie bestätigen könne, wieder auftauche. Darüber hinaus wolle sie die Tagung nutzen, um in der Öffentlichkeit darüber mit ihm zu diskutieren.

Seine Frau hatte recht, eine Ziege war Elisabeth. Als er sie beruhigen wollte – Elisabeth hatte sich dermaßen in Rage geredet –, kam sie doch tatsächlich noch mit diesem Journalisten an. Der wisse mehr darüber und habe Lutz von Winterfeld kontaktiert. Von Winterfeld mit seinem Minoer-Wahn. Der sollte sich mal nicht so aufplustern. Nichts hatte er in der Hand, rein gar nichts. Einen wirklichen Beweis dafür, dass die Minoer bis nach Friesland gekommen waren, war er bis jetzt schuldig geblieben. Und daran würde sich wahrscheinlich auch nichts ändern.

Hilla Uldrup hatte lediglich einen kurzen Blick in die Tüte geworfen, die der Junge ihr gegeben hatte, und wie sie sagte, nichts Außergewöhnliches gesehen. Dann hatte sie vergeblich versucht herauszufinden, wo der Fund gemacht worden war, und den Inhalt umgehend nach Kiel weitergeleitet. Den einzigen Fehler, den sie nach Ansicht von Sven Hammerstein gemacht hatte, war der, gegenüber von Winterfeld etwas von einer Münze zu faseln. Das war letzte Woche gewesen, und der Anlass für Elisabeth, ihm am Telefon die Frechheiten an den Kopf zu werfen. Als er nicht darauf eingegangen war, hatte von Winterfeld ihn dann in Kiel geradezu telefonisch terrorisiert und attackiert.

»Ein solches Artefakt gibt es in Kiel nicht«, waren seine letzten Worte gewesen, bevor er entnervt auflegte und kein Gespräch aus Bremen mehr annahm.

Als Hilla dann überflüssigerweise kundtat, sie habe wohl doch eine Münze gesehen, ziemlich sicher ein altes Einmarkstück, an den Adler darauf könne sie sich noch erinnern, kam der Stein ins Rollen. Ein totales Chaos war die Folge. Schwontkowski und Co. witterten einen Skandal und teilten pressewirksam und mit einem Riesentamtam ihre Teilnahme an den diesjährigen *Rungholt-Dialogen* mit. Wollten er und seine Leute nicht als Spielverderber dastehen, mussten sie wohl oder übel teilnehmen und sich mal wieder mit den schon tausendmal durchgekauten Fragen beschäftigen. Ein neuer Expertenstreit war quasi vorprogrammiert.

Obwohl die Tagung erst am Freitag offiziell beginnen würde, hatten sich die meisten Teilnehmer, wie durch ein geheimes Signal aufgefordert, bereits am Donnerstag auf den Weg nach Pellworm gemacht. *Wie die Lemminge,* war es Hammerstein durch den Kopf geschossen. Und als wäre das nicht schon genug, hatten sie alle auf derselben Fähre gesessen und mussten im selben Tagungshotel übernachten. Er hatte seiner Frau vorgeschlagen, lieber bei der Schwiegermutter zu wohnen, die auf Pellworm lebte, doch Silvana hatte es strikt abgelehnt.

Gut, man konnte sich natürlich aus dem Weg gehen, doch während der Vorträge und Diskussionen saß man beieinander und musste sich ertragen.

»Hämmerchen, hast du gesehen? Da ist sie schon wieder. Wo hat sie denn ihren Enddarmbewohner Lutz von Winterfeld gelassen? Nicht hinschauen, sie winkt dir gerade zu.«

Natürlich sah Sven Hammerstein hin, nickte kurz und beließ es dabei. Wenn Silvana nur nicht immer gleich so ordinär wäre. Enddarmbewohner. Wo hatte sie das denn schon wieder her? Von Winterfeld war ganz sicher kein schlechter Mann, nur leider eben auf der falschen Seite tätig. Aber tatsächlich, wo steckte der Typ denn? Auf der Überfahrt hatte er ihn auch nicht gesichtet.

»Jetzt reiß dich mal zusammen, Silvana. Wenn man dich so hört. Was hackst du denn immer so auf von Winterfeld rum?«

»Ich hacke nicht auf ihm rum. Er ist mir schietegal«, gab Frau Hammerstein beleidigt zurück. Sie verzog schmollend den Mund. »Dann sag ich jetzt gar nichts mehr.«

Besser wäre es, dachte Sven Hammerstein, doch die Drohung seiner Gattin hatte keine fünfzehn Sekunden Bestand.

»Das gibt's doch nicht! War die etwa auch auf der Fähre? Ich hab sie überhaupt nicht gesehen? Marieke, diese dämliche Kuh. Ist die eigentlich mittlerweile fertig oder bastelt sie immer noch an ihrer Doktorarbeit rum?« Silvana Hammerstein hatte ihre Stimme jetzt etwas gesenkt, es war nun noch eine Art Zischen, das ihrem Gatten an die Ohren drang.

Sven Hammerstein seufzte. Kein gutes Thema. Immerhin arbeitete Marieke Schloot an irgendetwas, im Gegensatz zu seiner Frau, die mittlerweile im zwanzigsten Semester war und außer dem Umstand, dass sie sich ihren fast dreißig Jahre älteren Professor geangelt hatte, noch nichts Entscheidendes zustande gebracht hatte. Die Ansätze ihrer Doktorarbeit zum Thema *Vergils Landsitze in Tarent und Kampanien* waren nie über ein erstes Exposé hinausgekommen. Hammerstein konnte sich mittlerweile sogar des Eindrucks nicht mehr erwehren, seine Frau würde nach und nach das Interesse an der Archäologie verlieren. Noch am Morgen hatte sie tief geseufzt, schon wieder zu einer dämlichen Tagung zu müssen, und das auch noch auf dieser langweiligen Insel Pellworm. Sie könne das ja wohl einschätzen, denn immerhin stamme sie selbst von dort. Außerdem gäbe es bei den *Rungholt-Dialogen*, die, warum auch immer, sowieso jedes Jahr stattfänden, nie was Interessantes. Oder täusche sie sich da?

»Ich habe mich so bemüht, von dort wegzukommen, und jetzt schleppst du mich Jahr für Jahr wieder hin«, hatte sie herumgemault. Da hatte es auch nichts genutzt, dass ihr Mann sie mit nachsichtiger Stimme belehrte, die Tagung finde mitnichten nur auf Pellworm statt, sondern auch in Husum. Gerecht abwechselnd, doch in diesem Jahr, obwohl Husum an der Reihe gewesen wäre, aus organisatorischen Gründen eben wieder auf der Insel. So habe er auch die Möglichkeit, seinen Bruder mal wieder zu sehen, und Silvana könne ein wenig Zeit mit ihrer Mutter verbringen, vielleicht sich sogar mit ein paar alten Freunden verabreden.

Doch Silvana war nicht zu bremsen gewesen. »Nichts interessiert mich mehr auf dieser Insel. Meine Mutter besucht uns oft genug in Kiel, und außer ihr kenne ich auf Pellworm niemanden mehr, *niemanden*, hörst du!«, hatte sie ihm ins Ohr gebrüllt, als er sich irgendwann genervt der neuesten Ausgabe des archäologischen Journals *Archäo-Line* zugewandt hatte.

»Hilla, Detlev, hier sind wir.« Silvana Hammerstein ruderte mit den Armen, um auf sich aufmerksam zu machen. *Als ob ihre Stimme – wenn eine Gießkanne aus Blech sprechen könnte, würde es sich so anhören – nicht ausreichen würde*, dachte Hilla Uldrup augenblicklich.

Im Gegensatz zu Silvana, die ihr bereits auf der Fähre ihr Leid geklagt hatte, freute sie sich auf die Tagung. Hilla liebte ihre Arbeit im Nissenhaus in Husum, doch der Austausch mit Kollegen war eine willkommene Abwechslung. Das Museum besaß eine hervorragend gemachte Ausstellungsfläche, die alleine dem Thema Rungholt gewidmet war. Es war das Lieblingsthema von Hillas Chefin Friederike Thorwald, die eigentlich an den *Rungholt-Dialogen* teilnehmen wollte, bis ihr eine fiebrige Bronchitis kurzfristig einen Strich durch die

Rechnung gemacht hatte. Hilla war nicht ganz so mit dem Rungholtthema befasst, doch eine Vertreterin des Museums sollte zumindest die Tagung begleiten und der Chefin Bericht erstatten.

Blieb nur zu hoffen, dass man sie mit der Frage nach der beschissenen Münze in den nächsten Tagen verschonte. Die Thorwald hatte einen ganz schönen Wirbel darum gemacht. Und je mehr man ihr damit auf den Nerv gegangen war, desto sicherer war ihr Auftreten geworden, bis sie zu guter Letzt ein Einmarkstück daraus gemacht hatte. Wenn das nicht in Kiel gelistet war, hatte man es wohl aussortiert und entsorgt. Gott sei Dank konnte sich der Junge auch nicht mehr daran erinnern. Das Foto, das er gemacht hatte, war gelöscht. Sie hatte ihn extra noch einmal angerufen, um auf Nummer sicher zu gehen. Da hatte der sogar davon gesprochen, es könne sich um einen Kronkorken der Specht-Brauerei gehandelt haben.

Sie hatte sich jedenfalls nichts zu Schulden kommen lassen, hatte alles brav eingetütet und nach Kiel geschickt. Man konnte ihr keinen Vorwurf machen. Allerdings, hätte sie gegenüber Lutz von Winterfeld doch bloß nichts gesagt. Aber der Typ war so hartnäckig gewesen. Dem würde sie noch die Meinung geigen, er war schuld an dem ganzen Schlamassel.

Seufzend ging Hilla zu der kleinen Gruppe, die sich mittlerweile um Silvana und Sven Hammerstein scharte. Irgendwie wurde sie das Gefühl nicht los, diese Tagung würde nicht so ruhig und diszipliniert ablaufen wie die vorangegangene.

Kapitel 11

Louise war voller bunter Eindrücke, als sie das kleine, aber feine Museum in der Westerschüttung 2 verließ. In seinem Haus hatte Hellmut Bahnsen seine Sammlung von Funden aus dem Watt der Öffentlichkeit zugänglich gemacht und Louise mit Freude und großem Fachwissen erklärt, was er wo entdeckt hatte, und ihr die Geschichte der Uthlande, das waren die dem Festland vorgelagerten Inseln, Halligen und Marschen Nordfrieslands, die durch die großen Sturmfluten immer wieder in Mitleidenschaft gezogen worden waren, eindringlich vor Augen geführt. Hellmut Bahnsen wusste einfach alles. Warum der Name Kaydeich mit dem männlichen Vornamen nichts zu tun hatte, welche Kirchspiele einst zu der untergegangenen Insel Strand gehörten und ob eine Keramikscherbe, die auf einem der Regale liebevoll gelagert wurde, zu Buphever oder vermeintlich zur versunkenen Stadt Rungholt gehörte.

Im Jahr 1971 hatte er mit dem Sammeln begonnen, rein zufällig. Als er nach Miesmuscheln, die damals noch vorkamen, suchte, war er auf seine ersten Keramikscherben gestoßen. 1980 war bereits so viel Material zusammengekommen, dass er und seine Frau Rita ihr kleines Museum damit bestücken konnten. Wo Louises Augen auch hinblickten, Tonscherben, zusammengesetzte Krüge, Reste von glasierten Ofenkacheln, zum Teil sogar aufwendig mit Wappen verziert, Gefäße mit einem Loch, in denen Käse produziert worden war – das Loch diente zum Abfließen der Molke –, Tierschädel, Knochen. Alles Zeugnisse der Vergangenheit, Hinweise auf Orte, die durch die Mandränken, die Sturmfluten, dem Untergang geweiht worden waren.

Nach diesen spannenden Ausführungen nahm Louise sich fest vor, demnächst eine Wattwanderung unter dem speziellen Aspekt der Suche nach Besiedlungsspuren mitzumachen. Die einzige geführte Wanderung, an der sie bis jetzt teilgenommen hatte, hatte ihr eine Tüte voll mit Muschelschalen beschert, die sie dann irgendwann, bis auf zwei besonders schöne Exemplare, wieder entsorgte. Hellmut Bahnsen war ein Quell des Wissens, er würde im Watt Wegekreuzungen erkennen, die für jedes ungeübte Auge nicht mehr als ein dunkler Schatten im Schlick waren. Auf einem Foto hatte er Louise etwas gezeigt, das für sie wie ein nichtssagender Kreis aussah, aber in Wirklichkeit ein ehemaliger Brunnen war, geformt aus Torfsoden.

Besonders angetan hatte es Louise ein Metallteil, der Überrest einer Kirchenglocke, wie ihr Bahnsen erklärte. Der Ton, den er erzeugte, als er daran schlug, ließ Louise erschauern. Genauso hatte sich die Glocke in der letzten Nacht angehört. Doch darüber hatte sie lieber geschwiegen. Auf ihre Frage, ob er glaube, man würde von Rungholt mal etwas mehr als ein paar Scherben und Brunnenlöcher entdecken, hatte Bahnsen geschmunzelt und Louise erklärt, das Watt verändere sich stetig. Mit den Spuren, die man dort freilege, triebe der Sturm seine Spielchen und zerstreue diese bald in alle Richtungen.

Und mit solchen Dingen würden sich die Teilnehmer der *Rungholt-Dialoge* beschäftigen, die, so viel wusste Louise nun, zum neunten Mal auf Pellworm stattfanden.

Kurz entschlossen radelte sie nicht direkt nach Hause, sondern entlang des Deichs. Bahnsen hatte ihr eine Karte gezeigt, auf der eingezeichnet war, wo man Rungholt vermuten konnte, irgendwo zwischen Pellworm und der Hallig Südfall. Sie ließ den rot-weiß geringelten Leuchtturm hinter sich und stellte ihr Fahrrad nach knapp fünfhundert Metern dort ab, wo ein niedriges Holztor den Zugang auf den Deich ermöglichte. Oben angekommen stemmte Louise die Arme in die Hüfte und starrte auf das vor ihr liegende schier endlose Watt, das heute Grau in Grau mit dem Horizont verschmolz. Es war kurz nach ein Uhr Mittag. Das Niedrigwasser hatte seinen tiefsten Stand erreicht, also eigentlich optimale Voraussetzungen, jetzt etwas im Schlick zu entdecken.

Louise marschierte den Deich hinunter, überquerte die steinernen Buhnen, begab sich ins Watt und musste augenblicklich feststellen, dass es aus dieser Perspektive bei ihrer geringen Körpergröße nicht viel zu sehen gab. Nasser Sand, sonst nichts. Wie machten das die Fachleute? Woran erkannten sie einen Siedlungsrest? Gruben sie dort, wo sie eine Scherbe gefunden hatten? Allerdings machte das ja wohl wenig Sinn, überlegte Louise. Das Loch würde wahrscheinlich in kürzester Zeit wieder geflutet sein. Die Archäologen mussten wahrscheinlich verdammt schnell arbeiten, denn das, was sie entdeckten, war mit der nächsten Flut ganz sicher schon wieder verschwunden.

Sie kletterte zurück auf die Deichkrone, beschirmte ihre

Augen und spähte über die graue menschenleere Fläche. Moment mal, was war das? Sah das nicht aus wie ein Grundriss, zwei Seiten eines Gebäudes? Fundamentreste? Louise ging wieder zurück und näherte sich dem, was sie als Fundamentrest glaubte, entdeckt zu haben. Zumindest sah der Boden anders aus als sonst, dunkler! Genau, es waren zwei dunkle Streifen, vielleicht einen halben Meter breit und vier Meter lang und diese im fast rechten Winkel zueinander.

Je mehr sich Louise dem Objekt ihrer Begierde vermeintlich näherte, desto weiter entfernt erschien es ihr. Gab es eine Fata Morgana im Watt? Oder spielten ihre Augen ihr einen Streich, weil sie etwas zu sehen glaubte, was sie erhofft hatte, einen Rest des untergegangenen sagenumwobenen Rungholt? Sie musste unbedingt einen Inselbewohner nach einem solchen Phänomen fragen. Denn es konnte sich nur um eine Sinnestäuschung handeln. Vielleicht sah sie von oben dann doch wieder klarer.

Louise kletterte zurück auf die Deichkrone, doch der letzte Rest von Rungholt wollte ihr nicht mehr erscheinen. Weg. Lediglich einige Wasservögel tummelten sich auf dem Schlickboden, und in Richtung Tammensiel blickend, konnte sie zwei Punkte ausmachen, die sich bewegten. Ein großer langsamer und ein kleiner flinker. Ein Hund und sein Begleiter.

Louise musste über sich selbst lachen. Offensichtlich war eine Schatzjägerin an ihr verloren gegangen. Jägerin, nicht Finderin, wie sie leise vor sich hinmurmelte, als sie ihr Fahrrad bestieg, um zu Fines Häuschen zu radeln. Gerade als sie losstrampeln wollte, hielt ein weiteres Rad auf ihrer Höhe.

»Moin, Louise, na?«

»Moin, Jasper, alles bestens.«

Louise hatte den jungen Mann im Sommer bei ihrer ersten Besichtigung der Alten Kirche kennengelernt. Jasper wusste alles, was die Insel betraf. Sein Großvater war Pastor auf Pellworm gewesen, und Jasper hatte die Historie des Eilands sozusagen mit der Muttermilch aufgesogen.

»Sag mal, kann es sein, dass man über dem Watt eine Fata Morgana sehen kann? Ist so was möglich? Ich habe gerade gedacht, ich hätte Spuren einer Behausung entdeckt. Aber jetzt ist nichts mehr da.«

Jasper grinste von einem Ohr zum anderen. »Haben die Rungholtianer dir schon den Kopf verdreht? Hab gehört, da findet eine Tagung in der *Nordsee Lodge* statt. Und du kochst dort.«

»*Mon Dieu*, auf der Insel spricht sich ja alles schneller herum, als ich piep sagen kann.« Auch Louise musste grinsen. »Aber es stimmt, ich versorge die Teilnehmer. Ich war übrigens vorhin bei Hellmut Bahnsen im Museum. Ist ja schon eine faszinierende Geschichte. Da etwa muss die Stadt ja wohl gelegen haben.« Louise wedelte mit der Hand über ihre Schulter zum Deich hin.

»Ja, sagt man so. Ich persönlich habe noch nichts entdeckt. Obwohl ich auch immer die Augen aufhalte. Aber man muss schon einen geschulten Blick haben, um etwas Relevantes zu erkennen. Und der fehlt mir wahrscheinlich. Aber zu deiner Frage: Fata Morganas oder heißt es Morganen?« Jasper zuckte mit den Schultern. »Egal wie, aber es gibt so was tatsächlich. Ich hab mal die Hallig samt Warft und Haus über dem Boden schweben sehen, und die waren in Wirklichkeit überhaupt nicht da. Mein Vater hat mir erklärt, es sind Luftspiegelungen, die …« Jasper schwieg und schloss die Augen. »… warte, ich muss nachdenken, wie war das noch mal? Ich glaube, da liegen unterschiedlich warme Luftschichten über- einander, also zum Beispiel im Sommer, wenn die Sonne mal den Sand erhitzt, beginnt die Luft darüber zu flimmern. Wenn du dann flach drüberguckst, ist das wie ein Spiegel. Oder so ähnlich. Auf jeden Fall sieht man dann was, was gar nicht da ist. Nur bei dem Schietwetter kann das eigentlich nicht passieren«, fügte er stirnrunzelnd hinzu.

»Ist auch nicht so wichtig. Na denn, tschüs. Und danke, du bist ja echt ein Quell des Wissens.«

»Da nich für, ja tschüs denn.« Jasper tippte sich an die Stirn, stieg auf und fuhr davon.

Auf dem Rückweg fiel Louise ein, dass sie eigentlich Jasper noch nach den Glocken von Rungholt hätte fragen können. Schließlich war der *grand-père* Pastor gewesen. Doch zu Hause angekommen musste sie dringend aufs Klo, und der Gedanke verflog wie nichts.

Kapitel 12

Er wusste nicht, ob der Tag anbrach oder ob in wenigen Minuten in seinem dunklen Gefängnis die noch dunklere Dunkelheit einziehen würde. Er wusste nicht, wie lange er schon
hier war, er wusste nicht warum. Er wusste nichts. Weder
seinen Namen noch wie er in diese absonderliche Situation
geraten war.

Als er das erste Mal erwacht war, konnte er seine Glieder kaum spüren. Sie taten ihm nicht weh, sie waren einfach
wie abgestorben. Er lag auf dem Rücken, der einzige Teil
seines Körpers, der Schmerz signalisierte. Finsternis umgab
ihn, doch die Luft, die er atmete, war frisch. Mühsam hob
er den Kopf, die Schultern, den Oberkörper. Ganz langsam
kehrte ein Gefühl in die Arme zurück, er streckte sie nach
beiden Seiten aus. Links war nichts, rechts eine kühle Wand,
die er mit den Fingerspitzen abtastete. Sie war uneben, einen
Hauch feucht und ein wenig sandig. Stein. Er ließ seine Füße
kreisen, das Blut kehrte zurück, es prickelte in den Beinen.

Tief sog er die kalte Luft ein. Dabei wunderte er sich, wie
wenig Angst er empfand. Mit den Händen fuhr er über sein
Gesicht. Augen, Nase, Mund, ein Bart. Die Hände glitten
weiter zum Oberkörper, tasteten über die Kleidung. Lederjacke, Pullover, Flanellhemd. Er beugte sich nach vorne. Ein
stechender Schmerz fuhr durch seinen Kopf. Zurück mit der

Hand an den Schädel, an den Hinterkopf. Das Haar verkrustet, darunter, daneben eine Schwellung. Wo hatte er sich den Kopf so angehauen? Das hatte ihn offensichtlich ohnmächtig werden lassen.

Ein neuer Versuch. Nachvornebeugen, Abtasten der Oberschenkel, der Knie, der Waden. Bis zu den Füßen reichten seine Arme nicht. Der Stoff der Hose fühlte sich nach einer Jeans an. Er rieb die Füße aneinander. Schuhe oder Stiefel, knöchelhoch.

So wie der Schmerz im Kopf ihn plötzlich überfallen hatte, wurde ihm mit einem Mal übel. Seine Lippen waren trocken, gerissen, sein Mund wie ausgedörrt. Mit der Erkenntnis, dass ihm vor Hunger und vor allem vor Durst schlecht war, kam die Panik. Wann hatte er zum letzten Mal gegessen und getrunken? Er schluckte sie herunter, den Hunger, den Durst, die Panik. Er war am Leben, er musste nur aufstehen und sich auf den Weg machen. Nach Hause. Wo war das?

Er nahm wahr, dass es dunkel wurde, nicht hell. Abend und Nacht brachen herein. Wenn er sich auf den Weg machen wollte, dann jetzt. Sollte er jemanden informieren? Machte sich irgendwer Sorgen um ihn? Er wusste es nicht. Handy. Man benutzte ein Handy, um sich mit jemandem in Verbindung zu setzen. Er tastete sich ab. Nichts. Kein Handy, kein Schlüssel, nichts. Noch immer saß er da wie paralysiert, konnte sich nicht entschließen, sich zu bewegen, zu kriechen, aufzustehen oder gar zu gehen. Mit den Händen tastete er weiter seine nähere Umgebung ab. Der Boden war sandig. Nichts außer Sand und einigen Steinchen. Mittlerweile konnte er nicht mehr die Hand vor Augen sehen. Er reckte die Arme nach oben, wedelte mit ihnen in der Luft. Keine Decke. Gott sei Dank. Wäre über ihm etwas gewesen, er wäre verrückt geworden, denn so viel war ihm plötzlich bewusst, Enge trieb ihn in die Panik.

»Los …« Scheiße, wie hieß er? Er konnte sich noch nicht mal selbst Mut zusprechen. »Los, Junge, du brauchst eindeutig Hilfe. Mach, dass du da rauskommst«, ermutigte er sich mit heiserer Stimme.

Wo raus?, fragte ein Flüstern in seinem Kopf.

Er schloss die Augen, dachte nach. Was hatte er vorhin noch wahrgenommen? Ein wenig diffuses Licht von außen. So war es doch gewesen? Ein Hauch von Helligkeit durch einen Spalt? Spalt? Mehr nicht? Gab es hier überhaupt einen Ausgang? Wie sollte er das wissen, wenn er noch nicht einmal wusste, wo er überhaupt war?

Es war ihm unmöglich, einen klaren Gedanken zu fassen. *Konzentrier dich.* Alles noch mal von vorne. Er saß irgendwo, wo er von Stein umgeben war. Der Boden, die Wände. Er hatte eine Wunde am Kopf, war hungrig und durstig und konnte sich an nichts erinnern. Draußen war es hell gewesen, jetzt dunkel, doch es gab kein Fenster, durch das er es hätte wahrnehmen können, sondern nur einen Spalt, und der war vor ihm gewesen. Also war da vorne, wo immer das auch war, ein Ausgang. Er musste nur noch dorthin gehen und den Keller verlassen. Keller? Wie kam er jetzt auf die Idee?

Er zog die Beine an und winkelte sie zur Seite, kniete sich hin. *Au.* Er hatte sich auf einen kantigen Stein gekniet, und das tat höllisch weh. Er streckte und dehnte seinen Oberkörper, richtete sich langsam auf. Ging doch. Jetzt alle Reserven mobilisieren, aufstehen und verschwinden. Dann würde er weitersehen. Entschlossen richtete er sich auf. Mit voller Wucht krachte sein Kopf an die harte Decke. Glühender Schmerz, ein weißer Blitz, dann wurde ihm schwarz vor den Augen. Ohnmächtig brach er in seiner steinernen Gruft zusammen.

Kapitel 13

Louise hatte es sich auf dem altmodischen Sofa mit dem dunkelroten Samtbezug und den walzenförmigen Armlehnen, an denen goldfarbene Troddeln hingen, bequem gemacht. Das Prachtstück hatte bereits Fines Großmutter gehört und war, so Fine, seitdem noch nie auch nur einen Zentimeter in der guten Stube verrückt worden, es hatte, im wahrsten Sinne des Wortes, seinen angestammten Platz. Dort, wo man den Kopf anlehnte, war ein langes schmales gehäkeltes Deckchen angebracht, so war der rote Samt vor Verschmutzung geschützt. Bei Bedarf wanderte das Deckchen dann einfach in die Waschmaschine.

Neben ihr lag ihr Laptop, auf der anderen Seite ein dicker Ordner, vollgestopft mit handgeschriebenen Zetteln, auf denen sich Louise Rezepte oder auch nur Zutaten, die ein gutes Kochrezept ergeben könnten, notiert hatte. Es war ein wahres Sammelsurium. Zu Anfang hatte sie noch ihre Notizzettel zwischen Vorspeise, Salaten, Suppen bis hin zum Dessert voneinander getrennt. Doch irgendwann hatte sie alles nur noch gelocht und nach oben verfrachtet. Jetzt lag eine *Daube gardiane* aus Rindfleisch in Rotwein geschmort vor einem Rote-Bete-Salat mit Rauke, Nüssen und Ziegenkäse, während ein Lammeintopf mit Frühlingsgemüsen zwischen einer *pissaladière* mit ihrem Belag aus Zwiebeln, Anchovis und schwarzen Oliven und einem *trou normand* aus Zitronensorbet und eisgekühltem Champagner steckte. Es mussten Hunderte von losen Zetteln sein, die sie noch zusätzlich in einem Karton gesammelt hatte. Ungeordnet wie der Inhalt des Ordners. Der Begriff Ordner war sozusagen absolut fehl am Platz, sinnierte Louise einsichtig. Es nutzte auch nichts, nun eine solche herzustellen. Dann hätte sie zig Vor- und Zwischengerichte, Haupt- und Nachspeisen. Allerdings hatte sie bisher die Desserts sträflich vernachlässigt. Sie gehörten nicht unbedingt zu Louises Favoriten, jedoch zu einem vollständigen Menü. Sie hatte die süßen Kreationen immer den Spezialisten überlassen, doch ab jetzt würde sie sich an Macarons und kleine Kuchen, Flans und Schokoladenmousse wagen.

Sie klappte ihren Laptop auf und gab verschiedene Suchbegriffe ein. Sie hatte es gewusst, es gab Tausende von Kochbüchern. Französische Küche, mediterrane Offenbarungen, Rezepte aus aller Herren Länder. Kochbücher für Singles, Verlassene, Studenten, werdende Mütter, asiatische Küche, vegane Küche, Kräuterküche, Kochbücher für Hunde und Katzen, Babys und Senioren. Und da hatte man auf die kulinarischen Ergüsse von Louise Dumas gewartet? Mitnichten. Sie ahnte, sie würde in der Flut der Kochbücher untergehen wie Rungholt während des großen Sturms. Auf Nimmerwiedersehen in den Fluten der Kulinarik verschwunden, um nie wieder aufzutauchen.

Louise biss auf das Ende ihres Kugelschreibers. Sie musste sich etwas Besonderes, etwas ganz und gar Außergewöhnliches einfallen lassen. Wichtig war nicht nur, dass schon beim Studieren der Zutaten die Geschmacksknospen gereizt wurden, beim Verinnerlichen der Zubereitung dem Leser das Wasser im Munde zusammenlief, nein, auch das Auge sollte angesprochen werden. Gute Fotos, nein, künstlerische Fotos mussten die Gerichte begleiten. Allein das Hinsehen musste ausreichen, um im Betrachter den Wunsch zu wecken, ein solches Gericht für sich und seine Lieben zu zaubern. Ein Meisterwerk zu kreieren, einen Augenschmaus, ein Fest für alle Sinne.

Louise kam regelrecht ins Schwärmen, wenn sie sich einen solchen Kochprachtband vorstellte. Doch halt, da versagte ganz plötzlich ihre Fantasie. Wie sollte es genau aussehen? Sie hatte das fertige Werk irgendwie vor Augen, und doch fehlte etwas. Natürlich sah alles wunderbar aus, wie es so auf dem Teller arrangiert war. Aber fand man das mittlerweile nicht in jeder Frauenzeitschrift mit Rezeptideen am Ende des Hefts? Sie kaute weiter verbissen auf dem Kugelschreiber herum und klopfte mit ihrem rechten Mittelfinger rhythmisch auf den Deckel des Ordners. Doch trotz aller Konzentration und Vorstellungskraft kam ihr keine zündende Idee.

Ein zweimaliges Hupen ließ sie aufschrecken. Sie war so in ihre Kochbuchgedanken vertieft gewesen, dass sie weder auf die Uhr geschaut noch daran gedacht hatte, dass Klaus, Fraukes Ehegespons, Sture zurück auf die heimische Weide befördern würde.

Draußen stand Klaus Winkler und öffnete gerade die Anhängerklappe. Sture stand auf dem hölzernen Gefährt und starrte Louise missmutig von oben herab an. Mit einem lauten Iah verlieh er seinem Ärger Ausdruck und marschierte polternd vom Hänger, um sich dann gnädigerweise von

Louise zurück zu seiner Weide bringen zu lassen. Allerdings nicht, ohne jeden Meter haltzumachen, seinen Kopf in Fines geliebtes Kohlbeet zu stecken oder an einem Blättchen am Wegesrand zu rupfen. Auf seiner Weide angekommen legte er sich hin und wälzte sich genüsslich hin und her, strampelte mit den Beinen übermütig in der Luft herum. Dann sprang er auf, schüttelte sich, sodass vertrocknete Grashalme nur so um ihn herumflogen, und stieß ein nun gut gelauntes und wohliges Iah aus. Endlich wieder daheim! Der Herr der Weide und König über alles Getier in Fines Hof und Garten war wieder da. Und Louise sollte bloß nicht wieder auf die Idee kommen, ihn noch einmal vollbeladen durch die Gegend schleppen zu wollen, sagte ein letzter vorwurfsvoller Blick aus braunen Augen, bevor er sich trollte.

Louise grinste. Dieser Esel hatte echt Charakter und wusste sich auszudrücken. Sie dankte Klaus, der die Satteltaschen in den Schuppen gebracht hatte, ließ Grüße an Frauke ausrichten und wünschte der Familie einen schönen und erholsamen Urlaub auf Fuerteventura. Dann legte sie als eine Art Wiedergutmachung Sture noch eine Portion duftendes Heu in die Raufe, obwohl auf der Weide immer noch genug Gras zum Knabbern und Sattwerden wuchs.

Sie schaute auf ihre Armbanduhr. Jetzt war es aber wirklich an der Zeit, zur *Nordsee Lodge* zu fahren, um sich mit den Gegebenheiten und den Wünschen der Ausrichter und Gäste vertraut zu machen. Femke hatte ihr bereits am Telefon gesagt, am heutigen Abend werde eine einfache Küche geboten, ein kaltes Büfett, da sei für jeden etwas dabei. Louises Dienste würden erst ab dem nächsten Tag benötigt, dann sehe man auch klarer, ob es Teilnehmer mit besonderen Essensvorlieben gäbe, die zu berücksichtigen seien. Diese Lösung war Louise mehr als recht, wenn sie an den toten Volksbarden dachte.

Sie setzte sich auf ihr Motorrad, der Motor gab ein satt-zufriedenes Geräusch von sich, und sie brummte los. Ein rötlich gefärbter Sonnenuntergangshimmel ließ sie kurz an-halten. Der Anblick der langsam am Horizont versinkenden Sonne faszinierte sie immer wieder aufs Neue, wenn sie wie ein riesiger roter Ball peu à peu Richtung Meer verschwand. Louise bildete sich dann ein, es würde jeden Moment zischen, und das Wasser zu brodeln beginnen. Doch heute versprach die Farbe des Firmaments eher schlechtes Wetter, so viel hatte sie mittlerweile gelernt. Das Abendrot wies einen Stich ins Gelblich-Weiße auf, ein sicheres Zeichen dafür, dass sich in der Ferne Regenwolken auf den Weg mach-ten.

Seitdem sie auf Pellworm lebte, war sie schon etliche Male an der anheimelnd-rustikalen *Nordsee Lodge* vorbei-gelaufen oder gefahren. Das Hotel lag in einem der schönsten Teile der Insel, ganz in der Nähe der Alten Kirche und damit auch direkt am Restaurant *Zur Alten Kirche*, Hotel und Gast-stätte beide in der Hand der seit Generationen auf Pellworm lebenden Familie.

Sie stellte ihr Motorrad ab, eine Sicherung war nicht nötig. Auf Pellworm wurden weder Drahtesel noch Bikes geklaut. Louise strich sich über ihre Haare, schulterte ihre Tasche und betrat das Hotel. Im Foyer wimmelte es nur so von Menschen, die grüppchenweise zusammenstanden, in den gemütlichen Sesseln saßen und sich angeregt unterhiel-ten oder vor einem Regal in den bunten Flyern zu Sehenswürdigkeiten und Veranstaltungen blätterten. Eine Frau, etwa in Louises Alter, hinter dem Empfangstresen, händigte einem Gast soeben die Karte für sein Zimmer aus. Das musste wohl Femke Levensen sein, die Hotelbesitzerin. Schon stand der nächste Gast, eine ältere Frau mit lauter Stimme, da und fragte, ab wann man das Abendessen servieren würde. Louise schaute auf ihre Armbanduhr. Es war gerade mal Viertel nach sechs. Sie winkte der *Hotelière* zu und formte mit den Lippen die Worte *Louise Dumas* und zeigte auf sich. Femke winkte einladend zurück, und Louise trat an den Empfang.

»Moin, ich bin Louise. Ich freue mich, dass wir uns jetzt auch persönlich kennenlernen. Es ist ja ganz schön was los. Sind das alles Tagungsteilnehmer?« Sie reichte der Hotelinhaberin die Hand.

»Moin, Femke Levensen. Ich schätze, wir sind uns bestimmt schon mal auf der Insel über den Weg gelaufen. Und, ja, alle Tagungsteilnehmer. Ich bin total erleichtert und froh über deine spontane Hilfe in den nächsten Tagen. Vorräte sind genügend eingekauft, für heute Abend ist bereits alles vorbereitet. Die Küche bleibt kalt, jede Menge Geräuchertes ist da, Fisch wie Fleisch, Salate und ein Dessert. Rote Grütze mit Vanillesoße, ein Klassiker. Lediglich eine heiße Hochzeitssuppe wird als warme Speise vorab gereicht. Ich denke, es wird für jeden was dabei sein. Ich zeig dir nachher noch die Küche.«

Eine Hotelangestellte tauchte auf, winkte Femke zu, ihr zu folgen. »Was ist denn jetzt schon wieder? Entschuldige, ich bin gleich wieder für dich da. Wenn du magst, bestell dir doch einen Tee oder ein Glas Wein. Ich muss auch noch schnell einen letzten Blick in alle Zimmer werfen, ob wirklich alles gerichtet ist.« Sie reckte ihr Kinn in Richtung Foyer. »Das sind beileibe nicht alle Teilnehmer, ein paar von ihnen machen schon die Insel unsicher. Oder sie erkunden das Watt, in der Hoffnung, noch vor der Tagung das sagenumwobene Rungholt zu entdecken und damit den Vogel abzuschießen. Allerdings wird ihnen das Wasser einen Strich durch die Rechnung machen«, fügte sie schmunzelnd und ein wenig atemlos hinzu.

Louise nickte. »Alles klar, dann sehen wir uns später wieder. Das heißt, kannst du mir schon mal die Lebensmittelliste geben? Du hast ja wahrscheinlich notiert, was du dir so vorstellst. Ich vermute, es gibt mittlerweile auch Sonderwünsche der Gäste, die zu beachten sind?«

»Ja, hält sich aber in Grenzen. Warte, ich bringe sie dir gleich. Tee oder Wein?«

»Ein Glas Weißwein bitte. Wenn ihr habt, einen Elsässer Riesling.«

Femke schüttelte den Kopf. »Nein, leider nicht, aber einen schönen Grauburgunder aus der Pfalz. Ich bring ihn dir sofort.« Sie rauschte davon und kam keine Minute später mit einem Spiralblock und einem von der Kühle des Weins beschlagenen Glas zurück. Sie platzierte alles auf dem kleinen Tisch, an den sich Louise in einer Ecke zurückgezogen hatte. »Lass ihn dir schmecken.« Und schon war sie wieder verschwunden.

Mittlerweile senkte sich die Abenddämmerung über die Insel. Louise behielt mit ihrer Wetterprognose recht, ein leichter Nieselregen hatte eingesetzt, den der immer stärker auffrischende Wind von Westen kommend mitgebracht hatte. Sie vertiefte sich in die Liste und nippte ab und zu an dem wirklich hervorragenden Wein, der, so Louises spontaner Geschmackseindruck, sowohl zu Meeresfrüchten wie zu einem kräftigen Lammeintopf schmecken würde, aber auch einem süßen Nachtisch oder einer Platte mit Käsevariationen nicht im Wege stand. Erstaunt bemerkte sie, dass ihr Glas beim Thema Käsevariationen tatsächlich schon leer war.

Sie orderte ein zweites bei einem jungen Mann, der den Gästen vom Tee bis hin zu Whiskey jeden Getränkewunsch erfüllte. Schließlich erwartete sie zu Hause niemand, Sture hatte frisches Heu und schlief wahrscheinlich schon den Schlaf der gerechten Esel, und die Hühner und die beiden Kater waren auch versorgt. Und zweimal null Komma eins waren null Komma zwei, also nicht wirklich viel von dem süffigen Weißwein.

Plötzlich flog die Tür zur Hotellobby auf. Der Wind hatte noch einmal zugelegt und einer rothaarigen Frau, die bepackt mit Reisetasche und Rucksack war, die Tür fast aus der Hand gerissen. Nachdem sie hereingeweht worden war, stand sie suchend und, wie es Louise schien, etwas scheu da, schaute sich um und blickte wie fragend in Louises Richtung, um dann mit einem kurzen Kopfnicken und einem zaghaften Lächeln zur Anmeldung zu gehen.

Es ging Louise zwar nichts an, aber es war fraglich, ob die Frau, die sie etwa in ihrem Alter schätzte, heute Abend hier noch ein Zimmer bekommen würde, wenn sie nicht auch zu den Tagungsteilnehmern gehörte. Soweit Louise wusste, war das Hotel mit seinen zweiundzwanzig Zimmern komplett ausgebucht. Bis auf zwei Gäste waren alle Teilnehmer der *Rungholt-Dialoge*, die hier logierten, auch bereits eingetroffen, wie sie der Teilnehmerliste, die handschriftlich auf einer Seite des Blocks notiert war, entnehmen konnte.

Die Frau mit den kurzen roten Haaren, die ihr wild vom Kopf abstanden, betätigte eine Klingel. Sie wartete, schaute sich nochmals suchend um und trommelte dann ungeduldig mit den Fingern ihrer rechten Hand auf dem Tresen. Sie klingelte ein zweites Mal, und nach einigen Minuten, in denen sie in einem Prospekt blätterte, erschien Femke mit einem breiten Lächeln. Louise musste nicht einmal die Ohren besonders spitzen, was sie natürlich nie getan hätte, um das Gespräch zu verfolgen. Die Rothaarige erklärte, sie sei hier mit Lutz von Winterfeld verabredet, ob dieser schon angereist sei?

Femke nickte. Ja, Herr von Winterfeld sei einer der ersten Gäste gewesen, er habe sein Gepäck aufs Zimmer gebracht. Aber sie glaube, er sei dann wieder ausgegangen und bisher noch nicht zurückgekehrt. Die junge Frau biss sich auf die Lippen, wie Louise aus den Augenwinkeln beobachtete. Sie schien unschlüssig. Dann fragte sie, ob sie für die nächsten Tage ein Zimmer bekommen könne.

»Das tut mir wirklich leid. Wir sind komplett ausgebucht. Vielleicht versuchen Sie es in Tammensiel?« Femkes Stimme klang bedauernd.

Die Frau murmelte jetzt etwas Unverständliches, doch kam es Louise so vor, als hätte sie dort bereits ihr Glück versucht. Allerdings ohne Erfolg.

»Das tut mir leid. Ich kann Ihnen aber gerne eine Liste von Privatleuten geben, die Zimmer vermieten. Dort ist sicher noch etwas zu finden. Die Telefonnummern stehen gleich neben den Adressen. Wenn Sie möchten, nehmen Sie doch in unserem Loungebereich Platz und warten auf Herrn von Winterfeld. Es gibt bald Abendessen, da dürfte er eigentlich wieder zurückkehren. Darf ich Ihnen vielleicht einen heißen Tee bringen lassen?« Femke sah auf ihre Armbanduhr. »Wissen Sie was? Ich habe ein Minütchen Zeit und schau mal, ob ich irgendwo ein Zimmer für Sie auftreiben kann. Es müsste doch mit dem Teufel zugehen, wenn um diese Jahreszeit nicht noch ein Gästezimmer zu haben wäre.« Aufmunternd sah die *Hotelière* die in der *Lodge* gestrandete junge Frau an.

Diese seufzte und nickte. »Gerne. Es ist draußen ganz schön ungemütlich. Und vielen Dank für Ihre Bemühungen. Ich hätte ganz einfach daran denken sollen, mir vorher ein Zimmer zu reservieren.«

Sie stellte ihr Reisegepäck neben dem Sessel ab, der dem von Louise gegenüberstand, und ließ sich in das Fauteuil fallen. Dann stieß sie einen tiefen Seufzer aus und musterte Louise mit einem scheuen Blick.

»Entschuldigen Sie bitte, wie unhöflich von mir. Ist hier überhaupt noch frei?« Sie hatte sich bei ihren Worten ganz leicht von ihrem Platz erhoben.

Louise lächelte. Ihr Gegenüber war ihr auf Anhieb sympathisch. Das Gesicht war, wie so oft bei Rothaarigen, mit Sommersprossen übersät. Trotz der Müdigkeit in ihren Augen wirkte sie wie ein stets fröhlicher Mensch, der sich seine Laune nicht gleich verderben ließ.

»Aber natürlich. Ich habe unfreiwillig mitgehört, als Sie nach einem Zimmer fragten. In den nächsten Tagen findet im Hotel eine Tagung statt. Alle Zimmer sind wohl belegt.«

Die Rothaarige blies die Backen auf und ließ die Luft mit einem weiteren lauten Seufzer entweichen. »Ich befürchte, heute ist nicht gerade mein Glückstag. Ist aber meine eigene Schuld. Da komme ich hierher, ohne auch vorher nur einen Gedanken daran verschwendet zu haben, mir ein Zimmer zu besorgen. Ich dachte im Oktober, und zudem noch nach den Herbstferien, wäre es auf Pellworm menschenleer. Ich bin übrigens Christine Evers. Ich habe eine Verabredung hier im Hotel. Allerdings war mir nicht klar, dass das Hotel komplett mit den Tagungsteilnehmern belegt sein würde. Da kann ich nur hoffen, dass sich der Touristenstrom Richtung Pellworm mittlerweile gelegt hat und irgendwo ein Zimmerchen für mich frei ist. Sonst sehe ich mich schon auf den Dünen unter freiem Himmel übernachten.« Sie grinste breit.

»Nun, ein paar Urlauber, die den Herbststürmen trotzen, gibt es natürlich immer. Allerdings, wenn Sie schon draußen übernachten, dann ganz sicher nicht in den Dünen. Die haben wir hier nämlich nicht. Wir haben Deiche. Also nix Sand, sondern Gras. Ich bin Louise Dumas, die Ihnen wahrscheinlich jetzt ziemlich besserwisserisch vorkommt.« Louise strahlte Christine entwaffnend an. »Darf ich fragen, wo Sie herkommen? Bitte entschuldigen Sie meine Neugierde.«

»Nein, das ist doch okay. Da sehen Sie mal, wie durcheinander ich bin. Natürlich habt ihr hier Deiche. Mit Schafen drauf. Sehr pittoresk. Ich komme aus Bremen und bin beruflich hier. Also, ich bin Restauratorin, genauer gesagt, ich restauriere Gemälde. Und Sie? Nehmen Sie auch an dieser Tagung teil?«

»Nein, das nicht. Ich bin verantwortlich für das leibliche

Wohl der Gäste. Aber ich hoffe, ich bekomme auch ein wenig von den Vorträgen mit. So wie ich es sehe, beschäftigen sie sich hauptsächlich mit Rungholt. Ein superspannendes Thema. Apropos spannend, das ist dein Beruf doch ganz sicher auch.«

Louise stockte, doch Christine schmunzelte. »Wenn du es nicht vorgeschlagen hättest, dann ich in spätestens einer Minute. Also gern, das *Du.* Ja, ein toller Beruf. Ich kann mir keinen schöneren vorstellen.« Sie betrachtete Louise mit schief gelegtem Kopf. »Aber jetzt zu dir. Du bist also eine motorradfahrende Köchin?« Sie zeigte auf Louises Helm, der neben dem Sessel auf dem Boden lag.

Louise nickte. In diesem Augenblick öffnete sich die Tür zum Foyer der Lodge. Zwei Männer und zwei Frauen kamen herein. Sie nickten Louise und Christine zu und zogen sich plaudernd in eine der Loungeecken zurück. Louise schnappte die Worte *Watt, Holzpfosten* und *Siedlungsreste* auf, vier Rungholtianer beim Fachsimpeln.

Christines Tee wurde gebracht, und Femke gestand ihr, sie hätte doch noch keine Zeit gehabt, wegen des Zimmers nachzufragen, aber in ein paar Minuten würde sie sich darum kümmern. Versprochen. Christines eben noch so fröhliche Miene wurde verzagt. Louise fasste einen spontanen Entschluss. Fine war nicht da, warum sollte Christine nicht die eine Nacht bei ihr in der Kate verbringen? Und morgen würde man weitersehen. Die Frau war ihr sympathisch, hatte garantiert etwas Spannendes aus ihrem Job zu erzählen. Das kleine Gästezimmer unter dem Dach wäre für eine Nacht ganz sicher ausreichend.

»Wenn du magst, kannst du bei mir übernachten. Das

heißt, im Haus meiner Patentante Fine. Das ist ja echt ein Zufall, du bist hier, und Fine ist zurzeit in Bremen. Ihr tauscht also mal für heute Nacht euer Zuhause. Was hältst du von der Idee?«

Ein Strahlen erhellte Christines Gesicht. »Sehr viel. Das ist supernett von dir, eine Unbekannte bei dir übernachten zu lassen. Aber ich nehme das Angebot dankend an. Musst du heute nicht kochen?«

»Nein, erst ab morgen. Eigentlich warte ich darauf, dass Femke mit mir noch einiges in der Küche durchgeht. Aber, wie es scheint, hat sie im Moment ganz schön was um die Ohren. Ich glaube, ich werde mich morgen schon zurechtfinden. Ich bin schon so lange in dem Metier. Die Hauptsache ist, die Lebensmittel sind da. Dann brauche ich nur noch meine eigenen Messer, Töpfe und Pfannen gibt es hier sicher zur Genüge, und dann kann eigentlich nichts mehr schiefgehen. *Alors*, dann wäre das ja geklärt mit dir. Ich freue mich.«

Louises neue Bekannte zog erstaunt die Augenbrauen hoch. »*Alors*? Ich hab mich schon die ganze Zeit gefragt, was das für ein leichter Akzent ist. Louise dann mit einem *o*. Du kommst also, wenn mich nicht alles täuscht, aus Frankreich?«

»Ja, aus dem Elsass.«

»Und dann landest du auf diesem Eiland?«

»Tja, das ist eine lange Geschichte. Ich erzähl sie dir später. Und was führt eine Gemälderestauratorin nun genau nach Pellworm?«

»Nun, auch das ist eine lange Geschichte, eher eine Art Spurensuche. Ich bin aus zwei Gründen hier. Ich möchte etwas über den Auftraggeber eines Gemäldes aus dem

17. Jahrhundert herausbekommen. Wie es der Zufall will, brauche ich, eben wegen dieses Gemäldes, oder besser gesagt, wegen eines Gegenstandes, der darauf zu sehen ist, die Auskunft eines Fachmannes, der an diesen *Rungholt-Dialogen* teilnimmt. Lutz von Winterfeld. Wir sind morgen früh hier miteinander verabredet. Deswegen dachte ich, es wäre das Klügste, ebenfalls in der Lodge abzusteigen. Nun, falsch gedacht, aber trotzdem ein Glück, hierhergekommen zu sein. Vielleicht ist unsere Begegnung ja auch Schicksal.«

Louise lächelte zustimmend und erhob sich. »Na, dann wollen wir mal. Ich sage Frau Levensen nur noch Bescheid.«

Die beiden Frauen wollten ihre Getränke zahlen, doch Femke winkte ab. Sie war froh, dass Christine so unkompliziert eine Bleibe für die Nacht gefunden hatte. Louise würde sich auch ohne eine Unterweisung morgen in der Küche mit allem zurechtfinden.

»Ich werde Herrn von Winterfeld auf jeden Fall ausrichten, dass Sie auf Pellworm sind«, versprach die Hotelbesitzerin noch und wandte sich dann einem Gast zu, der mit fordernder Stimme nach einem weiteren Badetuch verlangte.

In der Tür prallten Louise und Christine fast mit einem Mann zusammen, der das Hotel gerade betreten wollte.

»Herr von Winterfeld?«

Louise war schon fast draußen, doch Christine Evers war stehen geblieben. Das war also der Typ, mit dem sich ihre neue Bekannte treffen wollte.

»Ja?«

Der Mann in der dunkelgrünen Wachsjacke, aus der sein beiger Rollkragenpullover hervorschaute, war groß und schlank, vielleicht Mitte dreißig. Sein kantiges Gesicht zierte ein Dreitagebart, die blauen Augen leuchteten fast unnatürlich in dem von der Sommersonne gebräunten Gesicht. Die Beine in der altmodischen Cordhose steckten in halbhohen Stiefeln. Er zog sich seine blaue Strickmütze vom Kopf. In diesem Moment blitzte ein Ohrstecker in seinem rechten Ohrläppchen auf. Ein interessanter Mann, wie Louise befand, der sie entfernt an jemanden erinnerte. Der Eindruck verflog so schnell, wie er gekommen war. Von Winterfeld nickte und wandte sich Christine zu.

»Wollen wir uns hinsetzen. Draußen ist es etwas ungemütlich.« Er lächelte und begleitete die beiden Frauen zurück ins Foyer. Louise wusste nicht so recht, wie sie sich nun verhalten sollte, doch schon stellte Christine sie beide vor.

»Moin, meine Freundin Louise. Ich bin Christine Evers, wir hatten telefoniert, vor zwei Wochen.«

Der Archäologe schüttelte beiden die Hand. »Ähm, ja, stimmt. Bitte entschuldigen Sie. Ich war eben ganz in Gedanken. Gerne hätte ich mich schon früher mit Ihnen getroffen, ist ja eine ganz spannende Sache, die Sie da haben. Ich habe natürlich Stillschweigen bewahrt, bis ich Näheres von Ihnen erfahre. Wollen wir vielleicht jetzt gleich? Wenigstens ein paar Details, die Sie mir verraten? Dann kann ich mir über Nacht schon einige Gedanken darüber machen, und wer weiß, vielleicht wird mein Vortrag dann dem einen oder anderen nicht nur die Augen öffnen, sondern die Blindheit wird endgültig von ihnen genommen«, sagte er kryptisch. »Kommen Sie, seit Sie mich auf Zypern erreicht haben, verfolgt mich Ihre Entdeckung. Doch die Arbeit dort ging vor. Wissen Sie, wir Archäologen stehen permanent unter Druck. Wenn der Bagger erst mal anrollt, ist es meist schon zu spät.

Wenn wir Glück haben, bleiben uns vielleicht noch ein paar Wochen, vielleicht aber auch nur wenige Tage. Dann übernimmt der Bagger, und unsere Grabung ist nur noch eine dokumentierte Geschichte.«

Lutz von Winterfeld hatte ohne Punkt und Komma gesprochen. Christine hob die Schultern und warf Louise einen entschuldigenden Blick zu.

»Alles gut. Ich warte auf dich«, signalisierte Louise und verzog sich wieder in ihren Loungesessel, während der Archäologe Christine am Arm packte und sie in die entgegengesetzte Ecke zog. Seine Stimme wurde leiser und verebbte dann ganz, während sich Louise in die neueste Ausgabe der Inselzeitung *De Pellwormer* vertiefte.

Eine barsche Stimme riss sie aus ihrer Lektüre. Ein älterer Mann in Begleitung einer sehr viel jüngeren Frau hatte sich in einem Sessel am Nachbartisch niedergelassen.

»Das weiß ich nicht, mit wem sich Lutz da trifft. Und jetzt hör endlich mit deiner Nörgelei auf, Silvana.«

Louise warf einen Blick auf die beiden, die sich Getränke von der Bar mitgebracht hatten. Die Frau, die Louise zugenickt hatte, setzte sich ebenfalls, hob ihr Glas und hielt es in Richtung Christine, die mit dem Rücken zu dem Paar saß.

»Trotzdem wüsste ich zu gerne, was die mit Lutz zu besprechen hat. Irgendwas führt dieser elende Bremer Wattwurm doch im Schilde.«

»Weißt du was? Mir reicht's jetzt. Ich muss noch mal meinen Vortrag durchgehen, und dann leg ich mich hin. Hast du eigentlich meine Schlaftabletten eingepackt? Wenn du mit deinen miesepetrigen Betrachtungen fertig bist, kannst du ja gerne nachkommen.«

Der Mann stand auf, leerte im Stehen sein Glas und wandte sich zum Gehen. An der Treppe drehte er sich noch einmal um, doch die Frau zuckte nur mit den Schultern und blieb sitzen. Es war ihr offenbar egal. Dann winkte sie einem jungen Mann zu, der gerade mit einem Tablett leerer Gläser vorbeiging, orderte ein neues Getränk und gähnte herzhaft.

Louise wandte sich wieder dem *De Pellwormer* zu und musste insgeheim schmunzeln. Ein Bremer Wattwurm, aber ein verdammt attraktiver.

Kapitel 14

Ausgestattet wie ein Höhlenforscher machte sich Lutz von Winterfeld auf den Weg. Das Gespräch mit der Restauratorin kaum ein paar Stunden zuvor hatte seine Fantasien weiter beflügelt. Niedrigwasser war um halb eins, die Nordsee wäre trocken gefallen, und vielleicht reichten die wenigen Hinweise doch aus, morgen mit *der* Sensation aufwarten zu können.

Nachdem er den Anruf des Journalisten bekommen und die drei Artikel im *Husumer Nachrichtenblatt* gelesen hatte, war er zunächst skeptisch geblieben. Er hatte dann selbst Kontakt mit dem jungen Schatzsucher aus Hannover aufgenommen. Doch leider waren die Gespräche mit dem mundfaulen Teenager zunächst nicht sehr ergiebig gewesen. Er hatte ihn ermuntert, sein Gedächtnis zu durchforsten und seinen Grips endlich einzuschalten. So nach und nach hatte er Tom dann doch ein paar Wattwürmer – er lächelte über seine Wortwahl – aus der pickeligen Nase gezogen. Die Beschreibung des Artefakts, seine Materialität, die er ihm endlich mühsam wie ein Puzzle mit fünftausend Teilen entlocken konnte, und das niemand gesehen haben wollte, ließ für ihn keinen Zweifel zu. Von wegen Kronkorken. Schade, dass der Junge das Foto auf seinem Handy gelöscht hatte. Hilla Uldrup hatte zwar alles wieder relativiert – ein altes

Einmarkstück, dass er nicht lachte –, doch für ihn stand fest, es bahnte sich eine Sensation an. Das mit der Münze konnte man getrost vergessen. Soweit er die Chose überblickte, musste es sich bei dem Gegenstand um ein Siegel handeln. Und das war nun wahrlich ein ganz anderer Schnack. Was ihn allerdings verdammt wurmte, war die Tatsache, dass er diesem Adrian Willner anfangs so skeptisch begegnet war. Tja, und nun war es zu spät.

Doch jetzt war das Wunder in Form dieser Restauratorin, Christine Evers, die ihn um seine Expertenmeinung bat, erschienen. Er hätte sie umarmen und küssen können, und er fragte sich, ob sie begriffen hatte, welchen Schatz sie geborgen hatte. Ein Schatz für ihn, für die Wissenschaft, ein Beweis, der allen Zweiflern und denen, die ihn und andere seit Jahren der Lächerlichkeit preisgegeben hatten, endgültig den Wind aus den Segeln nahm. Ach was, den Wind aus den Segeln nehmen. Das war doch ein viel zu schwacher Vergleich. Deren wissenschaftliches Renommee würde damit dem Erdboden gleichgemacht, pulverisiert, atomisiert. Lutz musste grinsen, wenn er daran dachte, wie er vielleicht schon morgen auf dem Podium säße, sich erheben und mit donnernder Stimme den Beweis dafür erbringen würde, dass Rungholt seinem Ruf als Atlantis des Nordens mehr als nur gerecht wurde.

Als er das Hotel verlassen hatte, war es fast Mitternacht gewesen. Ein feiner Nebel, der dem Regen gefolgt war, hing wie eng gewebter Dunst über der Insel. Kein Laut war zu vernehmen außer dem leisen Knirschen seiner Schritte auf dem asphaltierten Weg entlang des Deichs. Er genoss die Stille und die Kühle.

Die Stille ganz besonders. Er hatte gewusst, dass es zu diesem bitteren Streit kommen würde. Aber irgendwann musste einfach Schluss sein. Er hatte es zu lange vor sich hergeschoben, endlich reinen Tisch zu machen. Er atmete auf. Es war Vergangenheit. Nicht noch einmal würde er sich als armseliges Möchtegernarchäologenwürstchen betitulieren lassen. Dummerweise hatte er es sich daraufhin, nach den Enthüllungen von Christine Evers, in seiner Euphorie nicht verkneifen können kundzutun, dass er *einer ganz großen Sache* auf der Spur sei und das Watt ihm noch heute Nacht sein Geheimnis preisgeben würde. Eine kindische Reaktion, zugegeben, aber er hatte es genossen, sich dann einfach umzudrehen und den erstaunten Blick hinter sich zu lassen.

Die kühle Luft tat gut, er glühte geradezu vor innerer Anspannung und Aufregung, seinem Ziel näher zu kommen. Der Schein der Taschenlampe war auf den Boden geheftet. Die Strecke von knapp zwei Kilometern legte er zügig in etwas mehr als zwanzig Minuten zurück. Dann hatte er die Stelle erreicht, an der er den Treppenaufgang zum Deich nahm. Der Zugang war durch ein Holzgatter versperrt. Er hakte das kleine Tor auf und wäre um ein Haar schon auf der ersten Stufe auf einem Haufen Schafscheiße ausgerutscht.

Lutz fluchte, trat seitlich auf das Gras und wischte sich den Stiefel, so gut es ging, auf den feuchten Halmen sauber. Auf der Deichkrone hielt er inne. So weit sein Auge reichte, sah er ... nichts. Es war stockdunkel. Keine Sterne, die ihm den Weg leuchteten, kein Mond, der den Wattboden beschien. Jetzt schaltete Lutz seine Stirnlampe an. So hatte er die Hände frei, und die *Petzl* mit ihren tausendeinhundert Lumen und einer Reichweite von fast zweihundert Metern ermöglichte es ihm, auch ohne die Hilfe der Gestirne den Bereich anzuleuchten und zu überblicken, den er sich jetzt vorknöpfen würde. Die Stirnleuchte hatte er absichtlich nicht auf dem Weg eingeschaltet, nicht, dass man noch auf ihn aufmerksam wurde.

Er sah nach rechts und nach links, dann zog er den Lageplan, den er angefertigt hatte, aus der Tasche seiner Wind- und Wetterjacke. Noch etwas mehr nach links, in einer Entfernung von fünf- bis sechshundert Metern musste der Junge gewesen sein. Von wegen, er wüsste es nicht mehr so genau. Das hatte Tom zu Anfang behauptet. Doch Lutz hatte nicht lockergelassen, hatte ihn irgendwann so weit gehabt – komm schon, Tom, denk nach, was hast du gesehen, als du zum Land hingeschaut hast? Der Junge erinnerte sich zumindest so weit, den rot-weißen Leuchtturm von Pellworm so schräg links von sich gesehen zu haben. Genauso, wie er jetzt in Lutz' Rücken stand.

Der Schlickboden gab bei jedem seiner Schritte ein schmatzendes Geräusch von sich. Lutz versuchte, irgendetwas auf dem Wattboden zu erkennen, eine Siedlungsspur, den Hinweis auf einen Sodenbrunnen, Verfärbungen, Holzreste, die auf ein Gebäude, das vor Hunderten von Jahren einmal hier gestanden hatte, hindeuteten. Aber nichts. Außer Muschelschalen, Steinen, Seetang, etwas Treibholz, einem glatt geschliffenen, blind gewordenen Boden einer Flasche und einem Stück Tau, in das sich der Rest einer Plastiktüte verwoben hatte, gab es hier nichts zu sehen. Er nahm den grünlichen Flaschenboden in die Hand und schleuderte ihn in Richtung Wasser. Es war so still, dass er das dumpfe Geräusch beim Landen im nassen Sand hören konnte.

Lutz atmete tief ein und aus. Ganz ehrlich, was hatte er denn erwartet, fragte er sich ernüchtert und ganz plötzlich wieder auf dem Boden der Tatsachen stehend. Da stakste er nun mitten in der Nacht bei tiefster Dunkelheit durchs Watt, um den Fund seines Lebens zu machen. Wie bescheuert war das denn? Was, wenn Tom ihn einfach nur verarscht hatte? Wenn dem Jungen seine bohrenden Fragen auf den Zeiger gegangen waren und er irgendetwas erfunden hatte, nur um seine Ruhe zu haben? Aber nein, an dem Artefakt mit dem Vogelwesen gab es nichts zu rütteln. Wenn er es doch nur mit eigenen Augen hätte sehen können. So ein Mist. Doch ob Tom es wirklich hier, an dieser Stelle, entdeckt hatte, daran kamen Lutz ganz allmählich Zweifel. Diese Stelle war so gut wie jede andere.

Er drehte sich um, um noch einmal seine Position gegenüber dem Leuchtturm zu checken. Keine Frage, entweder hatte Tom ihm etwas vorgemacht oder er war doch an der richtigen Position. Er kam sich jetzt wirklich vor wie der letzte Idiot. Hatte er echt damit gerechnet, ihm würden in dieser Nacht Münzen und andere Schätze auf dem Wattboden offenbart werden? Archäologen und Schatzsucher, Wattwanderer und Hobbyforscher hielten seit Jahrzehnten ihre Augen auf, doch bisher war jede Sensation ausgeblieben. Und da kam er, Lutz von Winterfeld, wissenschaftlicher Mitarbeiter der Uni Bremen daher, und allein durch sein Wunschdenken würde eine Sensation freigespült?

Nein, er würde jetzt schleunigst zum Hotel zurückkehren und sich unter die weichen, warmen Daunen betten. Das Gemälde von Clara Peeters war Sensation genug. Da brauchte er sich nicht noch in der Nacht eine Erkältung einzufangen.

Obwohl er dicke gefütterte Stiefel trug, waren seine Füße mittlerweile zu zwei Eiszapfen geworden. Es gab keinerlei Grund zur Resignation. Er hatte den Trumpf der Trümpfe in der Hand. Was die Restauratorin ihm gezeigt hatte, war so einzigartig, da wäre eine Münze, ein Siegel oder eine Scherbe mit dem Rest eines gemalten Kraken sowieso nur das Sahnehäubchen gewesen. Nun, man konnte in diesem Leben eben nicht alles haben. Wie sagte seine jüngere Schwester immer: Das Leben ist kein Ponyhof. Obwohl sie dort fast den ganzen Tag verbrachte.

Noch einmal ließ er seinen Blick in Richtung Horizont schweifen, den er allerdings nicht sah. Allerdings ließ ihm das, was er sah, das Blut in Sekundenschnelle in den Adern gefrieren. Wie hatte er sich nur in dieser unfassbaren Geschwindigkeit nähern können? Keine hundert Meter mehr war die Wand von ihm entfernt, und er hatte noch gut dreihundert Meter bis zum Deich zurückzulegen. Nur gut, dass er diese Superlampe auf dem Kopf hatte.

Lutz trat den Rückzug an. Doch der Seenebel war noch schneller, als er es je für möglich gehalten hätte. Nach noch nicht mal hundert Metern hatte er ihn vollkommen eingehüllt. Trotz Hightechlampe sah Lutz keinen Schritt mehr weit. Wieder drehte er sich in Richtung Wasser. Ein Fehler, denn die Drehung ließ ihn die Orientierung verlieren. Wo war nur der verdammte Leuchtturm? Der Nebel hatte ihn einfach verschluckt, so wie alles andere auch, was Lutz noch vor wenigen Minuten auf dem Wattboden entdeckt hatte. Jetzt sah er kaum noch seine eigenen Füße. Er blieb stehen und versuchte, sich an irgendeinem Geräusch zu orientieren. Vielleicht klingelte ja jemand zufällig mit seiner Fahrradklin-

gel. Oder ein paar Nachtschwärmer waren singend und joh-
lend unterwegs. Doch alles blieb still.

Plötzlich schlug er sich mit der Hand an die Stirn. Wie
bescheuert konnte man denn sein? In seiner Panik hatte er
vollkommen die wunderbaren Funktionen seines Handys
vergessen. Es konnte ihm seinen Standort angeben, den
Weg auf den rettenden Deich. Oder ein Anruf genügte, und
schon würden die Kollegen ausschwärmen und ihn suchen.
In einer halben Stunde wäre das Abenteuer überstanden.
Mit vor Kälte starren Fingern wühlte er sein Handy aus der
Jackentasche und nestelte es aus seiner Schutzhülle.

Lutz stieß einen schrillen Schrei aus. Wie konnte das denn
sein? Das Scheißding war aus. Schwarzes Display, nichts.
Beim Versuch, es einzuschalten, gab es kein Lebenszeichen
von sich. Er schüttelte das Handy, drehte es hin und her,
doch nichts passierte. Scheiße, er hatte es doch geladen. Er
sah es vor sich, wie es an dem weißen Ladekabel hing. Oder
war das vorgestern gewesen? Er erinnerte sich nicht mehr
und stöhnte auf.

Und nun? Er musste sich irgendwie bemerkbar machen.
»Hallo, hallo, hört mich einer? Ist jemand in der Nähe? Ich
stehe im Watt. Bitte, gebt eine Antwort, damit ich weiß, in
welche Richtung ich laufen muss.« Er lauschte angestrengt,
wartete vergeblich auf eine Reaktion.

Lutz dachte nach. Er musste wohl alleine klarkommen.
Wie war das noch mit den Seenebeln? In Bremen lebte man
zwar nicht weit weg vom Meer, aber er war alles andere als
jemand, der die Nordsee und ihre Gefahren wirklich kannte.
Klar, auch er hatte schon an Exkursionen ins Watt teilgenommen. Da war von diesem Seenebel die Rede gewesen.

Ganz sicher. Mit Schaudern erinnerte er sich daran, wie der Exkursionsleiter, ein erfahrener Wattführer, vor den immensen Gefahren gewarnt hatte, betonte, wie heimtückisch der Seenebel sein konnte. Schon nach ganz kurzer Zeit betrug die Sichtweite nur noch wenige Meter. Von wegen, das war noch nicht einmal mehr ein Meter. Was hatte der Typ damals noch gesagt? Sogar mit einem Kompass könne man sich dann nicht mehr orientieren. Und wenn, er hatte ja keinen dabei. Es klang Lutz jetzt in den Ohren. *Unweigerlich wird man sich verlaufen und die Orientierung verlieren.*

Er schloss die Augen, versuchte, sich die genauen Worte des Wattführers ins Gedächtnis zu rufen. Der Mann musste doch irgendwas darüber gesagt haben, wie man sich aus einer solchen Situation retten konnte. Oder? Er hatte was vom Verlauf der Priele, Schlickfelder und Baggerlöcher gefaselt, dass man unweigerlich in ein solch gefährliches Hindernis hineinwandern könne! Fuck. Und nun?

Er spürte, wie ihm die Kälte unter die schützende Jacke kroch. Seine Finger waren klamm, seine Füße Eisklumpen. Wie war das überhaupt möglich? Er war doch gar nicht so weit vom rettenden Deich weg. Vielleicht lächerliche zweihundert Meter. Gab es so nahe am Land überhaupt einen solchen Nebel? Natürlich. Was hatte er gesagt, der Wattexperte?

Plötzlich auftretender Nebel ist besonders in Küstennähe und dicht befahrenen Gewässern sehr gefährlich. Lutz' Gehirn versuchte, sich auf jeden einzelnen Satz zu konzentrieren, den es aus dem Mund des Nebelwarners aufgenommen hatte. Die Worte klangen so klar in seinen Ohren, als würde der Typ neben ihm stehen.

Im Herbst erleben wir häufig Seenebel. Er entsteht, weil das Wasser erwärmt ist, verdunstet und die kalte Herbstluft diese Feuchtigkeit nicht aufnehmen kann. Für diese Nebellagen ist Windstille typisch, sie lösen sich mit zunehmendem Wind oder Sonneneinstrahlung auf.

Irre, was das Gehirn in einer solchen Gefahrensituation preisgab, fuhr es ihm durch den Kopf. Alles gut und schön. Aber es war nun windstill. Bis die Sonne aufgehen würde, vergingen noch Stunden. Und die Flut würde kommen.

»Los, du Arschloch, sag mir, was ich tun soll.« Lutz' Stimme verhallte im Nichts. Langsam setzte er einen Fuß vor den anderen. Was, wenn er jetzt in einen dieser gefährlichen Priele geriet? Die Dinger waren tief. Oder? Ja, waren sie. Manche sogar so tief, dass sie für den Schiffsverkehr genutzt wurden. Aber so einen Priel hätte er doch gesehen, vorhin, als der verdammte Nebel noch nicht alles verschluckt und in sich eingesogen hatte. Das schwarze Loch des Wattenmeeres.

Lutz musste bei diesem Gedanken plötzlich kichern. Er verstummte. Er musste sich weiterhin auf Geräusche konzentrieren, die hoffentlich vom Deich her kamen. Er wagte weitere Schritte, hielt an. Wenn er sich nun vom rettenden Land entfernte?

Verzweifelt schrie er wieder so laut er konnte um Hilfe, doch der Seenebel schien sogar Worte zu verschlucken. Als seine Stimme nur noch ein Krächzen war, gab Lutz auf. Die Stille um ihn herum war so still, dass sie schon wieder in seinen Ohren dröhnte. Oder war es sein Blut? Doch was war das? Lutz glaubte, ein Geräusch zu vernehmen. Einen anhaltenden Ton zunächst, der sich dann in kurzen Intervallen wiederholte. Angestrengt lauschte er in die Richtung, aus der er glaubte, den Ton zu hören. Irgendwo vor ihm, irgendwo rechts von ihm, irgendwo im Nirgendwo.

»Hallo, ist da jemand?«

Seine Stimme war ein heiseres Flüstern. Warum sprach er so leise? Er räusperte sich. Nun kräftiger. »Hallo, ich bin hier, ich kann Sie nicht sehen, aber hören. Pfeifen Sie wieder.«

Genau, es war ein Pfeifton gewesen, dessen wurde sich Lutz mit einem Schlag bewusst. Ein Ton, wie er ihn als Kind einer Blockflöte entlockt hatte. Er dachte an seine Versuche, auf der Flöte seines älteren Bruders *Oh Tannenbaum* zum Besten zu geben. Seine Großeltern hatten begeistert geklatscht, und seine Oma hatte ihm einen Kuss auf die Backe gegeben, obwohl sie Herpes an der Lippe hatte. Lutz kicherte. Wurde er nun vollends verrückt? Es war unfassbar, an was man sich in solchen Momenten erinnerte. Er spitzte die Ohren. Da war er wieder, dieser Ton, nun wieder anhaltend und kräftiger. Näherte sich der Flötenspieler oder blies er nur kräftiger?

Vorsichtig bewegte sich Lutz nun nach rechts, sorgsam jeden Schritt abwägend, bevor er womöglich doch noch in einen Todespriel hineingeriet. Immer näher kam er dem Ton. Dabei fiel ihm spontan diese Geschichte wieder ein. So sollte ein englischer Offizier aus dem Watt gerettet worden sein. Oder war es ein einfacher Soldat gewesen? Egal. Wieder klang sein eigenes hysterisches Lachen in seinen Ohren. Der Mann war über dem Watt mit seinem Flugzeug abgestürzt. Dann hatte der Ton einer Tonflöte, schon wieder musste Lutz kichern, ihn gerettet. Der Tommy war ihm gefolgt und von der Hallig-Gräfin, ihr Name fiel Lutz nicht ein, versteckt worden, damit die Nazis ihn nicht fanden. Oder war es umgekehrt gewesen? Der Tommy hatte die Flöte gefunden und so lange darauf rumgeblasen, bis man ihn entdeckt hatte? Es spielte keine Rolle. Was dem Engländer geglückt war, würde auch ihm glücken. Die Flöte würde ihn retten.

Lutz tappte wie blind weiter, doch er kam dem Ton einfach nicht näher. Was, wenn sich eine Art Rattenfänger im Watt aufhielt, der ihn ins Verderben lockte? Lutz strich sich über die trotz der Kälte schweißnasse Stirn.

Was war das jetzt? Der Flötenton war nun hinter ihm. Und, so schätzte Lutz, keine zwei oder drei Meter entfernt. Hörte er nicht ein Atmen?

Mehr als ein gehauchtes *Hallo* brachte er nicht heraus. Er drehte sich um und machte einen großen Schritt. Etwas traf ihn mit voller Wucht am Kopf, und Lutz' Schritt endete im Nichts.

Kapitel 15

Es war eine lange, oder besser gesagt, eine kurze Nacht geworden. Das Gespräch mit Lutz von Winterfeld hatte dann doch gut eine Dreiviertelstunde gedauert, und Christine war das personifizierte schlechte Gewissen, als sie wieder zu Louise gestoßen war. Femke Levensen hatte ihren Helm – *Ich hoffe, er darf überhaupt auf deinem Bike mitfahren, eigentlich ist er nur ein Mofa gewohnt* – zur Verfügung gestellt, damit Christine auch sicher zu Louises Zuhause gebracht werden konnte. Der Regen hatte aufgehört, und das starke Licht des Motorrades durchdrang den feinen Dunst, der sich mittlerweile über die Insel gelegt hatte. Der schneidende Wind war abgeflaut, und doch kroch die Kälte der Herbstnacht während der kurzen Fahrt bis unter die wärmenden Jacken.

Louise und Christine machten es sich in der guten Stube gemütlich, der Bollerofen strahlte eine angenehme Hitze aus, während das Wetter mit seinen üblichen Oktoberkapriolen aufwartete. War vorhin noch der Wind über die Insel gefegt, hatte an den verbliebenen Blättern gezerrt, die sich ergaben und zu Boden taumelten, so war es nun plötzlich still.

Bei einem ersten Glas Apfellikör, der den inneren Frost aus den Knochen vertrieb, erzählte Louise von dem Desaster, das sie schließlich auf Pellworm hatte Zuflucht suchen lassen. Die unglückselige Liaison mit Thierry Worms, einem

Restaurantkritiker, dessen Ex-Frau, eine Madame aus bestem Haus und mit noch besseren Kontakten, ihr das Leben schwer gemacht hatte. Diese hatte ihre Wut auf ihre *Rivalin* so weit getrieben, dass Louise in den Küchen Frankreichs keinen Fuß mehr auf den Boden bekommen hätte und, wie Louise es ausdrückte, keinen Kochlöffel mehr in die Hand.

Mit weit aufgerissenen Augen hatte Christine dann der Mordgeschichte gelauscht, in die Louise im Juni hineingeraten war. Klas Thams – natürlich kannte auch sie diesen Namen, und natürlich wusste sie, dass der Schlagersänger Nummer eins auf Pellworm sein Leben ausgehaucht hatte. Aber die Rolle, die Louise bei all dem gespielt hatte … nein, das war ja ein Ding.

Christine ihrerseits erzählte von ihrer Liebe zur Malerei, welche Gemälde sie restauriert hatte und gewährte Louise Einblick in die Feinheiten dieser diffizilen Arbeit der Wiederherstellung. Doch warum genau sie auf Pellworm war und was sie mit diesem Lutz von Winterfeld zu schaffen hatte, darüber verlor Louises neue Freundin kein Wort. Das angedeutete Geheimnis blieb ein Geheimnis. Louise drang auch nicht weiter in sie, wenn Christine es erzählen wollte, würde sie es dann schon irgendwann tun.

Keinen Zweifel gab es für die beiden Frauen nach einigem Überlegen und von Kichern begleitetem Herumsuchen im Internet jedoch darüber, dass von Winterfeld dem jüngeren Paul Newman wie aus dem Gesicht geschnitten war, und Louise kam nicht umhin zu bemerken, dass Christine nach zwei weiteren Gläsern Weißwein mit leichtem Glanz in den Augen den Mann nur noch Lutzi nannte.

Gegen halb zwei waren eineinhalb Flaschen Chardonnay geleert. Die beiden Frauen marschierten herumalbernd ins Obergeschoss, um in ihre Betten zu sinken. Louise fiel sofort in einen tiefen Schlaf und glaubte, sich verhört zu haben, als jemand zunächst an ihre Tür hämmerte, um gleich darauf an ihr Bett zu stürmen. Schlaftrunken und mit einem pelzigen Gefühl im Mund richtete sie sich auf. »*Mon Dieu*, was ist denn los?«

Vollständig angezogen stand Christine Evers mit ihrem Rucksack vor Louises Bett. »Louise, es ist etwas Furchtbares passiert. Mein Vermieter hat mich angerufen. Ich muss sofort zurück nach Bremen. In meinem Atelier hat es gebrannt. Der Brand ist schon gelöscht. Aber ich muss schauen, was noch zu retten ist. Oh, ich darf überhaupt nicht daran denken. Der Auftrag für die Kulenkampfs, der kleine Spitzweg. Er ist im Tresor, aber ob der die Hitze ausgehalten hat? Ich werde gleich verrückt. Es geht eine Fähre um Viertel vor sechs heute früh. Kannst du mich zum Anleger fahren? Bitte. Mein restliches Gepäck lasse ich hier, ich komme sobald wie möglich wieder zurück. Oh nein, ich muss mein Treffen mit von Winterfeld noch absagen. Wir wollten doch noch mal reden. Scheiße, ich weiß überhaupt nicht, wo mir der Kopf steht.«

Christine war offensichtlich der Verzweiflung nahe. Jetzt rannen dicke Tränen über ihr Gesicht. Louise warf einen Blick auf die Uhr.

»Wir haben noch zwanzig Minuten. Ich zieh mich schnell an. Du wirst die Fähre auf jeden Fall erreichen. Aber wie mag das nur passiert sein? Hat dein Vermieter was dazu gesagt?«

»Er wusste es nicht. Auf jeden Fall meint die Feuerwehr,

die ganzen Lösungsmittel, die in meiner Werkstatt herumstehen, hätten den Brand noch befördert.«

Eine Viertelstunde später bremste Louise ihr Motorrad am Fähranleger ab, Christine besorgte sich eine Fahrkarte und ging mit all denen, die bereits an ihrem Arbeitsplatz auf dem Festland erwartet wurden, an Bord des Fährschiffs, das sich in zehn Minuten auf den Weg in den Hafen Strucklahnungshörn machen würde.

»Ich melde mich, sobald ich was Genaueres weiß«, rief sie Louise zu und winkte zum Abschied. Louise brauste davon. So früh es auch noch war, an Schlaf war jetzt nicht mehr zu denken.

Kapitel 16

Louise war bereits um sieben Uhr in der *Nordsee Lodge* eingetroffen. Um das Frühstück musste sie sich nicht kümmern,
das erledigten die beiden Mädchen, die Louise auch bei ihren
Vorbereitungen zur Hand gingen. Für den Mittag war leichte
Küche angesagt, am Abend sollte es üppig und bodenständig
sein, so der Vorschlag der Hotelchefin.

Um zehn hatte Louise bereits das Mittagsbüfett vorbereitet. Salate, Platten mit Räucherfisch und kaltem Roastbeef,
Dips und Soßen und Gläschen mit einer weißen und dunklen Mousse au Chocolat, getrennt von einem Kompott aus
Stachelbeeren, standen in der Kühlung, während kleine mit
Krabben und Schwarzwurzeln gefüllte Pasteten in dem riesigen Backofen ihrer Vollendung entgegensahen, in den anschließend für sieben Stunden bei einer niedrigen Temperatur von achtzig Grad gefüllte Graugänse wandern würden.
Louise hatte sich für eine mediterran angehauchte Füllung
aus Weißbrot, Tomaten, schwarzen milden Oliven und frischem Thymian entschieden. Dazu *fougasse*, ein Fladenbrot,
das sie mit Rosmarin und kräftigem Olivenöl gewürzt hatte.
Der Teig war vorbereitet und abgedeckt, die Brote würden
am Abend in den zweiten Backofen wandern. Mit Fleur de
Sel bestreut, waren sie nach Louises Meinung perfekte Begleiter zur Gans. Als Beilage gab es gebratenen Rosenkohl,

der in Olivenöl und Zitronensaft mariniert auf seine Vollendung in den großen Bratpfannen wartete.

Als Alternative bot Louise ein Fischgericht an, das am Vortag von drei Personen gewählt worden war. Pannfisch, wie sie ihn bei Fine von seiner köstlichsten Seite kennengelernt hatte, dazu krosse, in kleine Würfel geschnittene Bratkartoffeln und Schmorgurken mit frischem Dill. Für die beiden Vegetarier hatte sie sich ein einfaches und dabei absolut unwiderstehliches Risotto mit frischen Pilzen, Parmesan und Petersilie einfallen lassen. Der Reis, behutsam in Weißwein und heißer Brühe geschmort, würde in seiner Verbindung mit dem geriebenen Käse geradezu im Mund schmelzen.

Zufrieden hakte Louise ihre To-do-Liste ab. Der Mittagstisch war vorbereitet, und am Nachmittag hatte sie Zeit genug, sich um die Abendspeisen zu kümmern. Sie warf einen Blick auf die große Wanduhr in der Küche. Um zehn hatten die *Rungholt-Dialoge* mit dem Eröffnungsvortrag über *Ofenkacheln* begonnen. Vor ein paar Tagen noch hätte Louise die Stirn gerunzelt und sich ernsthaft gefragt, was bitte an einer Ofenkachel so besonders war, dass man über sie einen Vortrag halten könne. Doch seit dem Besuch des Bahnsen-Museums war sie eines Besseren belehrt. Ofenkacheln waren spannender, als man dachte, vor allem, wenn es Reste davon im Watt gab und die womöglich aus Häusern des sagenumwobenen Rungholt stammten.

Louise setzte sich in die letzte Reihe im abgedunkelten Vortragsraum. Ein junger Mann mit Glatze, in kariertem Hemd und ausgeleierten Jeans, referierte. Vor der Leinwand summte der Beamer, auf der Leinwand wechselte sich ein Foto mit dem nächsten ab. Scherben in Gelb und Grün, gemustert mit

Blüten, figürlichen Motiven oder geometrischen Elementen. Louise hörte, was sie natürlich längst schon wusste: Die meisten Kacheln stammten aus den vom Wasser in der zweiten Groten Mandränke 1634 verschlungenen Orten im Wattenmeer. Neu für sie war allerdings, dass seit dieser Sturmflut Pellworm immer wieder größer und auch kleiner geworden war, also eigentlich seine Form stetig verändert hatte, da bis zum Ende des 18. Jahrhunderts die Deichlinie im Süden und Westen um bis zu fünfhundert Meter zurückverlegt werden musste. Dabei verschwanden fast vierzig Höfe, von denen ebenfalls solche Kachelreste stammten.

Im Folgenden erläuterte Lutger Freese, Bachelor of Arts der Uni Bremen, die für Louise etwas langatmig geratene Entwicklungsgeschichte des Kachelofens schlechthin. Schon im 5. Jahrhundert hatte man sich an ihnen wärmen können, und als das Mittelalter sich dem Ende zuneigte, gab es die Kacheln endlich auch glasiert, einige Zeit später dann mit Motiven verziert, die, wie so vieles, einer Mode unterworfen waren. Louise schloss die Augen und fiel in einen kurzen Schlaf, aus dem sie das Wort *Buphever* wieder riss.

Sie horchte auf. Buphever, ein ebenfalls verschwundener Ort. Geblieben waren Ofenkacheln wie die, die Lutger Freese vorführte. Am Beispiel dieser Arbeit erklärte der Archäologe, wie eine solche Kachel überhaupt hergestellt wurde. Begriffe wie Ton, Patrize, Matrize, Kachelmodel folgten, ein Thema für das sich ganz sicher Renate, eine Freundin von Fine, die eine Keramikwerkstatt auf Pellworm betrieb, begeistern würde, dachte Louise, bevor ihr erneut die Lider schwer wurden.

Wieder schreckte sie hoch, als Herr Freese eine Kachel

detailreich beschrieb. Zu sehen war der Riese Goliath, der zwei abgeschlagene Kinderköpfe in der Hand hielt. Louise fröstelte. Dann war es ja nur richtig gewesen, dass David diesen Goliath mit seiner Schleuder und einem Stein getötet hatte, dachte sie und entschlummerte erneut sanft. Die Nacht war einfach zu kurz gewesen, im Vortragsraum war es zu warm und die Stimme des Vortragenden eintönig und einschläfernd.

Louise erwachte erst wieder, als das grelle Licht der Deckenbeleuchtung anging, ihre Augen irritierte und die Leute Beifall klatschten.

Zehn Minuten Kaffeepause waren angesagt. Für Louise wurde es Zeit, sich mit den Graugänsen zu beschäftigen und einen letzten Blick auf die Speisen für das Büfett zu werfen, das in zwei Stunden gestürmt werden würde.

Der Vortrag nach der Mittagspause begann um vierzehn Uhr. Ein Referent aus Kiel, Professor Hammerstein, würde zu den Münz- und weiteren interessanten Einzelfunden der beiden letzten Jahrzehnte im Watt referieren, entdeckt in dem Bereich, wo er das sagenhafte Rungholt vermutete. Diesen Vortrag würde sie sich auch anhören. Doch als Louise endlich mit allem fertig war, die Pellkartoffeln waren bei Weitem nicht so exakt gewürfelt, wie sie sich das vorstellte und wurden von ihr in quadratzentimetergroße Minikuben geschnitten, war der Kieler Fachmann bereits eine halbe Stunde dabei, seine Zuhörer in die faszinierende Welt der Numismatik zu entführen.

»Und hier dürften wir die ältesten Stücke haben, die zusammen 2012 gefunden worden sind, zwei sehr schön erhaltene Solidi und drei Denare aus der römischen Kaiserzeit, genauer gesagt aus der Zeit des Marc Aurel, 161 bis 180.«

Die Leinwand füllte eine runde Münze mit dem bärtigen Kopf eines Mannes. Lockig das Haar und der Bart, die Nase spitz. Im Haar, so erschien es Louise, ein Blätterkranz. Sie fühlte sich spontan an ein Gemälde Napoleon Bonapartes erinnert, auf dem er einen goldenen Lorbeerkranz auf dem Kopf trug. Und an eine alte Münze, die ihr *grand-mère* Clothilde zu ihrer Kommunion geschenkt hatte, mit dem Konterfei von Napoleon III. mit Bart und Lorbeerkranz. Wie lange solche Herrschertraditionen sich durch die Jahrhunderte doch hielten, sinnierte Louise und wartete gespannt auf das nächste Bild. Doch dazu kam es nicht, jäh wurden die Zuhörer aus ihrer gespannten Konzentration gerissen.

»Werter Kollege, das ist also das älteste Artefakt, das je im Watt des Rungholt-Gebietes gefunden wurde?«

Plötzliche Unruhe erfüllte den Raum, Gemurmel schwoll an. Professor Hammerstein beschirmte die Augen, spähte ins Publikum, als wolle er die Person, die diesen Einwurf vorgebracht hatte, ausfindig machen. Sein Blick blieb an einer Frau in der zweiten Reihe hängen.

»Frau Kollegin Schwontkowski, ich verstehe nicht so ganz. Wenn Sie uns eine noch ältere Münze mitgebracht haben, dann nur zu, gerne lasse ich mich eines Besseren belehren, gerne rudere ich im Dienste der Wissenschaft zurück.«

Gelächter war zu hören, ein Mann, der neben Louise saß, brummte vor sich hin, was denn das nun wieder solle, die Schwontkowski solle doch endlich aufhören, immer wieder ihren kalten Kaffee aufzuwärmen.

»Wie meinen Sie das?«, flüsterte Louise ihm zu.

»Warten Sie's ab«, raunte er zurück. »Das gibt hier noch ein Tänzchen.«

Mittlerweile war die Frau, die den Vortrag unterbrochen hatte, aufgestanden.

»Das ist Professor Schwontkowski?« Louise nickte in Richtung der gedrungenen Frau mit dem kurzen ergrauenden Haar und der dünnrahmigen Brille, die nun in den Gang zwischen die Stuhlreihen getreten war. Ihre rechte Hand war auf einen altmodischen Gehstock aus Holz gestützt. Louise hatte den Namen im Vortragsprogramm gelesen. Irgendwas mit *neuesten Erkenntnissen zum Salzabbau im Torf* war das Thema ihres Referats.

»Ja, Elisabeth Schwontkowski, Ethnologin und Archäologin an der Uni Bremen. Man sieht ihr den schlimmen Autounfall vor ein paar Jahren gar nicht mehr an, nur noch der Stock zeugt davon. Ist jetzt ihr Markenzeichen. Und jetzt seien Sie mal still, ich will hören, was sie zu sagen hat.«

Louise war etwas konsterniert. Sie hatte ja gar nichts gesagt. Der Mann richtete seinen Blick starr auf die Person, die nun einen Arm ausstreckte und anklagend ihren Zeigefinger auf Professor Hammerstein richtete. Louise hielt den Atem an. Was war denn hier los? Ein beginnender Expertenstreit?

»Hammerstein, ich habe nicht von einer Münze gesprochen, sondern von einem Artefakt. Einem älteren als das, was Sie uns hier präsentieren. Sie wissen verdammt genau, wovon ich spreche.«

»Liebe gnädige Frau, ich ahne, worauf Sie hinauswollen. Aber darf ich Sie darauf aufmerksam machen, dass die Münzprägung bei Weitem nicht soooo alt ist. Hat uns der griechische Geschichtsschreiber Herodot nicht berichtet, die Erfindung der Münze als handliches Zahlungsmittel sei um 650 vor Christi Geburt in Kleinasien durch die Lyder erfolgt? Knollenartige Gepräge aus einer Legierung aus Gold und Silber, zudem mit einfachsten Münzbildern versehen. Es ist aber vor allem dem Unternehmungsgeist der griechischen Händler zu verdanken, dass sich die Münzprägung im Verlaufe des 6. Jahrhunderts im Mittelmeerraum verbreitete. Die ersten griechischen Silbermünzen entstanden auf der Insel Ägina mit dem Bild einer Meeresschildkröte, Symbol des Meeresgottes Poseidon. Überhaupt zeigen die griechischen Münzen in der Regel das Symbol der Gottheit des jeweiligen Stadtstaates oder eine mythologisch damit in Verbindung stehende Abbildung: die Eule für Athen, der Pegasos für Korinth, das Labyrinth für Kreta oder die Biene für Ephesos. Kleinkunstwerke der Antike von teilweise herausragender Qualität.«

Professor Schwontkowski klopfte mit dem Stock auf den Boden und unterbrach den dozierenden Gelehrten unwirsch. »Hören Sie mir doch auf mit Ihren Münzen. Sie erzählen uns doch da nichts Neues. Ich habe den Eindruck, Sie wollen uns mit Ihrem Geschwafel einlullen und vom eigentlichen Thema ablenken. Ich habe von einem Artefakt gesprochen, nicht von einer Münze.«

»Wenn Sie uns allen…« Hammerstein breitete die Arme aus und umschloss mit einer ausholenden Geste seine gesamte Zuhörerschaft. »…gütigst auf die Sprünge helfen wollen.«

»Ich rede von *dem* Fund, der vor mehreren Wochen im Watt gemacht wurde. Von dem Fund, der uns bis heute verschwiegen worden ist. Ich rede von einem Artefakt aus minoischer Zeit, Hammerstein, der endgültige Beweis dafür, dass Sie und Konsorten meine These nicht länger negieren können. Lutz von Winterfeld... wo steckt er denn überhaupt?« Suchend schaute sich die Professorin um. »... wird uns ein kurzes Statement darüber abgeben. Und dann bin ich mehr als gespannt auf das, was Sie uns dazu zu sagen haben.«

Schwontkowskis Stimme war bei jedem Wort lauter geworden. Während ihrer Rede war sie nach vorne getreten und hatte sich, als wolle sie ein Schlussplädoyer halten, mit ausgebreiteten Armen vor ihr atemloses Publikum gestellt.

Irgendjemand hatte mittlerweile wieder das Deckenlicht eingeschaltet. Louise hatte den Eindruck, dass Professor Hammerstein bei den Worten seiner Kollegin ziemlich blass geworden war. Doch das konnte auch an dem gleißenden Licht liegen. Auf jeden Fall war er zwei Schritte zurückgetreten, als wolle er für Elisabeth Schwontkowski die Bühne freimachen.

»Elisabeth, wie kommst du ...« Weiter kam er nicht.

Aha, *Elisabeth* und *du*, vorhin für die Öffentlichkeit noch *Sie*. Die beiden kannten sich wohl näher. Doch bevor Louise sich weiter darüber Gedanken machen konnte, fuhr die Professorin schon in einem theatralischen Ton fort:

»Seit Jahren vertrete ich, und nicht nur ich, die These, dass bereits minoische Segler Rungholt erreicht haben, Handel trieben, Bernstein mit zurück in die Heimat nahmen. Doch wir sind verlacht und verspottet worden. Doch nun endlich liegt er vor, der Beweis! Doch du speist uns hier mit deinen römischen Denaren ab. Die sind doch ein alter Hut. Ich fordere dich hiermit auf, uns endlich das Artefakt zu präsentieren, das du uns vorenthältst.«

Mit rotem Kopf und sich überschlagender Stimme versuchte Hammerstein, den Redefluss seiner Kollegin nun zu stoppen. Louise war fasziniert. Die Köpfe der Zuhörer drehten sich von links nach rechts, von Hammerstein zu Schwontkowski und wieder zurück, wie bei einem Tennisspiel. Wenn sie das alles richtig verstanden hatte, vertrat der Kieler die These, Rungholt habe Handel mit den Römern betrieben. Oder waren die Münzen von Händlern bis nach Rungholt gekommen? Waren die Römer überhaupt hier im Norden gewesen? Die Bremerin dagegen beharrte darauf, bereits die Minoer hätten Nordfriesland angefahren. Wann mochte das gewesen sein? Louise hatte keine Ahnung, doch ihre Frage wurde postwendend beantwortet.

»Die Minoer, ich bitte dich, wie sollen sie bis Nordfriesland gekommen sein? Und was dieses Artefakt – keine Ahnung, was du meinst, ein Siegel oder eine Münze? – angeht, würde ich mich gerne ganz in Ruhe mit dir darüber unterhalten.«

Elisabeth Schwontkowski schnitt Hammerstein das Wort ab. »Ha, ich wusste es doch, du verheimlichst uns seine Existenz, du, du ...«

»Ich was? Jetzt lass mal gut sein. Kollege Nannen, dürfte ich Sie bitten, uns als Mediator aus dieser mehr als unwürdigen Situation zu helfen.«

Schwontkowski schwieg mit einem Mal. Ein Raunen ging durch die Menge, die bisher dem Streit mit Spannung und einer Spur Sensationslust gelauscht hatte. Louises Nachbar stieß sie mit dem Ellbogen an.

»Friedhelm Nannen, er ist der Nestor der Rungholt-Forschung. Er ist schon an die achtzig. Hat angeblich sogar noch die Hallig-Gräfin gekannt. Und die ist immerhin schon 1953 gestorben. Psst, mal hören, was er zu sagen hat.«

Louise hatte zwar immer noch keinen Ton von sich gegeben, aber sie nickte und starrte ebenso gebannt nach vorne wie alle anderen im Raum. Merkwürdig, ihr war der alte Mann vorher noch gar nicht aufgefallen, dachte Louise, als Friedhelm Nannen sich erhob und nach vorne schritt. Sie schätzte ihn auf mindestens einen Meter neunzig. Aufrecht wie ein Baum stand er da, das volle eisengraue Haar ließ ihn jugendlich erscheinen. Blaue Augen blitzten aus dem faltigen Gesicht. Mit lauter klarer Stimme begann er zu sprechen.

»Kolleginnen und Kollegen, liebe Freundinnen und Freunde der Rungholt-Forschung. Kollege Hammerstein hat es gesagt, diese Art unseres Umgangs miteinander ist unwürdig. Wie lange schwelt dieser Streit schon? Zehn, fünfzehn Jahre? Die Bremer Fraktion nimmt für sich in Anspruch, die genaue Lage des untergegangenen Rungholt zu kennen, ohne, ich betone, *ohne* dafür einen Beweis zu haben, doch genauso ist es umgekehrt. Der Ort, an dem die Kieler Archäologen Rungholt vermuten, bleibt ebenso reine Spekulation. Für beide Meinungen gibt es *Hin*weise, aber keine *Be*weise.« Nannen schnaufte kurz und räusperte sich.

»Und nun zum Kern dieses aktuellen Disputs. Meine liebe Elisabeth, werter Kollege Hammerstein, ich appelliere an Sie, ihn nicht coram publico auszutragen. Niemand von uns hat dieses Artefakt zu Gesicht bekommen, wenn mich nicht alles täuscht. Auch wenn es tatsächlich minoischer Provenienz sein sollte, müssen wir doch so ehrlich zu uns sein, dass dieser Gegenstand nicht unbedingt direkt von minoischen Seeleuten in unser schleswig-holsteinisches Wattenmeer gebracht worden sein muss. Kann es sich nicht um das Mitbringsel eines Salzhändlers aus Cornwall handeln? Die Minoer sollen dort Kupferminen betrieben haben. Sie runzeln die Stirn? Mit Recht. All dies ist reine Spekulation. Und spekulieren, fantasieren ist nicht unser Metier. Gehen wir einmal davon aus, das Artefakt existiert tatsächlich. Ist damit Professor Schwontkowskis These einer Handelsroute der Minoer bis Nordfriesland unumstößlich geworden? Mitnichten, wie ich eben ausgeführt habe. Aber es werden sich Fragen über Fragen stellen. Ich schlage vor, wir setzen uns in einer intimen Diskussionsrunde zusammen. Dr. Hammerstein, Elisabeth, Herr von Winterfeld und meine Wenigkeit, wenn Sie damit einverstanden sind.«

Hammerstein und Schwontkowski wechselten einen kurzen Blick, dann nickten beide.

»Wo ist übrigens Herr von Winterfeld?« Friedhelm Nannen spähte in die Reihen der Zuhörer und warf dann einen fragenden Blick auf Professor Schwontkowski.

»Ich weiß es nicht. Ich versuche schon seit Stunden, ihn zu erreichen.« Sie zuckte mit den Achseln. »Marieke, Sie haben doch gestern Abend noch mit ihm gesprochen. Hat er Ihnen gesagt, was er heute vorhat? Eigentlich hätte ich ihn schon zum letzten Vortrag hier erwartet.«

Die Angesprochene, die ebenfalls in der zweiten Reihe saß, erhob sich, schüttelte den Kopf und hob ratlos die Arme. In diesem Augenblick wurde die Tür zum Vortragsraum mit einem Ruck aufgerissen und knallte unsanft an die Wand. Louise drehte sich erschrocken um. Femke Levensen und eine Frau in Polizeiuniform quetschten sich gleichzeitig durch die Tür.

Was will denn Solveig Olms hier? Louise runzelte die Stirn, und ein ungutes Gefühl beschlich sie. Ein doppelt ungutes Gefühl sogar. Von Winterfeld, das war doch der Typ, mit dem sich Christine getroffen hatte. Und im Atelier der Restauratorin hatte es gebrannt. Und von Winterfeld war nicht zu den Vorträgen erschienen. Und die Polizei nun hier.

Unruhiges Gemurmel ging durch die Zuhörerschaft. Jemand ein paar Stuhlreihen vor Louise stieß einen spitzen Schrei aus. Femke eilte mit schnellen Schritten nach vorne und flüsterte Elisabeth Schwontkowski etwas ins Ohr. Die Professorin taumelte und konnte sich eben noch am Rednerpult festhalten, ehe Friedhelm Nannen ihr für sein Alter äußerst behände zur Seite sprang und sie stützte.

Mittlerweile war auch die Inselpolizistin vorne angelangt. Mit verbissener Miene stand sie da, die Brauen über ihren eng stehenden Augen waren zusammengezogen. Irgendwie erinnerte Solveig Olms Louise mit ihrer gedrungenen Gestalt und dem bissigen Gesichtsausdruck an eine Hunderasse. Fast musste sie laut lachen, als sie sich eine Französische Bulldogge in Uniform vorstellte. Aber jetzt war nicht die Zeit für Heiterkeit. Irgendetwas Schlimmes musste geschehen sein, sonst stände die Polizeioberkommissarin jetzt nicht vor ihnen.

»Darf ich um Ruhe bitten.« Solveig Olms stemmte die Hände in die Hüften und wartete ab, bis absolute Stille eingekehrt war. »Ich muss Ihnen leider mitteilen, dass Ihr Kollege, Herr Lutz von Winterfeld, tot aufgefunden worden ist. Er befindet sich bereits auf dem Festland. So wie es aussieht, ist er von dem gestern Nacht plötzlich aufkommenden Seenebel überrascht worden und hat die Orientierung verloren. Ich kann Ihnen im Moment nicht mehr sagen, als dass er ertrunken ist und von der Besatzung eines Krabbenkutters im Wasser treibend entdeckt wurde. Wenn sich bitte die Personen, die Herrn von Winterfeld zuletzt gesprochen oder gesehen haben, bei mir melden. Frau Levensen ist so freundlich, mir ihr Büro zur Verfügung zu stellen. Auch wenn es sich wohl um einen bedauerlichen Unfall handelt, möchte ich die letzten Stunden des Toten so lückenlos wie möglich rekonstruieren. Wenn die Personen, die dazu etwas beitragen können, sich mir bitte anschließen würden. Es handelt sich lediglich um eine kurze Befragung, den Zeitraum nach dem gemeinsamen Abendessen betreffend. Wie mir Frau Levensen mitteilte, war das Essen gegen einundzwanzig Uhr beendet, wer hatte also nach einundzwanzig Uhr noch Kontakt zum Opfer?«

Die Polizistin nickte kurz und setzte sich in Marsch. Die angespannte Stille wich aufgeregtem Stimmengewirr, Stühle quietschten auf dem Boden, als sich mehrere Personen erhoben, um Solveig Olms zu folgen. Als wäre es ein Trauerzug, der soeben die Kirche verließ, schlossen sich Elisabeth Schwontkowski, schwer auf den Arm von Friedhelm Nannen und ihren Stock gestützt, und die junge Frau, Marieke, die die Professorin auf der anderen Seite eingehängt hatte, der Gruppe an. Louise wusste, dass eine weitere jüngere Frau, die direkt nach der Aufforderung von Solveig Olms aufgestanden war, eine Mitarbeiterin des Museums in Husum war. Ein älterer Mann, der sich ebenfalls anschloss, war, wie Femke ihr gestern noch gesagt hatte, der Vorsitzende des Vereins der Rungholt-Freunde, der Dritte war Louise gänzlich unbekannt.

Louise schaute auf ihre Uhr. *Zut*. Oh nein, vor lauter Aufregung hätte sie fast ihre Küche vergessen. Gott sei Dank brieten die Gänse bei niedriger Temperatur vor sich hin, und das meiste, was den Abendtisch bereichern sollte, war schon vorbereitet. Hoffentlich war den Tagungsteilnehmern nicht der Appetit vergangen.

Doch neben dieser Sorge trieb Louise noch ein ganz anderer Gedanke um. Was hatten Christine und der Archäologe so Wichtiges zu besprechen gehabt? Gut, Frau Oberkommissarin wollte lediglich die Leute befragen, mit denen von Winterfeld nach dem Essen noch Kontakt hatte. Das Treffen zwischen ihm und Christine hatte vorher stattgefunden. Also kein Grund für sie, dies Frau Olms kundzutun. Wenn, dann wäre das Sache Christines. Nichtsdestotrotz musste sie die Restauratorin so schnell wie möglich erreichen. Louise biss sich auf die Lippen. Hatte Christine ihr nicht schon längst Bescheid geben wollen, was in ihrer Bremer Werkstatt passiert war?

Sie zog ihr Handy aus der Hosentasche, das sie während der Vorträge auf *Stumm* geschaltet hatte. Ein verpasster Anruf von Fine und drei WhatsApp-Nachrichten. Eine von ihrer Mutter mit dem Hinweis, sie solle an den Geburtstag von Loulou denken, eine von Michel Bastien, einem guten Freund und Souschef in Hamburg im *Pintade aux pois bleus*. Die letzte Nachricht ließ Louises Herz höherschlagen. Ein kleines Herz und ein Foto von Chris, der ganz klein neben einem Riesenbaum posierte. Doch nur kurz währte ihre Freude, die Sorge um Christine und ihre Bestürzung gepaart mit einem unguten Gefühl wegen Lutz von Winterfelds Ableben holten sie sofort wieder ein.

Kapitel 17

Nach dem Abendessen im Hotel hatte sich Louise um nichts mehr kümmern müssen. Die beiden Küchenhilfen Cordula und Petra waren zuständig für das Abräumen, Spülen und Verpacken oder Entsorgen der Reste. Louise war erstaunt gewesen, mit welchem Heißhunger sich die meisten Tagungsteilnehmer auf das Essen gestürzt hatten. Die Gespräche waren angeregt, an manchen Tischen fast fröhlich gewesen. Lediglich die Professorin aus Bremen hatte sie am Tisch vermisst. Von Winterfeld war ihr engster Mitarbeiter gewesen. Kein Wunder, wenn sie sich lieber auf ihr Zimmer zurückgezogen hatte.

Die Tagung würde fortgesetzt werden, denn dies sei ganz sicher im Sinne des Verstorbenen, hatte die graue Eminenz, Friedhelm Nannen, allen vor dem Essen verkündet, was mit einem kurzen Applaus goutiert worden war. Es war eine Schweigeminute gefolgt, in die sich ein paar Schluchzer gemischt hatten. Doch dann hatte das Klappern von Geschirr und Besteck eingesetzt, die normalen Geräusche des Alltags hatten dominiert.

Louise, die sich an jedem Tisch erkundigte, ob es mundete, hatte hier und da einen Gesprächsfetzen aufgeschnappt. Der Tod von Winterfelds war das beherrschende Thema gewesen. Hier eine Erinnerung an eine gemeinsame

Grabungskampagne, während der sich der Kollege den Magen an ungefiltertem Wasser verdorben hatte, dort die Frage, warum um Himmels willen von Winterfeld mitten in der Nacht überhaupt ins Watt gegangen war. Das fragte sich Louise auch.

Als sie um halb zehn wieder zu Hause war, vergewisserte sie sich als Erstes, dass es den Tieren gut ging. Alle waren versorgt, und Sture schlief in seinem Stall im Stroh. Die beiden Kater waren nicht zu sehen, doch die Futternäpfchen waren geleert. Wahrscheinlich waren sie auf der Jagd nach einer fetten Maus zum Nachtisch. Erneut versuchte sie, Christine zu erreichen.

Louise ließ es klingeln, bis der Anrufbeantworter ansprang. Sie hinterließ nicht noch einmal eine Nachricht, das hatte sie schon zweimal getan. Warum antwortete Christine nicht? Sie nahm den Rest Weißwein aus dem Kühlschrank und schenkte sich ein Glas ein. Gestern noch hatten sie hier gesessen. Gestern um diese Zeit war Lutz von Winterfeld noch am Leben gewesen. Louise nahm ihr Laptop auf den Schoß und gab als Suchbegriffe *Bremen*, *Atelier*, *Werkstatt*, *Restaurator* und *Brand* ein. Alles, was sie fand, war eine kurze Mitteilung des *Weser-Kuriers* online, im Viertel sei eine Werkstatt ausgebrannt. Nach der Brandursache werde noch geforscht, niemand sei zu Schaden gekommen, die Höhe des Schadens noch nicht ermittelt. Louise suchte auf der Karte das Bremer Viertel, es war gar nicht weit von der Innenstadt weg, wo Fine und Momme im Hotel abgestiegen waren. Vielleicht konnten die beiden morgen mal ein Auge auf das Brandhaus werfen und sich nach Christine erkundigen. Sie schrieb eine kurze Nachricht an Fine und bat um einen Rückruf.

Kaum hatte es sich Louise im Bett mit einem Buch über Escoffier und die Nouvelle Cuisine bequem gemacht, sie war gerade bei Michel Trama und seinem Hähnchen in Salzkruste und Kräutersoße angelangt, da rief Fine zurück. Sie war noch ganz beseelt von dem Konzert, das sie in der Glocke genossen hatten. Louise sah Fine förmlich vor sich, wie sie mit vor Freude gerötetem Gesicht das Konzert noch einmal Revue passieren ließ.

»Und ist das nicht verrückt, Louise, der Abend war komplett Komponisten aus Frankreich gewidmet. Die müsstest du doch alle kennen. Mein Gott, was für eine traumhafte Musik. Ravel, Debussys *Suite bergamasque* und auch ein zeitgenössischer Komponist, dessen Namen ich aber noch nie gehört habe, aber sein *Grand Choral*, es war einfach wunderschön.«

»Georges Delrue, der *Grand Choral* ist von Georges Delrue, er hat das Stück für Truffauts Film *La nuit américaine* komponiert. Ja, es ist wirklich ergreifend.« Für einen Moment überlegte Louise, wann sie sich zuletzt einen Film von François Truffaut angeschaut hatte. Der Regisseur war ihr absoluter Favorit, wenn es um Filmkunst ging. Sie kannte jeden Streifen, manchen Dialog hätte sie aus dem Stegreif zum Besten geben können. Truffaut und Moustaki waren ihre Helden. Noch größere als Spitzenköche, egal wie sie nun hießen. Sie kam zu ihrem eigentlichen Thema. »Fine, ich freu mich total für euch. Aber ich hätte da eine Bitte.«

Sie erzählte von ihrer Begegnung mit der Restauratorin Christine Evers, dass diese bei Fine im Haus übernachtet hatte und dann Hals über Kopf aufgebrochen war, da es in ihrem Atelier im Bremer Viertel gebrannt habe.

»Könntet ihr morgen nicht mal da vorbeispazieren und schauen, was passiert ist? Vielleicht auch jemanden fragen, was mit Christine ist. Wie schon gesagt, ich kann sie einfach nicht erreichen. Ich mach mir schon ein wenig Sorgen.«

Fine versprach, sich mit Momme dort umzusehen. »Und was gibt's sonst so Neues auf unserem Inselchen? Macht der Job in der *Nordsee Lodge* Spaß? Was sagen die Forscher zum untergegangenen Rungholt?«

»*Mon Dieu*, Fine. Du wirst es nicht glauben, einer der Tagungsteilnehmer ist tot im Watt gefunden worden. Er muss da in der Nacht unterwegs gewesen sein, keiner weiß warum. Seenebel ist plötzlich aufgekommen, er hat nicht mehr zurückgefunden und ist ertrunken. Ist das nicht furchtbar? Du kannst Momme sagen, seine Nachfolgerin hat sich der Sache gleich angenommen. Ich weiß aber nicht, was bei ihren Befragungen rausgekommen ist. Aber du hattest so was von recht, mich immer wieder auf die Gefahren im Watt aufmerksam zu machen. Man sollte doch denken, dass jemand, der sich mit Forschungen über eine vom Wasser verschluckte Stadt beschäftigt, besonnener ist. Nun, sei es wie es sei, seine Unvernunft ist ihm zum Verhängnis geworden.« Sie seufzte, und da war es, dieses merkwürdige Gefühl im Bauch. Louise scheuchte es weg, wohlwissend, dass es doch wiederkommen würde. »Du meldest dich dann, wenn ihr Neuigkeiten für mich habt. Bis dann und *bonne nuit*, meine liebe Fine. Liebe Grüße natürlich auch an Momme. Habt ihr eigentlich ein Doppelzimmer gebucht?«, fügte Louise noch mit einem Schmunzeln in der Stimme hinzu. Doch alles, was sie zu hören bekam, war ein *Tss*, und mit einem Lachen beendete Fine das Gespräch.

Am nächsten Morgen mistete Louise als Erstes Stures Stall aus, legte frisches Stroh und Heu hinein. Jetzt konnte der Esel es sich aussuchen, ob er lieber die letzten Reste frisches Gras oder vom duftenden Heu fressen wollte. Die Hühner kamen angeflitzt, als Louise den Blecheimer mit den Körnern schüttelte und diese ins Gehege warf. Die beiden Kater lagen auf ihren Decken in der Küche und schnurrten zufrieden, als Louise ihre Näpfe füllte. Alle waren satt und zufrieden, und auch Louise ließ sich ihr Frühstück schmecken. Ein gekochtes Ei, zwei Scheiben Vollkornbrot, auf der einen drei dicke Scheiben Mettwurst, auf der anderen Apfelgelee.

Im Hotel wurde sie um zehn erwartet, und sie hoffte, dass sich Fine bis dahin melden würde. Auf dem Weg zum Bad fiel Louises Blick auf die Reisetasche, die Christine im Gästezimmer deponiert hatte. Sie stellte die Tasche aufs Bett und zupfte am Zipper des Reisverschlusses. Nein, das ließ sie besser bleiben. Es gehörte sich nicht, die Tasche einfach zu öffnen. Christine würde wiederkommen und ihre Tasche abholen. Sie würde erzählen, was in Bremen passiert war, vielleicht sogar etwas mehr von ihrem Geheimnis preisgeben.

Louise hatte sich gerade die Haare geföhnt, als ihr Handy auf dem Hocker neben der Dusche zu hüpfen und zu zirpen begann. Fine.

»Moin, mien Deern. Es gibt Neuigkeiten von deiner Freundin, der Restauratorin.« Fine kam wie immer gleich zur Sache. Sie war keine Frau, die lange um den heißen Brei herumredete. »Momme und ich sind gleich nach dem Frühstück zu dem Haus, in dem die Werkstatt ist. Oder besser gesagt war. Alles ist abgesperrt, das Haus ist sogar einsturzgefährdet. Und was noch viel schlimmer ist, alles, was in der Werkstatt war, ist verbrannt. Aber am allerschlimmsten ist, dass die junge Frau nun im Krankenhaus liegt. Die Nachbarn wussten nichts Genaues. Nur so viel: Sie ist, obwohl es verboten war, ins Haus. Wahrscheinlich um ihre Gemälde zu retten. Die waren wohl in einem Tresor, meinte eine Frau, die zwei Häuser weiter wohnt. Dann ist es passiert. Ein Balken sei ihr auf den Kopf gefallen. Jetzt liegt sie mit einem schweren Schädel-Hirn-Trauma in einem Krankenhaus in Bremen. In welchem wissen wir nicht, aber wir kriegen das schon noch raus. Wenn wir nähere Informationen haben, melden wir uns wieder.«

Fine, die ohne Atem zu holen geredet hatte, stieß die Luft mit einem tiefen Seufzer aus. »Ich hätte dir gerne bessere Nachrichten überbracht. Aber so eine unvernünftige Deern, marschiert da so einfach in ihre Werkstatt, obwohl das strengstens verboten war. Na ja, die Hauptsache ist, sie lebt. Wie geht es dir überhaupt, was machen die Tiere? Und gibt's schon was Neues wegen des toten Archäologen?«

Louise konnte Fine beruhigen. Ihr ginge es sehr gut, gleich mache sie sich auf den Weg zum Hotel, und alle Tierchen seien wohlauf. Und nein, seit gestern habe sie nichts Neues zum Tod von Lutz von Winterfeld gehört.

Eine Dreiviertelstunde später stellte Louise ihr Motorrad auf dem Parkplatz der *Nordsee Lodge* ab. Um zehn war die Mitgliederversammlung der Rungholt-Freunde, am Nachmittag gab es zwei weitere Vorträge. Alles wurde wie geplant durchgeführt, wie Friedhelm Nannen am Tag zuvor kundgetan hatte.

In der Küche waren die beiden Mädchen zugange, die das Frühstücksgeschirr in die Spülmaschine packten, Essensreste in den Müll beförderten und die Arbeitsflächen reinigten.

»Moin, ihr zwei.«

»Moin, Louise, trinkst du noch einen Kaffee mit? Es sind auch noch frische Hörnchen da.« Cordula zeigte auf den Kaffeeautomaten, der vor sich hin zischte.

Louise schüttelte den Kopf. »Danke, aber ich habe schon ausgiebig gefrühstückt. Ich mach mich gleich an die Arbeit für das Mittagsbüfett. Ihr könnt mir dann beim Schnippeln zur Hand gehen. Als warmes Beigericht gibt es ein *Pot au feu*, Petra wenn du dich nach deiner Pause um die Gemüse kümmerst, wäre das super.«

»Ein Pottoföh?«

Cordula musste laut lachen, als Petras Gesicht zu einem einzigen Fragezeichen wurde.

»Ein Gemüseeintopf eben. Das kommt von *pot*, wie unser Pott, ist doch so, Louise? Und *feu* ist Feuer, also ein Topf auf dem Feuer. In dem kocht das Gemüse.«

Louise schmunzelte. »Genauso ist es.«

Jetzt grinste auch Petra breit. »Mann, dann sag das doch gleich, ein Schnüsch. Tss. Pottoföh. Was gibt's sonst noch Schönes heute Mittag? Ich muss echt sagen, es ist mir schon eine gewisse Ehre, mit einer ehemaligen Sterneköchin zusammenzuarbeiten. Da können wir uns noch was abgucken.«

Louise wurde ein wenig rot. »Na, ehemalige trifft es. Aber ich freue mich, wenn ihr Spaß daran habt. Wir machen es wie gestern, die Auswahl auf einem Büfett muss ja nicht unüberschaubar sein. Lieber weniger, dafür Topqualität und so angerichtet, dass das Auge auch auf seine Kosten kommt. Denn das Auge isst ja bekanntlich ...«

»... mit«, tönte es unter allgemeinem Gelächter.

»Man könnte auch sagen, *belles bouffes, bonnes bouffes*«, fügte Louise augenzwinkernd hinzu. »Das heißt so viel wie: ein schön angerichtetes Essen, ein gutes Essen. Wobei *bouffe* im Französischen ein umgangssprachliches Wort ist und eher Fressen als Essen bedeutet.«

Sie packte ihre Messer aus, die sie in einer speziellen Tasche verwahrte. Hier in der Küche der *Nordsee Lodge* waren sie sicher aufgehoben und blieben dort über Nacht. Kochte Louise, wie bei einer Tauffeier in einem Privathaushalt, nahm sie die kostbaren Messer natürlich immer mit nach Hause.

»Wo bekommt man so was eigentlich her? Ich hab gestern Abend noch im Internet nach solchen Messern Ausschau gehalten. Ich hab ähnliche gesehen, aber so schöne Exemplare waren nicht dabei«, sagte Petra. Sie und Cordula hatten schon am Vortag Louises Messer mit ihren unterschiedlich gemusterten Klingen voller Bewunderung begutachtet.

»Ja, diese hier sind schon von einer ganz besonderen Qualität. Ein Schmied aus Kirchlinteln macht sie für mich. Ein aufwendiger Schmiedevorgang ist nötig, bei dem der Stahl mehrfach gefaltet und bearbeitet wird, bis sie dann am Ende so schön und vor allem so scharf daliegen. Jedes Messer ist von Hand geschmiedet, und nie gleicht eines dem anderen.« Liebevoll fuhr Louise mit ihrem Daumen über den Griff aus Olivenholz, der genau und nur in ihre Hand passte. »Du kannst mit diesem Messer«, sie zeigte auf ein Stück mit langer dünner Klinge, »die feinsten und dünnsten Scheiben schneiden, hauchdünn wie ein Blatt Papier. So, jetzt aber an die Arbeit.«

»Oh, ich hatte ganz vergessen, dir zu sagen, dass heute Mittag drei Personen weniger zum Essen da sein werden.« Petra geriet ins Stottern. »Nun ja, das macht ja hoffentlich jetzt nichts aus, dass ich nicht dran gedacht habe, dir Bescheid zu geben, ich meine wegen deiner Planungen und Vorbereitungen. Femke hat es uns vorhin gesagt: Professor Hammerstein und seine Frau seien bei Verwandten auf Pellworm zum Essen, und ja, einer ist halt tot. Der arme Mann. Er soll ja nicht einfach nur so ertrunken sein, hab ich gehört.«

»Petra, es ist alles in Ordnung«, beruhigte Louise das Mädchen. »Aber, was meinst du damit, er sei nicht einfach nur so ertrunken?«

»Meine Mutter arbeitet seit September zweimal die Woche als Sprechstundenhilfe beim Doktor. Dirk Claussen hat heute Morgen einen Anruf vom Festland bekommen. Es war schon ein Unfall. Er hat sich ins Watt gewagt, obwohl mit Seenebel zu rechnen war, meinte der Doc. Dann hat er nicht mehr herausgefunden, und ist beim Herumirren wohl gestürzt. Mama sagt, er hätte auch eine ziemliche Kopfverletzung. Aber letztendlich spielt das wohl keine große Rolle. Er ist eben ertrunken.«

Eine Gänsehaut überlief Louise, und da war es schon wieder, das Bauchgefühl, das Gefühl, dass hier etwas ganz und gar nicht stimmte. Christine, von einem herabstürzenden Holzbalken lebensgefährlich verletzt in einem Bremer Krankenhaus, Lutz von Winterfeld im Watt vom Seenebel überrascht, gestürzt, in der Flut ertrunken. Und beide teilten ein Geheimnis miteinander. Hatte nicht Fine erzählt, die Glocke von Rungholt habe geläutet, als vor Jahren ein Kind im Wasser sein Leben verloren hatte? Und hatte nicht sie selbst eine Glocke in der Nacht gehört, in der Nacht vor der, in der von Winterfeld ertrunken war?

Louise scheuchte die Gedanken weg. Sie musste sich auf die Zubereitung der Speisen konzentrieren. Doch kaum hatte sie das Gemüsemesser an den Stielansatz einer Karotte gesetzt, war ihr Kopf schon wieder mit der Frage beschäftigt, was eine Restauratorin und ein Archäologe wohl miteinander zu besprechen gehabt hatten.

Kapitel 18

»Wohrschienlich is he as lüttje Jung in ehr verleevt wähn«, kicherte Cordula.

»Ach, was, verliebt. Da war sie doch schon eine alte Frau. Sie hat ihn als Jungen beeindruckt. Was man so von ihr weiß, muss sie auch eine sehr außergewöhnliche Person gewesen sein.«

Die Stimmen der beiden Mädchen hatten Louise wieder zurück in die Küche versetzt. Sie hatte dem Dialog mit einem Ohr gelauscht, während sie die vorbereiteten Doraden mit einer Farce aus pürierten gegrillten Auberginen, in Olivenöl eingelegten getrockneten Tomaten und fein gehacktem Rosmarin füllte. Von Zitronensaft, Pfeffer und grobem Meersalz umhüllt würden sie am Abend in den Backofen wandern und köstlich nach einer halben Stunde auf den Tellern der hungrigen Forscher landen. Dazu ein mediterranes Kartoffelpüree und ein knackiger Karottensalat mit einem Dressing aus Dijonsenf und Apfelessig.

Alternativ hatte Louise Lammkoteletts in der Kühlung, die in wenigen Minuten *au point* zubereitet sein würden. Die Zutaten für die vegetarischen Sellerieschnitzel standen ebenfalls bereit. Die Scheiben der Knolle waren bereits bissfest gekocht und warteten nur darauf, dick mit einer Panade überzogen zu werden, die Louise mit einer ordentlichen

Prise *Piment d'Espelette* und Zitronensalz gewürzt hatte. Wenn es schon ein vegetarisches Gericht sein sollte, dann mit den Zutaten, die die Region und die Jahreszeit hergaben wie Sellerie, Rote Bete oder Kohlrabi.

»Von wem redet ihr?«, fragte Louise und legte die Doraden in eine Keramikschale.

»Von Professor Nannen. Er hält den letzten Vortrag am Nachmittag. Vielleicht ist es das Alter, aber in den letzten Jahren hat er immer denselben Vortrag gehalten, das heißt, es geht immer um die Gräfin und dann noch irgendein Thema, das zu ihr passt. Im letzten Jahr war es der Neffe der Gräfin, der ebenfalls nach Rungholt gesucht hat.«

»Woher weißt du das denn? Hast du schon mal bei einem zugehört?«, fragte Cordula erstaunt. »Ich wusste gar nicht, dass du dich für den alten Kram interessierst.«

»Na ja, was heißt interessieren. Ich war einfach neugierig. Ich habe mir auf der Homepage der *Rungholtfreunde* das Programm angeschaut. Und die Programme der letzten Jahre. Da war Nannen immer dabei. Seine Vorträge haben jedes Mal ein anderes Thema. Aber er baut immer einen Bezug zu Diana von Reventlow-Criminil ein. Ich habe mich eben schlau gemacht. Die Gräfin ist 1953 gestorben. Wenn der Professor jetzt neunundsiebzig ist, dann war er da so um die dreizehn, vierzehn. Vielleicht hat er ja seine Ferien bei ihr auf der Hallig verbracht.« Petra zuckte mit den Schultern und schälte weiter Kartoffeln.

»Hört, hört, nich bloß begeistert von ohle Geschichten, ok noch een Talent int't Regg'n.« Cordula grinste fröhlich-spöttisch.

»Stimmt, jetzt wo du's sagst. Bei seinem Vortrag geht es

um eine Tonflöte«, steuerte Louise bei und zog die Stirn kraus. *Die geheimnisvolle Okarina. Die Gräfin und das Rätsel um die Tonflöte.* Hört sich an wie ein Krimi. Zuerst habe ich sogar gedacht, Okarina sei ein Frauenname.« Sie wurde bei diesem Geständnis rot. »Und wie hast du gesagt, heißt die Gräfin? Kriminell? Gibt es den Namen wirklich?«

Die beiden Mädchen brachen in lautes Gelächter aus.

»Da hast du deine Pellworm-Hausaufgaben aber noch nicht ganz gemacht. Okay, du bist erst seit dem Sommer auf der Insel. Da muss man noch nicht alles wissen und jeden kennen. Aber die Gräfin ist schon eine besondere Person gewesen. Gehst du zu dem Vortrag? Zeit genug hättest du, ist ja schon fast alles vorbereitet. Deswegen verraten wir mal nichts. Hör dir selber an, was der Professor zu erzählen hat.«

Verschmitzt blinzelte Cordula Petra zu. Den beiden war kein weiteres Wort mehr zu entlocken, und so konzentrierte sich Louise auf das Feinstzerkleinern mehrerer Bunde glatter Petersilie.

Zwei Stunden später saß sie wieder in der letzten Reihe des Vortragsraumes. Die Stimmung war gedämpft, nicht das fröhliche Geplauder und Geplapper wie am Vortag war zu hören, sondern ein waberndes Flüstern erfüllte von allen Seiten den Raum.

Friedhelm Nannen betrat das Rednerpult, hob die Arme und bat um eine Schweigeminute für den verstorbenen Kollegen Lutz von Winterfeld.

»Wenn Sie sich bitte von Ihren Plätzen erheben wollen.«

Mucksmäuschenstill wurde es, lediglich ein kleines Schluchzen war zu hören. Dann räusperte sich Nannen, und alle setzten sich auf sein Geheiß wieder hin.

Fasziniert lauschte Louise der Lebensgeschichte der Gräfin. Criminil, nicht kriminell, wie auf der ersten Folie zu lesen war. Diana Henriette Adelaïde Charlotte von Reventlow-Criminil, um genau zu sein, verstorben 1953 auf der Hallig Südfall im Alter von neunzig Jahren. Louise kannte die Hallig vom Vorbeifahren mit der Fähre und als winzigen Punkt auf der Karte. Dort hatte die Hallig-Gräfin, so wurde sie noch heute genannt, gelebt, zusammen mit ein paar Bediensteten und jeder Menge Tieren.

Nur selten fand Louise die Zeit, einen Roman zu lesen, aber das Leben dieser Frau war so faszinierend und würde genügend Stoff für einen Historienschmöker hergeben, den sie sich ganz sicher zu Gemüte führen würde. Louise versuchte, sich so viel wie möglich zu merken. Der Vater der Gräfin war – natürlich – ein Graf und Gutsbesitzer, ihre Mutter eine Schottin. Nannens Stimme zitterte ein wenig, als er voller Hochachtung kundtat, die Gräfin, die unverheiratet geblieben war, sei eine selbstbestimmte Persönlichkeit gewesen, habe für ihre Unabhängigkeit alle Härten des Halliglebens auf sich genommen und sich von dort trotzig gegen die braune Brut der Nazis bekannt. Als ihr Bruder, dem das väterliche Gut zugefallen war, zum zweiten Mal heiratete, erwarb Diana im Jahre 1910 die Hallig Südfall und verbrachte dort zunächst mit Pferden, Hunden, Katzen, Nutztieren und einigen Bediensteten die Sommer, um dann ganzjährig bis zu ihrem Tod dort zu leben.

»Können Sie sich das vorstellen, meine lieben Zuhörerinnen und Zuhörer, wie diese Frau am 18. Oktober 1936 einer schweren Sturmflut trotzte, wie sie sich im schon hohen Alter von vierundsiebzig Jahren bis über die Hüften im eiskalten Wasser stehend bei ihren Pferden im Stall aufhielt und diese beruhigte, bis die Gefahr gebannt war? Das, meine Damen und Herren, war eine Frau, die nicht nur mutig war, sondern das Herz am rechten Fleck hatte.«

Nannen machte eine Pause, als erinnere er sich persönlich an diesen Tag, und nickte dann.

»Jetzt kommt gleich die Geschichte, wie er sie als kleiner Knirps kennengelernt hat«, flüsterte jemand direkt vor Louise.

»Nun, und ich hatte die große Ehre, diese Grande Dame noch persönlich kennenzulernen«, folgte tatsächlich. »Es war eine zufällige Begegnung, die mir bis heute so im Gedächtnis verhaftet ist, als wäre es erst gestern gewesen. Mein Vater Sigmund Nannen war, wie die meisten von Ihnen wissen, Zoologe, und federführend beim Umzug des Naturhistorischen Museums in Hamburg in seinen Neubau am Steintorwall. Nun, ein von einem der Bediensteten der Gräfin im Watt entdeckter Walknochen hatte die Aufmerksamkeit meines Vaters erregt, wie sich herausstellen sollte, eines Narwals, der sich hierher verirrt haben musste. Ein spektakulärer Fund. Ich durfte ihn auf die Hallig begleiten. Nun ja, so war das gewesen. Den Rest der Geschichte der Gräfin Diana kennen sie. Sie starb nur wenige Monate nach ihrem auf der Hallig groß gefeierten neunzigsten Geburtstag und, es war einzigartig, sie wurde dann vierspännig durch das Wattenmeer zu ihrer letzten Ruhestätte auf das Festland gefahren. Südfall wurde 1954 an das Land Schleswig-Holstein verkauft und ist heute Bestandteil des Nationalparks Schleswig-Holsteinisches Wattenmeer.«

Nannen griff zu einem Glas Wasser und trank einen großen Schluck. Dann fuhr er fort. »Aber ich möchte nun nicht
weiter abschweifen. Wenden wir uns einem weiteren spektakulären Fund zu, von dem ich Ihnen ein wenig erzählen
möchte.«

Aufrecht und mit lockerem Schritt trat Friedhelm Nan-
nen vom Rednerpult weg, fuhr mit der rechten Hand in seine
Jackentasche und beförderte etwas heraus, das Louise aus der
Entfernung nicht erkennen konnte. Aber es konnte sich ja
nur um die Tonflöte handeln. Schon setzte der Professor das
Teil an seine Lippen, blies die Backen auf und pustete hinein.

Louise spitzte die Ohren, doch außer dem Luftgeräusch –
Pffffft –, das durch die gespannte Stille im Raum wanderte,
hörte sie nichts. Der Professor setzte die Okarina ab, trank
einen Schluck, spitzte die Lippen und blies erneut, wobei
sein Gesicht eine ungesunde Röte überzog. Und nun war er
zu hören, ein fast lieblicher Ton. Nannen tupfte mit dem
Finger auf die Oberfläche der kleinen rundlichen Flöte, der
Ton veränderte sich, wurde etwas dunkler. Dann legte er die
Okarina auf das Pult und verschränkte die Arme hinter dem
Rücken.

»Wer kennt sie nicht, die kleine Tonflöte, diese Okarina,
die 1945 einem über dem Watt abgeschossenen britischen
Piloten angeblich das Leben gerettet hat. Er wäre im Watt
verloren gewesen, ein dichter Nebel hatte sich ausgebreitet. Der Pilot wusste um die Gefahr. Doch dann fand er im
Schlick eine kleine unscheinbare Flöte. Er blies so lange, bis
ihn die Gräfin gehört hat. Mehrere Wochen hat sie ihn dann
bei sich aufgenommen und versteckt. Wer dieser junge Pilot
war, niemand weiß es.«

Louise lief ein Schauder über den Rücken, und wie ihr erging es auch den anderen Zuhörern. Ein Raunen ging durch die Reihen, der Name Lutz von Winterfeld ging von Mund zu Mund. Ihn hatte nichts vor der todbringenden Flut gerettet.

Nach einigen angemessenen Augenblicken des Schweigens setzte Professor Nannen seinen Vortrag fort.

»Dieses hier, meine Damen und Herren«, er zeigte auf die Flöte auf seinem Rednerpult, »ist eine genaue Nachbildung der Flöte, die sie im Husumer Nordfriesland-Museum, im Nissenhaus, bewundern können.«

Auf der Leinwand erschien ein großes Bild besagten Objektes, das Louise nun ganz genau betrachten konnte. Sie war oval, bauchig, am unteren Ende konnte man hineinblasen, am oberen war ein Loch, wohl um sie sich um den Hals oder an einen Gürtel zu hängen. Zwei Löcher auf der Körpermitte dienten dazu, den Ton zu variieren. Louise fragte sich, ob man damit tatsächlich eine Melodie spielen konnte oder ob die Flöte einfach nur dazu diente, ihr einen Ton zu entlocken, zu welchem Zweck auch immer.

»Die Replik entstand in der Werkstatt der hiesigen Keramikschaffenden Renate Vollertsen, eine hervorragende Arbeit.«

Renate, Fines Freundin. Fast fühlte sich Louise ein wenig stolz, mit der Künstlerin, die dieses Stück geschaffen hatte, befreundet zu sein. Sie musste Renate unbedingt besuchen, die ganz sicher das Original in den Händen gehabt hatte. Was für ein erhebender Augenblick, ein solch altes und geschichtsträchtiges Artefakt zu berühren. Dazu noch eins, das einem Menschen das Leben gerettet hatte. Louise war ganz gefangen von dieser Geschichte. Fast wie in einem Märchen.

Doch nur Sekunden später beförderte sie Friedhelm Nannen zurück in die Realität.

»Nur leider kann es sich so nicht abgespielt haben. Bereits in einer Veröffentlichung des Forschers Rudolf Muuss mit dem Titel *Rungholt. Ruinen unter der Friesenhallig* aus dem Jahr 1927 ist ein Foto dieser Flöte abgebildet. Ergo kann unser britischer Pilot sie nicht siebzehn Jahre später gefunden haben. Wenn er auf sich aufmerksam gemacht hat, dann höchstens durch Rufen, Singen oder Pfeifen auf den Fingern. So schön und ergreifend diese Geschichte ist, sie ist nicht historisch haltbar. Wie dem auch sei, stellen wir uns die Frage nach dem Alter und dem Zweck der Flöte.« Nannen schmunzelte und leerte sein Wasserglas. »Wie Sie gehört haben, haben Sie so gut wie nichts gehört. Die Flöte gibt nur sehr leise Töne von sich. Eine Melodie darauf zu spielen wird schwierig, ist aber nicht unmöglich. Was uns zur Thematik der Musikarchäologie führt. Gehen wir davon aus, dass diese Flöte zu mehr diente, als nur, sagen wir, eine Ente anzulocken, dann sprechen wir von Musik. Bereits im Neolithikum gebrauchte man Flöten, diese länglich und meist aus Tierknochen geschnitzt ...«

Professor Nannen zeigte Bild für Bild Flöten, Trompeten, Lyren und andere Gegenstände, die die Archäologen auf der Schwäbischen Alb gefunden hatten. Er hatte seine Redezeit mittlerweile komplett überzogen, und für Louise wurde es mal wieder Zeit, sich abschließend um das Abendessen zu kümmern. Leise stand sie auf und schlich aus dem Vortragsraum.

Draußen war es bereits dunkel. Das Foyer war in ein gemütlich gedämmtes Licht gehüllt, auf den kleinen Tischen brannten Kerzen in hohen Glaszylindern. Fast hätte Louise die Gestalt, die in einem der Sessel kauerte, nicht bemerkt. Sie erschrak und zuckte zusammen, als sie sich neben ihr plötzlich geräuschvoll die Nase putzte. Es war die Assistentin von Elisabeth Schwontkowski, eine Frau von knapp dreißig Jahren, wie Louise schätzte. Ihr rundliches bleiches Gesicht wirkte verquollen, die Augen gerötet, die aschblonden Haare waren zu einem unordentlichen Pferdeschwanz zusammengebunden. In der Rechten hielt sie das zusammengeknüllte Taschentuch, in der Linken ein Glas Whiskey, das sie zum Mund führte. Hier saß ganz offensichtlich jemand, der großen Kummer hatte. Und Louise war niemand, der einfach so an einer trauernden Person vorbeigehen konnte, ohne ihr ihre Anteilnahme auszusprechen.

»Bitte entschuldigen Sie, ich möchte Sie nicht stören. Aber Sie sind doch eine Mitarbeiterin von Professor Schwontkowski, nicht wahr? Es tut mir sehr leid, was mit Ihrem Kollegen geschehen ist. So ein Unglück.« Unschlüssig blieb sie stehen.

»Setzen Sie sich doch zu mir. Sie kommen vom Vortrag? Es ist mir unverständlich, wie das Leben einfach so weitergeht. Sicher, vielleicht hätte Lutz es so gewollt. Aber ich will das nicht. Ich muss immerzu daran denken, wie er einsam dort im Watt stand, wie die Kälte ihn umschloss, der Nebel und irgendwann auch die Flut.« Tränen traten ihr in die Augen. Sie leerte das Glas und wischte sich trotzig mit dem Handrücken übers Gesicht. »Ich scheine die einzige Person zu sein, die wirklich um ihn trauert. Man könnte fast denken, ich sei seine Witwe, so wie ich mich benehme. Bitte entschuldigen Sie …?«

»Louise. Louise Dumas. Ich kümmere mich um das leibliche Wohl der Tagungsteilnehmer.«

»Ah, ja, stimmt, entschuldigen Sie, Frau Dumas. Ich weiß nicht, wo mir der Kopf steht. Trinken Sie doch was mit mir. Einen Schluck auf Lutz.«

Louise kam nicht umhin festzustellen, dass die junge Frau nicht mehr ganz nüchtern war. Sie nahm ihr gegenüber Platz.

»Für mich nichts, vielen Dank. Ich muss auch gleich an die Arbeit. Aber vielleicht sollten Sie sich einen Kaffee bestellen? Soll ich mich darum kümmern?«

»Nein, ich brauche keine Ratschläge und keinen Kaffee. Ich bin übrigens Marieke Schloot, Assistentin von Frau Schwontkowski. Lutz und ich sind, waren Kollegen. Mehr nicht. Obwohl ich mir mehr gewünscht hätte. Aber ich war nicht Lutz' Fall, nicht sein Geschmack. Jeden Tag hatte ich gehofft, wir würden uns vielleicht mal etwas näherkommen. Aber Lutz hat Privates und die Arbeit vollkommen getrennt. Und wissen Sie, was ich dumme Gans noch gehofft hatte? Ich könnte ihn an einem Abend während der Tagung verführen. Wissen Sie, was ich im Gepäck habe? Was ich mir an Dessous angeschafft habe?«

Marieke Schlott brach in schrilles Gekicher aus, sie hatte eindeutig zu viel Alkohol intus. Louise fühlte sich unwohl wie selten in ihrer Haut.

»Wissen Sie, wie man aussehen muss, um bei Lutz im Bett hätte landen zu können?« Sie betrachtete Louise mit leicht geneigtem Kopf. »Vielleicht so wie Sie? Eher klein, so ein wenig hilflos? Häh, sind Sie so eine?«

Louise schüttelte den Kopf. Sie und hilflos. »Nein, Marieke. Ich werde Ihnen jetzt einen Kaffee bringen lassen, und dann legen Sie sich ins Bett. Was meinen Sie, ist doch eine vernünftige Idee?«

»Vernünftig? Warum sollte ich jetzt vernünftig sein? Nein, stimmt. Sie sind nicht so eine. Aber gestern oder war's vorgestern? Das war so eine. Mit Augen, groß wie die von einer Kuh, diese roten neckischen Haare. Vollkommen verhuscht sah sie aus, aber niedlich. Ja, so jemanden hätte Lutz niedlich gefunden. Und wie er mit ihr dagesessen hat. An ihren Lippen hat er gehangen. Dreckstück.«

Das letzte Wort kam wie ein Schrei aus ihrer Kehle. Genau in diesem Moment öffnete sich die Tür zum Vortragsraum, und die ersten Zuhörer kamen heraus. Louise wusste nicht, was sie dazu sagen sollte, als Marieke Schloot unvermittelt die Augen schloss. Sie schien am Ende ihrer Kräfte. Doch Sekunden später riss sie die Augen wieder auf und bohrte ihren rechten Zeigefinger in die gepolsterte Lehne des Sessels.

»Ich bin überzeugt, es hatte irgendwas mit Lutz' Forschungen zu tun. Wenn er darüber sprach, leuchtete sein Gesicht. Wissen Sie, was ich meine? So ein Glühen. Ja, genau, er hat sehr geglüht. Die Frau muss ihm etwas ungeheuer Spannendes erzählt haben. Ich hol mir noch was zu trinken. Wollen Sie nicht doch was, Louise Dumas?« Marieke stand auf, torkelte und ließ sich wieder in den Sessel plumpsen. »Ich glaub, mir wird schlecht. Könnten Sie mich doch auf mein Zimmer bringen? Bitte?«

Louise zog die junge Frau aus ihrem Fauteuil und schleppte sie, nachdem Marieke *erssn Schtock* genuschelt hatte, nach oben. Erstaunlich, bis eben hatte sie noch klar und deutlich gesprochen. Doch irgendwann kippte es ganz einfach, und nun war es so weit. Vor einer Tür blieb Marieke stehen, fummelte ihre Schlüsselkarte aus der Gesäßtasche ihrer Jeans und überreichte sie Louise. *Kriechichnichrein.* Louise bugsierte Marieke auf das Bett, zog ihr die Schuhe aus und deckte sie zu. Als sie leise die Tür hinter sich zuzog, glaubte sie, bereits ein ausgiebiges Schnarchen zu hören. Gut so. Das Mädchen musste unbedingt seinen Rausch ausschlafen.

Kapitel 19

Am Abend, als alle Gäste der *Nordsee Lodge* zufrieden und mit großem Appetit ihre Doraden, Lammkoteletts und Sellerieschnitzel verspeisten, hatte Louise während eines kurzen Moments des Atemholens versucht, etwas über den Gesundheitszustand von Christine in Erfahrung zu bringen. Allerdings vergeblich. Sie war keine Angehörige, daher wollte und konnte man ihr keine Auskunft geben. Doch wusste sie immerhin schon mal so viel, dass die Restauratorin im Krankenhaus Links der Weser in Bremen lag und ihr Zustand kritisch war. Das hatte Momme für sie herausgefunden.

Zurück in Fines Kate stand Louise unschlüssig vor dem Bett im Gästezimmer, auf dem sie Christines Tasche deponiert hatte. Sollte sie oder sollte sie nicht? Christine war hier nach Pellworm gereist, um ein Geheimnis zu lüften. Nun war sie nicht mehr im Stande dazu. Was, wenn ihr Zustand mit diesem Geheimnis zusammenhing? Wenn es aus diesem Grund in ihrem Atelier gebrannt hatte? Gab es womöglich einen Zusammenhang mit dem Tod von Lutz von Winterfeld?

Und da war es wieder, dieses Kribbeln im Bauch.

»Christine, ich werde dir helfen, dem Geheimnis auf die Spur zu kommen. Versprochen«, sagte sie laut. Und Versprechen musste man halten.

Kurz entschlossen packte sie den Zipper des Reißverschlusses und zog ihn auf. Ein schlechtes Gewissen überkam sie, als sie anfing, die Tasche Stück für Stück zu entleeren. Zwei Pullover, eine Jeans, etwas Wäsche, ein dicker Schal, sie legte alles zu einem Stapel aufs Bett. Vom Boden der Tasche fischte Louise eine stabile Pappmappe, die mit zwei Gummibändern über die Ecken verschlossen war. Auf der Mappe stand in Großbuchstaben der Name CLARA PEETERS. Der Name sagte Louise nichts.

Sie brachte die Mappe nach unten in die Küche und legte sie auf den Holztisch. Fast andächtig ließ sie die beiden schwarzen Gummis über die Ecken schnipsen und öffnete die Mappe. Zuoberst lag das Foto eines üppigen und farbenprächtigen Gemäldes. Auf der rechten Seite klebte ein gelbes Post-it mit der Aufschrift *Stillleben mit Käse, Mandeln und Brezeln, Clara Peeters, um 1615*. Aha, Clara Peeters war also eine Malerin gewesen und eine hervorragende dazu. Die Käse sahen aus, als könne man sich ein Stückchen davon abbrechen und in den Mund schieben, goldener Wein funkelte in einem edlen Glas.

Ein zweites Foto zeigte ebenfalls ein Gemälde, *Stillleben mit Käse, Artischocke und Kirschen, Clara Peeters, um 1621*. Unglaublich, mit welchem Realismus die Künstlerin die halbierte Artischocke auf einem glänzenden Teller angerichtet hatte. In einem Fässchen daneben türmte sich grobes Salz, eine Kostbarkeit in dieser Zeit, wie Louise wusste. Wegen Salz hatte es sogar Kriege gegeben, ein Handelsgut, das auf seinen Reisen sicher beschützt werden musste. Der Salzhandel von Nordfriesland nach Cornwall war doch auch ein Vortragsthema in den nächsten Tagen.

Louise legte die beiden Blätter zur Seite. Das dritte Foto war dem ersten nicht ganz unähnlich. Wieder einige Käselaibe, die neben- und übereinander angeordnet waren. Diesmal kombiniert mit einer Platte voller Austern. Louise lief augenblicklich das Wasser im Mund zusammen, so frisch und verlockend lagen die geöffneten Muscheln auf ihrem großen silbernen Teller. Ein edler Krug rechts auf dem Gemälde gab der Komposition wohl den notwendigen Ausgleich. Hier war kein Klebezettel befestigt, doch für Louise sah es aus, als sei wieder dieselbe Künstlerin am Werk gewesen.

Foto Nummer vier barg nun kaum noch eine Überraschung. Wieder Käse, nun goldgelb und gereift, Austern auf einer Platte, dahinter ein goldener Becher und rechts eine Kanne wie im Foto zuvor. Louise stutzte. War das nicht dasselbe Gemälde? Sie legte die beiden Fotos nebeneinander und sah sich jedes Detail genau an. Es waren Fotos von einem identischen Gemälde und irgendwie aber doch nicht. Louise biss sich auf die Lippen. Wie war das möglich? Natürlich! Christine war Restauratorin, eines der beiden Fotos zeigte einen älteren, das anderen einen Zustand nach der Restaurierung. Nur welches war zuerst entstanden?

Das nächste Foto aus der Mappe zeigte ein Detail aus dem Gemälde mit dem goldenen Becher. Der war etwa so groß wie eine Kaffeetasse, wenn Louise sich an den Austern orientierte, die davor drapiert waren, und er besaß einen Henkel. Auf der Becherwand spielte sich eine kleine Szene ab: Zwei nackte Männer, sie trugen nichts als Stiefel und einen Gürtel um wahre Wespentaillen, bändigten einen Stier, der sich mit hocherhobenem Schwanz und aufgerissenem Maul wehrte. Die Muskeln an der Hinterhand des Tieres waren angespannt, die der Männer an Armen und Oberschenkeln minutiös herausgearbeitet. Ebenso genau die langen Haare der Männer und das Blattwerk des Baums, der den Hintergrund bildete. Da beide Jäger nackt waren, hatte der Schöpfer dieses Goldbechers natürlich auch nicht darauf verzichtet, das Geschlecht der beiden herauszumodellieren. Nackt und ungeschützt hatten sie den Kampf mit der mächtigen vierbeinigen Naturgewalt des Stieres aufgenommen. Louise war beeindruckt, wie fein Clara Peeters diesen Becher gemalt hatte. Golden und plastisch, als könne sie ihn, wie die Käselaibe oder den Weinpokal, mit den Fingern aus dem Bild herausheben. Wie bei dem Salzfass musste es sich um eine Kostbarkeit handeln.

Sie nahm eine Lupe aus Fines Küchenschublade zur Hilfe und betrachtete den Bildausschnitt genauer. Es hatte den Anschein, als habe Christine das Gemälde noch nicht ganz fertig restauriert, denn ein winziges Fitzelchen Muschelschale lag noch über dem unteren linken Rand des Bechers. Und das bedeutete, der Becher war mit ein paar Austern und einem Käse, der, gelb wie ein Cheddar, den übermalten Gemäldeausschnitt dominierte, überpinselt worden. Irgendjemandem hatte dieser goldene Becher mit den beiden splitternackten Männern nicht gefallen. Louise legte die Lupe zur Seite und nahm sich den weiteren Inhalt der Mappe vor, karierte Zettel, die mit einer Büroklammer zusammengehalten wurden.

Mit sauberer kleiner Schrift hatte sich Christine – wer käme sonst infrage? – Notizen gemacht.

Carl-Theodor Andresen, Haus 1893, Baumwollhändler,
Bremen, ehemals Parkallee (das Haus schon lange abgerissen).
Gemälde mit Becher schon in dieser Villa gewesen?

MAUS: Heirat Andresen 1849 mit Elisabeth Molitor,
Tochter eines calvinistischen Pastors (wohl strenggläubig,
erzkonservativ, SUPERprüde). Hat wohl auf Übermalung
bestanden. Passt zum Jahr der Hochzeit, die neuen
Farbpigmente um 1840/1850 einzuordnen. Anstelle des Bechers
ein halbes Dutzend Austern und ein Käselaib. Becher aus
der minoischen Kultur, wahrscheinlich aus purem Gold. S.
Vergleiche im Internet. Andresen hat das Gemälde von Claas
Wilhelm B. geerbt. Frage: Wo kam Sönke Brodersen her?
Pellworm?

Louise schnappte nach Luft. Das also war Christines Geheimnis. Sie war also selbst einem Geheimnis auf der Spur gewesen. Dem eines mit Käse und Austern übermalten Gemäldes. Ihre Suche hatte sie nach Pellworm geführt. Zu Sönke Brodersen, wer immer das auch war. Und zu Lutz von Winterfeld, einem Experten für minoische Kultur, einem Experten, der nun tot war.

Ob das Gemälde von Clara Peeters den Brand im Bremer Atelier überstanden hatte? Von Christine würde sie es im Moment nicht erfahren. Hoffentlich ging es ihr bald wieder besser. Momme und Fine mussten wieder ran, noch das eine oder andere für sie in Bremen recherchieren.

Louise lehnte sich in ihrem Stuhl zurück und schloss die Augen. Da war doch noch was gewesen, etwas, das ebenfalls etwas mit der minoischen Kultur zu tun hatte. Genau, das war's. Sie schnippte mit den Fingern. Eine verschwundene Münze oder so, ein Streit um die Bedeutung Rungholts als Handelsort, ob die Minoer schon bis Nordfriesland gereist waren. Und da war nicht zuletzt Marieke Schloots Verdacht, das Gespräch zwischen Lutz von Winterfeld und Christine müsse sich um eine für Lutz besonders interessante Sache gedreht haben. Und von Winterfeld war ein Spezialist für die Kultur der Minoer gewesen.

Louise blätterte weiter durch Christines Zettelwirtschaft. Eine Kopie, die altertümliche Schrift darauf, konnte sie nicht entziffern. Und was war das? Sie überflog die Namensauflistung. Alle hießen Brodersen, es war die Ahnenreihe einer Familie, deren Wurzeln Christine hier ausgegraben hatte. Sie begann mit Sönke Brodersen.

Kapitel 20

Schon der vorletzte Tag der *Rungholt-Dialoge*, wie die Zeit mal wieder dahinraste, dachte Louise, als sie sich auf ihr Motorrad schwang, um zur *Nordsee Lodge* zu fahren. Morgen Vormittag noch die Wattexkursion, für die sie Lunchpakete vorbereiten musste, und am Nachmittag eine interne Diskussionsrunde, zu der keine Gäste zugelassen waren. Bald würden auch Fine und Momme wieder zurückkehren. Der Alltag hätte sie normalerweise wieder. Louise hatte sich auf die ruhigen Herbsttage gefreut, in denen sie sich eigentlich ihrem Kochbuchprojekt intensiv widmen wollte. Normalerweise. Eigentlich. Wenn da nicht Christine und ihr geheimnisvolles Bild gewesen wären, ein ertrunkener Archäologe und ein angeblich verschwundenes Artefakt.

Ruhig brummte die Maschine dahin. Man kannte Louise auf der Insel. Jeder, der ihren Weg kreuzte, hob grüßend die Hand oder blendete die Scheinwerfer seines Fahrzeugs auf.

Cordula und Petra hatten bereits die ersten Vorbereitungen getroffen, am Abend zuvor hatte Louise mit den beiden Mädchen das Büfett und die Abendmahlzeiten besprochen. Jede wusste, was zu tun war.

»Hast du eigentlich schon mal daran gedacht, auf Pellworm Kochkurse zu geben? Ich würde mich sofort anmelden, aber bitte nichts mit Zwiebeln«, fragte Cordula und wischte sich mit einem Papiertuch die Tränen aus den Augen.

Louise schüttelte den Kopf. »Nein, eigentlich nicht. Auf jeden Fall nicht in nächster Zeit. Allerdings muss ich dir leider mitteilen, bei mir geht kaum was ohne Zwiebeln. Wusstet ihr, dass sie seit über fünftausend Jahren als Heil- und Gemüsepflanze genutzt wird? Im Grab von Tutanchamun sind Zwiebelreste gefunden worden. Als ich das mal irgendwo gelesen habe, hat mich das total fasziniert.«

»Wohrschienlich weer dat sein letzte Mohltied, een Zwiebelsupp. Schöh'n je schwer verdaulich ween, to veele Zwiebeln«, meinte Petra lachend.

Drei Stunden später waren die ersten Platten und Schüsseln bereits in der Kühlung. Noch hing der aromatische Duft der in Olivenöl und Curry marinierten und im Ofen gebackenen Karotten und Blumenkohlröschen in der Küche. Petra setzte die Kaffeemaschine in Gang, Zeit für eine Pause.

»Hallo, darf ich kurz stören?«

Den Mann, der neugierig den Kopf in die Küche steckte, hatte Louise schon während der Vorträge registriert. Er hatte auf der anderen Seite des Gangs ebenfalls in der letzten Reihe gesessen und einen Notizblock dabeigehabt, auf dem er ab und zu etwas niederschrieb. Louise hatte vermutet, er wäre vielleicht ein Student. Jetzt, wo sie ihn bei Tageslicht sah, revidierte sie ihre Einschätzung. Der Mann wirkte zwar jugendlich, war aber sicher nicht jünger als vierzig. Die fein geschnittenen Gesichtszüge und der dunkle Teint verrieten seine asiatische Herkunft. Den schwachen Akzent in seiner Stimme konnte Louise nicht direkt zuordnen.

»Natürlich, was kann ich für Sie tun?«

Der Mann trat freudestrahlend auf Louise zu und schüttelte ihr die Hand.

»Ich bin eigentlich nur hier, um mich bei Ihnen für das hervorragende Essen zu bedanken. Bei Ihnen, meine Damen, natürlich auch.« Er verbeugte sich kurz in Richtung Cordula und Petra, die ihn mit großen Augen anstarrten. Petra kicherte verlegen.

»Ihre gefüllte Dorade war eine Offenbarung.« Er schnalzte mit der Zunge. »Ich bin selbst ein ambitionierter Hobbykoch. Wie ich von Frau Levensen erfahren habe, hat das Elsass Ihnen einen Stern zu verdanken. Hätten Sie vielleicht ein paar Minuten Zeit für mich? Im Moment läuft ein Vortrag, den ich genauso erst vor ein paar Wochen gehört habe. Salz, das weiße Gold der Nordsee. Womit wir übrigens wieder bei der Speisezubereitung wären. Haltbarmachen durch Pökeln.« Er grinste.

»Gerne, Herr ...?«

»Pardon, Mats ten Bosch. Ich bin Redakteur der *Archäo-Line*, einer Fachzeitschrift für Archäologie. Ich schreibe einen Artikel über die Tagung und die neuen Erkenntnisse. Obwohl, viele waren es bis jetzt ja nicht. Vielleicht gibt es ja morgen bei der Exkursion noch erhellend Neues.« Er kratzte sich am Kopf und verzog den Mund. Ob er es nun schade fand oder ob er schon damit gerechnet hatte, konnte Louise nicht beurteilen.

»Wollen wir uns in die Lounge setzen? Ich würde mir gerne ein Bier bestellen.« Und schon öffnete der Journalist die Küchentür und winkte Louise mit einer galanten Armbewegung hinaus. Es blieb ihr gar nichts anderes übrig, als ihm zu folgen. Aber wenn sie schon mal einen Fachmann für jegliche Themen der Archäologie vor sich hatte, konnte sie Herrn ten Bosch ja auch ein paar Fragen stellen.

Nach zehn Minuten unterbrach Louise den Frage- und Redefluss ihres Gegenübers. Sie hatte ihm Rede und Antwort gestanden, ihm ihr Lieblingsrezept für ein *foie de veau*, eine Kalbsleber auf einem Bett von roten Zwiebeln mit einem kräftigen Balsamessig verraten, das ihm einen hungrigen Glanz in die Augen trieb. Er notierte es sich sofort, und Louise glaubte, ein Grummeln aus der Magengegend des Herrn ten Bosch zu vernehmen.

»Herr ten Bosch, ich hätte auch ein paar Fragen. Darf ich?«

Louise erfuhr, dass die Vorfahren des Journalisten von den Gewürzinseln, den Molukken, Teil der ehemaligen niederländischen Kolonie Indonesien, stammten, *daher wohl meine Freude am Kochen und gut gewürztem Essen*, wie ten Bosch lachend meinte. Dann kam sie gleich zur Sache.

»Was hat es mit diesem angeblich verschwundenen Artefakt auf sich? Hat es irgendwas mit den Minoern zu tun?«, fragte sie ins Blaue.

»Hoppla, Sie wissen um diese ganze vertrackte Story? Diesen ewigen Streit zwischen Kiel und Bremen? Nun ja, das war der wirklich einzig spannende Aspekt der letzten Tage, muss ich Ihnen gestehen. Ich habe noch ein paar Interviews deswegen zu führen. Auf der einen Seite Hammerstein, auf der anderen Seite die Schule um Elisabeth Schwontkowski. Von Winterfeld, ihr engster Mitarbeiter, war Fachmann auf dem Gebiet der minoischen Kultur. Tragisch, ganz tragisch, was da passiert ist. Und ob dieses Siegel oder die Münze, so ganz genau weiß ja wohl niemand, um was es sich angeblich handelt, vielleicht nicht direkt ein Beweis, aber ein Hinweis darauf wäre, dass tatsächlich ein minoisches Schiff hier gelandet ist, gelandet sein könnte, wirklich existiert ... Sie hören ja selbst, wie schwer ich mich mit der Formulierung tue. Vielleicht, könnte. Aber wissen Sie was? Das Thema ist zu komplex, um es Ihnen in ein paar Minuten darzulegen. Darf ich Sie heute Abend nach getaner Arbeit zu einem Glas Wein einladen? Dann erfahren Sie alles, was es dazu zu sagen gibt. Ich selbst habe ein paar Fachartikel veröffentlicht. Es ist überaus spannend, aber es gibt bisher keinen einzigen wirklich belastbaren Beweis, Rungholt könne bereits vor weit mehr als dreitausend Jahren ein bedeutender Handelsplatz gewesen sein, den es aus dem Mittelmeer anzusteuern lohnte.«

Louises Neugier war mehr als geweckt. »Sehr gerne. Ich bin schon total gespannt und freue mich. Nun, dann werde ich mal zurück in die Küche gehen, damit Sie und die anderen Teilnehmer nicht verhungern. Bis heute Abend dann.«

»Es wird mir ein großes Vergnügen sein, mit Ihnen zu plaudern, Louise. Und ein nicht minder großes, mich über die Köstlichkeiten, die Sie uns zaubern werden, herzumachen.«

Eine Viertelstunde später stand alles appetitlich angerichtet im Speiseraum. Louise schob hier noch eine Platte zurecht und zupfte da noch an der Ecke einer Tischdecke. Eine der Ersten, die den Raum betrat, war Marieke Schloot. Sie sah immer noch blass um die Nase aus, und die Portion, die sie sich auf den Teller legte, hätte für einen Spatz gereicht.

Louise lächelte ihr aufmunternd zu. »Alles in Ordnung?«

Marieke zuckte nur mit den Schultern. »Geht so. Braucht halt seine Zeit, bis man über so einen Schock hinweg ist. Mir tut jetzt vor allem die Chefin leid. Lutz war ihr treuester Anhänger, er hätte es in der Hand gehabt, die Forschung voranzubringen und die Zweifel an Elisabeths Theorie auszuräumen. Er hat angedeutet, er wäre so nah dran.« Marieke presste Daumen und Zeigefinger ihrer rechten Hand zusammen. »Aber nun ist es eh zu spät. Sorry, dass ich Sie gestern so in Anspruch genommen habe. Vergessen Sie einfach, was ich gesagt und wie ich mich benommen habe.«

Sie schlich mit hängenden Schultern davon. Louise ahnte, was Lutz von Winterfeld in der Hand gehabt hatte. Das, was Christine ihm über das außergewöhnliche Gemälde der Clara Peeters berichtet hatte.

Als Louise am späten Abend die Tür zur Küche hinter sich schloss, war es bereits nach zehn. Mats ten Bosch erwartete sie in der Lounge, vor sich eine Flasche Weißwein in einem Kühler und zwei Gläser.

»Ich hoffe, der Wein trifft Ihren Geschmack. Mit einem gut gekühlten Weißwein kann man eigentlich nicht viel falsch machen.«

»Vielen Dank, eine gute Entscheidung. Ich muss zwar noch fahren, aber gegen ein Glas habe ich nichts einzuwenden.«

Der Journalist goss ein, der Wein funkelte goldgelb in den Gläsern. Sie prosteten sich zu.

»Nun, bevor ich diesen Forschungskrimi vor Ihnen ausbreite, zunächst mein Kompliment zu dem Auflauf. Das

Lamm…« Er schloss genießerisch die Augen. »…kombiniert mit Linsen. Dabei bin ich eigentlich kein Freund von Linsen. Im Grunde genommen ein einfaches, archaisches Gericht. Aber das ist eben die Kunst, daraus etwas so Raffiniertes zu kreieren.«

Natürlich freute Louise das Lob, aber irgendwie übertrieb ten Bosch. »Wissen Sie, es gibt nur zwei Dinge zu beherzigen. Verwenden Sie die besten Produkte, wenn möglich aus der Region. Das ist schon die halbe Miete für ein schmackhaftes Essen. So, nun sind Sie aber an der Reihe. Ich höre.«

Mats ten Bosch trank einen Schluck Wein, lehnte sich im Sessel zurück und verschränkte die Arme. »Wenn Sie es morgen zeitlich erübrigen können, nehmen Sie an der Exkursion teil. Die Tagungsteilnehmer werden sich darüber auslassen, wo nun Rungholt gelegen hat, denn auch in dieser Frage stehen sich die beiden Lager unversöhnlich gegenüber. Mehr werde ich Ihnen heute Abend dazu nicht verraten, Sie werden es morgen hören. Nun aber zu den Minoern. Elisabeth Schwontkowski vertritt die These, Rungholt habe bereits vor mehr als dreitausend Jahren Handelsbeziehungen zu den Minoern gepflegt, die vom fernen Kreta den Weg nicht gescheut hatten, um in Rungholt Öl gegen Bernstein zu tauschen.«

Louise stellte sich eine Weltkarte vor. Kreta lag unfassbar weit von Nordfriesland entfernt. Wie lange mussten diese Seeleute unterwegs gewesen sein? Und welchen Gefahren ausgesetzt? »Doch den Beweis gibt es nicht?«

Ten Bosch schüttelte den Kopf. »Nein, wie ich schon sagte. Es gibt eine einzelne nachgewiesene Keramikscherbe aus dem Watt, die tatsächlich im südlichen Zentralkreta des

15. vorchristlichen Jahrhunderts geformt und gebrannt worden sein muss. Aber dieser Fund macht aus einer These keinen Beweis.«

»Woher weiß man, wie alt eine solche Scherbe ist? Und ab wann gibt es denn tatsächlich den Nachweis, dass Völker aus dem Mittelmeer mit dem Norden Handel trieben?«

»Es gibt ein Verfahren, die Neutronenaktivierungsanalyse, mit dem man es nachweisen kann. Doch das en detail zu erklären ... Da ist die andere Frage leichter zu beantworten. Schon die Phönizier sind bis Portugal und wahrscheinlich England vorgestoßen, um von dort Zinn mit nach Hause zu bringen. Sie benötigten es, übrigens genau wie die Minoer, zur Herstellung von Bronze, es wird dafür mit Kupfer gemischt. Aber auch Bernstein war ein begehrtes Gut der Mittelmeervölker, und den gibt es hier im Norden. Und was den Phöniziern recht war, war davor den Minoern billig, so flapsig formuliert die These von Professor Schwontkowski.«

Obwohl Louise eine Ahnung davon hatte, wie dicht die Bremer Professorin an der Realität war, kam ihr der Gedanke an ein Zusammentreffen der Vertreter dieser Hochkultur aus dem Mittelmeerraum und einem Händler aus dem rauen Norden irgendwie fantastisch vor.

»Zurück zu der kretischen Scherbe. Die kann doch jemand Jahrzehnte, Jahrhunderte später mitgebracht haben. Oder vielleicht auch das ganze Gefäß. Dann ist es ihm hier einfach kaputtgegangen.«

»Natürlich. Sie stammte jedoch nicht von einem kostbaren Gefäß, sondern nach Elisabeth Schwontkowski von einfachem Gebrauchsgeschirr, wie es auf einem Schiff verwendet wurde. Tja, und so machten sich dann, ihrer Meinung nach, die minoischen Seeleute von England, wo sie Zinn erworben hatten, auf den Weg, um in Nordfriesland, das heißt im Handelszentrum Rungholt, Bernstein zu erwerben. Damals war es Brauch, Luxusgüter zu tauschen. Sie vermutet, Bernstein gegen Duftharze und Edelsteine. Ein Stück Koniferen-Kopal, also Duftharz, das aus Somali-Land stammt, wurde tatsächlich im Watt gefunden, und auch Lapislazuli aus Afghanistan. Solche Dinge wurden in der Bronzezeit gern als Gastgeschenk verwendet. Aber diese Einzelfunde ergeben leider immer noch keinen Beweis.«

Der Journalist goss sich Wein nach. Louise hatte bis jetzt an ihrem Glas nur genippt. Sie war fasziniert von ten Boschs Ausführungen. Die Griechen und Römer waren ja auch nach Südfrankreich gekommen und hatten dort ihre Spuren hinterlassen. Warum also sollten Minoer nicht nach Rungholt gefahren sein? Gut, die hatten es natürlich nicht so weit bis in den Midi.

»Und wenn es dieses verschwundene minoische Artefakt gäbe, hätte es einer dieser Seefahrer mitgebracht?«, hakte Louise nach.

»Ja. Wenn es existiert, dann handelt es sich am ehesten um ein Siegel, mit dem man den Handel bestätigt hat.«

»Wäre eine solche Fahrt eine einmalige Sache gewesen oder muss man dann davon ausgehen, dass Rungholt, wenn überhaupt, regelmäßig von den Minoern angesteuert wurde?«

»Nein, das ganz sicher nicht. Eine solche Reise war ein aufwendiges, gefährliches Unterfangen. Außerdem versank bald darauf die minoische Hochkultur.«

Louise biss sich auf die Lippen. »Viel ist es wirklich nicht. Eine Scherbe, ein Lapislazuli, ein Klümpchen Harz, eventuell dieses Siegel. Das, was man gefunden hat, lag das eigentlich an einer Stelle?«

»Nein. Überhaupt sind die genauen Fundumstände nicht eindeutig. Aber was ist schon eindeutig? Waren Sie schon einmal im Bahnsen-Museum? Wie viele Scherben liegen da? Und wer kann heute noch sagen, wo sie wirklich ins Watt gelangt sind. Das Wasser treibt sein Spiel, ein Fund taucht auf, verschwindet, wird hierhin und dorthin befördert allein durch die Kraft des Wassers.« Ten Bosch räusperte sich, als zögere er mit seinen nächsten Worten. »Ich werde Ihnen etwas verraten, Louise. Es gibt offenbar mehr Scherben als diese eine, und die hat Lutz von Winterfeld bei einer Expedition ins Watt entdeckt, die nun, ja wie soll ich sagen, eher eine Raubgrabung war. Sie war nicht genehmigt und hat natürlich die Kieler aufgebracht. Den Artikel zu seinem Fund wollte er demnächst in *Archäo-Line* veröffentlichen. Doch dazu kommt es nun nicht mehr. Ich habe keine Ahnung, ob er ihn überhaupt schon geschrieben hat, und wer von ihm wusste. Die Scherben selbst hat bisher niemand zu Gesicht bekommen. Angeblich noch nicht mal Professor Schwontkowski. Von Winterfeld wollte sie zuerst einer genauen Analyse unterziehen lassen, um sämtliche Skepsis ausräumen zu können.«

Louise qualmte der Kopf. Eine Unmenge an Fakten, Thesen, Fachbegriffen und Fragen türmten sich vor ihr auf. Ob sie ten Bosch von dem Goldbecher auf dem Barockgemälde erzählen sollte? Er wäre vielleicht der endgültige Beweis für die These der Bremer Wissenschaftler. Christine hatte garantiert mit Lutz darüber gesprochen, und der war jetzt tot. Aber es war Christines Gemälde, Christines Entdeckung und nicht ihre. Ein plötzlicher Gedanke durchzuckte Louise. Würde ein Archäologe so weit gehen, einen andern zu töten, nur um in der Fachwelt nicht sein Gesicht zu verlieren?

Der Journalist gähnte und hielt sich verlegen die Hand vor den Mund. Mittlerweile war es halb zwölf. Auch Louise spürte trotz der spannenden Geschichtsstunde eine aufkommende Müdigkeit. Doch ein paar Fragen hatte sie noch.

»Entschuldigen Sie, Louise, wie unhöflich. Aber die Bettschwere macht sich bemerkbar. Ach herrje, ich habe ja fast die ganze Flasche Wein alleine getrunken. Für Sie noch einen kleinen Schluck?«

»Nein, vielen Dank. Ich muss ja noch fahren. Apropos fahren, wenn ich mir eine Karte vorstelle, unten im Süden Kreta, oben Nordfriesland. Welche Route hätten die Minoer wohl genommen? Über die Meerenge von Gibraltar?«

Ten Bosch war jetzt wieder ganz Ohr. »Nein, ganz sicher nicht. Von Winterfeld hatte da eine ganz klare Meinung dazu. Etwas abenteuerlich, aber durchaus machbar. Man konnte damals vom Atlantik ins Mittelmeer, aber nicht zurück, Wind und Strömung machten es unmöglich. Lutz vermutete, dass die minoischen Schiffe entlang der südfranzösischen Küste bis zur Mündung der Aude gesegelt sind. Dann über Land mit den Schiffen zur Garonne, die in den Atlantik mündet. Es wäre die kürzeste Verbindung zwischen Atlantik und Mittelmeer. Und da die minoischen Schiffe nicht genagelt, sondern die Hölzer zusammengebunden waren, konnte man sie leicht auseinandernehmen, auf Karren über Land transportieren und dann wieder zusammenbauen.«

»Wahnsinn«, entfuhr es Louise. »Und das nur, um an Zinn für ihre Bronze zu kommen.«

Der Journalist lächelte. »*Nur* ist gut. Zinn war einer der wichtigsten Rohstoffe für die Bronzeherstellung. Nicht umsonst nennt man die Zeit Bronzezeit. Von Kannen und Bechern bis hin zu den Waffen ist alles aus Bronze gefertigt worden.«

»Und zu guter Letzt, was halten Sie von alledem?«

»Ich bin hin und her gerissen. Mir geht es wie dem Nestor der Rungholt-Forschung, Friedhelm Nannen. Deswegen war und ist er immer wieder als Vermittler zwischen den verhärteten Fronten tätig. Wenn es nur ein Stück gäbe, das den unumstößlichen Beweis für die Richtigkeit von Schwontkowskis und von Winterfelds Theorie antritt, wäre das eine Sensation. Doch dazu müssten tatsächlich so etwas wie ein Siegel oder ein noch spektakulärerer Fund her. So, meine liebe Louise, ich werde mich auf den Weg in die Federn machen. Sehen wir uns morgen bei der Exkursion? Ich habe den Eindruck, Ihr Wissensdurst ist noch nicht gestillt.«

Kapitel 21

Er erwachte mit dem Gefühl, sein Mund sei komplett mit Pelz ausgekleidet. Er hustete, das Gefühl blieb. Auch der Versuch, Spucke zu sammeln, nutzte nichts, Mund und Hals blieben ausgetrocknet. Sein Kopf dröhnte, und es rauschte in seinen Ohren. Als er ihn etwas anhob, durchzuckte ein infernalischer Schmerz seinen Schädel. Aber er konnte sich erinnern, zumindest daran, schon einmal in dieser Gruft aufgewacht zu sein. Er hatte sich kaum orientieren können und nicht gewusst, wie er überhaupt hierhergekommen war. Das alleine wäre vielleicht noch zu verkraften gewesen. Die größte Sorge bereitete ihm jedoch, nicht zu wissen, wer er überhaupt war. Diese Gedanken und Fragen fuhren binnen Sekunden durch sein gemartertes Hirn, ohne dass er eine schnelle zufriedenstellende Antwort gefunden hätte.

Er hatte diese Kopfwunde gehabt. Dann war er bei dem Versuch, sich aufzurichten, an die harte Decke gedonnert. Da war dieser Lichtschimmer gewesen, nicht mehr als ein schmaler Schlitz, der Tageslicht verhieß. Doch jetzt war es stockdunkel.

Aber irgendetwas war anders. Er setzte sich vorsichtig auf, tastete erneut seinen Oberkörper und die Beine ab. Das war es. Auf seinen Beinen lag eine Decke. Er ertastete eine grobe Wollstruktur. Die Decke war dick und wärmend. Sie war vorher nicht da gewesen, also musste sie ihm jemand gebracht haben.

Das war doch vollkommen surreal, ein Traum, ein beschissen schlechter Traum. Aber nein, es war die Realität. Er saß in einer steinernen Höhle, einer Gruft. Jemand hielt ihn gefangen, denn hätte dieser Jemand, wenn er ihn entdeckt hatte, ihn nicht retten sollen, retten müssen? Ihn bergen, ins Krankenhaus bringen, was eben in einem solchen Fall zu tun war?

Er merkte selbst, wie wirr die Gedanken in seinem Kopf kreisten. *Ganz ruhig, nur keine Panik. Überleg ganz genau.* Okay. Das Überlegen gab nichts her. Er war hier, es war dunkel, die Wände waren aus Stein, er hatte keine wärmende Decke gehabt, jetzt hatte er eine. Jemand hielt ihn hier fest, wollte aber nicht, dass er erfror. Wollte demnach also auch nicht seinen Tod. Er rollte zur Seite, kniete sich vorsichtig hin. Erneut eine winzige Erinnerung an den Schmerz, den er beim letzten Mal empfunden hatte, als seine Kniescheibe mit einem kantigen Stein Bekanntschaft gemacht hatte. Mit den Händen tastete er wieder den Boden links und rechts von sich ab. Da war wirklich nichts. Eine Welle der Enttäuschung durchströmte ihn. Was hatte er erwartet? Tief sog er die Luft ein. Er musste einen kühlen Kopf bewahren. Weg mit der aufkommenden Panik.

Frisch, die Luft war frisch und kühl. Natürlich, wenn Licht in die Höhle drang oder in die Gruft. Oder war es ein Keller? Dann kam von dort auch Luft herein. Oder?

Langsam rutschte er auf den Knien in die Richtung, die er als *vorne* bezeichnen würde und von der er vermutete, dass dort – gestern?, vorgestern? oder wann auch immer – Helligkeit zu sehen, zu erahnen gewesen war. Er hielt in seiner

Bewegung inne, als seine Hände etwas berührten. Seine Finger spürten Pappe, sie glitten an ihr entlang, tasteten sich nach oben. Ein Karton? Sie wanderten hinein, und er griff nach etwas. Es knisterte. Eine Tüte? Er ließ sie wieder fallen, spürte weiter nach. Da war etwas Rundes, Zylinderförmiges. Eine Dose. Eine Dose mit einem Verschluss, wie bei einer Cola- oder Bierdose.

Er verspürte einen Riesenhunger und nahezu unstillbaren Durst. Dieses nagende Gefühl, das ihn regelmäßig morgens, mittags und abends überfiel, war vollkommen weg gewesen. Ausgeblendet, nicht vorhanden. Doch in diesem Moment überkam ihn ein Heißhunger und geradezu die Gier nach einem Schluck zu trinken. Er umfasste die Dose, zog an dem Ring, um sie zu öffnen. Es zischte, und der Geruch nach einem Energiegetränk, das er kannte, fuhr in seine Nase. Gierig nahm er einen ersten, zweiten, dritten Schluck, hielt dann urplötzlich inne. Wenn dies nun die einzige Dose war? Panisch wühlte seine Linke im Karton herum. Gott sei Dank, es waren noch sieben Dosen darin. Wie lange würden sie reichen? Sieben Tage, wenn er sparsam war? Sieben weitere Tage!

Beim Erfühlen der Dosen war seine Hand wieder mit der Tüte in Berührung gekommen. Wie viele Tüten waren es? Was war ihr Inhalt? Vorsichtig stellte er die Dose ab. Sie durfte nicht umkippen. Er riss die Tüte auf, Chips. Von Paprikachips bekam er Pickel. Diese Erkenntnis traf ihn mit voller Wucht. Er erinnerte sich. Doch die Pickel infolge des Genusses von Paprikachips blieben die einzige Erinnerung. Er stopfte sich den Mund voll, kaute, schluckte, hustete, trank. Was gab es sonst noch im Überlebenskarton?

Sorgfältig kniff er den oberen Rand der Chipstüte zusammen. Seine Hände wanderten zwischen drei weiteren Tüten umher, griffen nach etwas, das sich der Form und Größe nach wie ein Schokoriegel anfühlte. Insgesamt konnte er zehn davon ausmachen. Damit würde er sparsam umgehen. Schokolade und Zucker waren schließlich kostbare Energielieferanten. Noch eine Erkenntnis. Er musste bei Kräften bleiben, wusste der Teufel, wie lange man ihn hier noch gefangen halten würde.

Sein Gesicht glühte. Er spürte geradezu, wie die Pickel aufblühten. Wenn er wieder rauskäme, würde er aussehen wie der Streuselkuchen seiner Oma Josefa. Er hielt den Atem an. Noch eine Erinnerung. Zumindest an einen Kuchen und seine Oma. Ein Erinnerungsblitz.

Mann, reiß dich zusammen. Du hast eine Decke, was zu essen, was zu trinken. Du wirst die nächste Zeit weder verhungern noch verdursten. Scheiß auf die Pickel. Doch ihm wurde auch bewusst, dass er, bevor er nicht wusste, wer ihm das angetan hatte, auch nicht dahinterkommen würde, warum er überhaupt hier war.

Und nun? Er stöhnte laut. Bis jetzt war er wie gelähmt gewesen. Beim ersten Versuch, sein Gefängnis zu erkunden, hatte er sich unglücklich den Kopf gestoßen, was ihm eine Ohnmacht eingebracht hatte. Doch nun war er gestärkt, konnte wieder klarer denken, die Erinnerung kam offenbar in winzigen Bruchstücken zurück. Jetzt musste er aktiv werden, die Lichtquelle und den Ausgang suchen, dann eine Idee entwickeln, wie er entkommen konnte. Vor allem musste er endlich das Naheliegende tun, so laut wie möglich um Hilfe rufen.

Kapitel 22

Mit gut gefüllten Rucksäcken trafen sich die Exkursionsteilnehmer am Leuchtturm von Pellworm. Louise hatte Lunchpakete mit Äpfeln, Nüssen, in Streifen geschnittenem rohem Gemüse, hart gekochten Eiern und unterschiedlich belegten Sandwiches mit Käse, rohem Schinken und einem Salat aus geräucherter Forelle und Dillgurken vorbereitet.

Von der rot-weiß gestreiften Landmarke aus war eine Wanderung in das Watt in Richtung der Hallig Südfall geplant. Wenn man die Hallig selbst, die in einer Schutzzone des Wattenmeeres lag, besuchen wollte, ging dies in den Sommermonaten per Pferdekutsche oder man wanderte von Nordstrand aus, allerdings nur unter sachkundiger Führung.

Die Wattwanderung im Rahmen der *Rungholt-Dialoge* stand unter dem Motto *Wo lag Rungholt?*. Eine so einfache wie auch kontrovers diskutierte Frage, wie Mats ten Bosch Louise verraten hatte.

Sie hatte die Vorbereitungen für das Abendessen in Abstimmung mit Femke komplett Petra und Cordula anvertraut. Die beiden jungen Frauen hatten vor Stolz gestrahlt und hoch und heilig versichert, sie würden keine Schande über Louise bringen, sondern ein Abendessen zaubern, das deren Ansprüchen alle Ehre machen würde.

Und so stand Louise eine Stunde vor dem absoluten Niedrigstand des Wassers inmitten der sich angeregt unterhaltenden Gruppe. Das heißt, genau betrachtet waren es zwei Gruppen, wie sie beobachtete. Einige Personen scharten sich um Sven Hammerstein, eine etwas kleinere Gruppe um Elisabeth Schwontkowski. Und wie ein Vermittler stand aufrecht wie ein alter Baum Friedhelm Nannen dazwischen. Er wedelte mit den Armen und bat um Gehör.

»Bevor wir uns ins Watt begeben, möchte ich noch einmal kurz die Geschichte Rungholts zusammenfassen. Ja, ich höre sie schon alle stöhnen und sich sagen, kennen wir doch alles. Ich gebe Ihnen recht, es stimmt. Doch sich noch einmal mit der Geschichte befassen, heißt, Rungholt vor dem geistigen Auge wiederauferstehen zu lassen. Ich möchte, dass Sie, einer Fata Morgana gleich, die Stadt, während Sie über den Boden wandern, unter dem Rungholt verborgen liegt, sehen, riechen, schmecken. Verstehen Sie? Lassen Sie die Geschichte lebendig werden.«

»Ich dachte, wir widmen uns der Frage, wo genau Rungholt gelegen hat? Wir können uns die Stadt doch nur vorstellen, wenn wir wissen, wo wir sie zu verorten haben«, rief eine körperlose Stimme aus der Menge. Zustimmendes Gemurmel folgte.

»Gemach, gemach. Gönnen Sie einem alten Mann doch das Vergnügen, vielleicht ein letztes Mal ...« Lautstarker Protest wurde hörbar, und der Nestor der Rungholtforschung verbeugte sich leicht. Er lächelte verschmitzt. »... vielleicht ein vorletztes Mal über sein Lieblingsthema zu schwadronieren.« Der Satz zeigte seine Wirkung, und zustimmendes Gelächter ertönte.

»Ist es nicht ein wunderbarer Tag, meine lieben Freundinnen und Freunde? Schauen Sie in den Himmel. Kann es ihn blauer geben? Weiter? Mit nichts geschmückt als den gefiederten Gästen dieser Erde. Und vor uns die Weite der Nordsee, die noch so viele Geheimnisse birgt. Doch begeben wir uns erneut gemeinsam auf die Suche nach dem *Atlantis des Nordens,* das in der Nacht während der Marcellusflut am 16. Januar 1362 untergegangen ist. Was wissen wir überhaupt?«

Nannen schnaufte, reckte sich, erschien noch größer, legte den Kopf in den Nacken, ordnete seine Hände zu einer allseits bekannten Raute und dozierte weiter.

»Ich möchte die reinen Fakten vortragen, weit weg vom schwelenden Streit, ob nun antike Völker hier angelandet sind oder nicht. Ganz sicher jedoch haben im 12. Jahrhundert Friesen die Moore und Marschen der Küste besiedelt. Was hat sie hier sesshaft werden lassen? Nun, es war das weiße Gold. Salzhaltige Torfschichten unter dem Schlick, aus denen das Salz herausgesiedet wurde, sicherten den Wohlstand. Doch wurde genau dieses bald unmäßige Streben nach Gewinn den Bewohnern zum Verhängnis. Nicht Gottesfrevel, nein schlicht und ergreifend das Nichtbeachten der Naturgesetze ließ Rungholts Bewohner scheitern. Durch den Salztorfabbau geriet das flache Land unter den Meeresspiegel. Was taten die Menschen dagegen, von Wasserfluten hinweggeschwemmt zu werden? Sie bauten ihre Behausungen auf Warften aus Grassoden, umgaben ihre Äcker mit niedrigen Deichen, die sie heute noch, wenn sie genau hinschauen, erkennen können. Doch die Marcellusflut war stärker. Karten verzeichnen das untergegangene Rungholt, doch woher wusste der Kartograf davon? Mündliches Erbe? Noch ältere, heute verlorene Karten? Wir wissen es nicht. Auf jeden Fall wird die Stadt zu Beginn des 17. Jahrhunderts südlich der Insel Alt-Nordstrand und nördlich von Südfall eingezeichnet. Doch dann fegte die Sturmflut von 1634 über das Land. Alt-Nordstrand verschwand, zerfiel in Pellworm und Nordstrand. Rungholt blieb eine Legende, bis in den Zwanzigerjahren des letzten Jahrhunderts erste Siedlungsspuren in der Nähe der Hallig Südfall entdeckt wurden. Ackerspuren, Deichabdrücke, die Lage von Brunnen und Warften. War dies das sagenhafte Rungholt?«

Friedhelm Nannen machte eine Pause. Obwohl fast alle außer ihrer Wenigkeit, vermutete Louise, diese Fakten bis ins Detail kannten, hatten sie dem Alten konzentriert gelauscht. Nannen winkte einer jungen Frau zu, die ihren Rucksack auf den Boden stellte und ihm eine Thermoskanne entnahm, die nicht zu Louises Lunchpaket gehörte. Sie drehte den Deckel ab, öffnete die Kanne und goss eine dampfende Flüssigkeit in den Becher, den sie dem greisen Professor reichte. Er schnupperte genüsslich und trank langsam in kleinen Schlückchen. Währenddessen blieb es weiterhin ganz still. Ein jeder wartete darauf, dass er fortfuhr, obwohl er ihnen nichts Neues erzählte. Doch wie er die Geschichte präsentierte! Er hatte Louise und die anderen Zuhörer absolut in seinen Bann gezogen. Nannen war nicht nur ein großer Gelehrter, sondern auch ein hervorragender Unterhalter. Der Alte gab den Becher zurück, nickte gnädig und fuhr sich mit einer kleinen schwungvollen Geste mit dem rechten Zeigefinger über die Oberlippe.

Auf ein solches Zeichen schien Elisabeth Schwontkowski allerdings nur gewartet zu haben. Sie hob wie mahnend ihren Gehstock. »Genau so würde ich es auch formulieren, mein lieber Friedhelm. Als Frage. Wie du weißt, sind ich und meine Leute anderer Meinung.« Ihre Stimme war ruhig und doch angespannt.

»Danke, Elisabeth, ich weiß, ich weiß.« Nannen nickte und wies mit dem Arm geradeaus, dorthin, wo Südfall lag. »Dies ist also das Gebiet, in dem seit 1921 Rungholts Reste vermutet werden. Doch es gibt auch Hinweise darauf, dass die Lage der Stadt, wie es auch die alten Karten tatsächlich aufzeigen, eher hier zu vermuten sein könnte.« Sein Arm wies nun an der Hallig vorbei in Richtung Nordstrand. »Professor Schwontkowski und ihre Mitarbeiter haben eben dort Artefakte zutage gebracht, die als Hinweis auf eine Besiedlung zu deuten sind. Es ist nicht von der Hand zu weisen, dass eine Fibel, die Frau Schloot im Watt entdeckt hat, eine mittelalterliche Gewandfibel eines Priesters ist. Und wo ein Priester war, war eine Kirche. Wo eine Kirche war, gab es eine nicht eben kleine Ansiedlung. Dazu die Entdeckung glasierter grüner Ziegelsteine, wie sie damals nur für Kirchenböden verwendet wurden. Nun, was sagt uns das alles? Es gab hier eine Ansiedlung…« Nannen wies wieder in die andere Richtung. »…und es gab da eine Ansiedlung. So viel ist sicher. Aber auch nicht mehr und nicht weniger. Solange wir kein Ortsschild mit der Inschrift *Rungholt* finden, behält der Ort sein Geheimnis für sich. Nun denn, liebe Freundinnen und Freunde, auf ins Watt. Diskutieren wir, ohne zu Streithähnen zu werden, halten wir die Augen auf und sehen uns als das, was wir sind, ernst zu nehmende Wissenschaftler, keine Kindergartenkinder, die zänkisch auf ihrem Recht beharren. Unsere Gedanken gehören bei diesem Gang durchs Watt unserem lieben verstorbenen Freund und Kollegen Lutz von Winterfeld. Möge es ihm, egal wo er nun weilt, gelingen, sein Rungholt zu entdecken.«

Er klatschte in die Hände und ging mit zügigen Schritten los. Kein Protest, kein Gemaule, wie eine brave Herde tappten alle hinterher, allerdings, wie schon während der Rede ihres Nestors, sorgsam in zwei Grüppchen geteilt.

»Das war wahrhaft salomonisch, finden Sie nicht auch, Louise?«

»Das kann man wohl sagen. Was glauben Sie, Herr ten Bosch, wo lag Rungholt denn nun tatsächlich?«

»Mats, und du, wenn das in Ordnung ist. Ich nenne dich doch schon die ganze Zeit Louise. Aber zu deiner Frage. Ich halte es da eher mit Professor Schwontkowski. Diese alten Karten zeigen Rungholt genau… warte.« Er zückte sein Handy und hielt Louise nach kurzem Suchen ein Foto vor die Nase.

»Das ist die Karte von Johannes Blaeu von 1662. Es gibt noch andere, auf denen die Stadt ebenfalls an dieser Stelle markiert ist. Warum sollten sie nicht stimmen? Natürlich wusste zu diesem Zeitpunkt niemand mehr, wo der Ort lag. Aber was ist mit mündlichen Überlieferungen, Schriften, die wir heute nicht mehr kennen, Karten, die vielleicht einer Feuersbrunst zum Opfer gefallen sind? Wer sagt uns denn, es habe keine eindeutigen Hinweise gegeben? Nur wissen wir heute nichts mehr davon.«

Der geradezu flammend vorgetragene kleine Vortrag leuchtete Louise ein. Gemeinsam stapften sie weiter, und Louise lauschte weiter der Geschichtsstunde ihres Begleiters, die Augen dabei immer fest auf den schlammigen Boden gerichtet, in der Hoffnung, irgendeine Spur der versunkenen Stadt zu erspähen.

»Hier wollen wir einen Moment innehalten«, riss die tiefe Stimme von Professor Nannen Louise aus ihrem Tun. »Marieke und Simon, wenn Sie beide bitte zu mir kommen.«

Mit fragenden Mienen traten Marieke Schloot und ein junger Mann mit karottenroten Haaren auf den Nestor der Rungholtforschung zu. Sie hatten offensichtlich keine Ahnung, was er von ihnen wollte. Auch die anderen Wattwanderer waren verblüfft stehen geblieben.

»Hier an dieser Stelle wollen wir unseres jungen Kollegen Lutz von Winterfeld besonders gedenken. Hier ist der Punkt, an dem sich die wissenschaftlichen Geister scheiden. Schauen wir nach links, sehen wir das Gebiet, wo Kollegin Schwontkowski das untergegangene Rungholt vermutet, blicken wir nach rechts, so lag die Stadt dort, wie unser geschätzter Kollege aus Kiel glaubte. Hier wollen wir nicht diskutieren, nicht streiten, wir wollen einfach innehalten. Lieber Lutz, vielleicht hast du hier gestanden, als Nebel und Flut dir den Tod gebracht haben. Wir werden uns deiner immer erinnern.«

Louise kam die Situation plötzlich sehr theatralisch vor. Aber vielleicht war es ja genau so richtig. Versöhnlich war es auf jeden Fall.

Friedhelm Nannen zog einen Stoffbeutel aus der Tasche seiner dunkelgrünen Wachsjacke. Er griff hinein und beförderte eine Scherbe heraus.

»Diese Scherbe ist die allererste von vielen, die ich in den Jahrzehnten meines archäologischen Lebens gefunden habe.

Ich durfte sie behalten, was nicht alltäglich ist. Legen wir dieses kleine Artefakt in Erinnerung an Lutz von Winterfeld hier ab. Das Wasser wird sie davontragen, an einen anderen Ort bringen. Wie unseren Lutz.«

Er überreichte das Stück den beiden jungen Archäologen, die sie nacheinander in die Hand nahmen, bis Marieke Schloot sie auf das Geheiß von Nannen in den Schlick legte. Zuerst leiser, dann stärker werdender Beifall brandete auf, dann klatschten alle. Marieke schluchzte laut, und Louise sah aus dem einen oder anderen Auge eine Träne kullern.

»Bisschen dick aufgetragen«, flüsterte Mats ten Bosch mit ernster Miene, obwohl Louise den Eindruck hatte, er wolle gleich laut losprusten.

»Ja, aber doch irgendwie feierlich«, hauchte sie zurück.

»Wenn sich jetzt die beiden verfeindeten Lager noch um den Hals fallen, dann kann ich mich nicht mehr zurückhalten, ich bekomme gleich einen Lachkrampf.«

Doch der Moment der kollegialen Eintracht war schnell wieder vorüber.

»Kanntest du von Winterfeld eigentlich näher? Abgesehen davon, dass er für eure Zeitschrift Artikel geschrieben hat oder schreiben wollte? Du kennst dich doch in dem Archäologenmilieu aus, gehörst doch quasi dazu.«

»Was heißt näher. So gut wie die anderen auch. Ich nehme an Tagungen teil, hör mir mit ihnen die Vorträge an, hab auch schon die eine oder andere Grabung begleitet und schreibe meine Artikel für die Zeitschrift. Am Abend sitzt man schon zusammen, aber die Gespräche drehen sich fast ausschließlich um Sachthemen. Das Einzige, was ich von Lutz weiß: Er stammt aus einer immens reichen Familie.

Komisch, jetzt wo ich so darüber nachdenke, kam das früher häufiger vor. Ich meine, entweder waren die Forscher selbst betucht oder hatten einen reichen Mäzen im Hintergrund, der, sozusagen als Hobby, die Grabungen finanzierte. Eigentlich hätte Lutz überhaupt nicht zu arbeiten brauchen. *Winterfeld-Holz*, sagt dir das was? Nein? *Zieht der Winter bald ins Feld, bau und heiz mit Winterfeld* oder so. Sitzen im Schwarzwald auf einem richtigen Schloss. Ich war mal dort, so ein neugotischer Kasten, fast eine Burg.«

Sie marschierten weiter hinter dem Archäologentross her. Louise machte sich ihre eigenen Gedanken, während Mats ten Bosch sein Handy aus der Tasche zog, das geschnarrt hatte. Sehr interessant, ein reicher Erbe im Watt ertrunken, sinnierte Louise. Wer würde profitieren? Wahrscheinlich der Rest der erbberechtigten Familie, denn Lutz' Erbe würde auf sie verteilt werden. Egal ob Unfall oder …

Louise, reiß dich am Riemen, schalt sie sich selbst. Ein Unfall. Und wenn Lutz' Tod doch keiner gewesen wäre, die Betonung lag auf *wäre*, und es etwas mit dem Erbe zu tun gehabt hätte, wieder ein Konjunktiv, dann müsste auf der Insel jemand aus von Winterfelds Familie gewesen sein, um ihn zu töten.

Während ihrer kruden Gedanken war Louise ein Stück zurückgefallen. Sie holte wieder auf und vernahm gerade noch die letzten Worte des alten Professors, der noch einmal an den Verblichenen erinnerte und dann zur Umkehr aufforderte.

Zwei Stunden später erwartete das Sammeltaxi der Insel die Wattwanderer und brachte die Gruppe wieder zurück. Ein paar liefen die Strecke bis zum Hotel, Louise setzte sich auf ihr Motorrad und nahm Mats ten Bosch für die wenigen Kilometer mit.

Der letzte Abend in der *Nordsee Lodge* brach für sie an. Um das Frühstück am nächsten Morgen kümmerten sich Petra und Cordula, um zehn Uhr war die Schlusskonferenz der Teilnehmer und im Anschluss eine Vorstandssitzung der Führungsriege. Dann würde es wieder ein Jahr dauern, bis sich Forscher, Museumsleute und interessierte Laien erneut mit dem Thema der versunkenen Stadt Rungholt beschäftigten.

Mit leuchtenden Augen erwarteten Petra und Cordula Louise in der Küche. Die beiden junge Frauen hatten sich selbst übertroffen. Louise kostete hier und schnupperte da, doch es war alles rundum gelungen.

»Einfach grandios, was ihr da den Gästen auftischen werdet. Ich muss euch ein ganz großes Lob zollen.«

»Danke für die Blumen, und es hat uns echt Spaß gemacht, nicht wahr, Petra?«

Petra nickte mit hochrotem Kopf. »Louise, ich hab da eine Bitte. Könnte ich für heute Abend dein Filetiermesser benutzen?« Schüchtern trug die junge Frau ihre Frage vor, wusste sie doch mittlerweile, wie kostbar die Messer mit ihren eigenwilligen Damaszenerklingen Louise waren.

Louise zögerte nur ganz kurz. »Klar, kannst du. Ich hoffe, es liegt gut in deiner Hand. Schneid dir aber bloß nicht in den Finger. Die Dinger sind superscharf. Ich komme morgen gegen Mittag vorbei und hol es ab. Nun, dann bleibt mir nur, mich bei euch zu bedanken. Ich finde, wir waren ein klasse Team.«

Sie drückte die beiden Mädchen an sich, verabschiedete sich noch von Femke Levensen, die hinter ihrer Rezeption stand und die Rechnungen für die Gäste fertigmachte, die am frühen Morgen aufbrechen wollten.

Zu Hause angekommen öffnete Louise eine Flasche Wein und trank einen ersten genießerischen Schluck, als sie das Blinken der Telefonstation bemerkte. Fine hatte auf dem Anrufbeantworter eine Nachricht hinterlassen. Übermorgen kämen sie und Momme mit der Nachmittagsfähre zurück. Vorher wollten sie sich nochmals bei dem abgebrannten Atelier umschauen, vielleicht wüssten die Nachbarn ja nun mehr.

Louise seufzte. Was mochte wohl alles ein Raub der Flammen geworden sein? Ob die Versicherung dann überhaupt etwas bezahlte, wenn man womöglich selbst schuld an einem Hausbrand war? Sie wusste es nicht. Und was war nun mit den Gemälden? Christine hatte doch sicher eine Haftpflichtversicherung. Wenn sie aus ihrer Bewusstlosigkeit wieder aufwachte, würde sie womöglich vor den Scherben ihrer Existenz stehen. Louise kannte dieses Gefühl nur zu gut. Sie seufzte tief, und die Augenlider wurden ihr schwer. Die vielen Eindrücke des Tages und das zweite Glas Wein waren schuld an der sie plötzlich überkommenden Müdigkeit. Sie machte sich bettfertig, und mit dem Gedanken, sich gleich morgen auf die Spur des Bilderrätsels zu begeben, und der bangen Frage, ob Christine das wertvolle Gemälde von Clara Peeters wenigstens in Sicherheit gebracht hatte, schlief sie ein.

Kapitel 23

Dunkelgraue Schlechtwetterwolken hatten sich am Himmel zusammengeballt, während Louise Stures Stall ausmistete, das Hühnergehege säuberte und wie jeden Tag alle zwei- und vierbeinigen tierischen Mitbewohner mit Heu, Körnern und Katzenfutter versorgte.

Um halb zehn gönnte sie sich ein zweites üppiges Frühstück mit Rühreiern und kross ausgebratenem Speck. Dann zog sie sich ins Wohnzimmer zurück und vertiefte sich in ein Buch, das ihr beim Stöbern in Fines gut sortiertem Bücherschrank aufgefallen war. Es gehörte zu einer Reihe von reich bebilderten populärwissenschaftlichen Bänden *Kunst im Bild*. Wissbegierig blätterte und las sie in dem Band *Kreta und Hellas* und stieß schon nach wenigen Seiten auf Abbildungen eines Goldbechers, der dem, bis auf das Motiv einer Reihe von Stieren, die von Männern gefangen wurden, auf dem Gemälde von Clara Peeters nicht unähnlich war.

»*Incroyable*, nicht zu fassen, zu welchen Kunstwerken man tausendfünfhundert Jahre vor Christus fähig war«, flüsterte Louise voller Bewunderung.

Die Bremer Professorin hatte vielleicht wirklich recht, und die Minoer waren bis ins nördliche Europa gekommen. Doch warum suchte Christine gerade auf Pellworm nach dem Ursprung des Bechers? Oder suchte sie gar nicht hier, sondern war nur wegen des Gesprächs mit Lutz von Winterfeld auf die Insel gekommen? Aber warum diese Reise? Christine hatte ihr lachend gestanden, wie wenig sie sich mit dem Wasser und der Fahrt mit einem Schiff über die See anfreunden konnte. Ein paar Tage später hätten sich die beiden doch in Bremen treffen können.

Sie klappte das Buch zu, nahm ihren Laptop zur Hand und widmete sich den verschiedenen Einträgen zum Thema Goldbecher und minoische Kultur im Netz. Louise staunte nicht schlecht, als sie über einen Artikel stolperte, der über den Fund eines Bechers aus diesem weit entfernten frühzeitlichen Kulturkreis berichtete. Gefunden worden war der Becher vor Jahrzehnten in der Lüneburger Heide. Die lag irgendwo zwischen Bremen und Hamburg, so viel wusste Louise, und damit gar nicht so weit weg vom Schleswig-Holsteinischen Wattenmeer.

Bronzetasse, Lüneburger Heide, lautete die Überschrift des Artikels. 1955 hatte ein Junge diese Tasse entdeckt und sie bei einem Museumsbesuch seiner Klasse dort gezeigt. Der Wert des Fundes war sofort erkannt worden, doch wie war er in den Norden gelangt? Er sei von ehemaligen Wehrmachtsangehörigen oder britischen Soldaten mitgebracht worden, die Tasse sei während ihrer Stationierung in Griechenland in ihren Besitz gelangt. Louise sah sofort, dass dieser Fund bei Weitem nicht die hohe Qualität und Ausarbeitung der Goldbecher aus Sparta und des Bechers auf dem Gemälde besaß. Keine figürliche Szene war darauf, sondern ein stilisiertes Muster aus Blättern. Aber wie der Artikel verriet, ähnelte der Fund einer Bronzetasse, wie Heinrich Schliemann sie in einem mykenischen Schachtgrab entdeckt hatte. Letztendlich nahm die Fachwelt jedoch an, die Tasse sei als Geschenk an eine hochgestellte Persönlichkeit vor langer Zeit in den Norden gelangt. Weiter hieß es, es gäbe zwar Hinweise auf Kontakte zwischen den Gesellschaften der Bronzezeit Mitteleuropas und den Palastkulturen von Kreta und Mykene, jedoch wären originale Erzeugnisse dieser Kulturen nördlich der Alpen nur sehr selten entdeckt worden.

Vielleicht war diese Flöte, die legendenumwobene Okarina, ja auch so ein Geschenk gewesen, überlegte Louise. Obwohl sie als Geschenk an eine hochgestellte Persönlichkeit nun doch ein wenig sehr schlicht war, räumte sie dann ein. Aber egal. Sie würde Renate einen Besuch abstatten. Schließlich hatte die Keramikerin das Original nicht nur gesehen, sondern wahrscheinlich genauestens studiert. Wieso nur war sie sich so sicher, dass die rätselhafte Flöte und das Geheimnis um den Goldbecher in irgendeinem Zusammenhang stehen mussten? Es war einfach ihr Bauchgefühl, und darauf konnte sie sich verlassen. Louise kannte sich, sie würde nicht eher ruhen, bis sie all diese Rätsel gelöst hatte.

Doch zuerst würde sie den Doktor aufsuchen. Sie musste einfach sicher sein, dass der Tod Lutz von Winterfelds hundertprozentig, ohne jeden Zweifel und ohne den allerwinzigsten Verdacht ein Unfall gewesen war. Louise wusste, sie konnte sich einen Anruf während der Sprechstunde bei Dirk Claussen sparen. Ohne triftigen Grund würde seine Sprechstundenhilfe Maja sie sowieso nicht durchstellen. Also am besten gleich nach Tammensiel in Claussens Praxis, ein Wehwehchen vortäuschen und ihm en passant ein paar Würmer aus der Nase ziehen.

Elf Uhr. Hoffentlich war in der Praxis von Dirk Claussen nicht zu viel Betrieb. Louise zog ihre dicke grüne Regenjacke über, setzte sich einen Lederhut auf den Kopf, den sie auf Fines Speicher entdeckt hatte und der einem Indiana Jones alle Ehre gemacht hätte. Sie radelte los. Noch fiel kein einziger Tropfen, doch der zunehmende Wind zerrte an Ästen und Sträuchern. Den Schafen war es egal. Sie hatten ihre Köpfe in das kurze Gras gesteckt und knabberten unverdrossen an den herbstrestlichen Halmen.

Unterwegs überlegte Louise, mit welchem Zipperlein sie aufwarten konnte, ohne gleich Verdacht zu erregen. Ähnlich wie Momme schien auch der Doktor sie sehr leicht durchschauen zu können. Sie stellte ihr Fahrrad vor der Praxis ab und trat ein. An der Anmeldung saß Maja und tippte etwas in ihren Computer. Louise spähte ins Wartezimmer links neben der Anmeldung. Nur eine Person drin.

»Moin, Maja. Ich sehe gerade, ist nicht viel los im Moment. Ich muss mit dem Doktor sprechen, ich hab so ein merkwürdiges Ziehen in der rechten Schulter. Als ob ich mir was verdreht hätte.«

Maja sah kurz auf und nickte. »Du hast deine Versicherungskarte dabei? Okay, dann setz dich ins Wartezimmer. Frau Lippert ist noch vor dir dran. Kann also ein Weilchen dauern.« Und schon wandte sie sich wieder ihrem Computer zu.

Louise spazierte ins Wartezimmer, nicht ohne ihre rechte Schulter etwas rotieren zu lassen und dabei so laut zu stöhnen, dass es auch Maja hören musste. Frau Lippert schien was mit den Ohren zu haben, denn sie schaute noch nicht mal auf, als Louise sich mit einem lauten *Moin* ihr gegenüber auf den Stuhl setzte. Vielleicht waren auch die Neuigkeiten über irgendwelche Stars und Royals so spannend, dass die ältere Frau sich nicht von ihrem Hochglanzmagazin loseisen konnte.

Louise beugte sich zu dem Tischchen mit den Zeitschriften und griff aufs Geratewohl ein Heft heraus. *Im Netz und am Haken – Zeitschrift für den Fischfreund.* Ein Thema, das Louise nun gar nicht interessierte, es sei denn, die Zeitschrift konnte noch im hinteren Teil mit ein paar Rezepten dienen. Leider Fehlanzeige. Das nächste Heft versprach Basteltipps für Herbstkränze, freche Frisuren für jedes Alter und wartete mit jeder Menge Kürbisrezepte auf, in die sich Louise vertiefte. Frau Lippert wurde aufgerufen. Aha, sie hörte also doch noch ganz gut, denn schon bei der ersten Ansage sprang sie auf und sauste aus dem Wartezimmer.

Bereits zehn Minuten später hörte Louise, wie Maja mit Frau Lippert einen neuen Termin vereinbarte. Jetzt wäre sie gleich an der Reihe. Sie setzte schon mal eine leidende Miene auf, und zwei Minuten später stand sie im Sprechzimmer. Vorsichtig streichelte sie über ihre linke Schulter, stieß dann einen kleinen Schmerzenslaut aus.

»Dirk, ich muss mich irgendwie verhoben haben. Keine Ahnung, aber seit heute Morgen tut mir die Schulter weh. So ein Ziehen.«

»Soso, bist du dir da sicher, Louise?«

Was war das denn jetzt? Hörte sie da ein gewisses Misstrauen in Dirks Stimme?

»Natürlich bin ich mir sicher. Wenn ich es nicht besser wüsste, würde ich sogar behaupten, ich habe es mir beim Kraulschwimmen zugezogen. Nur bin ich die letzte Zeit nicht geschwommen. Wer will schon um diese Jahreszeit in der Nordsee herumpaddeln.«

Louise war sehr zufrieden mit sich. Sie hatte das Thema Nordsee sehr elegant eingebunden, wie sie fand. Und von dort zum Watt und vom Watt zu einem toten Archäologen waren es nur noch zwei Schritte.

»Dann lass mal sehen«, brummte der Arzt.

»Soll ich den Pullover ausziehen?«

»Nö, lass mal an. Das kläre ich auch so.« Er fuhr seine prankenähnliche Hand aus, umfasste Louises linke Schulter, dann packte er kraftvoll zu.

»Aua.« Das hatte wirklich weh getan. Louise war empört.

»Hmm, der Musculus supraspinatus. Wahrscheinlich gerissen.« Er ging zu seinem Schreibtisch, schob seine Brille auf die Nase und machte ein paar Notizen auf ein leeres Blatt Papier.

Louise war sprachlos. Das konnte doch jetzt wohl nicht wahr sein. Sie hatte tatsächlich eine Verletzung des Schultermuskels. »Und nun, soll ich etwas einnehmen? Irgendeine Gymnastik machen?« Sie hatte ganz vergessen, weswegen sie eigentlich bei Claussen war. Das hatte man nun davon. Wenn man zum Arzt ging, dann fand der auch was.

Dirk Claussen lehnte sich gemütlich in seinem Schreibtischsessel zurück. »Das nutzt alles nichts mehr. Du kommst zu spät. Tja, deine linke Schulter ist hin. Nur gut, dass du noch die rechte hast. Aber da scheint es ja nicht so schlimm zu sein. Maja meinte allerdings, deine rechte Schulter würde dir Sorgen bereiten, du hättest ziemlich gestöhnt, als du sie hast ein wenig kreisen lassen.« Jetzt grinste Claussen übers ganze Gesicht.

Louise sank in sich zusammen. *Zut.* So ein Mist. Natürlich. Sie hatte zuerst von der rechten Schulter gesprochen, und dann, bei Dirk im Sprechzimmer, war es plötzlich die linke. So leicht konnte man dem erfahrenen Arzt nichts vormachen.

»Louise, Louise, du wüllt mi wohl för dumm verkop'n. Ik oh'n schon, wesweg'n du hier bis.« Er wechselte ins Hochdeutsche. »Kaum gibt es auf Pellworm eine, nun, wie soll ich sagen, eine eher ungewöhnliche Leiche, tauchst du hier auf. Im Sommer waren es gleich drei, um die du dich gekümmert hast. Die beiden letzten Verstorbenen auf unserer Insel haben dich nicht interessiert, was soll Louise auch mit einem Ableben durch einen schnöden Herzinfarkt oder Leberkrebs. Aber ein im Watt ertrunkener Archäologe ist doch ein ganz anderer Schnack, nicht wahr?«

Louise hatte den Anstand, rot zu werden. »Tja, ähm. *Bien*, du hast mich erwischt. Dann bleib ich wohl besser bei der Wahrheit. Eigentlich habe ich nur eine ganz winzige Frage. *Toute petite*. Doch zuerst, meine Schulter ist in Ordnung?«

Claussen nickte.

»*Très bien*, ich bin erleichtert. Und nun zu meiner kleinen Frage. Lutz von Winterfeld ist ertrunken, von der Flut im Watt überrascht. Sonst nichts, keine Kampfspuren, keine Würgemale, alles in bester Ordnung?«

Der Arzt seufzte. »Wenn es für dich in bester Ordnung ist zu ertrinken, dann ja. Was dir schon wieder so im Kopf herumgeht. Kampfspuren, Würgemale. Ich hoffe, es beruhigt dich, wenn ich dir sage, nichts dergleichen. Eine Wunde am Kopf, die gibt es. Sie rührt wohl von einem Sturz her. Als der arme Mann die Orientierung verloren hat, muss er über etwas aus Holz gestolpert sein und hat sich dabei den Kopf angehauen. Es gibt keinen Zweifel. Der Unglückliche ist von dem plötzlich aufkommenden Seenebel überrascht worden, ist in die falsche Richtung gelaufen, die Flut kam, das war's. Definitiv Tod durch Ertrinken. Und tu mir einen Gefallen, Louise, sprich die neue Polizistin nicht drauf an. Die ist nicht wie Momme, die nimmt dir deine Einmischung, egal ob du nun einen Grund dafür hast oder nicht, garantiert übel.«

»Danke für die Warnung, Dirk. Du bist jetzt nicht sauer auf mich?«

»Ach was. Aber eine Rechnung bekommst du trotzdem.«

Louise und Claussen plauderten noch ein Weilchen. Der Arzt erkundigte sich nach Fine und Momme, bis Maja an die Tür klopfte und einen letzten Patienten vor der Mittagspause ankündigte.

»Was, schon so spät? Da muss ich mich sputen.« Louise verabschiedete sich.

»Und, mit der Schulter alles okay?«, erkundigte sich Maja, während Louise in ihre Regenjacke schlüpfte.

»Ja, alles bestens, der Doktor hat Wunderhände. Tut schon gar nicht mehr weh«, verkündete Louise grinsend.

Auf dem Weg zu Renates *Lüttem Töpferhus* hielt sie noch bei Cornilsens Bäckerei an, befriedigte das plötzlich, trotz der großen Portion Rührei mit Speck, aufkommende nagende Hungergefühl mit einem wunderbar süßen Marzipanstreifen und radelte dann gestärkt zu Renate, um Informationen aus erster Hand zu der merkwürdigen Tonflöte zu bekommen.

Kapitel 24

Außer Atem kam Louise bei Renate an. Der Wind hatte ihr entgegengeblasen, statt netterweise als Unterstützung für eine strampelnde Radfahrerin auch mal von hinten zu pusten. Zu allem Überfluss war ein feiner Sprühregen sein Begleiter gewesen, und Louises sowieso schon lockiges Haar kräuselte sich, trotz Hut, als wäre es um ultradünne Wickler gelegt worden.

Renates schmuckes reetgedecktes Haus war im Grundriss nahezu identisch mit dem von Fine. Im Vorgarten befanden sich Keramikwerke, bunte Tiere auf Baumstämmen, Klangspiele, die an den Ästen der alten Linde hingen, kleine Vogelgestalten, die Renate geschickt im Rosenstrauch neben der Haustür platziert hatte. Ihr Atelier war in einer Scheune hinter dem Haus untergebracht, wo sich auch der Verkaufsraum befand. Hier bot die Keramikkünstlerin vor allem Vasen, Krüge, Schalen und Geschirr an.

Louise ging ums Haus herum und hörte ein Klopfen und Hämmern, das aus dem Verkaufsraum drang. War Renate am Umbauen? Sie trat ans Fenster und legte ihre Hände rechts und links ans Gesicht, spähte hinein. Ein Mann war dabei, ein Regal aufzubauen. Als er sich umdrehte, um nach einem Werkzeug zu greifen, erkannte Louise ihn. Sören Jensen, der Vater von Inken. Louise hatte ihn, seit sie auf Pellworm lebte, schon oft getroffen. Jetzt, wo Sören um die Todesumstände seiner Tochter wusste, war er ruhiger geworden, trank nicht mehr so viel. Es gab niemanden auf der Insel, der ihn nicht in der schweren Zeit nach dem Tod seiner Tochter und dem Selbstmordversuch seiner Frau, die seitdem in einer psychiatrischen Einrichtung lebte, unterstützt hätte. Er wohnte bei seiner Schwester Beeke, die sich rührend um ihn kümmerte. Jeder hatte hier und da einen Auftrag für Sören, den gelernten Tischler, damit er sich auch finanziell über Wasser halten konnte. Hier war es ein Einsatz als Erntehelfer, da der Anstrich eines Zauns. Louise freute sich zu sehen, wie geschickt er mit seinem Werkzeug umging.

Sie trat ein und grüßte Sören fröhlich. Wie immer ließ er ein brummiges *Moin* hören und wandte sich wieder seiner Arbeit zu. Renate hatte das Klingen der Keramikglocke gehört und kam aus der angrenzenden Werkstatt.

»Louise. Wie schön, dich zu sehen. Sind Fine und Momme wieder im Land?«

»Moin, Renate. Nein, die beiden kommen übermorgen zurück. Sie kosten ihren Ausflug nach Bremen bis zur letzten Minute aus.«

»Da haben sie mal recht. Und du warst in der *Nordsee Lodge* wegen der Teilnehmer der *Rungholt-Dialoge*? Du weißt ja, hier auf der Insel bleibt nichts verborgen.« Renate lächelte verschmitzt, während Sören weiter ruhig und konzentriert seiner Arbeit nachging. Gerade passte er ein Regalbrett ein und legte die Wasserwaage darauf.

Renate wurde ernst. »Schlimm, das mit dem jungen Mann. Er gehörte zu den Forschern, nicht wahr? Wie kann man nur so unvorsichtig sein. Es muss doch schon dunkel gewesen sein, als er ins Watt ging. Das ist doch schon gefährlich genug. Wenn dann noch der Seenebel kommt, na dann ist es schon zu spät, wenn niemand weiß, wo du dich gerade rumtreibst.«

»Ja, es war für alle ein Schock. Die Tagung verlief trotzdem wie geplant. Doch man hat gemerkt, wie das Unglück jedem Einzelnen zugesetzt hat.« Louise seufzte. »Aber mal was anderes. Es hängt allerdings auch mit der Tagung zusammen. Professor Nannen hatte eine Flöte dabei, die Nachbildung einer uralten Okarina, die angeblich einem Piloten das Leben gerettet hat. Was ja offenbar doch nicht stimmt. Aber egal, die Flöte hast du nachgeformt, und ich wollte einfach nur wissen …« Louise hielt inne. Ja, was wollte sie eigentlich wissen? »*Et bien* …«, fuhr sie dann fort, »… ich wollte einfach nur wissen, wie es war, das Original im Atelier zu haben, sich mit dem alten Instrument zu beschäftigen. Du musst sie doch oft in der Hand gehalten haben. Ob man etwas spürt, ich meine, sagt sie einem was?« Louise wurde rot. Das passierte ihr immer, wenn sie ohne Sinn drauflos plapperte. Wenn sie das Gefühl hatte, es war wichtig, aber nicht wusste, warum. Genauso hatte sie im Sommer bei Momme auf der Polizeistation gesessen, ihn mit Fragen gelöchert, ganz gelenkt von ihrem Bauchgefühl, den Tod einer jungen Frau betreffend.

»Ich weiß, was du meinst.« Renate überging geschickt Louises Verlegenheit. »Und du hast vollkommen recht. Es ist ein merkwürdiges und zugleich erhebendes Gefühl, sie in den Händen gehalten zu haben. Sie ist so einzigartig. Laut Professor Nannen sind solche Flöten schon vor zwölftausend Jahren gefertigt worden. Es sind ja nur zwei Löcher drin, insofern ist das, was beim Reinblasen rauskommt, keine wirkliche Musik, halt eben Töne. Vielleicht Lockrufe oder so. Aber der Professor sagte, es gäbe auch eine Art Harfe mit nur zwei Saiten, eine Leier. Die hat man gezupft und dabei Heldengesänge von sich gegeben. Nun, auf jeden Fall fühlte ich mich geehrt, eine Kopie der Flöte zu modellieren. Wenn man das Original in der Hand hat, stellt man sich unweigerlich die Person vor, der die Flöte gehört hat. Man fragt sich, was sie damit gemacht hat. Ist sie ihr hingefallen, ist kaputt gegangen, und sie hat sie weggeworfen? Hat sie die Flöte einem Gott geopfert? Man könnte eine richtig spannende Geschichte darüber schreiben. Was mich allerdings gewundert hat, war, wie leise die Töne sind.«

Louise nickte. »Ja, am Anfang hat man gar nichts gehört. Es war dem Professor richtig peinlich, als er ihr zuerst keinen Ton entlocken konnte. Als er dann kräftiger geblasen hat, war es so wie ein feines Fiepen. Trotzdem hat man es im ganzen Raum gehört. Vielleicht wird der Ton, wenn er denn mal rauskommt, von der Luft getragen. Weißt du, was ich meine? Er ist so leicht wie eine Flaumfeder oder eine …« Louise runzelte die Stirn. Jetzt wollte ihr doch partout nicht das deutsche Wort einfallen. »Eine *aigrette de pissenlit*«, sagte sie dann.

»Eine was?«

»Diese weißen kugeligen Samen, die wie winzige Schirmchen fliegen. Die gelben Blumen. *Zut*, wie heißen sie denn noch?«

Renate lachte. »Du meinst Löwenzahn. Pusteblumen. Wenn du mir das jetzt noch übersetzt.«

»Nun *aigrettes* sind eigentlich die Federn eines Reihers und *pissenlit*...« Sie musste nun selbst lachen. »...heißt *ins Bett pinkeln*, die Pflanze ist harntreibend, da gibt es nichts zu beschönigen, und die Franzosen finden klare Worte.«

Von Sören war zwischen zwei Hammerschlägen ein belustigtes Glucksen zu hören.

»Wo war ich stehen geblieben? Ach ja, der Ton. Ganz leicht wurde er durch die Luft getragen. Als käme er aus einer anderen Sphäre, deswegen könnte ich ihn auch nicht wirklich beschreiben. Aber er hat mich berührt. Vielleicht will ich deswegen auch mehr über die Flöte wissen«, erkannte Louise erstaunt.

»Warte.« Renate verschwand in ihrer Werkstatt und kam eine Minute späte mit einer offensichtlich zweiten Nachbildung zurück, denn Louise konnte sich nicht vorstellen, dass der Professor seine Okarina aus der Hand gegeben hatte.

»Sören, halt dir jetzt mal die Ohren zu, und du, Louise, hältst den Mund. Ich habe eine zweite Kopie. Ja, es ist vielleicht nicht in Ordnung, aber es hat mir auch niemand verboten, sie zu behalten. Nun, eigentlich weiß auch keiner etwas davon. Das hier ist der erste Versuch. Sie war ein wenig zu lange im Ofen, und die Farbe des Tons ist zu dunkel geworden. Nur eine Nuance, aber sie hat mir nicht gefallen. Aber ansonsten unterscheidet sie sich nicht von der zweiten Flöte.«

Renate hielt Louise die Okarina hin. »Hier, versuch mal, ihr einen Ton zu entlocken. Du musst die Lippen sehr anspitzen, so als ob du selbst pfeifen wolltest.« Renate verzog die Lippen zu einem Kussmund und stieß einen feinen Pfiff aus.

Louise nahm vorsichtig die Flöte entgegen. Sie legte sie

auf ihre Handfläche und betrachtete sie zuerst von allen Seiten. Dann setzte sie sich das kleine Instrument an die Lippen und blies. Nichts war zu hören. Sie spitzte den Mund noch stärker, setzte wieder an und beförderte mit aller Kraft die Luft in das ausgeformte Mundstück. Ein feiner, sanfter Ton schwebte heraus, der nicht einfach verhallte, sondern sich geradezu im Verkaufsraum auszudehnen schien.

Louise setzte die Flöte ab, selbst ganz erstaunt über die Wirkung. »Das grenzt ja an Zauberei. Wie ist es möglich, dass so ein sanfter Ton durch nichts als die Luft, durch die er schwebt, zunehmen kann. *Vraiment magique.*«

Als der Ton durch den Laden schwebte, hatte sich Sören umgedreht und ebenfalls andächtig gelauscht. »Mok dat nochmull, Louise«, bat er.

Renate und Louise sahen sich erstaunt an.

»Louise?«

Sie hielt die Flöte erneut an den Mund. Wieder erklang der sanfte Ton, zog durch den Raum, um dann irgendwo unsichtbar wie eine Seifenblase zu zerplatzen.

»Ik hef sowat schon mull hört.« Der sonst so wortkarge Sören wandte sich den beiden Frauen zu. »Ober ik wuss nich, wo dat heerkeem, un ik weet ok nich, von wem dat keem. Ik weer anne Diek un heff mit Inken schnackt. Joh, ik bin nich verrückt, nich verrückter as sonst. Ober dat gifft Obende, dor röpt mi Inken, ik goh rut un wi unnerhol'n uns. So is dat nu mull. Ok wenn se doot is, kann se mit mi schnack'n, un ik mit eehr. As de Mann in't Watt erdrunk'n is, mutt dat weehn sien. Ik heff emm nich hört, schull he roopen hemm, ober de Ton von de Fleut, de heff ik ganz segger hört. Wieen Lockroop. Joh, as wenn he de arme Mann in't

Watt lockt hett.« Sören nickte heftig, um seine Worte zu unterstreichen, und wandte sich wieder seiner Arbeit zu.

Louise war vollkommen perplex. Hatte sie das alles richtig verstanden? Sören hatte eine Flöte gehört, am Deich, in der Nacht, als Lutz von Winterfeld starb? Hatte die Flöte ihn etwa in den Tod gelockt?

Kapitel 25

»Fine?«

»Hmm?« Fine hatte einen Flyer mit Hinweisen auf die Sehenswürdigkeiten in Worpswede neben ihrer Kaffeetasse liegen und suchte nach den Öffnungszeiten der Museen. Der Barkenhoff, die Große Kunstschau und vielleicht noch das Vogelerhaus, die drei sollten genügen. Sie war noch nie in Worpswede gewesen, doch der Ruf des Dorfes, in dem so bekannte Künstler wie Heinrich Vogeler und vor allem Paula Modersohn-Becker gelebt und gearbeitet hatten, war natürlich auch auf Pellworm legendär.

Momme stellte zwei Gläser Orangensaft neben die Tassen. Er aß in Hotels beim Frühstück immer mehr, als er eigentlich wollte. Doch die Auswahl war einfach zu verführerisch. Rührei mit knusprig gebrutzeltem Speck, Lachs, eine kleine Portion Knipp, Brötchen mit Schinken und Käse und zuletzt ein Stück Butterkuchen. Und Fine saß da voller Tatendrang, drei Museen sollten es werden. Allein bei dem Gedanken taten Momme schon die Füße weh, und eine bleierne Müdigkeit überkam ihn urplötzlich. Es war schon ein strammes Programm gewesen, das Fine für sie vorbereitet hatte. Sie waren von morgens bis in die Nacht unterwegs gewesen. Doch Fine freute sich so auf die Tour nach Worpswede. Was tat man nicht alles aus Liebe! Fine war einfach eine tolle Frau.

Die Angesprochene schaute jetzt auf. Sie schob den Flyer zur Seite und lächelte Momme aus strahlenden Augen an. Kleine Grübchen bildeten sich in ihren Mundwinkeln. Zärtlich legte sie ihre Hand auf seine.

»Ich weiß, Momme. Wie wäre folgender Vorschlag. Wir erkundigen uns zuerst nach der Restauratorin, und dann machen wir einfach einen gemütlichen Spaziergang durch den Bürgerpark. Anschließend essen wir in der Meierei, und heute Nachmittag suchen wir uns eine Wellness-Oase und spannen einfach nur aus.«

Momme strahlte. »Du kannst Gedanken lesen, mit dem Vorschlag bin ich so was von einverstanden.« Dann wurde er ernst. »Hoffentlich können wir Louise gute Nachrichten überbringen.«

Fine runzelte die Stirn. »In was Louise da nur schon wieder hineingeraten ist? Kaum lernt sie diese Restauratorin kennen, brennt deren Werkstatt ab, und die liegt jetzt schwer verletzt im Krankenhaus.«

Momme nickte. »Ja, schon, aber das ist ja in Bremen passiert. Ein Unfall mit tragischen, aber hoffentlich nicht lebensbedrohlichen Folgen. Sie macht sich eben einfach Sorgen. Mehr nicht. Louise ist doch in nichts hineingeraten. Da sollten wir uns mehr Gedanken um den Toten im Watt machen. So wie ich dein Patenkind kenne, hört sie schon wieder die Flöhe niesen und wittert ein Verbrechen«, scherzte Momme. »Ich habe übrigens gleich, aus reiner Neugier natürlich, bei Dirk Claussen angerufen. Hab ich dir noch gar nicht erzählt. War, als du unter der Dusche warst. Der arme Kerl, dieser Archäologe, ist tatsächlich schlicht und ergreifend ertrunken. Louise war natürlich schon bei Dirk gewesen.« Jetzt seufzte Momme tief. »Es gibt allerdings keine Zweifel wegen der Todesumstände. Diesmal nicht, auch wenn Louise noch so nachbohrt.«

»Aha. Und warum hast *du* Dirk angerufen? Wirklich nur reine Neugier?« Fine sah Momme mit hochgezogenen Brauen und skeptischem Blick an.

»Mein Finchen, einmal Polizist, immer Polizist. Dirk meinte übrigens, dieses gesunde Misstrauen, das Louise mal wieder gezeigt hat, hätte er auch von der Kollegin Olms erwartet. Schließlich sei er der Erste gewesen, der die Leiche des Archäologen untersucht habe. Aber kein Nachfragen, nichts. Sie hat sich mit allem zufriedengegeben. Ein Toter im Watt? Ertrunken? Okay!«

»Nun, wenn es nichts Auffälliges gab, warum sollte sie da nachbohren? Höre ich da etwa so ein ganz klein wenig Eifersucht heraus?«

»Pah, natürlich nicht. Ich möchte nur, dass auf Pellworm alles seine Richtigkeit hat. Nun, wie sieht's aus? Wollen wir los?«

Fine trank ihren Saft aus, packte den Flyer in die Handtasche und stand auf.

Zwanzig Minuten später spazierten die beiden Arm in Arm in Richtung Steintor im Bremer Viertel zur Werkstatt der Restauratorin beziehungsweise zu dem, was von ihr übrig geblieben war. Von ihrem Hotel gegenüber der Baumwollbörse ging es vorbei am Gericht und dem wuchtigen Polizeihaus aus dem beginnenden 20. Jahrhundert.

»Morgen ist die Kunsthalle dran.« Fine zeigte auf das weiße Gebäude mit der breiten Freitreppe.

Weiter ging es an den ehemaligen Wachhäusern vorbei,

die ebenfalls Museen bargen, und dem klassizistischen Bau des Theaters am Goetheplatz.

»Und hier scheinen Bremens Studenten zu leben«, konstatierte Momme. Junge Leute, die trotz der kühlen Temperaturen vor den Cafés und Kneipen saßen, Bioläden, Geschäfte mit fair gehandelten Produkten, Buchhandlungen, Klamottenläden und alles, was zum täglichen Bedarf eingekauft werden musste, das Viertel ließ nichts vermissen.

»Wie eine kleine Stadt in einer großen«, meinte Fine. »Es gibt ja hier wirklich alles. Schau mal, sogar Brautmoden.«

»Und offenbar auch Güter für den täglichen Rausch«, brummte Momme missbilligend und zeigte unauffällig auf drei junge Männer, die ganz offensichtlich auf Kundschaft warteten. »Dagegen ist man quasi machtlos. Wenn man sie hier verscheucht, erscheinen sie zwanzig Meter weiter. Nur gut, dass das nicht mehr mein Problem ist.« Kaum hatte er das gesagt, tauchte um die Ecke ein Einsatzwagen der Polizei auf. Die drei stoben auseinander.

»Siehst du.«

Fine hielt an. Sie gab Momme einen leichten Kuss auf die Wange. »Ich sehe es, und ich weiß, wie sehr es dich aufregt.«

Momme streichelte Fine liebevoll über die Hand. Fünf Minuten später hatten sie ihr Ziel erreicht. Schon von Weitem war ihnen der Brandgeruch in die Nase gedrungen. Der Bürgersteig war weiträumig mit einem rot-weißen Flatterband abgesperrt. Die beiden Obergeschosse des Hauses wirkten unversehrt, doch Momme wusste, dass dem nicht so war. Qualm und Ruß hatten sie ganz sicher unbewohnbar gemacht. Ein Polizeifahrzeug stand am Straßenrand.

»Ich schätze, da sind im Moment die Brandermittler drin.

Ich kann da jetzt nicht einfach rein, Fine. Vielleicht haben wir Glück, und jemand kommt raus, dann könnten wir unsere Fragen stellen. Nur befürchte ich, wir bekommen keine Antworten.«

Sie bezogen Posten auf der gegenüberliegenden Straßenseite und begutachteten das Haus. Es war ein schönes Gründerzeitgebäude mit einem Erker auf der rechten Seite.

»Wo mag sie denn die Werkstatt gehabt haben? Es sieht aus wie ein ganz normales Wohnhaus.«

Momme nickte zustimmend. »Warte eben hier, ich geh mal um die Ecke.« Ein paar Minuten später tauchte er wieder auf.

»Man kann von hinten ans Haus. Dort ist ein Anbau, in dem muss die Werkstatt gewesen sein. Da sieht es noch schlimmer aus als hier vorne. Sie ist wohl total abgebrannt.«

»Fidel, hierher.«

Ein langbeiniger Mops an einer Laufleine hatte sich Momme und Fine neugierig genähert und schnüffelte nun an Fines Schuhen.

»Wehe, du hebst das Bein.«

Am anderen Ende der Leine war ein Mann, die Haare zu einem Zopf gebunden. Auf seiner Jacke prangte ein altmodischer Button *Atomkraft, nein danke.*

»Entschuldigen Sie. Er ist noch jung und verdammt neugierig.«

Der Mops umrundete Fine und wickelte ihr dabei die Leine um die Beine. Der Mann entwirrte Leine, Mops und Fine wieder mit einem verlegenen Lächeln, während der Mops anschließend an Momme hochsprang.

Fine lachte. »Jetzt weiß ich auch, woher das Wort *mopsfidel* kommt.« Sie bückte sich und streichelte dem Tier über den Kopf.

»Fiiiidel, mit einem langen i, nicht fideeeel. Er heißt nach dem großen kubanischen Revolutionär.«

»Na, wo haben Sie denn Castro gelassen?«, unkte Momme.

Mit todernster Miene kam die Antwort: »Castro hat sich beim Herumtollen die Pfote vertreten. Er bleibt für ein paar Tage im Haus.«

Fine merkte, dass Momme kurz vor einem Lachanfall stand, und knuffte ihn dezent in die Seite.

»Sie wohnen hier in der Nähe?«, fragte sie freundlich.

»Ja, gleich hier, an der Ecke da hinten, das Ladengeschäft.« Er zeigte hinter sich. »Schlimm. Kaum war Christine, sie wohnt und arbeitet in dem Haus, weg, brannte es. Jetzt liegt sie im Krankenhaus. Sieht so aus, als hätte sie nachsehen wollen, ob noch was zu retten ist. War natürlich verboten, aber sie ist trotzdem rein. Dabei ist ihr ein Deckenbalken in der Werkstatt auf den Kopf gefallen. Das ganze Atelier brach quasi über ihr zusammen. Ein Wunder, dass sie das überlebt hat.«

Der Mann schwieg, und ein misstrauischer Ausdruck trat in seine Augen. »Ich hab Sie eben schon beobachtet. Warum stehen Sie eigentlich hier rum und betrachten alles so intensiv? Sind Sie von der Versicherung? Aber nein, für den Job sind Sie ja wohl schon zu alt.«

Eigentlich hatte Fine den Mann ganz sympathisch gefunden. Eigentlich, denn das war ja wohl eine Frechheit. Auch Momme hatte zischend die Luft eingesogen. Doch sie wollten schließlich etwas mehr erfahren, als sie schon wussten, und dazu mussten sie höflich und freundlich bleiben.

»Nein, wir sind nicht von der Versicherung. Meine Tochter ist mit Christine befreundet. Die beiden hatten sich auf Pellworm getroffen, doch dann musste Christine wegen des Brandes urplötzlich zurück nach Bremen. Und da wir, mein Mann und ich, zufällig ein paar Tage in Ihrer schönen Stadt verbringen, wollten wir gerne Näheres erfahren, um unsere Tochter zu beruhigen. Mit Christine kann sie ja im Moment leider nicht sprechen. Wir hoffen alle, dass sie bald erwacht und es ihr schnell wieder besser geht.«

Momme nickte bekräftigend und voller erstaunter Bewunderung, wie leicht die Lügen Fine über die Lippen kamen.

Mit jedem Wort aus Fines Mund hatte sich die Miene des Mannes entspannt. »Entschuldigen Sie, es war nicht so gemeint. Fidel, sitz.« Der Mops ignorierte den Befehl, legte sich hin, und sein Herrchen beließ es dabei.

»Ja, Christine hatte mir gesagt, sie würde ein paar Tage auf Pellworm verbringen. Schön, so auf einer kleinen Insel zu wohnen, oder? Vielleicht etwas einsam. Nun ja, und dann ist das Feuer ausgebrochen. Die ganze Nachbarschaft ist zusammengelaufen, doch wir wissen alle noch nicht, was der Grund dafür war. Ich verstehe auch nicht, warum Christine dann noch ins Atelier ist. Den kleinen Liebermann, an dem sie gearbeitet hatte, den hatte sie schon aus dem Haus. Im Tresor im Atelier dürfte noch was gewesen sein, aber keine Ahnung, ob der das überstanden hat. Das andere Gemälde, das wohl einen ziemlichen Wert besitzt, habe ich. Nun, wir werden die Brandursache wohl noch erfahren. Ich fahre heute Nachmittag ins Krankenhaus. Sie hat ja keine Angehörigen mehr. Allerdings durfte ich bis jetzt noch nicht zu ihr. Aber ich bin hartnäckig. Na, dann wollen wir mal weiter, nicht wahr Fidel? Castro ist bestimmt schon ganz ungeduldig.«

»Einen Moment, Herr…« Momme hatte sich hingekniet und kraulte den Bauch des Mopses, der sich zwischenzeitlich auf den Rücken geworfen hatte und seine Beine in die Luft streckte.

»Werner Albers. Und Sie?«

»Mommsen. Warum hat Christine das Bild bei Ihnen gelassen?«

»Das macht sie immer so, wenn sie weg ist und ein kostbares Gemälde im Haus hat. Ich bin Goldschmied und hab mein Atelier ebenfalls im Haus. Im Gegensatz zu Christine habe ich einen wirklich feuerfesten sehr großen Tresor. Ab und zu bringt Christine was vorbei, und ich verwahre es für sie. So war es auch die Tage. Sie kam mit einem Bild vorbei, gut verpackt in Packpapier. Jetzt wartet es darauf, dass Christine es wieder abholt. Wissen Sie was? Ich geb Ihnen mal meine Karte. Ihre Tochter kann mich gerne anrufen, vielleicht weiß ich ja heute Abend schon mehr über Christines Zustand.«

Werner Albers zückte sein Portemonnaie und zog eine goldfarbene Visitenkarte heraus.

»Vielen Dank, Herr Albers. Das ist nett. Und grüßen Sie Castro von uns«, fügte Fine mit einem Lächeln hinzu, als der Goldschmied, einen sich mit allen vier Pfoten unwillig in den Boden stemmenden Mops hinter sich her zerrend seinem Haus zustrebte.

»Da werden sich Castro und die drei Katzen freuen, wenn Fidel und Werner wieder da sind.«

Fine machte große Augen. »Ich weiß ja, dass du ein begnadeter Ermittler bist, aber woher in Gottes Namen weißt du, dass Herr Albers auch noch drei Katzen hat?«

Momme grinste. »Ich weiß sogar, wie die drei heißen.«

»Momme Mommsen, du willst eine alte Frau auf den Arm nehmen.« Fine sah ihren Freund streng an.

»Nein, nicht auf, sondern in den Arm, mein Finchen.« Er drückte Fine an sich und flüsterte ihr ins Ohr.

Fine machte sich los und lachte so laut, dass sich die Leute nach ihr umdrehten. »Da hätte ich aber auch selbst draufkommen können. Che, Gue und Vara, ja das passt.«

Kapitel 26

Der Wind hatte noch einmal zugelegt. Louise kämpfte mit aller Macht gegen die unangenehmen Böen an. Gleichzeitig machte ihr die steife Brise auch den Kopf frei, in dem ihre Gedanken nach dem Besuch bei Renate nur so durcheinandergewirbelt waren.

Hatte Sören nun tatsächlich den Flötenton vernommen, oder war es doch Einbildung gewesen? Immerhin hörte er ja auch die Stimme seiner verstorbenen Tochter. Andererseits, wann hatte sie es je erlebt, dass dieser wortkarge Mann so viel erzählte? Wenn Sören sprach, hatte dies doch garantiert Hand und Fuß. Louise hatte noch einmal nachgehakt. Zeit und Ort hatten nahezu übereingestimmt. Gut, auf jeden Fall die Zeit. Sören war am Deich gewesen, als von Winterfeld bereits vom Seenebel eingehüllt gewesen sein musste. Denn er hatte geglaubt, er habe die Gestalt von Inken sich aus dem Nebel herausschälen sehen. Also musste der Seenebel zu diesem Zeitpunkt bereits schon weit in Richtung Land gewabert gewesen sein.

Allerdings hatte Sören den Archäologen nicht um Hilfe rufen gehört. Hatte der das überhaupt getan? Aber natürlich, es war die erste Reaktion, wenn man sich in Gefahr befand, man rief um Hilfe. Also war Sören relativ weit weg gewesen vom Standort des Archäologen im Watt. Vielleicht hatte die dicke Nebelsuppe ja auch jeden Laut verschluckt. Nein, nicht jeden Laut. Er hatte den Ton, so fein er auch sein mochte, vernommen. Den mysteriösen Flötenton. Keine Melodie, sondern einen Ton, einen Ruf, einen Lockruf.

Louise bremste ab. Sie war tief in ihre Gedanken versunken und hatte die kleine Herde Schafe, die von ihrem Hüter und einem riesigen grauen Hund begleitet wurde, aus der Entfernung gar nicht bemerkt. Sie klingelte, fuhr gemächlich weiter, während die Schafe eine Gasse für sie bildeten. Vorbildlich beobachtete der Hund das Geschehen, sprintete einmal kurz nach links, um ein Schaf zu disziplinieren. Der Schäfer nickte Louise kurz zu, während sie das Wollmeer durchquerte. Der Wind zauste an den dichten Haaren der Vierbeiner, die unverdrossen ihres Weges stapften. Was hatte Louise einmal gelesen? An der Küste kämmt der Wind die Schafe. Eine treffende Beobachtung. Ziemlich außer Puste erreichte sie das Hotel.

»Moin, Louise«, begrüßte sie Femke. »Die Gäste haben schon nach dir gefragt, und ich soll dir ausrichten, sie hätten selten so gut gegessen wie während der letzten Tage. Das Kompliment gebe ich gern weiter. Von Petra und Cordula ganz zu schweigen, die sind ja total begeistert von dir.«

Louise wurde rot. Doch natürlich freute sie sich über das Lob. »Danke. Es hat mir aber auch jede Menge Spaß gemacht. Die Zutaten waren exquisit, zwei engagierte Küchenhelferinnen, meine Messer, mehr habe ich nicht gebraucht.«

»Apropos Messer. Eins deiner guten Stücke ist ja noch hier. Es liegt sicher verwahrt in der großen Schublade über dem Topfschrank.«

»Prima, vielen Dank. Ich hole es mir gleich raus. Ich habe

gesehen, dass auf dem Parkplatz noch ein paar Autos stehen. Sind noch Gäste da?«

Femke blies die Backen auf und stieß die Luft aus. »Ja. Eigentlich sollten um elf alle raus sein. Professor Hammerstein hat mich gebeten, ob man noch zu einer Nachbereitung der Tagung bis heute Nachmittag bleiben könne. Ich habe natürlich nicht Nein gesagt. Petra kümmert sich um einen kleinen Imbiss, damit waren auch alle einverstanden.«

»Wer ist denn noch alles da?«, fragte Louise neugierig.

»Moment, ich schau mal nach.« Femke tippte auf der Tastatur ihres Computers herum. »Der Professor und seine Frau, Simon Gross, er ist auch aus Kiel. Ich glaube, er ist Student bei Hammerstein.«

»So ein kleiner mit knallroten Haaren?« Dann wäre es der gewesen, der zusammen mit Marieke Schloot die Scherbe im Schlick versenkt hatte.

Die *Hotelière* nickte. »Und dann Frau Professor Schwontkowski, Marieke Schloot, Professor Nannen, Mats ten Bosch und Hilla Uldrup aus Husum. Das war's.«

»Ich frage mich, ob ein Vertreter der hiesigen Presse da war? Mir ist niemand aufgefallen. Es muss die Leute doch interessieren, was bei der Tagung rausgekommen ist. Oder schreibt Mats ten Bosch einen Artikel für die Zeitungen Nordfrieslands?«

Femke Levensen schüttelte den Kopf. »Nein. Aber du hast recht, natürlich ist Rungholt für die meisten Nordseeanwohner ein immer wieder spannendes Thema. Heute Nachmittag kommt tatsächlich jemand von der Presse dazu. Die Ergebnisse der *Rungholt-Dialoge* werden vorgestellt, es wird so eine Art Pressemitteilung geben. Ich schätze mal, das wäre für einen Zeitungsverlag zu teuer geworden, einen Journalisten für all die Tage herzuschicken und einzuquartieren. Jetzt bekommt die Presse eine Zusammenfassung geliefert, die du morgen oder übermorgen in der Zeitung lesen kannst.«

»Ich fand die Tagung jedenfalls hochinteressant. Aber es ist schon merkwürdig, wie das Leben so einfach weitergeht. Da stirbt ein Teilnehmer, und alles nimmt wieder seinen normalen Gang.«

»Nun, was willst du machen? Gestern war übrigens bereits ein kleiner Artikel, eine Art Nachruf, in verschiedenen Zeitungen. Einer im *Husumer Nachrichtenblatt* und einer im *Weser-Kurier*. Hier, schau.«

Femke tippte auf der Tastatur herum und drehte dann den Bildschirm, um Louise einen Blick darauf werfen zu lassen.

»Die Artikel sind identisch. Das ist der aus dem *Weser-Kurier*.«

Tragischer Unfalltod vor Pellworm

Ein junger Wissenschaftler ist bei einem Unfall im Watt vor Pellworm verstorben. Die Universität Bremen verliert mit ihm einen Stern am Forscherhimmel, so Professor Elisabeth Schwontkowski, die Leiterin des Kulturhistorischen Instituts. Lutz von Winterfeld gehörte zu den angesehensten Wissenschaftlern auf dem Gebiet der minoischen Kultur in Europa.

»Ich glaube, Frau Schloot hat es besonders mitgenommen. Sie ist die Einzige, die heute nicht zum Frühstück erschienen ist.« Femke sah auf ihre Armbanduhr.

»Den Eindruck hatte ich auch. Ich hab mich ein wenig mit ihr unterhalten. Ich denke, ich geh mal nach oben und schau nach ihr. Das Messer hol ich später. Ist es für dich in Ordnung, wenn ich euch die Rechnung die Tage schicke?«

»Klar, mach nur. Und wenn du bei Frau Schloot bist, bitte sei so nett und richte ihr aus, das Zimmer muss dann um sechzehn Uhr geräumt sein. Das Gepäck kann sie im Gepäckraum abstellen.«

Louise ging nach oben und klopfte an Marieke Schloots Zimmertür. Keine Antwort. Sie klopfte nachdrücklicher. Schritte näherten sich, die Tür wurde einen Spalt geöffnet.

»Ach, Sie sind's. Was gibt's?«

Louise räusperte sich. »Ich wollte eigentlich nur wissen, wie es Ihnen mittlerweile geht. Das alles ist ja nicht spurlos an Ihnen vorübergegangen. Wenn Sie vielleicht jemanden zum Reden brauchen oder so. Ich bin eine gute Zuhörerin. Ich soll Ihnen noch ausrichten, das Zimmer müsse bis sechzehn Uhr geräumt sein, Ihr Gepäck können Sie noch hier abstellen, also im Gepäckraum.«

»Ja, ich weiß. Elisabeth hat es mir schon gesagt. Kommen Sie rein. Eigentlich geht es mir einigermaßen. Aber ich denke dauernd daran, wie einsam Lutz gestorben sein muss. Das kalte Wasser, du bekommst irgendwann keine Luft mehr, willst atmen, und dann ist alles aus.« Sie öffnete die Tür nun weit. Dann schlang sie ihre Arme um den Oberkörper, als fröstele sie.

»Setzen Sie sich. Es ist nett, dass Sie nach mir schauen.« Marieke Schloot ließ sich aufs Bett fallen, während Louise sich in einen kleinen Sessel setzte.

»Wollen Sie mir ein wenig von Lutz erzählen? Sie haben

ihn sehr gemocht und geschätzt. Haben Sie den gleichen Forschungsschwerpunkt gehabt?«

Wenn Marieke von ihrer Arbeit erzählte, würde es sie bestimmt ablenken, überlegte Louise. Gleichzeitig würde sie ein wenig mehr über das Arbeitsfeld des Archäologen erfahren, sinnierte sie mit einem Anflug von schlechtem Gewissen weiter.

»Nein, ich arbeite über kultische Niederlegungen der Bronzezeit in Dänemark. Lutz war eine Koryphäe auf dem Gebiet der bronzezeitlichen Kulturen im Mittelmeerraum, Kreta, die Minoer, Sie haben ja bestimmt schon davon gehört.«

Louise nickte. »Aber ja. Schliemann und so, nicht wahr?«

Marieke lächelte mitleidig. »Ja, Schliemann und so. Allerdings ist die Forschung mittlerweile ein Stückchen weiter. Dieses Volk hat schon vor dreitausend Jahren Dinge geschaffen, so kunstsinnig, so raffiniert. Bedenken Sie, hier im Norden ist der Sonnenwagen von Trundholm erst mehr als tausend Jahre später geschaffen worden. Und Lutz war kurz davor, beweisen zu können, dass die Minoer bis hierhergekommen sind und mit Rungholt Handel getrieben haben. Es wäre einer Revolution in der Wissenschaft gleichgekommen. Doch nun ist er tot, und keiner von uns weiß, wo der Beweis für seine These abgeblieben ist. Außer ein paar Scherben, die aufgrund ihrer Fundumstände noch nicht mal was wert sind, ist nichts da.«

Marieke verstummte und schloss die Augen. »Ich bin jetzt müde. Ich wäre Ihnen dankbar, wenn ich doch alleine sein könnte. Es war nett, nach mir zu schauen, aber ich habe jetzt keine Lust mehr zu reden. Ich will nur, dass hier bald alles vorbei ist.«

Louise stand auf und blieb unschlüssig stehen. Sie fühlte sich unbehaglich. Tatsächlich war sie nach oben gekommen, um nach Marieke zu sehen, ihr vielleicht ein wenig Trost zu spenden. Doch gleichzeitig hatte sie auch gehofft, etwas mehr über Lutz von Winterfeld zu erfahren. Doch Marieke Schloot schien tatsächlich am Ende ihrer Kräfte.

»Es tut mir sehr, sehr leid.« Sie ging zur Tür und warf einen letzten Blick auf die unglückliche junge Frau, die ihr nun den Rücken zuwandte.

Louise trat hinaus in den Flur und zog leise die Tür hinter sich zu. Das Letzte, was sie hörte, war die brüchige Stimme von Marieke Schloot.

»Wenn ich nur wüsste, wo dieses beschissene Siegel abgeblieben ist.«

Kapitel 27

Noch eine halbe Dose von diesem eklig süßen Energiegetränk, das mehr Durst erzeugte als stillte, und ein Schokoriegel.

Er hatte in dem Karton gewühlt, hatte jeden Zentimeter seines Gefängnisses abgetastet, in der Hoffnung, eine zweite Nahrungsquelle zu entdecken. Mittlerweile stank es gotterbärmlich in der Gruft. Für seine Notdurft hatte er die hintere linke Ecke ausgewählt.

Immer wieder kroch er nach vorne. Mittlerweile war ihm klar, ohne fremde Hilfe würde er hier nicht herauskommen. Der Ausgang war durch ein Eisengitter versperrt, vor dem eine Holzplatte, zusammengefügt aus einzelnen Latten, befestigt war. Durch die Ritze konnte er das Tageslicht kommen und gehen sehen. Die plötzliche Erkenntnis, es müsse später Herbst sein, hatte ihn zunächst frohlocken lassen, denn seinem Gedächtnis war auch entfallen, dass es Wochentage und Monate gab. Diese Erinnerung war nun wieder zurück. Doch sie nutzte ihm nicht viel.

Sobald es hell wurde, hatte er vor dem Eisengitter gesessen und geschrien. Bis er einsehen musste, dass mit Sonnenaufgang niemand hier – wo immer *hier* auch war – herumstrolchte. Er hatte gehofft, sein Gefängnis würde im Wald liegen, vielleicht würde ein Forstarbeiter oder ein Jäger auf ihn aufmerksam werden. Ab und zu hörte er Tiergeräusche, Vogelgezwitscher, Krähenlaute, ein Scharren, ein Schmatzen. Aber nichts geschah.

Dann fing er an, sich seine Zeit einzuteilen. Wenn es hell wurde, wartete er eine Zeit lang ab, dann schrie er sich die Lunge aus dem Hals. Wenn der Schmerz in seinem Hals wieder nachließ, brüllte er erneut. So saß er, solange es offensichtlich Tag war, vier- oder auch einmal fünfmal vor dem Ausgang, hoffte auf Hilfe, auf einen Zufall, der jemanden an seinem Gefängnis vorbeiführte.

Wie lange konnte man ohne Nahrung, ohne Flüssigkeit auskommen? Er knabberte an seinem Schokoriegel, ließ die Schokolade ganz langsam in seinem Mund schmelzen, schluckte die süße Mischung aus Spucke und Schokolade hinunter. Konnte er das überhaupt wissen? Es fiel ihm nichts dazu ein, doch er hatte so eine Ahnung, vor allem der Mangel an Flüssigkeit würde ein schnelles Ende bedeuten.

Er schüttelte die Dose. Viel war wirklich nicht mehr drin. Vorsichtig setzte er sie an die Lippen, nur kein Tröpfchen vergeuden. Der erste winzige Schluck rann seine Kehle hinunter, und er musste sich beherrschen, den restlichen Inhalt nicht einfach so hinunterzukippen.

Vorsichtig stellte er die Dose zurück in den Karton. Dort lief sie nicht Gefahr, von ihm versehentlich umgestoßen zu werden. Er lehnte sich an die Wand seines Gefängnisses und fiel in einen unruhigen Halbschlaf. Er träumte, er säße in einem Boot, doch je schneller er in Richtung Ufer ruderte, desto zügiger entfernte er sich davon. Menschen standen am Ufer, winkten ihm zu, riefen für ihn unverständliche Worte, machten ihn auf etwas aufmerksam, wollten ihn wohl warnen. Als er sich umdrehte, kam mit unglaublicher Geschwindigkeit ein Sturmwirbel auf ihn zugerast. Der Wirbel erfasste ihn, saugte ihn und das Boot in sein Innerstes, Holz krachte, sein Boot barst in tausend Stücke.

Mit einem Schrei erwachte er. Sein Gesicht war schweißnass, und er zitterte am ganzen Körper. Noch war es draußen hell, und trotz des Albtraums verspürte er genügend Kraft, seine Hilferufe wieder aufzunehmen. Er schüttelte den Kopf, der Traum war so real gewesen, er hatte das Geräusch von berstendem Holz immer noch im Ohr.

Er kroch auf den Ausgang zu, hielt an, lauschte. *Kkrrgg.* Holz wurde irgendwie bearbeitet, und das genau vor ihm. Jemand versuchte, die Holzplatte vor dem Eisengitter zu entfernen. Er wollte rufen, schreien, doch außer einem kläglichen Krächzen kam kein Laut aus seiner Kehle.

»Hör mal auf mit deiner Klopferei, hast du das eben gehört?«

Die Stimme war nicht mehr als ein Flüstern, doch drang sie klar und deutlich an seine Ohren. Da draußen war jemand, mindestens zwei Personen. Warum gelang es ihm nicht, sich bemerkbar zu machen? Er war wie gelähmt, sein Körper gehorchte ihm nicht, seine Stimme ließ ihn im Stich.

»Da ist was drin. Scheiße. Ich hab dir doch gleich gesagt, dass in so einer alten Grabkammer vielleicht noch die Geister von den Toten sind.«

Diesmal war die Stimme lauter, ängstlich, jugendlich. Kinder, die sich an seinem Gefängnis zu schaffen machten? Hatte die Stimme wirklich Grabkammer gesagt? War er tatsächlich in einer Grabkammer? Eine Erinnerung flackerte auf, eine Erinnerung an Steingräber, Hügelgräber aus uralten

Zeiten. Er hatte etwas darüber gelesen. Oder geschrieben? War er ein Student, der sich mit solchen Sachen befasste? Er schloss die Augen, suchte nach dem Hauch einer Erinnerung und war gleichzeitig nicht in der Lage, sich bemerkbar zu machen.

Reiß dich zusammen. Er zwang sich, den Mund zu öffnen, holte tief Atem, und dann endlich entfloh seiner Kehle der befreiende Schrei. Laut hallte er in seinen Ohren, wurde von den steinernen Wänden zurückgeworfen, drang nach draußen.

»Scheiße, Scheiße, Scheiße, hast du das gehört? Die Geister, sie werden sich rächen, weil wir ihre Ruhe gestört haben.«

Die Stimme überschlug sich.

»Hauen wir ab.«

Nein, nein, wollte er rufen. Doch wieder verwehrte ihm seine Stimme die Unterstützung.

Kapitel 28

Der Wind hatte sich in einen Orkan verwandelt. Vom Fenster aus hatte man einen einzigartigen Blick zum Deich. Davor lag eine graugrüne Fläche, dicht bewachsen mit mittlerweile fast blattlosem Buschwerk. Die Äste bogen und duckten sich, als die Sturmböen über sie hinwegfegten. Am Himmel trieb der Wind sein stürmisches Spiel mit den Wolken, scheuchte sie vor sich her, zerfetzte sie, ließ ihnen Zeit, sich wieder zusammenzufügen, bevor er erneut dazwischenpeitschte und sie zu neuen Formationen zwang.

Die Fensterscheibe war angenehm kalt, kühlte Stirn und Handflächen, die einen fettigen Film auf dem Glas hinterließen. Keine zweitausend Meter entfernt war Lutz von Winterfeld gestorben. Professor Nannen hatte gute Worte gefunden, und auch das Niederlegen der Scherbe war ein rührender Akt gewesen. So hatten es wohl alle empfunden. Lutz, der aufstrebende Archäologe, der Stern am Himmel der Forschung, war ins Watt gegangen und nicht mehr zurückgekehrt.

Ein Unfall. Dummheit. So würden alle urteilen. Doch sie wusste es besser. Sie hatte nicht schlafen können, hatte in der Nacht am Fenster gestanden und hinausgestarrt, als sie eine Person entdeckte, die in Richtung Deich ging. Lutz, den kleinen Rucksack mit den Leuchtstreifen auf dem Rücken. Was hatte er vor? Und kurz darauf eine zweite Person. Ebenfalls unverkennbar. Und nur diese war, geleitet von einer starken Taschenlampe, zurückgekehrt. Kurz hatte sie die verrückte Idee gehabt, den beiden zu folgen. Doch der plötzlich aufkommende Nebel hatte sie davon abgehalten. Eigentlich war sie eine durch und durch ängstliche Person. Für eine Archäologin nicht so praktisch. Mit Unbehagen dachte sie an den Skorpion, der sich während eines Grabungssemesters in Griechenland in ihren Schuh verirrt hatte.

Und nun? Wie sollte sie damit umgehen? Mit seinem Tod und ihrer Vermutung um die Umstände seines Todes? Sich jemandem anvertrauen, zur Polizei gehen? Und wenn das Ganze sich doch nicht so zugetragen hatte? Dann würde jemand, der unschuldig war, an den Pranger gestellt. Wahrscheinlich bliebe ein solcher Verdacht ewig hängen. Ein nicht wiedergutzumachender Fehler, diesen Verdacht auszusprechen. Vielleicht sollte sie die Person besser erneut mit dem Verdacht konfrontieren? Dann allerdings massiv, mit Fakten, die nur schwer von der Hand zu weisen waren, je länger sie über sie nachdachte? Was würde dabei herauskommen? Zwei Möglichkeiten: *a) Ja, gut kombiniert, ich habe Lutz auf dem Gewissen.* Oder *b) Ich glaube, du hast sie nicht alle. Lutz' Tod war ein tragischer Unfall.*

Bei der ersten vorsichtigen Andeutung, sie wisse, Lutz sei nicht allein im Watt gewesen, waren ungläubiges Staunen und Möglichkeit b) die Reaktion gewesen, gefolgt von dem Satz: *Mach dich nur weiter lächerlich.* Das wurde ihr alles so selbstbewusst entgegengeschleudert, dass tatsächlich Zweifel an ihrer eigenen Wahrnehmung die Folge waren. Nun musste sie Gewissheit erlangen, den Verdacht erneut äußern und untermauern. Am besten sofort. Jetzt nur nicht zögern, sondern gleich reinen Tisch machen. Tabula rasa, wie der Lateiner sagte. Eine gute Entscheidung. Sie musste sich nur noch eine genaue Strategie überlegen.

Zwei Minuten später klopfte es an der Zimmertür.

»Ist offen.« Das war ja eine Überraschung. »Mit dir hätte ich am wenigsten gerechnet.«

Kapitel 29

Als Louise das Fahrrad abstellte, hörte sie Sture bereits zetern. Sein lautes ungeduldiges Iah war wahrscheinlich bis Tammensiel zu hören. Was war denn nur los? Louise hatte am Morgen seine Heuraufe ordentlich gefüllt, Hunger konnte er also nicht haben. Auch der Wassertrog war randvoll gewesen. Vielleicht hatte er ihn versehentlich umgekippt? Aber nein, dazu war der Trog zu schwer.

Louise sprintete zur Weide. Das anklagende Eselgeschrei ebbte bei ihrem Anblick ab, wandelte sich zu einem kurzen Stoßseufzer: Iah. Abrupt blieb Louise stehen und brach in lautes Lachen aus. Vorwurfsvoll trottete Sture an den Weidezaun. Sein Blick forderte sie auf: *Mach das sofort weg.* Eine riesige Ente schwamm in Stures Trog. Louise hatte solche Enten schon in den Fethingen, großen Kuhlen, in denen sich das Regenwasser sammelte und die immer noch dem Vieh als Tränken dienten, schwimmen sehen. Es waren Eiderenten, die durch ihr schwarz-weißes Gefieder auffielen. Dieser Erpel hatte sich offensichtlich dazu entschlossen, eine Pause in Stures Wassertrog einzulegen. Er hatte seinen Kopf unter die Flügel gesteckt und schien sich durch nichts und niemanden, vor allem nicht durch einen schreienden Esel, aus der Ruhe bringen zu lassen.

»Armer Sture, bist du schon am Verdursten? Wie lange

dümpelt denn der Frechdachs schon in deiner Bar herum, hm, mein Kleiner? Dann wollen wir ihn mal verscheuchen.«

Louise öffnete das Gatter und ging laut rufend und mit den Armen wedelnd auf die Ente zu. Ihr Kopf erschien, und sie drehte eine Runde im Trog. Als Louise an der Tränke ankam, machte der Erpel jedoch keinerlei Anstalten, den Behälter zu verlassen. Wild schlug er mit den Flügeln und fauchte Louise an.

»Husch, husch, wirst du wohl verschwinden.« Louise schwenkte die Arme.

Als sich dann noch Sture dazugesellte, war diese Übermacht wohl doch zu viel für den Vogel. Er paddelte zu einem der Griffe an der großen Wanne, plusterte sich auf und spazierte mit hocherhobenem Kopf aus dem Wasserbehälter. Dann sprang er hinunter ins Gras und watschelte davon. Louise entfernte ein paar Flaumfedern von der Wasseroberfläche, vergewisserte sich, dass die Ente nicht auch noch hineingeschissen hatte. Dann wedelte sie mit der Hand durch das klare Wasser.

»Na komm, mein kleiner Sture. Die Bar gehört wieder dir ganz alleine.«

Misstrauisch schnüffelte der Esel, fuhr mit seinem Maul durch das Wasser, prustete, befand es für gut und begann zufrieden zu saufen. Louise klopfte ihm den Hals und kraulte seine Stirn, was Sture immer zu schätzen wusste. Dann sah sie nach den Hühnern, die der ganzen Aufregung keine Beachtung geschenkt hatten. Erst als Louise eine Handvoll Körner und Gemüsereste in das Gehege warf, flitzten sie herbei und pickten ihr Futter auf, wobei die Köpfchen nur so auf und ab nickten.

»Wenn ich euch so futtern sehe, bekomme ich selber Hunger. Wisst ihr was, meine Lieben, ich werde mir jetzt etwas Schönes kochen.« Louise verabschiedete sich von den Tieren, wünschte ihnen eine angenehme Nacht und überlegte auf dem Weg ins Haus, was sie sich auf die Schnelle zubereiten könnte. Eigentlich war es für ein Abendessen noch zu früh, doch wenn der Hunger an Louise nagte, gab es kein Pardon.

Im Handumdrehen hatte sie sich eine Paella à Louise gekocht. Eine Handvoll Reis in Brühe gedünstet, dazu eine halbe rote Paprika, nicht originalgetreu, aber, wie Louise fand passend, etwas Staudensellerie, zwei Esslöffel tiefgefrorene Gartenerbsen, Mettwurst aus dem Hofladen und eine Handvoll Porren, die Fine frisch eingefroren hatte. Ordentlich abgeschmeckt mit Louises Lieblingsgewürz *Piment d'Espelette* duftete das spanische Reisgericht in der Pfanne.

Mit einem Glas Rotwein und einer ordentlichen Portion ihrer Paella in einem tiefen Teller machte Louise es sich auf dem Sofa bequem. Sie gönnte ihrer Mahlzeit uneingeschränkte Aufmerksamkeit, nichts hasste sie mehr, als wenn die Leute ein Essen einfach nur hinunterschlangen. Und ungesund war dies allemal.

Nachdem sie das letzte Körnchen Reis aufgepickt hatte, widmete sie sich ihrem neuesten Fall, wie Louise mittlerweile das, was sich um sie herum so rätselhaft abspielte, nannte.

Auf dem Couchtisch lag noch immer der Notizblock, auf dem sie ihre Ideen zu ihrem Kochbuch festhielt. Viel hatte sie noch nicht zusammengetragen. Außer der Überschrift IDEE war die erste Seite noch jungfräulich. Sie blätterte die Seite um, biss sich auf die Lippen und überlegte. Wie würde ein Ermittler vorgehen? Sie tippte mit ihrem spitzen Bleistift auf dem Papier herum, kratzte sich mit ihm am Kopf. Dann schrieb sie:

— *Lutz von Winterfeld tot. Kein Zweifel an Unfall (Dirk). Muss das stimmen? Überprüfen. Denn: Sören hat in der Nacht, als L. starb die Flöte gehört. Lockruf? Wer hat geblasen? Und warum?*
— *Streit zwischen den Archäologen aus Bremen und Kiel. Wegen Lage von Rungholt. Wegen Frage, ob Minoer da waren. Kann dieser Streit in einem Mord enden? Wenn ja, waren es die Kieler?*
— *Was ist mit dem Siegel? Angeblich Beweis für die Minoer in Rungholt. Wer hatte es, wann ist es verschwunden? Wer hat es verschwinden lassen? Dann wohl die Kieler!*
— *Gemälde von Clara Peeters. Eindeutig ein minoischer Goldbecher abgebildet. Beweis für s.o.?*
— *Hat Christine mit L. darüber gesprochen?*
— *Ist deswegen Christines Atelier abgebrannt? Ein Anschlag? Hat jemand versucht, Christine zu ermorden?*

Louise knabberte auf dem Bleistiftende herum. Momme würde ihr jetzt wahrscheinlich wieder eine überbordende Fantasie bescheinigen. Vielleicht hätte er damit ja noch nicht mal unrecht. Sie musste mit dem beginnen, was der Auslöser des während der *Rungholt-Dialoge* auch offen ausgetragenen Streits gewesen war, mit dem verschwundenen Artefakt. Offenbar handelte es sich dabei um eine Art Siegel. Sie überlegte. Wann war das Objekt angeblich entdeckt worden? Hatte das überhaupt jemand erwähnt? Aber wenn ein solcher Schatz geborgen worden war, hatte doch ganz sicher die Presse Wind davon bekommen. Journalisten stürzten sich doch auf solche Dinge. Waren die Zeitungen vor ein paar Wochen nicht voller Berichte über die außergewöhnlichen Funde ägyptischer Sarkophage gewesen? Sie fuhr ihren Laptop hoch und gab einige hoffentlich vielversprechende Suchbegriffe ein. *Watt, Schatz, Fund, selten, Nordsee, außergewöhnlich, Archäologie.*

Es dauerte keine zehn Sekunden, da sprangen Louise drei Artikel aus dem *Husumer Nachrichtenblatt* von Juli und August in die Augen. Sensationelle Artefakte, archäologische Sensation. Sie las jeden Artikel dreimal, doch von einem Siegel war nirgends die Rede. Überhaupt wurden die Funde nicht benannt. Keine Scherben oder Münzen, keine Kacheln oder Lanzenspitzen, kein Nichts, geschweige denn ein Siegel aus minoischer Zeit. Ob derjenige, der die Beiträge verfasst hatte, vielleicht mehr wusste, als er in den Artikel geschrieben hatte? ADW war das Kürzel am Ende eines jeden Artikels. Schnell hatte Louise ADW ausfindig gemacht. Adrian Willner. Mit ihm sollte sie sich zuallererst in Verbindung setzen. Ob er eine Mailadresse hatte? Sie gab den Namen ein.

»Das kann doch jetzt wohl nicht wahr sein?« Louise stieß einen kleinen Schrei aus. Adrian Willner, Journalist beim *Husumer Nachrichtenblatt,* war seit über einer Woche verschwunden. Die Zeitung hatte bisher zwei Artikel dem abhandengekommenen Mitarbeiter gewidmet. Willner war zuletzt in einem Lokal gesehen worden. Ob er danach zu Hause angekommen war, konnte niemand bestätigen. Willner wohnte allein. Und dann war er nie mehr in der Redaktion erschienen, nirgendwo mehr aufgetaucht, von niemandem mehr gesehen worden. Irgendetwas musste passiert sein, denn Willner hatte einen brisanten Artikel versprochen, der nie geliefert worden war. Doch um was es dabei ging, keiner wusste es.

Louise war wie elektrisiert. Wenn bis jetzt ein winziger Zweifel an ihr genagt hatte, tatsächlich wieder inmitten eines Falls zu stecken, so war dieser jetzt beseitigt, ausgemerzt! Sie fügte ihrer Auflistung hinzu:

— *Adrian Willner, Journalist Husumer Nachrichtenblatt. Artikelserie zu sensationellen Funden im Watt. Arbeitet an neuem Sensationsartikel. Nie erschienen, Willner seit Tagen verschwunden.*

Sie musste sich mit der Zeitungsredaktion in Verbindung setzen. Vielleicht wusste man mittlerweile ja etwas über das Schicksal des Mitarbeiters. Louise sah auf die Uhr. Es war gerade mal Viertel nach sechs am Nachmittag. Ob vielleicht noch irgendjemand in Husum vor Ort war? Louise fand eine Durchwahl und nahm ihr Mobiltelefon zur Hand. Fast hätte sie es fallen lassen, als es genau in dem Moment, als sie die Nummer wählen wollte, brummte. Auf dem Display stand die Nummer der *Nordsee Lodge*.

»Louise, hier Femke. Bist du zu Hause? Es ist etwas Furchtbares geschehen.« Femkes Stimme stockte. Louise hatte den Eindruck, dass sie nur mühsam die Tränen unterdrückte.

»Was ist los?«, fragte sie sanft.

»Die junge Archäologin, sie ist tot.« Jetzt schluchzte Femke ins Telefon. »Die Polizei sagt, sie sei ermordet worden. Gleich kommen sie vom Festland. Aber Kommissarin Olms und der Doktor sagen, es gibt keinen Zweifel.«

»Marieke Schloot?«, fragte Louise fassungslos.

»Ja, die Archäologin aus Bremen. Mein Gott, zuerst von Winterfeld, nun Frau Schloot. Ich kann es einfach nicht glauben. Du hast doch vorhin mit ihr geredet. Da war sie noch putzmunter.«

»Ja, das war sie«, antwortete Louise tonlos. »Ich bin in zehn Minuten da.«

Sie warf einen kritischen Blick auf die Rotweinflasche. Sie hatte nur ein Glas getrunken. Das ging. Sie warf sich ihre dicke Lederjacke über, schnappte sich den Motorradhelm und brauste los.

Kapitel 30

Als Louise das Hotel erreichte, war von der Kripo aus Flensburg noch nichts zu sehen. Die Polizisten kamen, wenn es schnell gehen musste, üblicherweise mit einem Boot der Wasserschutzpolizei auf die Insel. Der Wagen von Dirk Claussen stand direkt vor dem Eingang. Auf dem Parkplatz fiel Louise ein dunkelblauer Jeep auf, den sie in den letzten Tagen dort nicht gesehen hatte. Sie stellte ihr Motorrad neben dem Auto von Oberkommissarin Olms ab. Noch immer wollte es ihr nicht in den Kopf. Marieke Schloot tot, ermordet, vielleicht nur kurze Zeit, nachdem sie mit ihr gesprochen hatte. Hätte Femke was von einem Selbstmord gesagt, es hätte Louise zwar schockiert, aber Mariekes Gemütszustand war nicht gerade der beste gewesen, und wer wusste schon, was in ihrem Kopf vorgegangen war. Aber ermordet … Sie hatte Femke gar nicht danach gefragt, wann genau man Marieke tot aufgefunden und auch nicht, wer sie entdeckt hatte.

Angespannt öffnete sie die Tür zum Hotelfoyer. Die Szenerie, die sich ihr darbot, erinnerte Louise an ein absurdes Theaterstück von Ionesco. Die Menschen standen und saßen herum, die Treppe zum oberen Geschoss war abgesperrt, ebenso wie der Fahrstuhl, an dem ein Schild *Außer Betrieb* angebracht worden war. Die Professorin aus Bremen saß wie versteinert in einem Sessel, in der Rechten hielt sie ein zerknülltes Taschentuch. Der rothaarige Student saß daneben, ihm gegenüber ein Mann, den Louise noch nie gesehen hatte. Er mochte Mitte dreißig sein, schätzte sie, korpulent, mit schütter werdendem Haar. Er trug eine zerbeulte Cordhose und einen dunkelblauen Troyer, die Füße steckten in halbhohen Stiefeln. Mit grimmiger Miene starrte er auf eine Tasse, die er in den Händen hielt.

»Schöner Mist.«

Erschrocken drehte sich Louise um. Mats ten Bosch war lautlos an sie herangetreten und sprach mit leiser Stimme.

»Komm, setzen wir uns.«

Louise nickte. Noch immer wie gelähmt zog Mats sie in die hinterste Ecke des Foyers, wo ein einzelner leerer Sessel stand. Er zeigte darauf und verschwand, um kurz darauf mit einem Stuhl aus dem Speiseraum zurückzukommen.

»Wir sollen alle hier unten bleiben, bis die Kripo und die Spurensicherung vom Festland eintreffen. Der Doktor und eure Inselpolizistin sind oben. Keiner von uns weiß genau, was passiert ist. Ihr Freund hat sie gefunden …«

»Ihr Freund?«, unterbrach Louise den Journalisten. Ihr kam das Gespräch mit Marieke in den Sinn. Hatte sie ihr nicht in einem Anflug von alkoholgeschwängerter Vertrautheit gestanden, sie stehe auf Lutz von Winterfeld?

»Ja, er hat gesagt, er sei ihr Verlobter. Er ist vor zwei Stunden angekommen. Nun, Marieke ist den ganzen Nachmittag nicht aufgetaucht und hatte das *Bitte-nicht-stören*-Schild rausgehängt. Simon war oben und wollte sie zur Abschlusssitzung holen, ist dann wieder gegangen, weil er glaubte, sie ruhe sich aus. Thomas Berger«, Mats ten Bosch nickte in

Richtung des Mannes in Cordhosen, »hat nach ihr gefragt, ist hoch, und als er wieder runterkam, hat er die Hotelchefin und uns benachrichtigt, er habe Marieke leblos auf dem Bett gefunden. Der Arzt war keine zehn Minuten später da, dann die Kommissarin, die er offensichtlich benachrichtigt hat. Tja, und beide sagen, sie wurde umgebracht. So viel zu den Fakten. Mehr weiß ich nicht, mehr weiß niemand von uns.«

»Außer dem Mörder«, murmelte Louise.

»Da hast du verdammt recht.«

Die beiden schwiegen für einen Moment, und Louise ließ ihre Blicke über die Menschen im Foyer schweifen. Friedhelm Nannen stand wie immer aufrecht wie eine alte Eiche und unterhielt sich leise mit dem Kieler Archäologen Hammerstein. Dessen Frau Silvana blätterte in einer Zeitschrift, hatte aber dabei den Blick konzentriert auf ihren Mann gerichtet. Neben ihr saß die Museumsmitarbeiterin aus Husum, die gedankenverloren in einer Tasse rührte.

»Mats, wer war außer den hier Anwesenden noch im Hotel? Hast du eine Ahnung?«

Mats ten Bosch überlegte. »Mit Anwesenden meinst du wahrscheinlich auch mich. Soweit ich informiert bin, warst auch du hier und hast sogar mit Marieke noch gesprochen.« Ten Boschs Stimme hatte einen ironischen Unterton. »Ich meine, nur, falls du mich verdächtigen solltest. Angeblich warst du ja die Letzte, die Marieke lebend gesehen hat.«

Louise wurde rot. »Nun, da kenne ich aber noch jemand anderen«, erwiderte sie spitz.

Mats ten Bosch lachte unsicher. »Wen meinst du da im Speziellen? Jemanden aus der Runde?«

»Ich spreche vom Mörder oder von der Mörderin. Also,

wer war noch im Haus?«, ergänzte sie dann mit einem süßen Lächeln.

»Ganz ehrlich, ich weiß es nicht. Alle, die hier herumlungern, einschließlich mir und der Hotelchefin, waren da. Ob ansonsten noch dienstbare Geister durch die Flure stromerten, keine Ahnung. Das wird Frau Levensen wissen und es der Kommissarin wahrscheinlich kundtun. Was hattest du denn eigentlich mit Marieke Schloot zu besprechen?« Seine Augen waren nun aufmerksam und neugierig auf Louise gerichtet.

»Ah, da kommt der Journalist zum Vorschein. Immerzu Fragen stellen, nicht wahr? Aber um deine Neugierde zu befriedigen, wir hatten nichts zu besprechen. Ich wollte einfach nach ihr sehen, ihr ging es nicht so gut, *c'est tout*. Als ich ging, war sie noch munter und fidel.«

Auf der Treppe waren Schritte zu hören. Claussen und die Polizistin kamen gemeinsam herunter. Die Stimmen der Anwesenden verstummten, bevor ein allgemeines Raunen den Raum erfüllte. Dirk Claussen machte ein ernstes Gesicht, während Oberkommissarin Solveig Olms mit einem Wedeln ihrer Hand um Ruhe bat.

»Die Kollegen werden gleich eintreffen. Ich muss Sie bitten, das Hotel einstweilen nicht zu verlassen. Noch wissen wir nicht genau, wie Marieke Schloot zu Tode kam, doch es handelt sich mit Sicherheit um ein Kapitalverbrechen.«

Die Ruhe, die eingekehrt war, wich einem aufgeregten Stimmengewirr, in das Sven Hammerstein mit lauter, sich überschlagender Stimme hineinplärrte: »Das können Sie nicht machen, ich habe einen wichtigen Termin auf dem Festland, der kann nicht aufgeschoben werden. Ich bin morgen wieder da.«

Alle Augen waren auf den Kieler Archäologen gerichtet. Louise entging nicht der fragende Blick Silvana Hammersteins, mit dem sie ihren Mann bedachte. Sie zog die Augenbrauen zusammen, öffnete den Mund, als wolle sie etwas sagen. Nach wenigen Sekunden schloss sie ihn wieder und lehnte sich in ihrem Sessel zurück.

Was war das? Hat Silvana Hammerstein etwa nichts davon gewusst? Sah ganz so aus. Wollte Hammerstein sich etwa absetzen?, fuhr es Louise durch den Kopf.

»Aber, es ist wirklich wichtig, es geht um dringende Forschungsgelder …«, versuchte es Hammerstein erneut.

»Rufen Sie Ihre Verabredung an, und sagen Sie ab. Keiner verlässt das Hotel.«

Zack. Das Kommando von Solveig Olms kam knapp und unmissverständlich.

»Sind wir etwa alle tatverdächtig?« Der Rothaarige war aufgestanden und hielt der Polizistin seine ausgestreckten Arme hin.

»Seien Sie nicht albern. Wir werden Ihnen unsere Fragen stellen, und dann können Sie alle wieder nach Hause.«

Dirk Claussen hatte bis jetzt schweigend auf dem unteren Treppenabsatz verharrt. Louise versuchte, Blickkontakt mit ihm aufzunehmen, aber es schien ihr, als würde der Doktor mit Absicht an ihr vorbeischauen.

Hallo, schau mich an. Wie ist Marieke gestorben? Louise versuchte, ihre Gedanken an Claussen weiterzuleiten. Hatte er sie nicht einmal als Hexe bezeichnet? Vielleicht war es ja möglich, mittels Telepathie ihre Fragen in seinen Kopf wandern zu lassen. Und tatsächlich, jetzt wandte er sich zur Seite und fixierte Louise mit einem durchdringenden Blick. Doch keine weitere Reaktion war zu erkennen, außer der Übermittlung des Gefühls an Louise, Claussen frage sich, was sie schon wieder an einem Tatort zu suchen hatte.

Louise hätte sich stattdessen gewünscht, dass er sich mit der flachen Hand über die Kehle fuhr oder sich mit beiden Händen an den Hals fasste. Vielleicht auch mit dem ausgestreckten Finger einen unsichtbaren Abzug drückte. Aber nichts. Egal, sie würde schon noch erfahren, wie Marieke Schloot ums Leben gekommen war.

Mit einem Mal schämte sie sich. Ein Mensch war tot. Eine junge Frau, mit der sie vor wenigen Stunden noch gesprochen hatte, bevor ihr Mörder oder ihre Mörderin sie eiskalt in ihrem Zimmer getötet hatte. Doch das schlechte Gewissen wich nur eine Minute später Louises Jagdinstinkt. Auch wenn der Tod von Lutz von Winterfeld ein Unfall gewesen sein mochte, war sie sich sicher, es gab zwischen den beiden Todesfällen einen Zusammenhang. Hatten Mariekes letzte Worte, zumindest die, die sie vernommen hatte, nicht dem verschwundenen Siegel gegolten? Diesem Artefakt aus der minoischen Kultur, deren Kenner von Winterfeld gewesen war? Hatte sich ein Gelehrtenstreit vielleicht doch zu einem Krieg entwickelt? Einem Krieg, der Todesopfer forderte. Sie musste …

»Louise, sie meint dich.«

»Was, wie?« Louise war tief in ihre Gedanken versunken gewesen und hatte die Aufforderung von Solveig Olms, sie möge ihr doch bitte folgen, überhaupt nicht mitbekommen.

»Du sollst mit ihr kommen.«

Mats nickte Louise aufmunternd zu. *Wird schon nicht so schlimm werden, du hast ja nichts zu verbergen*, schien sein Blick zu sagen.

Keine Begrüßung, kein Handschlag, keine Vorstellung, kein freundliches Lächeln, nichts. Solveig Olms war genau, wie Louise es erwartet hatte, als sie die eng zusammenstehenden Augen zum ersten Mal gesehen hatte. Vielleicht war sie eine gute Polizistin, professionell und akribisch. Aber menschlich war sie nicht Louises Fall.

»Ja, moin, Frau Olms. Schön, dass wir uns einmal wieder sehen. Die Umstände hätten allerdings etwas weniger schrecklich sein können, *n'est-ce pas?*«, flötete Louise und streckte ihre rechte Hand aus, die die Oberkommissarin geflissentlich übersah.

Ob sie nur etwas gegen mich hat oder ist sie zu allen so, fragte sich Louise insgeheim. Wenn ja, dann würde sie es auf Pellworm nicht leicht haben. Die Bewohner waren Momme gewohnt, einen Polizisten, der für jedes Gespräch und jeden Witz offen war. Ganz im Gegensatz zu dieser schmallippigen, unfreundlichen Madame.

»Frau Dumas, wenn ich recht informiert bin, waren Sie die letzte Person, die Marieke Schloot noch lebend gesehen hat, und bis meine Kollegen kommen, würde ich gerne das eine und andere von Ihnen wissen. Das leuchtet Ihnen doch ein, *nässpa?*«

Kapitel 31

Louise und Solveig Olms saßen im Büro von Femke Levensen. Die Raumtemperatur war gefühlt um zehn Grad gesun-
ken, und Louise fröstelte.

»Glauben Sie nur nicht, mit Ihrem französischen Getue
können Sie mich auch nur im Mindesten beeindrucken«,
hatte Solveig Olms beim Betreten des Büros gezischt. Louise
hatte geglaubt, sich verhört zu haben, denn schon Sekunden
später lag ein Lächeln – wie Louise natürlich erkannte, ein
falsches – auf dem rundlichen Gesicht der Polizistin.

»Nun, liebe Frau Dumas, dann legen Sie mal los, was wollten Sie bei Frau Schloot?«

Ja, und da saß Louise nun und hatte das Gefühl, diese
Frau verdächtigte sie doch allen Ernstes eines Mordes. Und
dann sprach sie diesen Satz aus, den sie schon immer einmal
sagen wollte. Hochmütig reckte Louise den Kopf.

»Nun, eine Richtigstellung vorweg: Nicht ich habe Frau
Schloot als letzte Person lebend gesehen, das muss ja wohl
ihr Mörder gewesen sein. Darf ich fragen, wie die Arme zu
Tode kam?«

Solveig Olms setzte sich auf die Kante des Schreibtischs
und betrachtete Louise amüsiert. »Hatten Sie sich den Satz
schon zurechtgelegt? Nun, um was ging es bei Ihrem Gespräch mit Frau Schloot?«

Louise sah ein, dass es keinen Zweck hatte, sich auf ein Scharmützel einzulassen. Die Olms war die Polizistin, und sie stellte ihr ein paar Fragen. Das war ihr gutes Recht, auch wenn sie sich einfach impertinent benahm. Louise antwortete mit ruhiger Stimme.

»Frau Schloot hatte der Tod ihres Kollegen von Winterfeld sehr mitgenommen. Ich wollte wissen, wie es ihr ging. Sie war nicht zum Essen erschienen, ich hatte mir Sorgen gemacht. Es ging ihr auch tatsächlich nicht gut. Wir haben ein wenig geplaudert. Sie hat von ihrer Arbeit erzählt, sie beschäftigte sich mit etwas aus der Bronzezeit in Dänemark. Dann haben wir über Lutz von Winterfeld geredet. Wir haben uns kurz über seine Arbeit unterhalten. Nun, und dann hat mich Marieke Schloot gebeten zu gehen, und das habe ich auch getan. Sie war auf jeden Fall noch am Leben, als ich ihr Zimmer verließ. Mehr habe ich nicht zu sagen.«

Solveig Olms rutschte von der Schreibtischkante und stellte sich hinter Louises Stuhl. So etwas konnte Louise auf den Tod nicht leiden. Wenn sich jemand mit ihr unterhielt, sollte er ihr in die Augen blicken. Diese Frau saß ihr nun regelrecht im Nacken. Das hieß, sie stand. Louise erhob sich, drehte den Stuhl um, setzte sich wieder hin und schlug die Beine übereinander. Die beiden Frauen starrten sich an, maßen sich mit Blicken, und Louise konnte so gar nichts Positives an ihrem Gegenüber entdecken. Sich nicht riechen können, jetzt wusste sie, was damit gemeint war.

»Ein wenig merkwürdig ist das schon. Es geschehen kaum Gewaltverbrechen auf Pellworm. Aber wenn es passiert, sind Sie in der Nähe. Können Sie sich das erklären?« Die Oberkommissarin hatte wieder das Wort ergriffen und stand nun mit verschränkten Armen vor Louise. Bevor sie noch antworten konnte, feuerte Solveig Olms ihre nächste Frage ab. »Warum hat Marieke Schloot Sie als *Dreckstück* bezeichnet. Mehrere Zeugen haben gehört, wie sie dieses Wort Ihnen gegenüber benutzt hat.«

Aha, daher wehte der Wind. Louise rollte mit den Augen. Natürlich erinnerte sie sich an die Situation, als Marieke sturzbetrunken Christine so tituliert hatte, die sie in ein Gespräch mit Lutz von Winterfeld vertieft, entdeckt hatte.

»Zu Ihrer ersten Frage. Zufall. Es ist Zufall, wenn ich genau dort bin, wo ein Verbrechen geschieht. Sie wissen, was im Sommer passiert ist? Nun, dann wissen Sie auch, dass ich maßgeblich an der Aufklärung des Verbrechens beteiligt gewesen bin.« Louise versuchte, so viel Arroganz wie möglich in ihre Stimme zu legen, obwohl Arroganz überhaupt nicht ihr Ding war. Doch irgendwie musste sie sich ja gegen diese Polizistin behaupten. »Und ja, Marieke Schloot hat mir gegenüber tatsächlich das Wort Dreckstück benutzt. Aber nicht mich als solches bezeichnet. Das ist ja wohl ein Unterschied.«

»Wie kam es?«

Gerne hätte Louise geantwortet: *Wie kam was?* Aber sie hatte keine Lust, das Gespräch auf die Spitze zu treiben, sie hatte überhaupt keine Lust mehr auf dieses lächerliche Frage- und Antwortspiel. Solveig Olms hatte natürlich die Aufgabe, alle im Hotel Anwesenden zu befragen, aber doch nicht so. Sie hatte Louise offenbar von Anfang an auf dem Kieker gehabt, und sie wusste nicht, warum. Wäre es eine höfliche, professionelle Befragung gewesen, aber so … Louise holte tief Luft.

»Marieke Schloot hatte offenbar ein Gespräch zwischen Lutz von Winterfeld und einer Frau, Christine Evers, belauscht. Ich weiß nicht, um was es dabei ging. Jedenfalls hat Frau Schloot sehr eifersüchtig reagiert und Christine Evers als Dreckstück bezeichnet. Das war alles.«

Solveig Olms machte sich nun zum ersten Mal Notizen, die sie auf einen Block mit dem Logo des Hotels, den sie sich inklusive Kugelschreiber vom Schreibtisch gegriffen hatte, schrieb.

»Nun, das ist ja interessant. Dann werden wir uns einmal Frau Christine Evers vornehmen. Ich bin gespannt, was sie dazu zu sagen hat.« Solveig Olms spitzte genüsslich die Lippen und pfiff vor sich hin, als sie eifrig auf dem Block herumkritzelte.

»Nun, Frau Oberkommissarin Olms …« Fast wäre Louise statt Olms Superschlau herausgerutscht. »… das können Sie vergessen. Streichen Sie Christine Evers gerne wieder von der Liste Ihrer Verdächtigen. Sie ist vorgestern bereits nach Bremen abgereist und liegt dort nach einem Unfall schwer verletzt in einem Krankenhaus. Nun, wenn das alles war. Dann darf ich mich verabschieden. Ich wünsche Ihnen viel Glück bei Ihrer Mördersuche.«

Louise stand auf, drehte sich um und verließ ohne einen weiteren Gruß das Büro. Als sie mit einer eleganten Armbewegung die Tür hinter sich zuwarf, hörte sie noch, wie Solveig Olms ihren Notizblock wütend auf die Schreibtischplatte knallte.

Kapitel 32

Kaum war Louise der Befragung durch Solveig Olms entronnen, tauchten Kripo und Spurensicherung aus Flensburg auf. Die Kriminaltechniker verschwanden sofort in Marieke Schloots Zimmer, Personalien wurden aufgenommen, und ein Kriminalhauptkommissar Pauly leitete fortan die Ermittlungen, wie er alle wissen ließ, natürlich nicht, ohne seine geschätzte Kollegin, Frau Oberkommissarin Solveig Olms, an seiner Seite.

Louise hatte der Polizistin angemerkt, wie liebend gern sie auf die Flensburger verzichtet hätte, doch bei einem Kapitalverbrechen, einem Mord, waren andere Kräfte gefragt als die einer einsamen Inselpolizistin. Und so schnurrte Frau Olms, es sei ihr eine Ehre und gemeinsam werde man den Täter bald überführen. Louise hatte die Fragen Paulys, der einen korrekten und erfahrenen Eindruck auf sie machte, gewissenhaft beantwortet, wie sie es auch bereits gegenüber Frau Olms getan hatte.

Sven Hammerstein schien auch den Kriminalhauptkommissar zu bedrängen, das Hotel verlassen zu dürfen, er müsse schnellstens in einer dringenden Angelegenheit aufs Festland, doch Pauly lehnte ebenso ab. Außerdem fahre jetzt keine Fähre mehr, hatte er hinzugefügt und dafür einen vernichtenden Blick des Archäologen kassiert.

Das Einzige, was Louise noch in Erfahrung hatte bringen können, war die Todesursache. Sie hatte Dirk zur Seite genommen und geflüstert, sie werde es sowieso über kurz oder lang erfahren, bald würde es wahrscheinlich die ganze Insel wissen, und da könne er ihr dies, wo sie doch im Sommer schon so hervorragend zusammengearbeitet hätten, natürlich ganz im Vertrauen, verraten. Der Doktor hatte kurz gezögert und dann leise und, wie Louise fasziniert registrierte, dabei nicht die Lippen bewegend, geantwortet: Jemand habe Marieke Schloot wohl mit dem Kopfkissen erstickt. Dann hatte er hinzugefügt, der Tod müsse vor zwei, höchstens drei Stunden eingetreten sein. Und da war Louise zu Hause gewesen. Sture hätte ihr Alibi bestätigen können.

»Treten Sie damit auch auf?«, hatte Louise Dirk mit bewunderndem Augenaufschlag gefragt.

»Mit was?«

»Na, so als *ventriloque*«, hatte sie frech grinsend geantwortet und sich verabschiedet. Sollte sich Dirk mal ein paar Gedanken machen, was das wohl heißen konnte.

Völlig erledigt warf sich Louise, der Inquisition entronnen, auf ihr Bett. Sie hatte sich in einen Fleece-Schlafanzug gekuschelt und sich einen Teller mit belegten Broten auf den Nachttisch gestellt. Ob der Doktor mittlerweile wusste, dass ein *ventriloque* ein Bauchredner war? Sie lächelte bei der Vorstellung, wie Dirk sich das Wort merkte und in einem altmodischen Wörterbuch zu Hause suchte. Eigentlich war sie hundemüde, doch die Ereignisse des Tages ließen ihr keine Ruhe. Sie zog sich ihre Notizen heran. Das Letzte, was sie eingetragen hatte, war:

– Adrian Willner, Journalist Husumer Nachrichtenblatt.
Artikelserie zu sensationellen Funden im Watt. Arbeitet an
neuem Sensationsartikel. Nie erschienen, Willner seit Tagen
verschwunden.

Der nächste Eintrag lautete:

– Marieke Schloot ermordet. Mit dem Kopfkissen erstickt.
WARUM? Hat es etwas mit von Winterfelds Tod zu tun? Mit dem
verschwundenen Siegel?

Das Siegel. Mit dem Artefakt war sie noch nicht weiterge-
kommen. Morgen würde sie mit der Zeitungsredaktion des
Husumer Nachrichtenblattes telefonieren. Und sie musste mit
Hilla Uldrup sprechen. War es nicht so, dass solche Funde
erst ins Museum nach Husum gingen und dann nach Kiel?
So hatte es zumindest in einem der Zeitungsartikel Willners
gestanden. Was hatte Marieke Schloot tatsächlich gewusst?
Wie viel hatte von Winterfeld ihr erzählt? In Louise wurde
die Ahnung zur Gewissheit – der Archäologe war nicht einfach so ertrunken. Hätte ihn jemand mit dem Flötenton ins
Verderben locken können? Aber ja! So wie angeblich der
englische Soldat durch einen Flötenton gerettet worden war,
gut, er hatte selbst geflötet, und man hatte ihn gehört, so
war von Winterfeld in den Tod geflötet worden. In dem Fall,
in dem die Geschichte gut ausgegangen war, war die Hallig-Gräfin dem Ton gefolgt und hatte den armen Mann gefunden, in dem Fall, in dem die Geschichte tödlich geendet
hatte, war es einfach umgekehrt gewesen.

Louise notierte:

— *Lutz von Winterfeld in eine tödliche Falle gelockt. Seenebel lässt ihn die Orientierung verlieren. Hofft, dass Flötenton, den er hört, ihn ans rettende Ufer bringt, aber nein. Verletzung am Kopf? Wahrscheinlich ein Schlag, der ihn ohnmächtig werden ließ. WER HAT IHN GETÖTET?*

Das Wort *wahrscheinlich* strich sie wieder durch und ersetzte es durch *sicher*. Doch wie hing das Ganze mit Christine zusammen? Irgendwas passte ganz und gar nicht. Wenn es einen Mörder oder eine Mörderin auf Pellworm gab, konnte diese Person nicht auch gleichzeitig in Bremen gewesen sein, um Christine zu verletzen oder gar zu töten. Und warum sollte es überhaupt jemand tun? Wegen der Informationen, die sie Lutz von Winterfeld gegeben hatte? Hatte er deswegen sein Leben lassen müssen? Doch was hatte Christine ihm so Interessantes mitgeteilt? Es hing mit dem Forschungsschwerpunkt des Archäologen zusammen, der Kultur der Minoer, denn das war es schließlich, was Christine auf dem Gemälde entdeckt hatte, einen minoischen Goldbecher.

Merde. So fluchte Louise nur selten. Sie zerwühlte ihre Haare und starrte auf das Blatt. Was, wenn sie auf einem vollkommen falschen Dampfer war? *Aber es ist die einzige Spur, der ich im Moment folgen kann.* »*Alors*, ich werde mich morgen früh darum kümmern, um den Journalisten, das Siegel und die Herkunft des Gemäldes«, murmelte sie vor sich hin, als ihr Handy klingelte. *Fine.*

Ihre Patentante wollte sie wissen lassen, sie hätten heute die Bekanntschaft eines Freundes von Christine gemacht, der vorhin noch angerufen habe, um ihnen zu sagen, der Zustand der Freundin sei stabil, die Ärzte seien sehr, sehr zuversichtlich.

Louise war erleichtert und tat im Gegenzug die Neuigkeiten von der Insel kund. »Wenn doch nur Momme hier wäre«, jammerte sie anschließend, »seine Nachfolgerin ist so eine blöde Gans.«

»Erzähl das bloß nicht Momme. Und übrigens, Gänse sind nicht blöde, Louise, die sind ganz schön clever. Sie warnen vor Stürmen, Einbrechern und Wölfen, die die Schafe reißen wollen.«

»Das weiß ich doch, Fine. Dann sag ich es mal, wie ich es in Frankreich ausdrücken würde: *Elle est une bécasse*, das heißt eigentlich Schnepfe, und ja, ich weiß, auch Schnepfen sind nicht dumm.«

Fine lachte. »Dann hätten wir das Thema Zoologie ja abgehakt. Aber eine Sache ist noch interessant. Dieser Freund von Christine, Werner Albers, hat in seinem Tresor ein Gemälde, das sie ihm anvertraut hat, bevor sie nach Pellworm gefahren ist. Sie macht das immer so, sagt er, weil sein Tresor größer und feuersicher ist, falls es mal brennen sollte. Nun, das ist jetzt auch passiert. Er hat allerdings nicht nachgeschaut, was es für ein Bild ist, es ist gut verpackt. Wenigstens das bleibt deiner Freundin. Momme hat noch etwas erfahren, von einem ehemaligen Kollegen bei der Bremer Kripo. Es ist nun ganz offiziell: Der Brand ist durch einen Wasserkocher verursacht worden. Es war wohl eine Verkettung unglücklicher Umstände. Ein Gewitter über Bremen, ein Kurzschluss in der Elektrik des Hauses, ein defekter Wasserkocher. Die Lacke, Farben und Lösungsmittel haben ihr Übriges dazu beigetragen. Morgen wird es auch in der Zeitung stehen. Deine Freundin ist in ihre Werkstatt, obwohl es strengstens verboten war, es war lebensgefährlich. Eine

Frau, die ihr Auto in der Nähe geparkt hatte und gerade vorbeikam, hat es beobachtet. Sie hat bei der Polizei angerufen, und alles nahm seinen Lauf. Den Rest kennst du. Nun, das alles wird ein Schock für Christine sein, wenn sie wieder aufwacht, aber das Allerwichtigste ist doch, dass sie auf einem guten Weg ist.« Fines Stimme war voller Mitgefühl.

»Das stimmt. Und wenn ihr gar nichts mehr bleibt, wenn sie wieder gesund ist, kann sie wieder arbeiten, und das Gemälde ist ja auch noch da. Ich schätze, es ist das Bild, weswegen sie auch auf Pellworm war. Ein Gemälde einer flämischen Künstlerin aus dem 17. Jahrhundert. Ich schicke dir mal ein Foto per WhatsApp. Sie hat wohl auf Pellworm auch nach dem Auftraggeber des Gemäldes gesucht. Dazu hat sie eine ganze Ahnenreihe ausgegraben, die mit einem Sven Brodersen beginnt. Kennst du die Familie Brodersen, gibt es die noch auf der Insel?«

»Brodersen? Lass mich kurz überlegen. Nein, Brodersens gibt es keine mehr. Vielleicht noch Nachfahren, die heute einen anderen Namen tragen? Nur wüsste ich im Moment nicht, wer das sein könnte.«

Es raschelte. »Louise, warte, Momme hat gerade was gesagt. Er hat recht. Geh mal zu Jaspersen, unserem alten Pastor. Wenn sich einer mit der Geschichte der Familien auf der Insel auskennt, dann er. Na denn, morgen sind wir wieder zu Hause. Dann schnacken wir weiter. Gute Nacht, meine Louise.«

Louise nahm sich noch einmal die Fotos des Gemäldes von Clara Peeters vor, machte ein Handyfoto von dem Bild, das das gesamte Stillleben zeigte, und schickte es an Fine. Die Antwort kam postwendend.

Was für ein wunderschönes Bild. Und all die leckeren Sachen
zum Essen, der Käse, die Austern, sehen aus wie echt.

Louise stieß einen kleinen Schrei aus. Natürlich, das war es!
Sie würde Rezepte kreieren mit den Zutaten, die sie auf den
Stillleben durch die Jahrhunderte fand. Ihre Rezepte und die
Gemälde vereint in einem Kochbuch. Ein Augenschmaus,
ein Fest der Sinne, eine kulinarische Gemäldegalerie.

Kapitel 33

Louise war nach dem Gespräch mit Fine Feuer und Flamme gewesen und hatte sofort die kleine Bibliothek durchstöbert, von der sie wusste, dass dort einige Kunstbücher lagen. Ein Sammelband, *Die Malerei des Barock*, mit einhundert Bildern, die sorgfältig eingeklebt worden waren, war ihr dabei in die Hände gefallen. Er stammte aus dem Jahr 1940 und war herausgegeben vom *Cigaretten-Bilderdienst Hamburg-Bahrenfeld*. Wer wohl die Minigemäldereproduktionen aus Zigarettenpackungen gesammelt hatte? Sie musste unbedingt Fine dazu befragen. Viel konnte sie leider mit den kleinformatigen Bildchen nicht anfangen. Aber wenn sie an die Schockfotos auf den Zigarettenpackungen von heute dachte, waren ihr diese kleinen Kunstwerke dann doch sympathischer. Andererseits, so Louises Einsicht nach kurzem Innehalten, waren die Warnungen auf den Packungen ja nicht unbegründet.

Im Internet hatte sie unzählige Bilder mit Food-Painting gefunden, so hatte Louise die Stillleben getauft, auch wenn ihr die ständigen Anglizismen eigentlich nicht gefielen. Aber Essensgemälde, Stillleben mit Lebensmitteln oder *tableaux avec des produits alimentaires* gefielen ihr noch weniger. Schließlich hieß es ja auch offiziell Food-Fotografie. Sie hatte sich regelrecht in das Bild von Clara Peeters mit den schimmernden Austern hineinversetzt, hatte die Schalentiere in die Hand genommen, daran gerochen.

Frankreich hatte nach Meinung von Louise die besten Austern auf der ganzen Welt. Es gab die aus Bouzigues, aus dem Bassin d'Arcachon, die Marennes-Oléron, die Bélons aus der Bretagne. Louise lief allein bei dem Gedanken daran das Wasser im Mund zusammen. Wären Austern im Kühlschrank gewesen, sie hätte ihn gnadenlos geplündert. Ob es die Leckerbissen auch im Wattenmeer gab? Sie hatte sich die Frage noch nie gestellt. Schnell war sie klüger. Sie waren Louise zwar noch nie vor die Füße gespült worden, aber, so las sie, die Muscheln lagen wohl so einfach im Schlick herum, und man musste sie nur noch aufsammeln. Es galten jedoch Beschränkungen, das Sammeln der wild lebenden Austern war nur für den Eigenbedarf erlaubt. Erstmals waren diese Pazifischen Austern, die ihre Heimat vor den Küsten Japans und Chinas hatten, 1991 im Wattenmeer aufgetaucht, während die europäische Schwester an der nordfriesischen Küste bis 1930 heimisch und dann wegen Überfischung verschwunden war. Diese europäische Auster war jedoch kein Luxusgut gewesen, sondern war von allen Schichten der Bevölkerung mit Genuss verspeist worden. Wie Louise nachlesen konnte, war das Ziel, die alteingesessene Spezies wieder in die Nordsee zurückkehren zu lassen.

Wenn Louise auch am liebsten die frische Auster aus ihrer Schale schlürfte, so wusste sie, dass sich viele Menschen davor ekelten und den Inhalt der Schalen als ungenießbaren Schleim empfanden. Doch die Muschel konnte genauso gut gedünstet oder gebraten serviert werden. Das erste Rezept, das sie sich notierte, waren *Feuilletés aux huîtres*, Blätterteigpasteten, gefüllt mit gedünsteten Austern in einer cremigen Béchamelsoße. Noch einfacher zuzubereiten waren sie im Speckmantel oder gratiniert in einer Soße aus Crème fraîche und Weißwein, abgeschmeckt mit frischen Kräutern, die Muscheln hinein, alles in eine Auflaufform, mit einem geriebenen würzigen, aber nicht zu dominanten Käse überbacken, dazu ein kühler trockener Weißwein, vielleicht ein *Picpoul de Pinet*, und schon durfte man sich wie im Schlaraffenland fühlen.

Auf einem anderen Gemälde von Clara Peeters hatte Louise eine Artischocke entdeckt, rote saftige Kirschen ergänzten sie als kräftige Farbtupfer. Keine zwei Minuten später war das Rezept in Louises Kopf, ein Lammragout mit Artischocken und Kirschen. Ein wenig bitter, ein wenig süß, der Wein, in dem der Eintopf schmorte, nicht zu schwer, vielleicht sogar ein Weißer. Allein bei dem Gedanken an diese köstliche Mahlzeit überkam Louise ein enormer Heißhunger. Sie krabbelte aus dem Bett und wärmte sich in der Küche den kleinen Rest ihrer Paella auf. Derart gestärkt fiel sie wieder zwischen die Federn und war binnen Sekunden satt und zufrieden eingeschlummert, um nach einem traumlosen tiefen und wohltuenden Schlaf voller Unternehmungslust den Tag zu beginnen. Die Nachttischlampe brannte noch, auf Bett und Fußboden lagen ihre Rezeptideen, niedergeschrieben auf Notizzetteln. Das alte Buch mit den Sammelbildchen hatte Louise noch sorgsam auf dem kleinen Tisch unter dem Fenster abgelegt.

Vor dem Frühstück verrichtete sie wie gewohnt ihren Morgendienst. Eine tote Maus, die Fiete oder Piet als Geschenk vor die Eingangstür gelegt hatte, wurde entsorgt und die Futternäpfchen mit Rind und Herz aus der Dose gefüllt. Nach zwei Tassen starkem Kaffee und zwei dick gebutterten Scheiben Weißbrot mit Mettwurst und Inselkäse stand Louises Tagesplan fest. Ein Anruf beim *Husumer Nachrichtenblatt* und sich erkundigen, was es Neues über das Schicksal des Journalisten Adrian Willner gab. Ein Besuch im Hotel, checken wie dort die Lage war und nach Möglichkeit ein Gespräch mit Hilla Uldrup führen. Dann weiter zur Familie Jaspersen, herausfinden, ob Opa Jaspersen ihr was zu Brodersen sagen konnte; einkaufen, um am Abend etwas Feines für Fine und Momme zu kochen. Louise schwankte noch zwischen Austern und Artischocken, doch das Gemüse würde sie sicher nur aus der Dose bekommen. Zur Not eine Alternative, aber wirklich nur zur Not. Also würde sie am Abend gratinierte Austern, natürlich selbst im Watt aufgesammelt, servieren. Einen grünen Salat dazu, ein Stück Bauernbrot, einen Wein, Fine liebte Grauburgunder, ein Pils für Momme. Zum Nachtisch vielleicht einen Auflauf aus Brotresten und den letzten eingefrorenen Brombeeren oder eine Schichtspeise mit selbst gebackenen Keksen.

Louise legte sich schon einmal einen Müllbeutel zurecht, um darin ihre hoffentlich reichhaltig gefundenen Austern zu transportieren. Die restlichen Zutaten würde sie am Nachmittag im Supermarkt besorgen. Zwiebeln und Kräuter gab es noch genügend im Garten zu ernten.

Doch zuerst das Telefonat mit Husum. Es konnte doch nicht sein, dass ein Mitarbeiter der Zeitung einfach so spurlos verschwand. Und wenn, dann musste es ja wohl einen Grund haben. Vielleicht war er in einen Unfall verwickelt worden, lag jetzt irgendwo in einem Krankenhaus, womöglich noch mit einer Amnesie, und niemand brachte ihn dort mit einem verschwundenen Husumer Reporter in Verbindung? Oder er war Opfer eines Verbrechens geworden, lag irgendwo tot in einem einsamen Waldstück oder auf dem Boden eines Stausees, die Füße in einem Betonklotz? Oder er wollte vielleicht auch nicht gefunden werden, weil er an einer heißen Sache dran war und um sein Leben fürchten musste?

»Louise Dumas, du hast tatsächlich eine blühende Fantasie«, sagte sie laut, als sie die Nummer des *Husumer Nachrichtenblatts* wählte.

Kapitel 34

Nachdem die beiden jungen Abenteurer das Weite gesucht hatten, setzte er sich direkt vor den Ausgang, um bloß nicht zu verpassen, wenn sich vielleicht, nein, wenn sich hoffentlich wieder jemand vor sein Gefängnis verirrte. Er hatte immer noch keine Ahnung, wer er war, wo er war und warum er hier hockte und seinem Ende entgegensah. Denn bald würde es nahen, dessen war er sich sicher.

Gestern hatte er den letzten Schluck des Energiegetränks zu sich genommen, heute, als es draußen zu dämmern begann, den letzten Bissen des Schokoriegels langsam im Mund zergehen lassen. An Erinnerungsfetzen war nichts mehr dazugekommen, die, die er hatte, waren aber auch nicht verloren.

Als die Jungs verschwunden waren, hatte er nach der ersten Stunde totaler Verzweiflung und Apathie sein Gefängnis bestimmt zum fünfzigsten Mal erkundet. Doch immer noch konnte er sich keinen Reim auf das machen, was er selbst als seine Gruft bezeichnete. Im Kopf hatte er einen Plan gezeichnet, wie diese Gruft vielleicht aussehen mochte. Über die Maße war er sich mittlerweile einigermaßen im Klaren. Ein Teil seines Gefängnisses war eine Art Kammer aus Steinen, geschätzt viereinhalb Meter lang und knapp zwei Meter breit. Die Höhe betrug etwa eineinhalb Meter. Kein Wunder, dass er bei seinem ersten Versuch aufzustehen mit dem Kopf drangedonnert war. Doch die Gruft besaß keine einheitliche Wand. Vielmehr hatte er den Eindruck, sie könne aus mehreren nebeneinanderliegenden Felsbrocken zusammengefügt sein, allerdings so eng, dass kein Stück Papier dazwischenpasste. Jedenfalls kein Papier, in das ein Schokoriegel verpackt gewesen war. Die Wand fühlte sich einigermaßen glatt an, wie behauen.

Als er die Hände hatte darübergleiten lassen, hatte er festgestellt, dass es wohl neun riesige Steine oder Felsbrocken waren, die die Kammer umhüllten. Kurz war in diesem Moment eine Ahnung in ihm aufgeglommen, um was es sich bei seinem Gefängnis handeln könnte. Doch der Funke war so schnell wieder erloschen, wie er aufgeflammt war. Von seiner Gruft führte eine schmalere Kammer zum Ausgang.

Doch was nutzte ihm dieses Wissen? Sollte er jemals wieder hier herauskommen, würde er mit eigenen Augen sehen können, wo man ihn gefangen gehalten hatte, wenn nicht, war es auch egal.

Es wurde heller, Vogelstimmen erfüllten die Luft. Anfangs hatte er versucht, die Tierlaute, die an seine Ohren drangen, zu unterscheiden. Aber seine Erinnerung gab einfach nichts her. Hier piepste was, da krächzte was, hier schnüffelte es vor dem Ausgang, da krachte ein Zweig. Tiere waren unterwegs, ja, das war ihm bewusst, nur welche im Speziellen, er hatte einfach keine Ahnung.

Das ständige Lauschen hatte ihn angestrengt, und er döste ein, den Kopf an den kalten Stein gelehnt. Kurz erwachte er aus seinem Dämmerschlaf und fragte sich, ob dies bereits ein

Zeichen beginnender Agonie sein könnte. Woher ihm dieses Wort plötzlich in den Sinn kam, wusste er nicht, sah es aber als Zeichen dafür, dass es tatsächlich bald so weit war. Vielleicht würde sein Gedächtnis in dem Maße wiederkehren, wie er sich allmählich von dieser Welt verabschiedete. Und am Ende, kurz vor seinem unausweichlichen Tod, würde er alles ganz klar sehen. Er würde wissen, wer ihm das angetan hatte und wahrscheinlich auch warum. Aber auch das würde ihm dann nichts mehr nutzen.

Wieder fiel er in einen unruhigen Halbschlaf.

»Ich sag euch nur eins, wenn ihr mich für dumm verkauft, könnt ihr was erleben, ihr zwei Rotzbengel. Ihr und eure Räuberpistolen. Ein Geist in der Grabkammer.«

Er erwachte und wischte sich den Speichel aus dem Mundwinkel. Genau, das war er, ein Geist in einer Grabkammer. Eine übersinnliche Macht hatte es ihm eben zugeflüstert. Es war so weit, das Ende nahte.

»Onkel Walter, wir lügen nicht, da drin ist jemand. Wir haben uns total erschrocken. Ich wollte gar nicht mehr her, aber Clemens meinte, vielleicht ist da drin ja doch kein Geist, sondern ein Tier, das nicht mehr rauskommt.«

Was waren das für Stimmen? Waren die Jungs wieder zurückgekommen? Hatten sie Hilfe mitgebracht? Nahte seine Rettung?

Er kniete sich hin, stützte seine Arme auf den Boden und krabbelte ganz dicht an das Gitter.

»Hallo, hier bin ich.« Seine Stimme war nur ein Flüstern.

»Hallo, ist da jemand drin?« Eine kräftige Männerstimme. Vor Erleichterung traten ihm Tränen in die Augen. Er schluckte schwer, versuchte, seine Worte bis nach draußen dringen zu lassen.

»Ja, ich, ich bin hier drin. Bitte, holen Sie mich hier raus.«

Ein Triumphgeheul brach durch Holz und Eisen. »Siehst du, siehst du, Onkel Walter. Da ist jemand. Der ist lebendig begraben worden. Wir haben nicht gelogen.«

»Scht, jetzt seid mal still. Warten Sie, wir haben's gleich.«

Jemand zerrte an den Brettern, die vor dem Eisengitter angebracht waren. Stück für Stück wurden sie weggerissen, und das nach und nach hereinflutende Tageslicht schmerzte in seinen Augen. Er schob einen Finger durch das Gitter.

»Clemens, lauf zu Opa, er soll mit einem Bolzenschneider kommen. So kriegen wir das verdammte Gitter nicht auf. Hallo Sie da, gleich haben wir's geschafft, in zwanzig Minuten haben wir Sie hier raus. Wie sind Sie bloß da reingeraten? Mann, Mann, Mann, das ist ja echt ein Ding. Und ich dachte schon, die Jungs wollen mir einen Bären aufbinden.«

Er war gerettet. Erleichterung durchströmte seinen Körper. Doch noch ehe er sein Glück in Worte fassen konnte, erfasste ihn eine plötzliche Ohnmacht. Schwärze umfing ihn. Er hörte nicht das Knacken, als der Bolzenschneider seine Arbeit tat und das Eisen brach, nicht die Sirenen des Krankenwagens, den Walters Frau in weiser Voraussicht gleich gerufen hatte.

Kapitel 35

In Husum wusste man immer noch nichts Neues über den Verbleib von Adrian Willner. Alle Suche war bisher ohne Erfolg, alle Aufrufe waren ohne Resonanz geblieben.

Louise packte die Fotos des Gemäldes ein und machte sich auf den Weg zu Familie Jaspersen. Der Herbst war nun nicht mehr aufzuhalten. Der Himmel war in dunkles Einheitsgrau gehüllt, und die Tagestemperaturen erreichten gerade noch knapp zwölf Grad. Louise hatte sich einen Wollschal zweimal um den Hals geschlungen und gefütterte Handschuhe angezogen.

Nach etwas mehr als einem Kilometer hatte sie die Nordermühle erreicht, die mit einem einzigartigen Weitblick über Deich und Wattenmeer hinter einem Schutzwall thronte. Sie war die einzig noch verbliebene Mühle auf Pellworm. Still standen die weißen Flügel, als Louise anhielt und sich mit dem Ärmel die Tränen wegwischte, die der Wind ihr in die Augen getrieben hatte. *Gott mit uns*, prangte in großen Lettern auf der hellen Kappe, die sich von dem dunklen Unterbau abhob.

Weiter ging es in Richtung Schardeich, vorbei am Waldhusen Tief, einem See, der im Laufe einer der schweren Sturmfluten des Mittelalters entstanden war. Die Sturmflut hatte ein tiefes Loch in die Erde gerissen, das sich mit

Regenwasser gefüllt hatte. Damit der See nicht überlief, wurde das Wasser über den Bekstrom zum Tammensiel geleitet, wo es durch eine Schleuse ins Wattenmeer fließen konnte. Eine Schar Wildvögel hatte es sich auf dem Wasser bequem gemacht und ließ sich über die vom Wind aufgewühlte Oberfläche treiben. Einige Vogelliebhaber standen mit Fotoapparat und Handy am Ufer. Vielleicht waren es ja seltene gefiederte Gäste aus Skandinavien, die sich auf dem Weg in die warmen Gefilde ein wenig ausruhten, überlegte Louise.

Noch zweihundert Meter in Richtung Westermühle, und sie hatte ihr Ziel erreicht. Jaspersen wohnte nur knapp drei Kilometer von seiner ehemaligen Wirkungsstätte, der Alten Kirche, entfernt.

Das Haus der Jaspersens lag auf der rechten Seite direkt gegenüber eines großen ovalen Fethings, eines Regenwasserbeckens, das dem Vieh als Tränke diente. Das Gebäude war eines der größten auf der Insel. Auf einer hohen Warft gelegen trotzte es Wind und Wetter. Links lag auf einer Grünfläche, wie zufällig dort gestrandet, ein alter Kahn, dekorativ bepflanzt mit weißen und roten Geranien, die jetzt traurig der kalten Jahreszeit entgegenkümmerten.

Ein Hund kam auf Louise zugesprungen, als sie ihr Fahrrad abstellte. Die riesige gefleckte dänische Dogge wirkte Furcht einflößend, doch Louise wusste, was für ein liebes Seelchen der große Hund war. Sie war ihm und Jasper schon öfter beim Spazierengehen begegnet, blieb stehen, und Fenjo umtanzte sie mit geschmeidigen Sprüngen. Louise tätschelte ihm den Kopf, als er sich beruhigt hatte und aufmerksam an ihrer Jacke schnüffelte.

»Na, du riechst wohl den alten Kater, der hat es sich auf meiner Jacke bequem gemacht. Meine Güte, was müsste das für eine Riesenjacke sein, auf der du es dir gemütlich machst. Mindestens XXXXL.«

Die Dogge kläffte fröhlich, als hätte sie es verstanden, und raste zum Haus.

»Hallo, Louise. Wolltest du zu mir?« Jasper Jaspersen bog um die Hausecke, eingepackt in eine dicke gelbe Jacke und mit hohen Gummistiefeln an den Füßen.

»Nein, ich wollte zu deinem Großvater. Ist er da? Ich muss ihn was fragen.«

Jasper nickte in Richtung Tür. »Geh nur rein. Opa ist in der Küche und löst Kreuzworträtsel. Er wird sich über ein wenig Gesellschaft freuen. Oma und die Eltern sind heute Morgen nach Hamburg.« Er tippte sich, wie immer, mit einer knappen Handbewegung an die Stirn und radelte von dannen. Die Dogge rannte noch ein paar Meter hinter ihm her und kehrte dann zu Louise zurück, die bereits an der Schwelle stand.

Das Haus war nicht nur eines der größten, sondern auch eines der prächtigsten auf Pellworm. In L-Form erbaut, schlossen die beiden Gebäudeteile einen symmetrisch angelegten Garten ein, den ein niedriger Staketenzaun umgab. In den einzelnen Rabatten dominierten halbhohe Rosenbüsche. Die breite weiße zweiflügelige Haustür besaß einen geschwungenen Rahmen, der sich in kräftigem Blau absetzte.

Louise klopfte kurz, trat ein und sah sich bewundernd in der großzügigen Diele um. Die dunkelroten Fliesen waren an manchen Stellen tief von den Füßen mehrerer Generationen Jaspersens ausgetreten. Eine blaue Holztreppe führte in das zweite Geschoss. Rechts schien die Küche zu liegen, denn Louise hörte ein fragendes Brummen, wahrscheinlich sprach der alte Jaspersen mit sich selbst und stellte sich eine schwierige Rätselfrage.

Neugierig ging Louise ein paar Meter weiter, der große Wohnraum mit seiner offenen Holzdecke hatte sie angelockt. Der Raum war riesig, sie schätzte ihn auf mindestens fünfzig Quadratmeter. Ahnenporträts hingen an den Wänden, ein großer Holztisch stand in der Mitte, davor Holzstühle, deren strenge senkrechte Lehnen mit gedrechselten Säulchen nicht gerade nach Bequemlichkeit aussahen. Hinter dem Essbereich lag offen dazu das Wohnzimmer, dessen Rückwand ein großer, aus Ziegelsteinen gemauerter Kamin einnahm. Davor lud eine gemütlich wirkende Ledergarnitur zum Verweilen ein. Alles in allem ein Haus, in dem man sich wohlfühlen konnte und das von Tradition und einem gewissen Wohlstand seiner Bewohner zeugte.

Sie schlich zurück und klopfte an die Küchentür, die sie nach einem knappen *Jo* öffnete.

»Du hest ober lang bruukt. Hest di noch umkeck'n?«

Louise wurde rot. Das war mehr eine Feststellung als eine Frage. Opa Jaspersen hatte sie auf frischer Tat ertappt. »Moin, Herr Jaspersen, ja ein wenig. Es ist so ein wunderbares Haus.« Sie wusste nicht so recht weiter. Konnte sie diesen ehrwürdigen Greis wirklich einfach duzen? Jasper Jaspersen lächelte verschmitzt.

»Moin. Du bis Louise. Wi sind uns schon poormull begegnet, hemm ober noch keen Tied funn för een Schnack. Ik bin Jasper. Wat föhrt di henn noh mi, mien Deern?« Er lächelte verschmitzt und wechselte ins Hochdeutsche. »Du kommst wie gerufen, weißt du vielleicht eine Stadt an der französischen Atlantikküste mit acht Buchstaben, vorne ein M, hinten ein S?«

Louise musste nicht lange überlegen. »Probier's mal mit Marennes.«

Der Alte zeigte auf einen Stuhl, nickte kurz, setzte seinen Bleistift an und trug die Buchstaben ein.

»Fein, passt. Wenn du uns einen Tee gekocht hast, kannst du dich setzen und loslegen.« Er zeigte auf einen Wasserkocher. »Auf dem Regal in der grünen Büchse sind die Teeblätter, sechs Löffel für die Kanne. Steht da.« Er nickte in Richtung Tellerschrank, auf dem eine große Kanne mit buntem Blumenaufdruck stand.

Louise nickte gehorsam, und nach wenigen Minuten stand der dampfende Tee auf dem Tisch. Zwei Becher von der Abtropffläche der Spüle, Milch, Zucker, Löffel dazu, und Louise konnte, nachdem der Tee noch zwei weitere Minuten gezogen hatte, ihren Plausch beginnen. Zwischenzeitlich wusste sie noch »Kranich« als Zugvogel mit einem N in der Mitte und »Dattel« als Palmenfrucht mit einem L hinten beizusteuern.

Zufrieden legte Jaspersen sein Kreuzworträtsel zur Seite, schlürfte genüsslich einen Schluck Tee und wartete ansonsten stumm ab.

Louise holte tief Luft. Ihr Anliegen ließ sich schließlich nicht in zwei Sätzen vorbringen. »Eine Bekannte von mir ist Gemälderestauratorin. Sie hat dieses Bild restauriert.« Sie schob dem alten Mann ein Foto über den Tisch. Er setzte seine Brille von der Nasenspitze wieder vor die Augen, betrachtete es interessiert, sagte aber nichts dazu. »Es ist ein

Stillleben von Clara Peeters. Sie hat im 17. Jahrhundert in Antwerpen gearbeitet. Das hier ist bei der Restaurierung zutage gekommen.« Sie legte das zweite Foto daneben und tippte mit dem Zeigefinger auf den goldenen Becher, der ehemals hinter den Austern und dem Käse in Vergessenheit geraten war.

»Christine, die Restauratorin, liegt zurzeit im Krankenhaus. Sie ist schwer verletzt, und die Ärzte wissen nicht, wann sie wieder zu sich kommt. Ihre Werkstatt ist abgebrannt, doch das Gemälde ist gerettet. Nun, sie war hier auf Pellworm, um dem Geheimnis des Gemäldes auf die Spur zu kommen. Sie hat ihre Sachen bei mir gelassen, als sie Hals über Kopf zurück nach Bremen ist. Und ...«

Und nun habe ich es zu meiner Aufgabe gemacht, das Rätsel zu entschlüsseln. Ich habe zwar keinen Auftrag dazu, bin jedoch nicht nur sehr neugierig, sondern vermute hinter all dem, was bis jetzt mal wieder passiert ist, dem angeblichen Unfalltod eines Archäologen im Watt, dem Mord an seiner Kollegin, dem Verschwinden eines Reporters und diesem Bild einen Zusammenhang. Es geht mich nichts an, ich weiß, aber mein Bauchgefühl fordert mich auf: Louise, unternimm etwas!

Genauso hätte sie es Jaspersen erklären können. Doch wie hatte im Sommer Momme reagiert, als sie mit ihrem Bauchgefühl und ihren Mutmaßungen angerückt war? Hatte der nicht kurz davorgestanden, in ihr eine gestörte Person, um es vorsichtig auszudrücken, zu sehen? Und immerhin war Momme Polizist gewesen, hätte doch eigentlich so ähnlich wie sie denken müssen.

Nach einer halben Minute des Schweigens, Louise wusste im Moment nicht so genau, wie sie ihren Eifer erklären sollte, nahm Jaspersen das Gespräch in die Hand.

»Fassen wir zusammen: Du hast das Foto eines Gemäldes, das einen Gegenstand zeigt, der übermalt worden ist. Einen antiken, wertvollen, ganz sicher seltenen Becher. Deine Freundin hat sich gefragt, wie er auf das Bild gekommen ist. Wahrscheinlich hat der Auftraggeber des Gemäldes es so gewünscht. Aber sicher hat Clara Peeters den Becher nicht aus einer Erinnerung oder nach einer Beschreibung gemalt, sondern sie hatte ihn vor Augen. Nun, so weit, so gut. Du, das heißt deine Freundin, die sich im Moment nicht rühren kann – und du hast daher diese Aufgabe selbstlos übernommen –, willst nun in Erfahrung bringen, wer dieser Auftraggeber war. Aus diesem Grund ist wohl auch Christine nach Pellworm gekommen.«

Jaspersen trank einen Schluck Tee, strich sich mit der Rechten über die Wange und tippte sich mit dem Zeigefinger rhythmisch auf die Nase. Louise war bei dem Wort *selbstlos* ein wenig flau im Magen geworden. Selbstlos konnte man sie nun wirklich in diesem Fall nicht nennen. Gut, sie wollte natürlich helfen, aber es war mehr eine Art detektivischer Forscherdrang, gepaart mit einem Freundschaftsdienst.

»Lass mich weiter überlegen. Welchen Anhaltspunkt mag sie haben, um auf unserer Insel nach dem Auftraggeber des Gemäldes zu suchen?«

»Sie hatte ein paar handschriftliche Notizen im Gepäck. Aus denen geht hervor, dass das Bild einem Carl Theodor Andresen gehörte. Der Mann war Baumwollhändler aus Bremen und hatte dort eine große Villa in der Parkallee, wo das Bild bis 1892 hing. Offenbar hat seine Frau darauf bestanden, den Becher zu übermalen, vermutet Christine. Die Gattin scheint wohl sehr prüde gewesen zu sein, und der Anblick der nun doch sehr ausgeprägten Männlich-keit auf dem Goldbecher war nicht so ihr Ding. Das hier ist eine Kopie aus einer Akte im Staatsarchiv. Christine hat notiert, die Familie Andresen habe Mitte der Achtzigerjahre ihr Familienarchiv dorthin gegeben. So lässt sich jetzt alles lückenlos nachverfolgen.«

Louise legte Jaspersen ein Blatt vor, das er genau stu-dierte. Dann nickte er.

»Ich verstehe. Der Großvater von Andresen hatte einen Geschäftspartner in Antwerpen, der ihm Baumwolle ab-nahm und sie weiterverarbeitete. Hier steht August Andre-sen, der Großvater von Carl Theodor, ist 1841 verstorben. Doch vorher hat er noch von seinem Partner und wahr-scheinlich Freund, sonst hätte er es ja wohl nicht bekom-men, ein Gemälde geerbt. Das ist die Kopie des Testaments. Kannst du die Schrift entziffern?«

Louise schüttelte den Kopf. »Nein, aber Christine hat eine Abschrift gemacht. Entweder, sie kann es lesen, oder jemand aus dem Archiv hat ihr geholfen. Hier.«

Ein weiterer Notizzettel wanderte zu dem alten Pastor.

»Das ist ja faszinierend. Obwohl der Mann in Antwerpen gelebt hat, ist das Testament auf Deutsch verfasst. Er muss noch eine enge Bindung gehabt haben, nur, wohin? Und das hier scheint der Abschnitt zu sein, auf den es ankommt, denn vor dem Paragrafen IV müssen ja noch drei andere ge-wesen sein.« Laut las Jaspersen vor:

»IV. Schließlich bemerke ich: dass ich meiner Schwester Tilda meine Sammlung chinesischen Porzellans und die Gemmen aus Elefantenzahn vermache, zudem soll das von meinem Freund

Carl Theodor Andresen so hoch geschätzte Gemälde der Clara
Peeters, das von unserem Ahn Sönke Brodersen in Auftrag
gegeben ward, diesem, meinem Freund, zufallen.
Vorstehendes habe ich dreimal eigenhändig geschrieben, unter-
schrieben und von diesen drei Exemplaren das eine beim Notar
hinterlegt, die beiden anderen aber meinen beiden lieben Ge-
schwistern und meinem lieben Freund und Erben Andresen
zustellen lassen.
Antwerpen, 7. März 1832
Claas Wilhelm Brodersen«

»Brodersen, schau mal einer an«, murmelte Jaspersen mit
Respekt in der Stimme. »Und wahrscheinlich hat deine
Freundin sich auch mit der Familie Brodersen beschäftigt?«

»Ja, aber da ist sie dann stecken geblieben und wohl deswegen nach Pellworm gekommen. Ihre Ergebnisse hat sie
hier notiert. Das hier ist der älteste Ahn, den sie gefunden
hat, davor, nichts. Seine Geburt ist auf Pellworm registriert,
das heißt, es war früher ein Teil der Insel Strand, die 1634 in
der Burchardiflut zerstört worden ist.«

Jaspersen nahm das nächste Blatt an sich.

»Stimmt, du kennst unsere Geschichte ja schon gut. Das
verdankst du wahrscheinlich Fine. Nun aber zu deiner Ahnenreihe. Claas war der Sohn von Claas, man sieht, wie ein-
fallsreich man mit der Namengebung sein kann«, lachte er.
»Claas Senior starb recht jung, schau hier, wohingegen sein
Sohn ein hohes Alter erreicht hat. Der junge Claas ist 1756
geboren, der Vater lebte von 1729 bis 1771. Und wen haben
wir da? Paul Brodersen war Claas' Vater, geboren in Antwerpen 1684, wie auch die beiden Claas. Gestorben ebenda

1755. Sein Vater war Michael Brodersen, 1650 bis 1712. Ja, ist denn das die Möglichkeit, dessen Vater war Sönke Brodersen. Ich fass es nicht. Hier geboren 1603, gestorben 1681 in Antwerpen. Und er war der Auftraggeber des Gemäldes. Über die Familie Brodersen willst du, das heißt, möchte deine Freundin also etwas wissen, etwas, was mit dem Gemälde und seinem Inhalt zusammenhängt.«

Louise nickte eifrig. »Ich schätze, es geht ihr allein um den Becher. Kein anderes Bild von Clara zeigt einen solchen Gegenstand. Er ist einzigartig. Und wenn Sönke Brodersen ihn hat malen lassen, hat er ihm doch etwas bedeutet, und man stellt sich doch unwillkürlich die Frage, wo hatte er ihn her? Gibt es eigentlich noch Nachkommen der Familie?«

Jaspersen beantwortete Louises Frage nicht sofort. »Kennst du das Gemälde über der Eingangstür der Alten Kirche?«

Louise überlegte, schloss die Augen und versuchte, sich das Bild vorzustellen. »Ja, oben ist eine Kreuzigungsszene und darunter eine Familie mit vielen Kindern, alle in Schwarz gekleidet, meinst du das?«

»Ja, es ist ein Epitaph aus dem Jahr 1601. Die kleinen gewickelten Gestalten sind die verstorbenen Kinder. Die anderen haben es zumindest bis ins Jugendalter geschafft. Die Sterblichkeit war damals sehr hoch, musst du wissen. Ein ähnliches Bild gibt es von der Familie Brodersen.«

»Was?«

»Ja, aber es ist leider in einem katastrophalen Zustand, deswegen hängt es auch nirgendwo. Das wäre bestimmt ein Fall für deine Freundin, die Restauratorin. Es liegt auf dem Dachboden des Inselmuseums. Leider ist es wie überall, es fehlt das Geld, und so wartet das Bild, es ist auf Holz gemalt, auf seine Erlösung. Warte, ich hab ein Foto davon. Bevor es aus der Kirche rausgenommen wurde, habe ich es noch fotografiert.«

Jaspersen stemmte sich aus seinem Lehnstuhl und verließ die Küche. Kurz darauf kam er mit einem Schuhkarton zurück. Er stellte ihn auf den Tisch und hob den Deckel ab. Er blätterte, hob einen Packen Fotos heraus, legte ihn zur Seite.

»Da ist es. Schau, ganz ähnlich wie das in der Kirche. Oben der Kalvarienberg, links der Vater Brodersen, rechts die Mutter. Zwei Kinderchen sind der Familie genommen worden, doch die hier sind groß geworden.« Er zeigte auf zwei Jungs und ein Mädchen, das, wie die Mutter, eine den Hinterkopf bedeckende Haube trug, jedoch war ihr Kleid von einem dunklen Grün, das der Mutter schwarz. Schwarz auch die Beinkleider und Oberteile von Vater und Söhnen, deren Köpfe aus weißen Halskrausen hervorschauten.

»Dann ist einer der beiden Sönke Brodersen«, schloss Louise. »Einer ist um ein paar Jahre jünger als der andere. Ob ein Brodersen hiergeblieben ist und sich fortgepflanzt hat? Der Letzte der Familie ist ja offensichtlich kinderlos in Antwerpen gestorben, sonst hätte er sein Vermögen nicht seinen Geschwistern vermacht. Apropos Vermögen. Die Familie Brodersen scheint ja auch nicht arm gewesen zu sein oder konnte sich ein solches Gemälde jeder leisten?«

»Nein, wohl kaum. Die meisten Bewohner dieser Küstenlandschaft waren arme Leute. Manch einer verdiente jedoch durch Salzgewinnung nicht schlecht. Zu diesen scheint vielleicht die Familie Brodersen gehört zu haben. Auch ihre

Kleidung deutet auf ein gutes Auskommen hin. Und nun zu deiner Frage wegen der Nachkommen: Mag sein, dass es welche gibt, aber auf Pellworm lebt kein Brodersen mehr. Aber warte, mir fällt da was ein. Es gibt so eine alte Geschichte. Eine Brodersen habe kurz vor der Burchardiflut eine Base in Friedrichstadt besucht. Eine Taufe soll, glaube ich mich zu erinnern, der Anlass gewesen sein. Friedrichstadt war damals gerade mal zehn, fünfzehn Jahre vorher gegründet worden. Sie ist, soweit die Geschichte, die Einzige gewesen, die von der Familie überlebt hat, die anderen sind ertrunken. Ja, jetzt fällt es mir wieder ein. Natürlich, mein Gott, ich werde im Alter immer vergesslicher. Als ich vor mehr als dreißig Jahren das Bild an mich genommen habe, das jetzt im Museum ist, habe ich mich ein wenig mit der Familie beschäftigt. Wo ist nur die Zeit geblieben, und dass mir das alles entfallen konnte! Nun, ich bin ein alter Mann.«

»Dann sind Sie also Jaspers Uropa«, folgerte Louise.

»Ja, aber er nennt mich Opa, mein Sohn, sein Großvater, ist noch vor mir gegangen. Der Krebs. Weißt du, nie sollte ein Kind vor Vater oder Mutter gehen, aber Gottes Wege sind unergründlich.« Eine Träne stahl sich die runzeligen Wangen hinunter. Jaspersen wischte sie trotzig weg. »Also, die junge Brodersen hatte die Flut überlebt. Und in Ahrenshöft, nicht weit von Husum, lebt die Stina Dethlevsen, sie soll eine Nachfahrin der jungen Brodersen sein. Da musst du mal hin, sie kann dir bestimmt mehr erzählen. Vielleicht sogar etwas über Sönke und seinen goldenen Becher.«

Urgroßvater Jasper Jaspersen schaute auf die Wanduhr, die mit sattem Ton vor sich hin tickte.

»Sag, mien Deern, hast du nicht Lust, einen alten Mann in

die Kirche zu begleiten? Ich finde, es ist für mich mal wieder an der Zeit, mich mit unserem Schöpfer zu unterhalten. Und keine Angst, wir brauchen nicht den ganzen Weg zu laufen, mein Fahrrad steht in der Scheune. Mit dir jungem Küken kann ich wohl noch mithalten.«

Kapitel 36

O-beinig, aber mit gerade durchgedrücktem Rücken saß Jasper Jaspersen auf dem alten Damenfahrrad und strampelte gemütlich vor sich hin, Louise fuhr langsamer als gewöhnlich, und so erreichten beide, ohne außer Atem zu kommen, die Alte Kirche.

Sie stellten ihre Fahrräder vor dem Friedhof der Namenlosen ab, auf dem diejenigen begraben waren, die das Meer verschlungen und wieder preisgegeben hatte. Louise schauderte, und es lief ihr eiskalt den Rücken hinunter, als sie daran dachte, wie sie hier im Sommer fast einem Mordanschlag zum Opfer gefallen war.

Die Turmruine der Alten Kirche stand dunkel vor dem grauen Himmel, über ihr kreisten fünf Rabenvögel, deren heiseres Krächzen so recht zu der trüben Stimmung des Tages passen wollte. Langsam schritten Jasper und Louise zur Kirche. Plötzlich hielt der alte Mann inne. Er beschirmte seine Augen mit der Hand und blickte zum Deich. Auf dem Weg zwischen Friedhof und Deich bewegte sich eine Person.

»Wenn das mal nicht die kleine Siv ist«, meinte er.

Louise staunte nicht schlecht. Sogar wenn sie die Augen zusammenkniff, hätte sie nicht entscheiden können, ob die Person mit der roten Mütze und der karierten Jacke ein Mann oder eine Frau war.

»Tja, so in die Ferne schaue ich noch wie ein Adler«, meinte der alte Pastor schmunzelnd.

Die Frau kam nun auf sie zu, drehte dann jedoch ab und spazierte unterhalb des Deichs weiter. Louise erkannte sie. Es war Silvana Hammerstein.

»Siv?«, fragte sie erstaunt. »Das ist Silvana Hammerstein, die Frau von Professor Hammerstein. Sie war eine der Teilnehmerinnen der *Rungholt-Dialoge*.«

»Also ich habe sie vor dreißig Jahren hier in dieser Kirche als Siv Klatte getauft«, brummte Jaspersen. »Silvana nennt sie sich wahrscheinlich, weil ihr der Name Siv nicht gefällt. Es hört sich schon etwas imposanter an. Silvana ...« Jaspersen dehnte das Wort auseinander. »... bedeutet so viel wie *die im Wald Lebende*. Hört sich in der Tat eleganter an als Siv.«

»Dann ist sie also von hier?«

»Ja, ihre Mutter lebt noch auf Pellworm. Sie ist verwitwet. Siv hat ihre gesamte Kindheit auf der Insel verbracht. Nach dem Abitur ist sie zum Studieren nach Hamburg gegangen, und ihre Mutter hat es natürlich ganz stolz überall erzählt, als sie einen Professor geheiratet hat. Das muss nun aber auch schon ein paar Jährchen her sein. Ich weiß nicht, wie oft sie Monika besucht, aber ich hoffe, sie nutzt die Zeit, wenn sie schon mal hier ist. Monika Klatte geht es nicht besonders, sie verlässt nur selten das Haus, sie wird allmählich tüdelig, weißt du.«

Louise wusste es zwar nicht, aber sie wusste zumindest, was tüdelig bedeutete.

»Wollen wir? Ich zeig dir mal unser schönes Taufbecken.« Wie immer war die blaue Eingangstür nicht abgeschlossen. Sie betraten die Kirche, deren dunkelroter Fußboden geheimnisvoll schimmerte. Jaspersen verharrte kurz zwischen den hellblauen Bänken. Als Louise zum ersten Mal in der Kirche gewesen war, war sie fasziniert gewesen von diesen Sitzreihen für die Gläubigen, denn man konnte sich nicht einfach so hineinsetzen, sondern man musste zuerst eine kleine Tür öffnen, die an jeweils einem Ende der Bankreihe angebracht war. Jaspersen ging weiter, und Louise begleitete ihn in den Altarraum, dessen Boden mit blauen und weißen Fliesen ausgelegt war. Hier stand eine der Kostbarkeiten der Kirche, ein spätgotischer Flügelaltar mit Szenen aus dem Leben Jesu, und, wenn er aufgeklappt war, mit Episoden aus dem Leben Marias.

»Schau, vielleicht ist an diesem Platz auch Sönke Brodersen getauft worden.« Die Stimme des alten Mannes zitterte. Er zeigte auf ein hohes Becken mit einem Deckel, das Taufbecken.

»In diesem Taufbecken«, hauchte Louise voller Ehrfurcht.

Jaspersen lächelte. »Nein, leider nicht. Dieses Taufbecken stand bis zur Groten Mandränke – der Burchardiflut – in Buphever, einem benachbarten Kirchspiel. Von dort kam es dann, als deren Kirche zerstört war, 1634 in unsere Alte Kirche. Es wurde 1475 von Hinrich Klinghe aus Bronze geschaffen. Was für eine wunderbare Arbeit. Kennst du die abenteuerliche Geschichte zu einem noch älteren Taufbecken unserer Kirche? Nein? Das stammte aus dem 13. Jahrhundert. Es ist im 15. Jahrhundert von dem Seeräuber Cort Wiederich geraubt worden und gelangte dann nach St. Clemens in Büsum. Da steht es heute noch. Doch genug mit der Geschichtsstunde. Danke, mien Deern, für deine Begleitung.

Ich bleibe noch ein Weilchen hier, lass dich also von mir nicht weiter aufhalten. Ich hoffe, ich konnte dir ein wenig weiterhelfen. Grüß Fine ganz herzlich.« Er lächelte charmant.

Louise umarmte den alten Mann spontan und drückte ihn fest an sich. »Ich werde dir berichten, was ich hoffentlich noch herausfinden werde. Und du grüß mir den jüngsten Jasper Jaspersen. Der wird ja wohl kein Problem haben, wenn er mal Vater eines Sohnes wird. Ich meine, wie der Kleine dann heißen soll«, fügte sie lächelnd hinzu.

»Nee, aber man weiß ja nie, was die Frau dazu sagt, und die hat ja wohl ein Wörtchen mitzureden. Aber schön wär's. Vielleicht erlebe ich es ja noch. Na, denn tschüs.«

Er begleitete Louise bis zur ersten Sitzreihe, öffnete die kleine Pforte, setzte sich nieder und winkte ihr noch einmal zum Abschied zu.

War der Himmel vorhin noch von einem einheitlichen Grau gewesen, überzog nun ein helleres Wolkenband den noch dunkler erscheinenden Himmel. Es sah aus wie ein abstraktes Grisaille, ein Bild, das nur in Grautönen gemalt oder gezeichnet worden war. Da waren Louise die farbenprächtigen Stillleben einer Clara Peeters lieber. Sie dachte daran, dass sie mit ihrem Kochbuch zwar schon von der Idee her einen Schritt weiter war, aber viel mehr noch nicht. *Lass es erst so richtig herbstlich werden, dann hast du Muße dazu*, dachte sie und hielt dabei Ausschau nach Silvana Hammerstein. Gerne hätte sie sich mit ihr unterhalten, ihr ein paar Fragen zu Lutz von Winterfeld und Marieke Schloot gestellt. Schließlich waren sie ja Kollegen gewesen und alle in etwa in demselben Alter. Vielleicht wusste Silvana ja auch etwas über dieses ominöse Siegel zu berichten.

Keine Silvana Hammerstein war zu sehen. Natürlich, die Frau hatte sich von der Kirche entfernt. Vielleicht war sie auf dem Weg zu ihrer Mutter. Sie hätte Jasper fragen sollen, wo Monika Klatte wohnte. Louise radelte am Deich entlang und begegnete nur wenigen Menschen. Am ersten Holztor, das auf die Deichkrone führte, hielt sie an und stieg auf den Deich. War der Wind hinter dem Deich schon unangenehm gewesen, so zerrte er jetzt an Louise mit voller Macht. Fast hatte sie den Eindruck, sich gegen ihn lehnen zu können, ohne dabei umzufallen. Es war ein unbeschreibliches Gefühl von Freiheit, das sich in ihr ausbreitete, während der Wind an ihrem Schal zog und ihre Locken durchpustete.

Und dann entdeckte sie die Gestalt mit der roten Mütze, die regungslos hinter den steinernen Buhnen stand und in die Richtung blickte, wo Lutz von Winterfeld vermutlich gestorben war. Louise ging vorsichtig den Deich hinab. Die Frau drehte sich nicht um, vielleicht hatte sie Louise im Brausen des Windes auch nicht kommen hören.

»Moin, Frau Hammerstein.« Sie blieb neben der Archäologin stehen. »Wenn diese Tragödie nicht passiert wäre, würde ich jetzt sagen, ist es hier nicht grandios, einfach nur wunderschön?«

Jetzt wandte sich Silvana Hammerstein ihr zu. »Ja, könnte man sagen.« Ihr Blick glitt zurück zum Wasser. »Eine Tragödie. Es ist einfach unfassbar. Was nur hat ihn in der Nacht hierhergetrieben? Er muss doch um die Gefahr gewusst haben, der er sich ausgesetzt hat. Jedes Kind weiß so was.« Sie zog die Mütze vom Kopf und steckte sie in die Jackentasche. »Ich liebe es, wenn mir der Wind durch die Haare weht. Sie leben auf Pellworm?«, fragte sie unvermittelt.

»Ja, seit diesem Sommer. Ich liebe die Insel. Sie hat mich aufgefangen und mir wieder neuen Mut gegeben.«

Louise erwartete eigentlich, dass Silvana nachhaken würde, doch Neugierde war offensichtlich keines ihrer Laster.

»Ja, das kann sie wohl. Nur bei dem einen klappt es, bei dem anderen nicht. Wissen Sie, ich bin hier groß geworden. Was für die einen ein Ferienidyll ist, birgt für andere vielleicht den Wunsch dem Ganzen …« Sie breitete die Arme aus und drehte sich einmal um die eigene Achse. »… zu entfliehen. Jetzt, wo ich nicht mehr hier lebe, komme ich ganz allmählich auch wieder gerne zurück. Allerdings nie für lange, nach zwei, drei Tagen fällt mir wieder die Decke auf den Kopf.«

»Sie bleiben noch ein wenig?«

Die Frau nickte. »Ich besuche meine Mutter. Während der Tagung hatte ich kaum Zeit. Mein Mann ist wegen dringender Geschäfte wieder zurück nach Kiel. Wir sind ja Gott sei Dank alle wieder auf freiem Fuß, ich kam mir echt vor wie eine Verbrecherin. Aber jetzt, wo sie Mariekes Mörder haben …«

Louise verschlug es die Sprache. Sie hatten schon den Täter gefasst? Wen? Bevor sie fragen konnte, gab Silvana bereits die Antwort.

»Ich hab mal irgendwo gelesen, die Täter stammen meist aus dem persönlichen Umfeld. Wie bei Marieke. Dieser unsägliche Freund, den sie hatte, hat sie erstickt. Ganz sicher ein Eifersuchtsdrama oder so.«

»Hat er es gestanden?« Louise war vollkommen aus dem Konzept. Dahin war ihre Theorie, die beiden Todesfälle würden irgendwie zusammenhängen. Eine schnöde Beziehungstat war es also gewesen. Dann war der Tod von Winterfelds wahrscheinlich auch ein ganz normaler Unfall gewesen. Sie konnte ihre Ermittlungen einstellen und sich ganz dem Geheimnis des Gemäldes und ihrem Kochbuch widmen.

»Nein, er streitet es offenbar vehement ab. Aber ein Mädchen hat ihn eiligst das Zimmer verlassen sehen. Nun, die Kripo hat ihn jedenfalls mitgenommen und uns entlassen.«

»Na, das ging dann aber schnell. Die arme Marieke. Zuerst hat ihr der Tod von Lutz von Winterfeld so zu schaffen gemacht, und dann …«

Louise schwieg. Das war doch alles ein sehr merkwürdiger Zufall. Nein, kein merkwürdiger Zufall. Solche Zufälle gab es nicht. Von Winterfeld in der Flut ertrunken, Marieke Schloot, die in ihn verliebt gewesen war, erstickt. War der Freund aus diesem Grund eifersüchtig gewesen? Eifersucht war ein starkes Motiv. Aber Lutz war tot, und er hatte Mariekes Liebe nicht erwidert. Warum dann ein Mord aus Eifersucht? Nein, das gefiel Louise ganz und gar nicht. Sie musste dem nachgehen, sie musste herausfinden, welche Beweise die Polizei für die Täterschaft dieses Verlobten hatte.

»Hat Marieke Ihnen gegenüber einmal dieses mysteriöse Siegel erwähnt, von dem während der Tagung die Rede war?«, fragte Louise unvermittelt.

»Fangen Sie jetzt auch noch damit an? Nach dem Tod von Lutz hat Marieke meinen Mann auch damit gelöchert. Aber dieses Siegel existiert nicht. Wer soll es entdeckt haben, hm? Und was gäbe es für einen Grund, so ein beschissenes Geheimnis draus zu machen, hm? Es soll angeblich in Husum gelandet sein. Hilla kann sich nicht erinnern. Sie hat Sven einen Beutel mit Funden geschickt, Scherben, Schrott, aber kein Siegel. Höchstens ein altes Einmarkstück. Und wenn das verschwunden sein sollte, darum ist es ja wohl wahrlich nicht schade. Also, was bitte soll dieser Unsinn mit dem verschwundenen Siegel? Und dazu noch eins, das hier nichts zu suchen hat. Die Minoer in Rungholt. Dieser Käse ist so alt, dass er schon bis nach München stinkt. Wieso fragen Sie überhaupt?« Misstrauen schwang in Silvanas Stimme mit.

»Nur so, weil Marieke Schloot es mir gegenüber erwähnt hat.« Das stimmte zwar nicht so ganz, aber wirklich gelogen war es auch nicht.

»Sie hat es erwähnt? Ihnen gegenüber? Das ist doch lächerlich. Wie kann sie Ihnen gegenüber über etwas reden, das gar nicht existiert? Und warum quatscht sie meinen Mann deswegen dann an? Ich erkläre Ihnen mal was, dann stellen Sie vielleicht keine so dämlichen Fragen mehr. Hier geht es um zwei Lager, Bremen und Kiel. Bremen sagt, die Minoer sind bis Rungholt geschippert, die Kieler sagen, das ist blanker Unsinn. Die Bremer haben keinen Beweis, und bis sie den nicht haben, bleibt nur die Feststellung, die Minoer waren eben nicht da. Basta.«

»Und wenn ein Siegel minoischer Herkunft, gefunden hier im Watt, ein solcher Beweis wäre? Würde dann die Kiel-Fraktion nachgeben?«

»Wie, was nachgeben? Man würde sich fragen, wie es hierhergekommen ist. Irgendein archäologisch interessierter Kunstsammler hat es auf Kreta gekauft, hier seinen Urlaub verbracht, sagen wir im 19. Jahrhundert, da konnte man so etwas noch ganz legal kaufen und ausführen, und es verloren. Und nun? Was würde es also beweisen? Nichts!«

»Und wenn noch mehr entdeckt werden würde?«

»Noch mehr? Noch mehr Siegel, oder was? Ganz ehrlich, Frau Dumas, bleiben Sie bei Ihren Kochtöpfen, denn davon verstehen Sie wirklich was, vom Kochen, und lassen Sie uns Archäologen unsere Arbeit machen. Tschüs, mir ist kalt, und ich bin müde.«

Abrupt drehte sich Silvana Hammerstein um, ließ Louise stehen und marschierte den Deich hinauf.

Louise biss sich auf die Lippen. Wenn es doch noch mehr gab? Wenn dieser minoische Becher hier aus diesem Watt stammte? Wenn Christine mit Lutz darüber gesprochen hatte? Und wenn Lutz den Beweis in Händen hielt, den Nachweis hätte liefern können, dass seine Scherben von einem minoischen Schiffsgeschirr stammten? Ja, dann hätten die Bremer Forscher recht. Doch würde das Beharren auf dem vermeintlichen Recht, egal von welcher Seite, so brutal ausgefochten werden, dass die in ihrer Meinung unterlegenen Archäologen den Gegner im wahrsten Sinne des Wortes mundtot machen würden?

In einem Punkt allerdings hatte Silvana recht, es war verdammt kalt geworden. Fröstelnd zog Louise den Schal fester um ihren Hals, klappte den Kragen ihrer Jacke hoch und setzte ihre Mütze auf. Sie blickte zum Hafen, wo das Fährschiff gerade einfuhr. Zeit, nach Hause zu kommen, um Fine und Momme ein schönes Abendessen zu bereiten.

Sie steckte ihre Hände in die Jackentasche. Oh, *zut*, da war noch der Müllbeutel für die Austern. Doch dazu war es jetzt zu spät, und ob sie überhaupt welche gefunden hätte …?

Kapitel 37

Der Wind pfiff Louise trotz Kopfbedeckung eiskalt um die Ohren. Jetzt eine heiße Suppe, sie würde die Lebensgeister wecken und von innen wärmen. Sie hatte immer noch die Maronen nicht verarbeitet. Zwar keine Austern, aber auch nicht schlecht.

Auf dem Weg nach Hause, bei dem ihr fast die Hände und Füße abfroren, bastelte sie spontan ein Rezept zusammen, und allein bei dem Gedanken an die cremige heiße Suppe wurde ihr ein ganz klein bisschen wärmer. Es fehlten noch ein paar Zutaten, aber in Thams Hofladen waren sie garantiert zu bekommen.

Beladen mit ihren Einkäufen stieß Louise die Küchentür auf. Ein prächtiger Kürbis, sie hatte sich für einen Hokkaido entschieden, da er nicht geschält werden musste, rollte auf den Küchentisch, und eine dicke Scheibe fetten geräucherten Specks wanderte auf das Schneidebrett. Äpfel waren genügend von Fine eingelagert, zwei oder drei würden für die Suppe reichen. Sahne war noch im Kühlschrank. Vier dicke Rindsbratwürste hatten sie ebenfalls im Hofladen angelacht, dazu, nach der Suppe, einfach ein gebuttertes dunkles Brot, ein kräftiger Senf und eingelegte Gurken. Ein schnelles Essen, schlicht und deftig.

Im Handumdrehen hatte Louise den Kürbis und die Äpfel

in Stücke geschnitten und zusammen mit den vorbereiteten Maronen mit Wasser und Gemüsefond aufgesetzt. Den Speck würde sie würfeln und kross ausbraten, das salzigwürzige Topping würde der Suppe den letzten Pfiff geben. Der Nachtisch war ebenso schnell zubereitet, Quark, Apfelmus und die restlichen *Anisbredle* zerkrümelt, alles im Glas geschichtet, ganz sicher ein Genuss. Louises Mutter hatte ihr die Kekse, die traditionell eigentlich erst ab November gebacken wurden, geschickt. Natürlich von *Maman* selbst gebacken und mit einer ordentlichen Portion Liebe garniert. Von den *Rumbredle*, die aus dem Elsass ihren Weg nach Pellworm gefunden hatten, war schon nichts mehr da, die hatten Louise und Fine schon nach zwei Tagen weggenascht gehabt. Louise hatte sich das Rezept von ihrer Mutter geben lassen, die Rumplätzchen waren einfach zu köstlich. Mehl, Zucker, Butter, Eier, Rosinen und Rum. Mehr Zutaten bedurfte es nicht, um die Küche duften und schon ein ganz klein wenig Weihnachtsstimmung bereits im Oktober aufkommen zu lassen.

Gerade als Louise einen Schluck Weißwein an die Suppe goss, öffnete sich die Haustür. Angeregtes Geplauder drang an ihr Ohr. Fine und Momme waren zurück. Louise warf einen Blick durchs Küchenfenster. Da stand Mommes Wagen.

»Hm, riecht das köstlich.« Freudestrahlend kam Fine in die Küche und umarmte Louise. Momme blieb etwas verlegen in der Tür stehen, links und rechts je einen Rollkoffer und eine kleine Reisetasche neben sich auf dem Boden.

»Hopp, rein mit dir, Momme. Was stehst du da so rum wie eine Gallionsfigur«, neckte Fine den pensionierten Polizisten.

Momme nahm Louise in die Arme, drückte nur ein wenig zu, fast als befürchte er, das kleine Persönchen zu zerquetschen.

»Ist das heute kalt geworden. Jetzt ist so eine heiße Suppe genau das Richtige. Und vorher ein ordentlicher Grog, der treibt uns die Kälte aus den alten Knochen.« Flink setzte Fine Wasser auf.

»Momme, bringst du bitte eben den Rum aus dem Wohnzimmer, aber den dunklen, hochprozentigen.«

Als Momme verschwunden war, umarmte Fine Louise erneut. »Mien Deern, ich fühle mich wie ein junges Mädchen. Es war so schön in Bremen, wir haben so viel gesehen und unternommen. Ich glaube, Momme hat es auch genossen. Seit er in Pension ist, blüht er regelrecht auf. Ich meine, so schlimm war sein Job auf Pellworm ja nicht. Aber er war Polizist durch und durch. Ich glaube, er hat jeden Fall, und wenn er noch so unbedeutend war, sehr persönlich genommen und ihn auch mit nach Hause geschleppt.«

»Was hab ich persönlich genommen? Ist das der richtige, es gibt noch einen dunklen Schnaps im Wohnzimmerschrank?« Momme stellte den Jamaikarum auf den Tisch.

»Persönlich genommen ist wohl der falsche Ausdruck, ich meinte, jeder Fall hat dich sehr beschäftigt. Und Dramen wie der Tod von Inken oder die Ermordung von Frau Wrede, das ist schon eine starke seelische Belastung.«

Fine goss in jedes Glas einen ordentlichen Schuss Rum, löffelte Kandiszucker hinein und füllte mit kochendem Wasser auf. Der Zucker knisterte, und ein würziger starker Duft verbreitete sich augenblicklich in der Küche und stieg in die Nasen.

»Rum mut, Zucker kunn, Water bruuk nich. Na, denn mal Prost, soll ja heiß getrunken werden«, brummte Momme und nahm sein Glas in die Hände, als wolle er sich daran wärmen.

Fine lachte. »Von wegen Water bruuk nich. Ist schon besser, mit ordentlich heißem Wasser drauf.« Sie pustete vorsichtshalber ein paarmal kräftig über die dampfend heiße Flüssigkeit, bevor sie daran nippte. »Ah, tut das gut. Jetzt noch die wunderbare Suppe von Louise, was braucht man mehr?«

Sie deckten flink den Tisch, nachdem alle ihren Grog ausgetrunken hatten, und Momme lieferte Louise die letzten Informationen aus Bremen. Viel war es allerdings nicht, das meiste wusste Louise ja schon. Der Brand war ganz sicher durch einen Kurzschluss hervorgerufen worden, und Christine lag noch immer auf der Intensivstation im Krankenhaus Links der Weser. Allerdings atmete sie wieder selbstständig. Ein gutes Zeichen, es ging mit ihrer Genesung aufwärts.

»Das ist so traurig. Jetzt stell dir mal vor, du liegst da, und wer weiß, was du vielleicht mitbekommst in diesem Zustand. Vielleicht wartest du auf jemanden, der nicht kommt, sehnst dich nach ein paar Worten, einem Lied, einer Hand auf deiner Hand, an deiner Wange, und da ist niemand. Ich werde nach Bremen fahren und darum bitten, sie besuchen zu dürfen. Wir kennen uns zwar erst seit Kurzem, aber irgendwie habe ich das Bedürfnis. Das kann man mir doch nicht abschlagen, oder was meinst du, Momme?«

Momme zuckte mit den Achseln. »Ich weiß es ehrlich gesagt nicht. Aber bevor sie die junge Frau wochenlang einsam da liegen lassen, wäre doch eine Freundin, die sie besucht, eine schöne Idee. Aber besser, du rufst vorher an, sonst ist dein Weg womöglich umsonst.«

Während die Suppe noch ein Weilchen auf dem Herd vor sich hin köchelte, berichtete Louise detailliert von den Geschehnissen der letzten Tage. Nachdem sie geendet hatte, nickte Momme bedächtig, während Fine fassungslos den Kopf schüttelte.

»Nee, twee Dode, twee so junge Lüüt. Een is erdrunk'n, een erstickt, nee so wat. Bloß god, dat se de Täter hemm. Is joh nu nich selten, so'n Beziehungstat, ne, Momme?«

»Joh, iss so. Haarn se denn een annere?«

Louise schüttelte den Kopf. »Keine Ahnung, ob sie einen anderen hatte. Ich weiß nur, dass der Verlobte festgenommen wurde. Natürlich habe ich mir so meine Gedanken gemacht. Marieke Schloot war in den Kollegen, der im Watt ertrunken ist, verliebt. Und der hat sie wohl nicht erhört, also lag für den Verlobten eigentlich kein Grund vor, sie aus Eifersucht zu töten. Aber vielleicht gab es ja da noch einen anderen Mann? Vielleicht könntest du ja, Momme …?«

»Aha, hab ich's doch gewusst. Louises Spürnase ist wieder zum Leben erweckt worden. Es hätte mich auch gewundert, wenn du nicht wieder Miss Marple spielst bei zwei Todesfällen auf unserer Insel«, sagte Momme schmunzelnd. Dann wurde er ernst. »Du weißt, wie gefährlich die Jagd nach einem Mörder ist, Louise. Du hättest sie schon mal fast mit dem Leben bezahlt. Also, lass bitte die Fachleute ihre Arbeit machen. Ich habe es ja wohl richtig verstanden, am Unfalltod im Watt gibt es keine Zweifel, auch Dirk hat es dir bestätigt, sagtest du. Also, vertrau den Leuten, die es wissen müssen.«

»Aber …«, warf Louise ein, »… denk bitte an die Sache mit Klas Thams. Da hat Dirk auch gesagt, ein tragisches Unglück, und am Ende hat es sich als Mord entpuppt.«

»Ich erinnere mich dunkel. Ist schließlich noch nicht so lange her. Und ja, bevor du jetzt auch mir noch eine Predigt hältst, auch ich habe meine Zweifel an deiner These gehabt. Doch mit der Todesursache der jungen Frau lagen wir immerhin nicht falsch. Das war ein Suizid und nichts anderes.«

Louise zog eine Schnute. Sie war da immer noch anderer Meinung. Doch es gab keine Beweise dafür, dass damals ein Fremdverschulden vorgelegen haben könnte. Ihr Bauchgefühl, ihre Intuition, hatte ihr im Sommer etwas anderes gesagt. Vielleicht würde dieses Rätsel, das nur in ihren Augen überhaupt eins war, niemals gelöst werden.

Hartnäckig hakte sie nach. »Aber allerliebster Momme, mein Herzens-*Commissaire*, du könntest doch bei deiner Kollegin Solveig mal ein wenig nachbohren, ein wenig deine Ohren spitzen. Ich möchte ja nur wissen, wie begründet der Verdacht gegen Mariekes Verlobten wirklich ist. Vielleicht hat er mittlerweile sogar gestanden, dann ist die Sache sowieso für mich erledigt. Bitte, Momme …«

»Genau, erledigt, das ist das richtige Stichwort, Mademoiselle. Bitte, sei vernünftig. Es ist für dich nicht einfach nur erledigt, es geht dich einfach nichts an. Wenn du einen Beweis hast, dass es sich ganz anders verhalten hat, dann her mit ihm, wenn nicht, die Kollegen wissen, was sie tun.«

Mommes Stimme klang strenger als beabsichtigt. Aber der Mordanschlag auf Louise hatte auch bei ihm tiefe Spuren hinterlassen. Er hatte die kleine französische Miss

Marple tief in sein Herz geschlossen, und es wäre nicht auszudenken, wenn der liebenswerten Schnüfflerin irgendetwas zustoßen würde.

Louise setzte eine trotzige Miene auf, die allerdings nur wenige Sekunden währte. Momme hatte ja recht. Aber wenn er wenigstens ein ganz kleines bisschen nachhören würde. *Un tout petit peu.* Als könne er Gedanken lesen, lenkte der ehemalige Polizist ein wenig ein.

»Also gut, ich werde mich bei Frau Olms erkundigen. Ich weiß natürlich nicht, ob sie mir, einem Zivilisten, überhaupt Auskunft gibt, aber wenn es dich beruhigt und du dann deine Finger von der Sache lässt, werde ich mich in die Höhle der Löwin begeben und nachfragen, inwieweit dieser Verlobte tatsächlich als Mörder infrage kommt. Aber dann gibst du wirklich Ruhe. Einverstanden?

»*D'accord.*« *Natürlich nur, wenn alle Zweifel tatsächlich ausgeräumt sind,* fügte Louise in Gedanken hinzu. Aber das ließ sie Momme besser nicht wissen. Ebenso schwieg sie über den Zusammenstoß, den sie mit der Inselpolizistin gehabt hatte. Sonst würde sie sich nur wieder aufregen, und Momme würde garantiert misstrauisch werden und sich mit Recht fragen, ob sie tatsächlich bereit wäre, Solveig Olms ohne weitere Einmischung ihre Arbeit machen zu lassen.

Fine hatte derweil schweigend zugehört. »Louise, Momme und ich, und nicht nur wir, wir haben um dein Leben gebangt. Du darfst uns nie wieder solche Angst einjagen.«

Louise schluckte. »Pardon, liebe Fine. Ich werde euch keinen Kummer bereiten, das verspreche ich. Und mich nie wieder in eine solche Gefahr begeben. Auch darauf habt ihr mein Ehrenwort. Ich mache mir eben meine Gedan ken. Wenn mir irgendetwas auffällt, werde ich mich an deine Kollegin wenden, Momme. Auch versprochen. Dann kann sie, wenn es dann so weit ist, meine Lorbeeren einheimsen«, fügte sie mit einem entwaffnenden Lächeln hinzu. »So, und nun sollten wir uns über die Suppe hermachen, bevor sie noch zu einem dicken Brei verkocht ist.«

Zu der cremigen Suppe kredenzte Louise einen trockenen Weißwein, dessen feine Zitrusnote den nussig-süßlichen Charakter der Maronen vollendet unterstrich. Nach dem Essen verabschiedete sich Momme, nicht ohne Louise ein letztes Mal zu ermahnen, die Polizeiarbeit auch wirklich der Polizei zu überlassen. Louise nickte, doch in Gedanken ergänzte sie den Satz: *Und die Detektivarbeit überlässt man dann eben den Detektiven.* Wo kam das Wort noch mal her? Sie hatte sich doch mit dem Thema Detektive mittlerweile intensiv beschäftigt. Es kam von *detegere*, entdecken. Genau, sie war eben eine Entdeckerin. Doch was sie versprochen hatte, würde sie halten. Sollte sie eine Entdeckung machen, würde sie diese umgehend der Inselkommissarin zukommen lassen. Wobei sie nicht glaubte, dass Solveig Olms darauf gesteigerten Wert legte.

Fine begleitete den Freund an die Haustür, und Louise sah eben noch, als sie ins Wohnzimmer ging, um dort die Holzscheite in den Kaminofen zu legen, aus den Augenwinkeln, wie Momme Fine einen dicken Kuss auf den Mund drückte. *Wie schön für Fine,* dachte sie, und gleichzeitig wurde sie ein wenig traurig, als sie daran dachte, wie lange es noch dauern würde, bis Chris wieder nach Pellworm zurückkehren würde. Die letzte Postkarte von ihm war gestern angekommen, der Strand von Miami bei Sonnenuntergang, unbeschreiblich schön. Vielleicht würde sie ihn später mit einem Anruf überraschen. Wie spät mochte es jetzt in Miami sein? Louise rechnete nach, ja das passte, um halb vier am Nachmittag dürfte Chris munter sein.

Sie legte Anbrennholz in den Kamin, darauf ein wenig zerknüllte Zeitung. Sie strich ein Zündholz an und hielt es an das Papier, das sofort brannte und sich züngelnd um die kleinen Hölzer wand. Zügig waren zwei große Scheite nachgelegt, und als Fine ins Wohnzimmer kam, tanzten die Flammen bereits rot lodernd hinter der Scheibe. Louise verteilte den restlichen Wein gerecht in ihre beiden Gläser und kuschelte sich gemütlich auf das Sofa, während Fine es sich im Ohrensessel bequem machte. Sie nippte an ihrem Wein.

»Louise, ich will nicht wieder davon anfangen, gib einfach auf dich acht, ja?«

Sie nickte und prostete ihrer Patentante zu. »*Santé*, auf dich und auf uns und auf alle, die wir lieb haben.«

»Prost, mein Schatz. Und was gibt es sonst noch so Neues?«

»Na, das war doch für die paar Tage, die ihr weg wart, nicht schlecht. Sonst gibt es eigentlich nicht viel. Ich habe erste Ideen zu meinem Kochbuch entwickelt. Dieses Gemälde von Clara Peeters hat mich inspiriert. Ich überlege, ob ich nicht Rezepte nach Gemälden, also den Nahrungsmitteln, die darauf abgebildet sind, entwickle. Ich weiß nur noch nicht, ob es genügend unterschiedliche Lebensmittel gibt. Also für Austern und Käse hätte ich mittlerweile schon einiges beisammen, aber es sollte doch schon etwas vielfältiger und bunter werden.«

Fine klatschte entzückt in die Hände. »Das hört sich genial an. Diese Verbindung von alten Gemälden und moderner Kochkunst, das gefällt mir.«

Die beiden Frauen plauderten noch eine Weile, Louise legte ein letztes Holzscheit auf, und ganz allmählich spürte sie die Anspannung des Tages von sich abfallen.

»Ach, ehe ich's vergesse, Louise, ich hab dir noch ein Exemplar des *Weser-Kuriers* mitgebracht. Es ist ein ziemlich großer Artikel zu dem Brand im Atelier deiner Freundin drin. Viel mehr, als das, was wir dir erzählt haben, hat der Journalist allerdings auch nicht zu berichten, aber vielleicht interessiert es dich doch.«

»Prima, vielen Dank. Apropos Journalist. Da fällt mir noch was ein. Noch so eine merkwürdige Geschichte. In Husum ist ein Journalist seit Tagen verschwunden. Irgendwie werde ich das Gefühl nicht los, sein Verschwinden könnte …«

Weiter kam Louise nicht, Fine unterbrach sie.

»Nein, er ist nicht mehr verschwunden, der junge Mann ist wieder aufgetaucht. Die Zeitung habe ich dir natürlich nicht mitgebracht. Auf der Fähre lag das *Husumer Nachrichtenblatt* von heute, es war der Aufmacher der Titelseite. Lass mich überlegen, ja, also da stand, ein paar Jungs hätten ihn in einer Grabkammer aus der Steinzeit entdeckt und Hilfe geholt. Man hat ihn sofort in ein Krankenhaus gebracht. Es gehe ihm gut, doch er kann sich an nichts erinnern, noch nicht mal, wer er ist. Er war mehrere Tage gefangen gehalten worden, doch wer ihn verschleppt hat und warum, wusste er nicht. Er wird noch ein paar Tage zur Beobachtung in der Klinik in Husum bleiben. Mehr stand da nicht. Eine ganz verrückte Geschichte. Was wolltest du eben sagen, was ist mit seinem Verschwinden, was treibt dich da schon wieder um?« Besorgnis schwang in Fines letzten Worten mit.

»Nichts, gar nichts. Wie gut, dass er gefunden wurde. In einem alten Steingrab, sagtest du? Na so was. Ich glaube, meine liebe Fine, jetzt ist es für uns an der Zeit, ins Bett zu gehen. Dir fallen ja schon die Augen zu. Und morgen berichtest du mir dann über alles, was ihr in Bremen erlebt habt.«

Fine schälte sich aus dem Sessel und streckte sich. Louise brachte die leeren Gläser in die Küche, und nach einer herzlichen Umarmung und dem Wunsch nach einer guten Nacht zogen sich Louise und Fine in ihre Schlafzimmer zurück.

Vor zehn Minuten noch hätte Louise auf dem Sofa sitzend einschlafen können, doch nun war an Schlaf nicht mehr zu denken. Der Journalist, der Mann, der vielleicht etwas über die antiken Funde im Watt wusste, dieser Mann war mehrere Tage in einer steinzeitlichen Grabkammer gefangen gehalten worden? Grabkammer, Steinzeit, Archäologie. Wenn das alles nichts zu bedeuten hatte … Sie setzte sich aufs Bett und öffnete ihren Laptop. Den Artikel im *Husumer Nachrichtenblatt* hatte sie schnell gefunden, und es stand ziemlich genau das drin, was Fine gesagt hatte.

Louise ging ins Bad und machte sich bettfertig. Morgen würde ein turbulenter Tag werden. Die Fähre um Viertel vor zehn am Vormittag aufs Festland, zurück die letzte Möglichkeit nach Pellworm zu kommen um halb sieben am Abend. Das sollte für die beiden Besuche reichen. Anmelden würde sie sich weder bei Frau Dethlevsen noch im Krankenhaus. Sie würde einfach Glück haben, da war sich Louise sicher.

Kapitel 38

»Was hast du denn in Husum vor?«

Entdeckte Louise da in Fines Gesicht einen winzigen misstrauischen Zug?

»Ich möchte mir jetzt endlich mal das Nissenhaus anschauen. Das Museum hat eine Extraabteilung nur zur Geschichte von Rungholt. Von der Tagung habe ich dir ja noch nicht viel erzählt, aber es waren alles ungemein spannende Themen, von Ofenkacheln bis hin zu einer Wattwanderung, die von Professor Nannen geführt worden ist. Dabei ging es um die Lage der Stadt, da gibt es nämlich zwei verschiedene Thesen. Und die werden, so kam es rüber, schon seit Jahren unerbittlich vertreten. Das eine Lager ist in Kiel, das andere in Bremen. Man sollte doch meinen, Archäologen, die so eng beieinander forschen, könnten auch zu einer übereinstimmenden Meinung kommen. Aber weit gefehlt. Professor Nannen versuchte, zu vermitteln und die beiden Lager zu versöhnen, aber ich befürchte, das erlebt der gute Mann nicht mehr.«

»Nannen, sagtest du? Den Namen kenne ich. Er hat vor ein paar Jahren einen beeindruckenden Vortrag über die Hallig-Gräfin gehalten, Diana von Reventlow-Criminil. Er hat sie noch persönlich kennengelernt, im Gegensatz zu mir. Als sie starb, war ich noch gar nicht geboren. Sie muss eine sehr willensstarke und außergewöhnliche Frau gewesen sein, aber auch extravagant und unnahbar.«

»Aber sie hatte wohl das Herz am rechten Fleck. Sie scheint vor allem ihre Tiere sehr geliebt zu haben. Weißt du, dass die Geschichte mit der Flöte auch nicht so ganz stimmen kann?«

»Wie meinst du das, die Geschichte mit dem Piloten? Ich dachte immer, der englische Pilot hätte die Flöte gefunden und so lange reingeblasen, bis die Gräfin ihn gehört und gerettet hat?«, sagte Fine erstaunt.

»Die Flöte gibt es schon viel länger, er kann sie nicht gefunden haben. Sie ist sogar in einem Buch aus den Zwanzigerjahren des letzten Jahrhunderts abgebildet. Aber ich möchte sie mir natürlich gerne im Museum anschauen. Renate hat für die Tagung extra eine Nachbildung davon gemacht. Professor Nannen hatte es allerdings kaum geschafft, ihr einen Ton zu entlocken.«

Fine brach in herzhaftes Gelächter aus. »Na, das wird Renate aber ärgern, sie ist, was ihre Keramikarbeiten angeht, eine echte Perfektionistin.«

»Renate hat das toll hinbekommen. Irgendwann hat man ja auch den Ton gehört. Es ist allerdings keine Melodie darauf zu spielen, eher so ein Ton, der Wildvögel anlocken könnte.« *Oder jemanden in die Fluten, der glaubt, der Flötenton bedeute seine Rettung, wenn er ihm folgt,* schoss es Louise erneut durch den Kopf. Aber hätte die Person dann nicht noch weiter weg vom Ufer stehen müssen, noch tiefer drin im Wasser? Nein, das Ganze musste sich anders abgespielt haben. Lutz war dem Ton auf Rettung hoffend gefolgt, dann hatte er einen Schlag auf den Kopf bekommen, wurde bewusstlos, ertrank. Nichts da von wegen stürzen oder stolpern. Louise war wie elektrisiert. Sören hatte die Flöte gehört. Der Mann, der die letzten drei Jahre auf, hinter und vor dem Deich verbracht hatte, er konnte einen solchen Ton von den alltäglichen, die ihn umgaben, ob es nun Möwengeschrei, Kinderlachen oder Schafsblöken war, unterscheiden.

»Louise, hörst du mir denn gar nicht zu? Ich habe gefragt, ob du noch ein wenig shoppen gehst? Du könntest bitte Ausschau halten nach Strickgarn, das in sich verschieden-farbig ist. Gelb, grün und blau, dickere Qualität, für einen Schal.«

»Ja, natürlich, entschuldige. Ich war mit den Gedanken ganz woanders. Gibt es ein bestimmtes Geschäft, wo ich da-nach suchen soll? Ich denke, ich kann es auf jeden Fall noch dazwischenschieben, ich werde nämlich noch einer alten Dame einen Besuch abstatten, in Ahrenshöft, Stina Dethlev-sen. Der alte Pastor Jaspersen meinte, sie sei eine Nachfahrin der Familie Brodersen. Und ein Brodersen ist der Auftrag-geber des Gemäldes, das Christine restauriert hat, das Still-leben von Clara Peeters. Oh, Fine, es gibt da noch so viel zu erzählen, aber ich muss so langsam los. Wenn ich heute das Rätsel um das Bild gelöst habe, gibt es noch eine spannende Geschichte zum Abendessen. Und wenn ich mir dazu was wünschen darf, ich hätte mal wieder Appetit auf was mit Heringen.«

Louise trank den letzten Schluck ihres mittlerweile kalten Kaffees, umarmte Fine, flitzte noch einmal zurück ins Bad und brummte dann mit ihrem Motorrad zum Hafen. Es war dieselbe Strecke, die sie vor ein paar Monaten in Richtung Fines Kate genommen hatte, nachdem sie todtraurig über die Trennung von Thierry Worms ihre Flucht auf die Insel angetreten hatte. Sie hatte die Fahrtzeit großzügig kalkuliert, brauchte sich nicht zu hetzen, nichts lag ihr auf Pellworm ferner, als sich selbst unter Druck zu setzen oder setzen zu lassen.

Louise kurvte ein wenig hin und her und genoss die freie Strecke über den Nordermitteldeich und den Ütermarkermitteldeich. Vorbei am Deichgrafenweg und dem nach links und rechts abgehenden Rungholtweg. Louise freute sich jetzt schon, den Weg am Abend wieder zu Fines Kate nehmen zu dürfen. Sie summte unter ihrem Helm vor sich hin, bis ihr plötzlich der Schreck in ihre in der Lederkombi steckenden Glieder fuhr. *Mon Dieu*, hatte die Person Nerven. Stellte sich ihr quasi einfach in den Weg. Zwar nicht direkt auf die Straße, sondern am Wegesrand, dort wo Louise den Ostersiel soeben erreichte. Breitbeinig stand die Person da, in Uniform und streckte ihr eine rot-weiße, zu allem Überfluss auch noch blinkende Polizeikelle entgegen. Was war denn in Solveig Olms gefahren? Das Stichwort: Fahren. Sie war nie und nimmer zu schnell gewesen, eher zu langsam, hatte keine Ampel übersehen, da es auf dieser Strecke keine gab, hatte niemanden gefährdet, da sie mehr oder weniger alleine unterwegs gewesen war. Also, was wollte sie von ihr?

Louise bremste kurz vor der Polizistin, stieg ab, ließ aber den Helm auf, schob lediglich das Visier hoch. Sie funkelte Solveig Olms verärgert an. Sie hier zu stoppen, musste schon einen triftigen Grund haben, sonst würde sie der Madame etwas erzählen. Und wie überhaupt kam die Olms dazu, gerade sie anzuhalten? Gut, es war nicht viel los, aber vor ihr war doch eben noch ein grüner Sportwagen in dieselbe

Richtung gefahren. Der war nicht angehalten worden. Also lag es wahrscheinlich an ihrer Person. Doch woher konnte die Olms wissen, dass sie jetzt hier vorbeikommen würde? *Louise, jetzt übertreib es nicht. Diese Frau ist Polizistin, sie untersteht dem Gesetz, sie will dich nicht ärgern, sie hat einen triftigen Grund,* sagte sich Louise und atmete tief ein und aus.

»Moin, Frau Kommissarin. Ich hoffe, es gibt kein Vergehen, das Sie mir anhängen wollen. Das bisschen Rumkurven ist ja wohl nicht strafbar. Ich habe es im Übrigen eilig, in zehn Minuten geht meine Fähre. Wenn Sie also die Güte hätten ...«

Solveig Olms steckte die Kelle in ihren Gürtel und baute sich vor Louise auf.

»Nein, Sie haben sich nicht strafbar gemacht. Noch nicht. Aber ich denke, wir sollten eines ein und für allemal klären. Sie haben sich nicht in irgendwelche polizeilichen Ermittlungen einzumischen, auch rate ich Ihnen davon ab, sich als Detektivin zu versuchen, so was kann ganz schnell ins Auge gehen, wie Sie ja offensichtlich schon am eigenen Leib erfahren haben. Ich habe eben mit Ihrer Tante gesprochen, daher wusste ich, Sie würden hier gleich aufkreuzen.«

»Tss, wie kommen Sie denn darauf, ich würde mich irgendwo einmischen?« Louise wurde ganz heiß, und eine gewisse Ahnung überkam sie.

»Heute Morgen Punkt acht stand mein Ex-Kollege Momme Mommsen bei mir auf der Matte, das heißt in meinem Büro. Er hat sehr merkwürdige Fragen gestellt. Frau Dumas, ich kann eins und eins zusammenzählen. Erstens, Mommsen ist ein Freund Ihrer Tante, zweitens, er weiß um Ihr detektivisches Möchtegerntun, drittens, Sie haben tatsächlich einiges zur Aufklärung der Verbrechen im Sommer beitragen können und bilden sich nun viertens ein, an Ihren Erfolg nahtlos anknüpfen zu können, indem Sie fünftens den Mord an Marieke Schloot ruckzuck aufklären. Wir haben den Täter, wir warten nur noch auf ein Geständnis. Also unterlassen Sie es bitte, zu schnüffeln und mir einen neugierigen Pensionär auf den Hals zu hetzen.«

Hoppla, das war aber ganz schön dick aufgetragen, dachte Louise. Wie kam die Madame ihr denn vor? Neugieriger Pensionär, Möchtegerntun. Da war die Hyperkommissarin bei Louise aber an die Falsche geraten. Nur wusste sie das wohl noch nicht.

»Frau Kommissarin, nichts liegt mir ferner, als Ihnen ins Handwerk zu pfuschen. Wenn Sie einen Mörder haben, schön für Sie. Und Herr Mommsen war ganz sicher nur aus alter Verbundenheit zu seiner Dienststelle da. Einmal Polizist, immer Polizist, ist es nicht so? Sie täten gut daran, andere Menschen nicht so von oben herab zu behandeln. Und damit wünsche ich Ihnen, sechstens, einen guten Tag.«

Louise klappte ihr Visier herunter, bestieg ihr Bike und düste los. Hoffentlich bekam sie die Fähre noch, aber sie hatte zumindest noch Dampf ablassen können.

Auf dem Festland angekommen fuhr sie direkt nach Ahrenshöft. Stina Dethlevsen musste über neunzig sein, hatte Jaspersen gemeint. Da war die Chance, die alte Dame zu Hause anzutreffen, ziemlich hoch. Alte Koogchaussee, Osterkoogstraße, Morsumkoogstraße, Pöhnshalligkoogstraße — ein Hinweis auf die vielen Köge, durch die dem Meer das Land abgerungen worden war. Louise genoss die Fahrt über

Nordstrand, vorbei an herbstlichen Wiesen und Weiden. Sie passierte Hattstedt, Horstedt und Arlewatt und war fünf Minuten später im Moorweg vor dem Haus von Stina Dethlevsen.

Das weiß getünchte Häuschen mit dem schwarzen Dach versteckte sich hinter einer breiten, hohen Hainbuchenhecke, deren Blätter rot und gelb schimmerten. Am linken gemauerten Pfosten, an dem ein windschiefes Gartentörchen hing, prangte ein verwittertes Emailleschild. DETHLEVSEN. Keine Klingel war zu sehen, und Louise marschierte bis zur Haustür. An einem Fenster bewegte sich eine helle Gardine. Ob Stina Dethlevsen sie schon entdeckt hatte? Wahrscheinlich, denn noch ehe Louise die Klingel betätigen konnte, öffnete sich die Tür, und eine gebeugte Frau mit dem Ansatz eines Witwenbuckels öffnete ihr. Zwei braune Äuglein in einem Gesicht, rund und runzelig wie ein Apfel, der in seiner Obstschale vergessen worden war, blickten Louise aufmerksam an.

Louise kam sich vor wie in einem Märchen, in dem sie, obwohl selbst nur knapp einen Meter sechzig groß, als Riesin in ein Zwergenland geraten war. Das Haus, die Frau, ihre Augen, die Blumentöpfchen links und rechts der Haustür mit dem Kranz aus geflochtenen Ähren, der nicht größer als ein Bierdeckel war. Und im Gegensatz dazu die riesige Hecke, die diese Miniaturen wehrhaft umschloss.

»Ja?« Kein Argwohn, kein Misstrauen.

»Moin, mein Name ist Louise Dumas. Ich komme eben von Pellworm und soll sie ganz herzlich vom alten Pastor Jaspersen grüßen.«

»Mien Gott, he leevt noch?«

Louise lächelte amüsiert. Jaspersen war bestimmt zehn Jahre jünger als Stina Dethlevsen.

»Un watt wüll he von mi?«

»Nicht er will was, ich will was. Entschuldigen Sie, dass ich so unangemeldet hierherkomme. Aber Jasper meinte, Sie könnten mir vielleicht helfen. Ich habe ein paar Fragen zu Ihrem Urahn, Sönke Brodersen.«

»Oh, de is schon lang doot.«

»Ich weiß, aber Sie sind die Letzte aus der Familie.«

»So is dat wohl. Ober kob'n se doch rinn.«

Die alte Frau öffnete einladend die Tür und wies Louise in einen Flur mit dunkelblauen und weißen Fliesen im Schachbrettmuster auf dem Boden. Unschlüssig blieb Louise stehen, doch Stina Dethlevsen schob sie weiter in die gute Stube. Louise riss die Augen auf. Stübchen, nicht Stube, Puppenstübchen. Die Möbel waren so zierlich, dass sie befürchtete, der Stuhl würde unter ihr zusammenbrechen, und das obwohl sie mit ihren etwas über fünfzig Kilo nun wirklich kein Schwergewicht war. Auf dem Couchtisch lag ein gehäkeltes weißes Deckchen, darauf eine Nippesfigur, zwei ballspielende Hunde aus Porzellan. Ähnliche Figuren reihten sich in einer schmalen Aufsatzvitrine. Auf dem Sofa tummelten sich altmodische Puppen, und auf zwei Stühlchen an einem Beistelltisch saßen zwei Teddybären, vor sich ein Puppengeschirr mit winzigen Tassen und Tellern.

»Oh, das ist ja herzallerliebst.« Louise wusste gar nicht, wo sie dieses Wort hervorgekramt hatte, aber sie meinte es wirklich so. Und in diese Puppenstube passte Stina Dethlevsen, sie hatte sich ihre eigene kleine Welt, ihre Familie um sich herum geschaffen. Die alte Frau setzte die Puppen in einen nostalgischen Puppenwagen, der unter dem Fenster stand, und Louise nahm Platz. Fast versank sie in den Tiefen des Sofas, dessen Federn nachgaben. Stina schob sich ein Sesselchen mit einem Deckchen auf Kopfhöhe heran und setzte sich. Sie faltete die runzeligen Hände, betrachtet Louise aufmerksam aus ihren Knopfäuglein und nickte auffordernd.

»Nu, wat wülln se weeten?«

»Sönke Brodersen war einer Ihrer Ahnen, das stimmt doch?« Die alte Frau schüttelte den Kopf. Jetzt sprach sie Hochdeutsch, damit Louise sie besser verstehen würde, wie sie anmerkte.

»Nein, nicht direkt. Das ist ja nun schon etliche Hundert Jahre her, aber der Sönke war der Bruder meiner Vorfahrin. Das war die Levke. Die Levke hat die große Flut überlebt, weil sie zu dem Zeitpunkt mit dem Pastor und dessen Tochter ganz hier in der Nähe auf einem Fest war. Die Taufe des Kindes einer Cousine, bei dem sie, so meine ich, Patin war. Alle anderen sind gestorben. Nur der Sönke nicht, der war ja in Antwerpen.«

»Das wissen Sie noch alles so genau, Frau Dethlevsen?«, staunte Louise.

»Stina, nenn mich einfach Stina. Das weiß ich so genau, weil die Enkelin von der Levke das aufgeschrieben hat. Die hat einen Lehrer aus Husum geheiratet und war sehr gebildet. Ich weiß das noch, weil meine Mutter mir aus dem Buch vorgelesen hat. Das ist nun auch schon viele Jahre her, das war noch lange vor dem Krieg. Dann ist meine Mutter gestorben, und das Buch ist im Krieg verbrannt, aber ich hab mir alles hier gemerkt.« Sie tippte sich an die Stirn.

Stina Dethlevsen besaß tatsächlich einen wachen Verstand, das hatte Louise bereits bemerkt. Aber ob ihr Gedächtnis tatsächlich noch so gut funktionierte?

»Stina, stand in diesem Buch, ich schätze es waren handschriftliche Aufzeichnungen, dann wohl aus dem frühen 18. Jahrhundert, was Sönke in Antwerpen gemacht hat? Und wie ist er da überhaupt hingekommen?«

»Ich mach uns erst mal einen Tee. Dann kommt das, was vielleicht doch verschüttet ist…«, jetzt klopfte sich Stina an die Stirn –, »… wieder zum Vorschein.«

Die alte Frau stand erstaunlich behände von ihrem Sessel auf und tippelte mit flinken Schritten aus der Stube. Louise sah sich weiter neugierig um. Kein Fernseher und kein Radio. Entweder gab es sie in einem anderen Zimmer oder Stina verzichtete darauf, mit Neuigkeiten und Nachrichten konfrontiert zu werden. An den Wänden hingen kleine Gemälde, alle mit maritimen Szenen. Irgendwie wollten diese Bilder gar nicht so in die märchenhafte Puppenstube passen. Louise stand auf und betrachtete eins der Bilder näher. Sie waren signiert mit E. Dethlevsen. Sie ging weiter zu dem Vitrinenschrank, der auf zierlichen geschwungenen Füßen stand. Primaballerinen, Tierfigürchen, ein Eiffelturm aus Metall, eine kleine Rialtobrücke aus Porzellan, Erinnerungen an lange zurückliegende Urlaubsreisen, vermutete Louise.

»Da war ich mit meinem Mann, Edmund Dethlevsen. Er war Lotse. Ist schon lange tot, seit mehr als zwanzig Jahren, Gott hab ihn selig.«

Stina war mit einem Tablett, auf dem Tassen und eine Kanne, Zuckerschale und Milchkännchen standen, ins Zimmer getreten. Sie stellte es auf dem Couchtisch ab und goss den dampfenden Tee ein.

»Oh, dann hat Ihr Mann diese kleinen Bilder gemalt. Sie sind sehr schön.« Louise setzte sich wieder und rührte ein Stück Kandiszucker, das sie mit einer Zange aus der Schale gegriffen hatte, in ihr Getränk.

»Ja, er hatte viele Talente, mein Edmund. Aber zurück zu Sönke. Er war der jüngste der Familie, hatte noch einen älteren Bruder, der Name ist mir entfallen, und dann Levke, die Schwester. Ich meine, es hieß in der Familiengeschichte, er habe einen Schatz im Watt gefunden und hat sich mit dem nach Antwerpen aufgemacht, um dort sein Glück zu finden und sein Geld zu vermehren. Aber, ob das so stimmt … Sicher ist, er ist ein reicher Mann geworden, und er hat auch Levke ein großes Vermögen hinterlassen. Nun ja, ob es wirklich so groß war, ich weiß es nicht. Auf jeden Fall ist nicht mehr sehr viel übrig geblieben.« Stina lächelte versonnen.

»Und aus was kann der Schatz bestanden haben?«, fragte Louise. In ihrem Magen kribbelte es.

»Das weiß ich beim besten Willen nicht. Wie gesagt, das Familienbuch ist weg, und ob es überhaupt dringestanden hat, ich weiß es nicht.« Sie seufzte und nahm einen Schluck Tee, in dem die Milch wie eine kleine Wolke trudelte.

»Schade. Aber nach so langer Zeit ist es ja kein Wunder, wenn so manches der Vergessenheit anheimgefallen ist.« Louise war ein weiteres Mal erstaunt: Wo hatte sie denn das Wort nun schon wieder aufgetrieben? Dieses zauberhafte kleine Haus machte so etwas wahrscheinlich möglich. Sie nahm ihren Rucksack, kramte darin herum und zog das Foto des Gemäldes von Clara Peeters heraus mit der bereinigten Stelle, an der nun der minoische Becher prangte.

»Stina, schauen Sie sich mal bitte dieses Bild an.« Sie

legte das Foto vor die alte Frau, die offenbar keine Sehhilfe brauchte. Stina betrachtete es aufmerksam, dann lächelte sie.

»Na, gibt's denn so was? Das Ding da sieht ja aus wie mein oller Pott. Wie kommt der denn auf das Gemälde?«

Louise stockte der Atem. Wie bitte? Was hatte Stina da gesagt? Wie ihr oller Pott? Sie bekam zunächst keinen Ton heraus, dann krächzte sie: »Stina, Sie haben einen solchen Becher? Darf ich ihn mal sehen?«

»Natürlich, wenn Sie sich dafür interessieren. Sie sind ja extra von Pellworm gekommen. In der Küche.«

Mit wackeligen Knien ging Louise hinter Stina her, die sie in eine Puppenküche führte. Hier ein Deckchen, da hing ein kleiner Topf an der Wand, hier ein Porzellanschälchen mit Rosenmuster, da ein Väschen mit einer einzelnen getrockneten Blume. Doch für diese Nettigkeiten hatte Louise im Moment kaum einen Blick. Stina öffnete den Küchenschrank und beförderte ein Gefäß heraus, das sie vor Louise auf den Küchentisch stellte. Darin befanden sich Gummis, Kassenbons, ein Bleistiftstummel. Der Becher selbst war matt und dunkel angelaufen. Louise hatte immer gedacht, nur Silber könne sich so verfärben, aber auch Gold schien diesem Prozess zu unterliegen. Und da Stina den Pott, wie sie ihn nannte, als Sammelbüchse für Krimskrams gebrauchte, hatte sie ihm auch keine besondere Pflege zukommen lassen. Zudem überzog die fein herausgearbeiteten Figuren eine Schicht aus Fett und Staub, ein Schmutzfilm, wie er in Küchen zuhauf vorkam.

Sie nahm den Becher in die Linke und kratzte vorsichtig mit dem Fingernagel über die Fläche. Schmutz blieb darunter hängen, und man konnte den Schimmer des Goldes nun fast erahnen, wenn man wusste, aus welchem Material das kostbare Artefakt gefertigt worden war.

»Stina, wissen Sie, was das ist?«

»Nein, mien Deern, woher sollte ich das wissen. Er war schon immer in der Familie. Ich hab es nie übers Herz gebracht, ihn wegzuwerfen, schon meine Großmutter hatte ihn im Schrank stehen. Ist was Besonderes mit ihm?«

Louise stellte den Becher wieder ab. Spontan ergriff sie die kleinen, von Altersflecken übersäten Hände von Stina Dethlevsen. »Stina, das kann man wohl sagen, Sie haben da was außerordentlich Kostbares. Passen Sie gut darauf auf, stellen Sie ihn wieder in den Schrank mitsamt den ganzen Gummis und Zetteln. Kommen Sie, ich werde Ihnen eine Geschichte erzählen.«

Louise führte die alte Frau zurück in die Stube. Der Tee war mittlerweile kalt geworden. Stina lauschte mit Augen, die immer größer wurden, Louises Worten.

Kapitel 39

Da hatte der Beweis, dass Minoer wohl an der nordfriesischen Küste gelandet waren, nun über zig Generationen in den Küchenschränken der Nachfahren von Levke Brodersen geschlummert. Stina hatte gestaunt, aber es ansonsten sehr gelassen aufgenommen, diese Kostbarkeit zu besitzen.

»Du musst dir überlegen, was du mit dem Becher machst, Stina.« Sie waren nach einem Schluck Köm zum Du übergegangen. Stina hatte genickt, den Goldbecher zurück in den Küchenschrank gestellt, nachdem Louise ihn mit ihrem Handy von allen Seiten fotografiert hatte. Dann hatte sie sich mit einer herzlichen Umarmung von der alten Frau verabschiedet, nicht ohne zu versprechen, sich bald wieder bei ihr zu melden und viele Grüße an den alten Jaspersen mitzunehmen.

Louise verließ das Häuschen voller Eindrücke, die sie zuerst einmal sortieren musste. So wie sie es sich jetzt zusammenreimte, hatte Levke den Schatz entdeckt, ihr Bruder war mit einem Teil davon nach Antwerpen gegangen, um dort sein Glück zu machen. Was wohl sonst noch zu dem Schatzfund gehört hatte? Münzen, andere Gegenstände aus Gold, Siegel? Und niemand, nicht ein einziger Vertreter der archäologischen Fachwelt, wusste von diesem noch existierenden Becher. Was wohl aus dem, den Sönke eingepackt hatte und später hatte malen lassen, geworden war? War er unwiederbringlich verloren? Aber der minoische Becher von Stina Dethlevsen, der war noch da. Und es war ganz sicher nicht der Becher, der auf dem Gemälde von Clara Peeters zu sehen war. Stinas Becher besaß eine fein gearbeitete weibliche Figur mit blanken Brüsten. In ihren ausgestreckten Armen hielt die Figur, eine Göttin, je eine Schlange. Nackte Männer, die den Stier bezwangen, eine halb nackte Frau, die über die Schlangen herrschte. Vielleicht gehörten die beiden Becher eng zusammen.

Louise schaute auf ihre Uhr. Es war kurz vor Mittag, kein guter Zeitpunkt, im Krankenhaus aufzutauchen. Die Patienten bekamen ihr Mittagessen, danach sollten sie ganz sicher ruhen. War überhaupt um diese Zeit Besuchszeit? Sie entschloss sich, dem Nissenhaus, dem Nordfriesland Museum, in Husum, jetzt einen Besuch abzustatten. Es hatte über Mittag geöffnet. Vielleicht lief ihr auch zufällig dabei Hilla Uldrup über den Weg, und sie würde ihr ein paar Fragen stellen können.

Louise parkte ihr Motorrad in einer Seitenstraße. Das zu einem Platz hin lang gestreckte dreigeschossige Museumsgebäude, das, so die Information, die Louise noch flink auf ihrem Handy angelesen hatte, 1934 bis 1937 nach Wünschen des Museumsstifters Ludwig Nissen errichtet worden war, beeindruckte durch seinen expressiven Eingangsbau. Eine breite Treppe führte zum Vestibül, darüber belichteten drei hohe schlanke Fenster das Innere. Sie überfingen gemauerte Rundbögen, aus denen große Tierfiguren aus Keramik auf Louise herabschauten. Rechts ein Stier, links ein Pferd, das dem Meer entstieg, ein Hippocamp, wie Louise gelesen hatte, und in der Mitte ein Raubvogel, der im beschreibenden Text als Phönix benannt wurde. Phönix, der wundersame Vogel, der verbrannte und aus seiner Asche wiederkehrte.

Von unten und aus der Distanz betrachtet gefielen die drei Geschöpfe Louise ausnehmend gut. Sie hatten etwas Geheimnisvolles an sich, wirkten dabei enorm ausdrucksstark, expressiv. Bevor sie das Museum betrat, suchte sie in ihrem Handy nach dem Schöpfer der drei Fabelwesen. Sie stammten von dem Kieler Bildhauer Alwin Blaue und sollten die heimische Landschaft mit Erde, Wasser und Luft versinnbildlichen.

Louise löste eine Eintrittskarte und sah sich neugierig um. Eine Auswahl an Büchern zu den verschiedensten Themen um Nordfriesland und die Nordsee lag für den interessierten Leser bereit. Sie würde sich zuerst die Ausstellung anschauen und sich dann noch etwas Lesestoff gönnen.

Der riesige Raum im Erdgeschoss war in mehrere Abteilungen untergliedert. Gleich zu Anfang das, was Louise am meisten interessierte – Rungholt – und dazu ein ausführlicher Überblick zum Thema Sturmfluten. Diesen Bereich hob sie sich für den Schluss auf. Es folgten vielfältige Informationen und Anschauungsmaterial zum Thema Deichbau und Landgewinnung. Hausmodelle, Trachten, Dinge des täglichen Lebens, Gemälde, all das entführte Louise in eine frühere Zeit und brachte ihr die Bewohner dieses Landstrichs etwas näher. Im Untergeschoss begegneten ihr ausgestopfte Seehunde und Wasservögel, das Obergeschoss widmete sich dem Museumsstifter Ludwig Nissen, der in den USA sein Glück und seinen Reichtum gemacht hatte. Man musste offenbar Nordfriesland verlassen, um es dazu zu bringen.

Besonders die Rüstung eines Samurais und die Skulpturen und Gemälde von Ureinwohnern Nordamerikas sprachen sie an und beflügelten ihre Fantasie. Japan, die USA, sie hatte weder das eine Land noch das andere je bereist. Mit einer plötzlichen Wehmut dachte sie an Chris, der im Moment irgendwo in diesem riesigen Land unterwegs war.

Die Zeit eilte dahin, und Louise schlenderte zurück. Das Objekt ihrer Begierde, die Tonflöte, hatte sie sich bis zum Schluss aufgehoben. Und da war sie, die Okarina, eindrucksvoll hinter Glas, perfekt ausgeleuchtet.

»Ob das jetzt wirklich das Original ist?«, murmelte Louise vor sich hin.

»Ja, ist es. Moin, Frau Dumas. Haben wir mit der Tagung Ihr Interesse an der Archäologie geweckt?«

Louise drehte sich um. Hilla Uldrup. Ein toller Zufall, dann brauchte sie nicht nach der Museumsmitarbeiterin zu fragen.

»Moin, Frau Uldrup«, Louise streckte die Hand aus, in die die junge Frau einschlug. »Ja, die ganzen Vorträge haben mich neugierig gemacht. Da ich sowieso in Husum zu tun habe, musste ich mir natürlich diese wunderbare Ausstellung gleich anschauen. Und ich werde garantiert noch mal kommen, die kurze Zeit, die ich heute erübrigen kann, reicht ja bei Weitem nicht aus, das Haus kennenzulernen. Wenn Sie einen Moment Zeit haben, ich hab da noch eine Frage. Wenn ich das richtig verstanden habe, gibt es unterschiedliche Meinungen zur Lage von Rungholt und zur Frage, wie weit die Minoer gesegelt sind.«

Hilla machte eine wegwerfende Handbewegung, blies die Backen auf und ließ ein verächtlich klingendes *Pff* entweichen.

»Kommen Sie mal mit, Louise, ich zeig Ihnen was.«

Louise folgte der jungen Frau, die bei einem besonderen Exponat stehen blieb. »Dies ist ein Krug, wahrscheinlich aus Valencia. Man nennt diese Art der Herstellung Lüsterkeramik. Er ist im Watt gefunden worden. Dies ist natürlich eine Replik, so sah er nicht aus, als man ihn aus dem Schlick zog, aber genau so haben wir ihn uns vorzustellen, als er die Werkstatt seines Meisters verließ.« Der Krug war hoch, unten etwas bauchig und mit blauem und goldfarbenem Ornament verziert. »Das gute Stück ist ganz sicher über den Seeweg in den Norden gelangt, denn der Landweg war im Mittelalter unsicher und beschwerlich. Unser Krug ist nicht der einzige dieser Art, der im Bereich der Küstenstädte entdeckt worden ist. Handelsschiffe segelten damals von Malaga und später von Valencia aus nach England und Flandern, dort vor allem im 14. Jahrhundert nach Sluis, dem Brügger Vorhafen. Hier wurde die Keramik zuerst einmal gelagert und dann weitertransportiert. Zwischen Flandern und Friesland mit der Edomsharde sowie den Hansestädten bestanden gute Handelsverbindungen. Und die Edomsharde ist das Gebiet, zu dem Rungholt gehörte. Sie haben mir sicher genau zugehört, ich sprach vom 14. Jahrhundert. Keine Frage, in dieser Zeit ist in unserer Region einiges an Waren angekommen, natürlich auch schon früher, aber es gibt keinen Beweis, dass diese Geschichte mit den Minoern, die die Edomsharde, sprich Rungholt, angesteuert haben sollen, auch nur ein Körnchen Wahrheit beinhaltet. Das ist Humbug, solche Behauptungen, und auch noch ohne handfeste Beweise, aufzustellen, ist wissenschaftlich verwerflich.«

Hilla Uldrup hatte sich regelrecht in Rage geredet.

»Und was hat es dann mit diesem geheimnisvollen Siegel auf sich, das angeblich minoisch und nicht mehr auffindbar ist? Wenn ich das richtig verstanden habe, soll es doch zuerst hier im Museum abgeliefert worden sein, zusammen mit einigen Scherben, und von hier gehen die Funde doch nach Kiel. Und dort ist es nie angekommen.«

»Sagen Sie, Frau Dumas…« – nun hatte es sich ausgelouist – »…was wollen Sie eigentlich von mir hören? Dass ich einen solchen Fund nicht weitergegeben, ihn vielleicht gar nicht erkannt habe? Dass man ihn in Kiel hat verschwinden lassen, um den Bremern ihren Triumph nicht zu gönnen? Das ist ausgemachter Bockmist.« Mit dunkelrotem Kopf und einer geschwollenen Halsschlagader stand Hilla vor Louise. Speicheltröpfchen waren ihr aus dem Mund entwichen, als sie das Wort *Bockmist* regelrecht ausgespuckt hatte.

»Hilla, Frau Uldrup, bitte beruhigen Sie sich. Ich bin einfach nur neugierig, mehr nicht. Ich finde es unheimlich spannend. Das ist ja fast wie in einem Krimi. Nur ohne…« Louise schluckte den letzten Teil des Satzes hinunter. Eigentlich hatte sie sagen wollen, nur ohne Mord. Aber genau den hatte es ja gegeben. Angeblich hatte der zwar nichts mit einem Streit unter Archäologen zu tun, aber da war Louises Bauchgefühl seit geraumer Zeit anderer Meinung.

Hillas Gesichtsfarbe nahm wieder einen normalen Ton an. »Tut mir leid, ich wollte nicht so aus der Haut fahren. Also, noch einmal zu den angeblich so spektakulären Funden im Watt. Es waren Scherben, ein total verdrecktes Einmarkstück mit Seepocken auf einer Seite, also das Teil, das offenbar verschwunden ist, wen wundert's, ein Hufnagel und noch einige Teile mehr, alles, als es hier ankam, in einer sandigen Tüte. Ich habe einen ersten Blick darauf geworfen. Es ist auch nicht unsere Aufgabe, diese Funde vorher zu sortieren und zu begutachten, das wird bei den Landesarchäologen in Kiel erledigt. Die Tüte wurde beschriftet, Datum, Finder, und dann nach Kiel geschickt, wo Professor Hammerstein, das heißt einer seiner Mitarbeiter nehme ich an, sie entgegengenommen hat. Das war's. Mehr habe ich nicht damit zu tun. War nett Sie hier getroffen zu haben, auf Wiedersehen, Louise.«

Nun streckte sie Louise ihre Hand entgegen, die unangenehm feucht in der von Louise lag. *Angstschweiß? Aufregung?*, fragte sie sich und sah der jungen Frau nach, die mit festen Schritten den Ausstellungsraum verließ. *Qui s'excuse, s'accuse.* Oder wie man im Deutschen sagte: *Getroffene Hunde bellen.* Aber auch für sie war es nun an der Zeit zu gehen. Sie erstand im Museumsshop noch einen kleinen Führer zu Rungholt, der unter anderem von Hellmut Bahnsen geschrieben worden war. *Im Meer versunken.*

Vor dem Museum kam Louise die Welt nach der Stille im Nissenhaus plötzlich laut und chaotisch vor. Schüler eilten lärmend zur Bushaltestelle, Autos brausten an ihr vorbei, aus der Nähe drang Baulärm an ihre Ohren. Die Hektik des Alltags hatte sie wieder.

Kapitel 40

Louise parkte das Motorrad gegenüber dem Klinikum am Erichsenweg in der Höhe eines Sportplatzes, auf dem der TSV Husum 1875, wie ein Schild verlautbaren ließ, seine Sportler scheuchte und trainierte. Von hier kam man am besten zum Haupteingang. Sie hängte sich wieder ihren Rucksack um, aus dem sie ein kleines altes Fotoalbum gezogen hatte, das sie aus Fines Bücherregal entliehen hatte. Die Fotos im Album waren, wie Mode, Frisuren und Automobile ihr verrieten, wohl aus den frühen Sechzigerjahren. Sie musste Fine unbedingt darauf ansprechen, denn auf einem hatte sie ihre Mutter erkannt. Die Seiten mit den Fotos, die zum Teil noch altmodisch gezackte Ränder aufwiesen, waren durch ein dünnes, fast durchsichtiges Papier getrennt, das Louise an Spinnennetze denken ließ.

Mit dem Album bewaffnet betrat sie das Foyer und wandte sich zur Anmeldung. Zuerst einmal würde sie es ohne eine Notlüge versuchen.

»Moin, ich möchte bitte wissen, wo Adrian Willner liegt?«

Sofort wurde die freundliche Miene der älteren Frau hinter der Glasscheibe misstrauisch. Louise konnte sich denken warum. Willner war selbst von der Presse, und seine Kollegen ließen es sich garantiert nicht nehmen, ihm einen Besuch abstatten zu wollen, um in Erfahrung zu bringen, wie und durch wen Willner in diese Grabkammer gelangt war. Wer wollte es der schreibenden Zunft verübeln, sich auf diese abenteuerliche Geschichte zu stürzen und sie in den Tages- und Wochenzeitungen zu verbraten.

»Presse hat hier keinen Zutritt. Herr Willner braucht seine Ruhe. Anordnung von ganz oben«, verkündete die Frau, die sich durch ein Schild oberhalb ihres Busens als Schwester Sigrid auswies, klar und deutlich.

»Aber nein.« Louise lächelte verständnisvoll. »Sie denken, ich bin von der Presse. Nein, nein.« Sie wackelte, die Verneinung unterstreichend, mit dem rechten Zeigefinger hin und her. »Ich bin seine Stiefschwester Louise. Ich bin heute früh aus dem Ausland zurückgekehrt, aus dem Amazonasgebiet. Ich habe von nichts etwas mitbekommen. Die Polizei hat mich erst jetzt informieren können, auch darüber, dass Adrian offenbar unter einer schweren Amnesie leidet. Ich habe ein Album dabei mit Familienbildern, man sagte mir, das Betrachten von Familienbildern könne bei einem Gedächtnisverlust helfen. Bitte, Herr Dr. Roth-Körner«, Louise hatte den Namen im Zusammenhang mit der Neurologischen Abteilung der Klinik auf einer Informationstafel am Eingang entdeckt, »hat mich darin bestätigt.«

Diese faustdicke Lüge ging ihr glatt über die Lippen. Immerhin diente sie einem guten Zweck.

»*Frau* Dr. Roth-Körner ist seit einer Woche in Urlaub.« Die Miene von Schwester Sigrid verfinsterte sich geradezu.

»Oh, das hat mir niemand gesagt, das Sekretariat meldete sich mit Roth-Körner, aber mir war nicht bewusst, mit der Vertretung von Frau Doktor gesprochen zu haben. Er hat seinen Namen nicht genannt.«

»*Sie* hat ihren Namen nicht genannt«, presste Schwester Sigrid zwischen den Lippen hervor. »Die Vertretung ist ebenfalls eine Sie.«

»Dann hat diese Sie aber eine ganz schön dunkle Stimme.« Louise gab nicht auf. Irgendwie musste sie zu Adrian Willner gelangen.

»Stimmt, ich habe Frau Dr. Fuhrmann schon tausendmal gesagt, sie soll nicht so viel rauchen«, brummte der Zerberus hinter der Scheibe nun. »Gut, Angehörige dürfen zu ihm. Viel Glück mit dem Album. Und bitte sagen Sie oben bei der Anmeldung Bescheid. Herr Willner liegt auf der 3.2. Zimmer 11.«

Dies tat sie kund, ohne nachzuschauen. Louise bedankte sich und machte, dass sie davonkam, bevor sich erneut das Misstrauen in Schwester Sigrid breitmachte. Nach einem Personalausweis hatte sie nicht verlangt, besser so. Bevor sie in den Fahrstuhl stieg, registrierte Louise noch, dass offensichtlich Wachablösung an der Anmeldung war. Sigrid erhob sich, sprach kurz mit einer Frau mit Kopftuch, die es sich dann auf Sigrids Stuhl bequem machte und ihre Aufmerksamkeit einem neuen Besucher des Klinikums schenkte. Hoffentlich begab sich Schwester Sigrid jetzt auf dem schnellsten Weg nach Hause und kam nicht noch auf die Idee, im dritten Geschoss nach dem Rechten sehen zu wollen, dachte Louise, als sich die Fahrstuhltür mit einem satten Summen öffnete.

Oben angekommen eilte sie am Schwesternzimmer vorbei, wobei sie das Album hochhielt und im Vorbeieilen rief: »Schwester Sigrid weiß Bescheid.« Der Pfleger, der an der Anmeldung saß und telefonierte, nickte ihr zu und wedelte zum Gruß kurz mit der Hand. Louise marschierte weiter durch den Flur und klopfte zaghaft an die Tür von Zimmer 11. Rechts vom Eingang stand ein Stuhl, auf dem eine zusammengefaltete Zeitung lag. Es erstaunte sie, im Moment niemanden vor dem Krankenzimmer vorzufinden. Hier hatte sie das nächste Hindernis befürchtet. Aber andererseits, Willner war ja kein Kronzeuge in einem Mafiaprozess, den es besonders zu schützen galt. Allerdings hatte ihm jemand nach dem Leben getrachtet oder hatte ihn zumindest für eine Weile aus dem Verkehr ziehen wollen. Sollte man da nicht doch besser auf ihn aufpassen? Nun, vielleicht war der Aufpasser ja auf der Toilette. Also nichts wie rein zu Willner.

Ein krächzendes Herein war von der anderen Seite zu hören, und Louise öffnete die Tür. Im Zimmer stand ein einzelnes Bett, darin der Journalist Adrian Willner, ein blasser, schmaler junger Mann mit dunklen kurzen Haaren. Auf der Bettdecke waren Zeitschriften ausgebreitet, eine drohte herunterzurutschen, als sich Willner im Bett aufrichtete und seine Besucherin neugierig ansah.

»Herr Willner?«

»So sagt man.«

Ach herrje, der Mann schien immer noch nicht sein Gedächtnis wiedererlangt zu haben. Wie sollte er sich da an Details erinnern? Louise wusste im Moment nicht weiter. Was sollte sie ihn fragen, wie sollte sie sich vorstellen? Vielleicht half ihm ja eine Zusammenfassung dessen, was sie wusste, auf die Sprünge. Und mit ihrer eigenen Vorstellung blieb sie am besten bei der Wahrheit. Ihr Lügenpensum war für heute erschöpft.

Willner wartete ab, er bot ihr weder an, näher zu kommen, noch, sich hinzusetzen, obwohl ein Stuhl direkt neben seinem Bett stand. Unschlüssig verharrte Louise an der Tür. Dann fasste sie sich ein Herz.

»Es tut mir total leid. Wenn Sie wünschen, gehe ich sofort wieder. Aber ich habe ein paar Fragen an Sie, und vielleicht helfen die Ihnen ja wiederum, ihr Gedächtnis wiederzufinden. Wissen Sie, ich habe mal gelesen, jemand konnte sich beim Hören einer bestimmten Musik plötzlich wieder daran erinnern, wer er war.«

»Sie sind keine Journalistin und auch nicht von der Polizei oder so eine Psychotante?«, antwortete Willner, ohne auf Louises Erklärung einzugehen.

»Bin ich nicht.« Sie schüttelte den Kopf.

Mit einem Seufzer ließ sich Willner in sein dickes Kissen zurückfallen. »Dann ist es ja gut. Ich habe nämlich davon allmählich die Nase voll. Das eben war nicht so ganz ernst gemeint. Ich weiß mittlerweile wieder, wer ich bin. Adrian Willner, sechsundzwanzig Jahre alt, ich stamme aus Buxtehude und arbeite für das *Husumer Nachrichtenblatt*. Man hat mich in einem Steingrab aus vorgeschichtlicher Zeit gefangen gehalten. Das sind die Fakten. Was ich nicht weiß, ist, wann und warum ich dort gelandet bin. Das Letzte, an das ich mich erinnern kann, ist, dass ich mit jemandem auf ein Bier zusammensaß, mich auf den Heimweg machte und dann… schwarz, alles weg, nichts, nada, niente. Ich habe keine Ahnung, mit wem ich da war und warum. Die Ärzte nennen das einen mittelschweren Fall von retrograder Amnesie. Es kann sein, dass ich mich nie mehr daran erinnern werde, was passiert ist, aber vielleicht schnipsen Sie gleich mit den Fingern, und es fällt mir ein. Wollen Sie schnipsen?« Er lächelte etwas gequält. »Dann setzen Sie sich zu mir. Ich muss sagen, ein so hübsches Gesicht habe ich, seitdem ich hier bin, noch nicht gesehen. Wenigstens etwas.«

Louise setzte sich auf den Stuhl und streckte die Hand aus, die Willner, aus dem Bett gebeugt, umfasste und schüttelte.

»Louise Dumas. Danke, dass Sie sich Zeit für mich nehmen.«

»Ich habe im Moment auch nichts Besseres zu tun. Morgen noch eine letzte CT, die Polizei hat auch keine Fragen mehr, also was soll's.«

In diesem Augenblick öffnete sich die Zimmertür, und eine Polizistin schaute herein.

»Alles in Ordnung, Herr Willner?«

»Ja, alles okay, nur der Besuch einer alten Freundin.«

Die Polizistin zog sich zufrieden wieder zurück.

»Sie werden echt bewacht?«

Willner zuckte mit den Achseln. »Solange sie nicht wissen, warum ich entführt worden bin und ob mir nicht vielleicht jemand nach dem Leben trachtet, passen sie ein wenig auf mich auf. Zu Hause bin ich dann wieder auf mich allein gestellt. Versteh einer diese Logik. Aber nun zu Ihnen, Frau Dumas.«

»Herr Willner, ich gehe am besten gleich in medias res. Ich habe an einem Kolloquium teilgenommen, den *Rungholt-Dialogen*. Dabei ging es unter anderem um einen Streit zwischen Fachkollegen der Archäologie aus Kiel und Bremen, erstens wegen der Lage von Rungholt und zweitens wegen eines verschwundenen Artefakts.«

Sie legte eine Pause ein. Vielleicht waren es ja Schlagwörter, die ihn an etwas erinnerten. Archäologie, Rungholt, Artefakt. Aber nichts dergleichen. Willner lag entspannt in seinem Kissen und hörte zu.

»Dieses Artefakt soll ein Siegel sein. Genauer gesagt ein minoisches Siegel. Darüber möchte ich mehr herausfinden, deswegen bin ich hier.«

Willners Brauen zogen sich ganz leicht zusammen. War das ein Zeichen? Doch dann entspannten sich seine Gesichtszüge wieder. »Minoische Siegel? Das sagt mir gar nichts.«

Louise versuchte es nun anders. »Sie haben in mehreren Artikeln über einen jungen Mann geschrieben, der im Sommer dieses Jahres im Watt einige Funde gemacht hatte und bei seinem unbedachten Ausflug fast in der Flut ums Leben gekommen wäre.«

Willner nickte. »Das mit der Erinnerung ist schon so eine merkwürdige Sache. Wie bei einem Puzzle, wenn ein paar Teile fehlen, kann es sein, dass das Gesamtbild nicht vor deinen Augen stimmig ist. So ähnlich ist es bei mir. Manches ist in meinem Kopf so präsent, als wäre es erst gestern gewesen, und anderes will mir partout nicht einfallen. Aber an meine Artikel erinnere ich mich. Ich habe sie auch wieder gelesen. Aber sie haben mir nicht weitergeholfen. Ich hatte überlegt, ob ich in irgendeinem Beitrag jemandem so auf den Schlips getreten bin, dass er mich von der Bildfläche hat verschwinden lassen wollen. Aber da war nichts. Ganz sicher nicht.«

»Haben Sie vielleicht an irgendetwas zuletzt gearbeitet, was mit diesem, ich nenne es mal Schatzfund, zusammenhängen könnte?«

»Keine Ahnung. Sowohl mein Tablet, auf dem ich alles speichere, als auch mein Handy sind verschwunden. Das macht mich fast verrückt, denn ich kann mich nicht daran erinnern, an was ich zuletzt gearbeitet habe. Das Treffen in der Gaststätte ist das Einzige, was ich noch weiß. Und dann all das, was ein paar Tage zuvor war. Aber ab da und nach dem Verlassen des Lokals, absoluter Blackout. Filmriss. Ich würde noch nicht mal beschwören können, ob ich nun mit einem Mann oder einer Frau im Biergarten war. Bruchstücke, mehr habe ich nicht zu bieten. Aber irgendetwas hat eben bei mir geklingelt. Ich weiß nur nicht, was es war. Was hatten Sie mich noch gefragt?«

»Ob Sie an einem Artikel gearbeitet haben, der sich wieder auf den Schatzfund im Frühling bezog.«

»Nein, das war's nicht. Etwas, was Sie vorher gesagt hatten. Es hat ein wenig gedauert, aber dann hat es was in meinem Hirn ausgelöst. Nur was?« Willner biss sich in stiller Verzweiflung auf die Lippen und schloss die Augen.

»Ich habe wegen eines minoischen Siegels recherchiert«, sagte Louise langsam und betonte das Wort Siegel mit Nachdruck.

Willner riss die Augen auf. »Das kommt mir irgendwie bekannt vor. Ist das vielleicht das besagte Fingerschnippen?« Wieder schloss er die Augen, kniff sie fest zusammen, seine Stirn lag in tiefen Falten, während er nachdachte. Dann schüttelte er den Kopf. Louise hatte währenddessen fast den Atem angehalten.

»Shit, ich komm nicht drauf. Aber irgendwas klopft da an. Ich muss mir Zeit lassen.« Er rieb sich jetzt über die Augen. »Sorry, aber mein Kopf, ich werde regelrecht von diesen

Wahnsinnskopfschmerzen überfallen. Ich glaube, ich brauche jetzt meine Ruhe. Ich melde mich bei Ihnen, wenn mir was dazu einfällt, einverstanden?«

Louise nickte. Sie hatte dem armen Kerl ein wenig zu viel zugemutet. Sie öffnete ihren Rucksack, um eine ihrer Visitenkarten herauszukramen. Dabei stieß sie auf das Tagungsprogramm, das sie mehrfach gefaltet in die innere Seitentasche gestopft hatte. Ein letzter Versuch. Auf dem Tagungsflyer waren die Referenten mit Foto abgebildet. Vielleicht half das ja Willner dabei, das schwarze Loch in seinem Kopf mit Erinnerungen zu füllen.

»Nur eine letzte Sache noch.« Sie legte dem Journalisten ihre Visitenkarte auf den Nachttisch und zog das Tagungsprogramm hervor. Sie faltete es auf der Bettdecke auseinander.

»Kommt Ihnen eine dieser Personen irgendwie bekannt vor? Können Sie jemanden von denen mit dem Wort *Siegel* in Verbindung bringen?«

Willner zog sich am Griff des Galgens, der über seinem Bett schwebte, nach oben und nach vorne. Aufmerksam betrachtete er jedes einzelne Gesicht. Dann erhellte sich seine Miene, und er tippte mit dem Finger auf ein Gesicht. »Hier, die kenne ich, Friederike Thorwald. Mit ihr habe ich nach den Artikeln zu den Wattfunden gesprochen. Aber ich weiß einfach nicht mehr, weswegen. Allmählich lichtet sich der Nebel, aber es gibt da noch so viele Löcher in meinem Gedächtnis. Vielleicht fällt es mir wieder ein, wenn ich die Artikel immer und immer wieder lese. Wissen Sie, so viele Beiträge habe ich noch gar nicht für das *Husumer Nachrichtenblatt* geschrieben. Es bleibt also überschaubar, auf was ich mich konzentrieren muss. Aber das Siegel, das Siegel, irgendwas sagt es mir.«

Müde lehnte sich Willner zurück in das Kissen. Er war am Ende seiner Kräfte, spürte Louise. Sie stand auf und verabschiedete sich.

»Sie haben ja meine Nummer. Wenn es Ihnen wieder einfällt, melden Sie sich bitte bei mir.«

Willner hob die Hand und nickte. Nachdenklich trat sie auf den Flur. Die Polizistin sah kurz auf, als Louise *Tschüs* sagte, und vertiefte sich dann wieder in ihre Zeitschrift. Louise war schon fast an der Anmeldung vorbei, als sie einer plötzlichen Eingebung folgend umkehrte.

»Moin, mein Freund schläft jetzt. Er braucht noch viel Ruhe. Ich hoffe, er wird nicht allzu oft gestört. Hatte Adrian schon viele Besucher? Wenn ja, ist das nicht gutzuheißen.« Sie setzte eine strenge Miene auf.

Die Polizistin, deren langer blonder Zopf ihr über die Schulter fast bis zum Gürtel reichte, wandte Louise ihr sommersprossiges Gesicht zu.

»Was glauben Sie denn, warum ich hier sitze? Da kommt keiner einfach so rein. Das war eine Ausnahme, dass ich mal kurz zur Toilette war. Und Sie sind ja eine Freundin.« Es klang fast wie eine Entschuldigung. »Bis jetzt konnte ich alle abwimmeln. Nur die Ärzte und Oberkommissar Freckhorst durften bisher rein. Und ein Kollege von Herrn Willner, der über den Fall berichtet. Schon irgendwie traurig, wenn man keine Angehörigen hat. Na ja, ein paar Freunde waren schon da, nur habe ich eigentlich strikte Anweisung, niemanden reinzulassen. Sie sind mir da leider durchgerutscht. Aber das bleibt unter uns, nicht wahr?« Nun klang die Stimme der Polizistin, die Färber hieß, ein wenig ängstlich.

»Keine Angst, Frau Färber, ich kann schweigen. Aber eine Frage habe ich noch.« Louise zog erneut den Tagungsflyer aus dem Rucksack und reichte ihn der Frau. »Wollte eine dieser Personen zu Adrian?«

Die Polizistin warf einen Blick auf den Tagungsflyer. »Nein, tut mir leid, da kommt mir niemand bekannt vor. Sind das Freunde von Herrn Willner?« Mit einem leichten Zögern gab sie ihn wieder zurück.

Louise schüttelte den Kopf. »Nein, Sie haben nur die gleichen Interessen wie er.« Mehr wollte sie nicht verraten.

»Warten Sie, irgendwie … Zeigen Sie mir bitte noch mal den Flyer?« Die Polizistin studierte ihn nun intensiver. Sie wies mit dem Zeigefinger auf eines der Fotos. »Diesen Mann, den kenne ich von irgendwoher. Aber er war nicht in Herrn Willners Zimmer.« Sie schloss die Augen. »Es will mir einfach nicht einfallen. Vielleicht hab ich ihn unten im Foyer gesehen, vor dem Krankenhaus oder einfach nur so vor ein paar Tagen beim Fleischer oder im Drogeriemarkt.«

Sven Hammerstein. Frau Färber hatte auf Hammersteins Foto gezeigt. Wenn er tatsächlich hier gewesen war, könnte das doch bedeuten …

»Nein, jetzt hab ich's. Ich glaube, es war in der Zeitung, im *Husumer Nachrichtenblatt*, es war der Hinweis auf einen Vortrag. Genau. Ich erinnere mich, ist noch keine zwei Wochen her.« Sie sah Louise aufmerksam an. »Wollen Sie mir den Flyer vielleicht hierlassen? Ich kann ihn an meinen Kollegen heute Abend weitergeben.«

Louise überlegte nicht lange. Schaden konnte es nichts.

Sie überreichte Polizeiobermeisterin Färber die kleine Tagungsbroschüre und verabschiedete sich. Die Gesichter der abgebildeten Personen hatte sie auch so im Kopf.

Schade. Sven Hammerstein. Es hätte so gut gepasst. Und wenn sich die Polizistin nun doch nicht so genau erinnerte?

Kapitel 41

Es war schon fast dunkel, als die Fähre behäbig durchs Wasser in Richtung Pellworm pflügte. Louise hatte sich nach unten verzogen und einen Tee bestellt. Jetzt saß sie auf der kunststoffgepolsterten Bank vor dem dampfenden Getränk und dachte nach.

Als die Polizistin auf das Foto von Hammerstein gezeigt hatte, war Louises Herz nahe daran gewesen auszusetzen. Doch die Ernüchterung war verdammt schnell gekommen. Aus der Zeitung kannte die Ordnungshüterin ihn. Das war natürlich möglich. Ein Mann wie Hammerstein war wahrscheinlich regelmäßig in den Medien zu sehen. Willner hatte ja auch nicht auf Hammersteins Konterfei reagiert, aber Friederike Thorwald sofort erkannt und gewusst, sie einzuordnen. Eine Amnesie war schon eine merkwürdige Sache. Und nun?

Louise nahm sich einen der Zettel, die an Bord auslagen und auf denen die Lokale auf Pellworm mit ihren Anschriften und Öffnungszeiten aufgelistet waren. Von der Imbissbude bis hin zum gutbürgerlichen Restaurant war hier alles vertreten. Sie angelte sich einen Kugelschreiber aus dem Rucksack und notierte sich erneut die Fakten *ihres Falls*. Die Aufzeichnungen, die sie zu Hause hatte, konnte sie nun entsorgen. Vielleicht sollte sie sich, wie im Sommer, in ihrem

Zimmer einen Tapetenrest als Whiteboard an die Wand heften. Aus der Distanz betrachtet sahen die Dinge überschaubarer aus, und das half einem Detektiv, sie klarer und damit auch logischer zu sehen. Nun, ein solches Whiteboard würde der Zettel nun im Kleinen werden.

Alles begann mit einem Fund im Watt im Sommer. Nein, stopp, alles begann noch viel früher, nämlich zu der Zeit, als die Urahnin von Stina Dethlevsen einen Schatz gefunden hatte, der aus mindestens zwei minoischen Goldbechern bestanden hatte. Einer war noch in Stinas Besitz. Den anderen hatte Levkes Bruder mit nach Antwerpen genommen und ihn auf einem Gemälde von Clara Peeters verewigen lassen. So weit, so gut oder auch nicht. Doch reichte ein Goldbecher, den man noch nicht einmal veräußerte, aus, ein reicher Mann zu werden? Nein, Sönke Brodersen musste mehr dabeigehabt haben, der Schatz musste größer gewesen sein. Louise notierte neben S.B.: *Münzen u. Ä.*

Und dann? Dann war der Fund im Watt gewesen. Angeblich nur Scherben aus dem Mittelalter. Ein Einmarkstück, das sogar zu einem Kronkorken mutiert war. Neben dem Wort schrieb sie in Großbuchstaben *BLÖDSINN!* Der Kronkorken, das musste das Siegel gewesen sein, das nun weg war.

Was war als Nächstes passiert? Der Autor der Artikel über diesen Fund war verschleppt und gefangen gehalten worden. Man hatte ihn in seinem Steingrab versorgt, ergo, er sollte nicht sterben. Aber *was* sollte er? Nicht reden? Wie lange nicht? Willner war genau zu der Zeit verschwunden, als die *Rungholt-Dialoge* stattfanden. Sollte er deswegen zum Schweigen gebracht worden sein? Sollte er nichts zu einem der Themen sagen dürfen? Zum Thema Rungholt und die Minoer? Die Minoer und das Siegel? Wenn ja, dann konnte doch dieser Wunsch nur aus Kiel kommen, denn dort negierte man diese Tatsache, denn es war eine Tatsache: Die Minoer waren bis an die Nordseeküste gelangt.

Louise biss auf das Ende des Kugelschreibers. Irgendwas war doch da noch gewesen, irgendeine Reaktion eines Tagungsteilnehmers? *Voilà*, das war's! Von wegen wichtiger Termin. Sven Hammerstein. Alles lief auf ihn hinaus. Er musste der Entführer gewesen sein. Doch war Hammerstein, der Willner lediglich für eine Weile aus dem Verkehr ziehen wollte, in der Lage, einen anderen Menschen kaltblütig in die Flut zu locken, ihm eins über den Schädel zu geben und ihn grausam ertrinken zu lassen? Aber was nutzte es, von Winterfeld zu töten? Damit war der Becher immer noch auf dem Bild, und Christine würde es in absehbarer Zeit publik machen, samt ihrer Forschungen zur Provenienz des Gemäldes. Und wenn Christines Unfall nun doch kein Unfall gewesen war, sondern ein feiger Mordanschlag? Sie musste Momme noch einmal um seine Hilfe bitten, sie brauchte absolute, unerschütterliche Gewissheit.

Der Notizzettel sah mittlerweile aus wie ein Schnittmusterbogen. Zahlen, Buchstaben, Striche kreuz und quer. Auf die letzte freie Fläche kritzelte Louise den Namen Marieke Schloot. Wie passte die Archäologin ins Bild? Auch sie eine Anhängerin von Elisabeth Schwontkowski und ihrer Minoer-Theorie. Musste sie deswegen sterben? Louise glaubte nicht an das *crime passionnel* durch den Verlobten. Nein, das alles hing mit diesen antiken Schiffsreisenden zusammen. Doch dann musste auch Marieke etwas gewusst haben, etwas, das die Kieler Antihaltung mit einem Schlag entkräftet hätte. Allerdings hatte von Winterfeld ihr nicht offenbart, was er von Christine erfahren hatte. Oder? Louise zog einen Strich von M.S. zu L.v.W. Marieke war, obwohl verlobt, in Lutz verliebt gewesen. Also doch ein Verbrechen aus Leidenschaft, ein Mord des betrogenen Verlobten an seiner Braut?

Puh. So ein Durcheinander. Die einzige Spur, die ihr schlüssig erschien, war Sven Hammerstein als Entführer Adrian Willners. Doch wie sollte sie dies beweisen? Solange Willner seine Amnesie nicht überwunden hatte, bestand da keine Chance. Der Tee war eiskalt, und das Fährschiff hatte seine Geschwindigkeit gedrosselt. In ein paar Minuten würden sie anlegen.

Louise fuhr vorsichtig durch den immer dichter werdenden Herbstnebel zurück nach Hause. Das warme Licht hinter dem Fenster der Kate verhieß einen gemütlichen Abend mit Fine. Sie musste endlich abschalten. Morgen würde sie dann weitersehen.

Auf der Fußmatte saß Fiete und begrüßte sie mit einem lauten Maunzen. »Sieh nur, was ich dir mitgebracht habe«, sollte das wohl heißen. Mit zufriedenem Gesichtsausdruck schaute er von der halben Maus zu Louise und wieder zurück.

»Na, dann lass dir den Rest auch noch schmecken, ich glaube kaum, dass Fine heute Abend ein Mäuseschwänzchen servieren möchte.«

Louise fuhr dem Kater über den pelzigen Kopf, schob die Tür auf und trat in den mollig warmen Flur. Sie legte Jacke und Helm ab, schlüpfte aus den Stiefeln in ihre Filzpuschen.

Ein köstlicher Duft stieg ihr in die Nase. Fisch. Fine hatte offenbar tatsächlich irgendetwas mit Hering gezaubert. Gespannt betrat sie die Küche. Der Tisch war bereits liebevoll gedeckt. Fine öffnete eben die Ofentür und pikste mit einer Gabel in den Inhalt einer Auflaufform.

»Ich habe dich schon gehört, das heißt, dein Motorrad. Essen ist in zehn Minuten fertig. Wollen wir ein Bier dazu trinken?« Erst jetzt richtete sich Fine auf und drehte sich um. Ihr Gesicht war von der Hitze des Backofens gerötet.

»Oh, riecht das deliziös. Was hast du uns denn da gebrutzelt? Wir machen uns so einen richtig gemütlichen Abend, wir zwei. Und du erzählst mir, was Momme und du so in Bremen erlebt habt. Ich hab dir Wolle mitgebracht, ich hoffe, die Farben sind nach deinem Geschmack.«

Louise setzte den Rucksack auf einem Stuhl ab und zog eine Tüte mit Wollknäuel heraus. Sie hatte das Woll- und Stoffgeschäft im letzten Moment aufgesucht und hoffte, in der Eile trotzdem das Richtige ausgewählt zu haben.

Fine schmunzelte. »Wunderbar. Genau so habe ich mir die Farben vorgestellt. Danke, mien Deern. Was hast du sonst noch so in Husum und bei Stina Dethlevsen erlebt?«

»Ich werde berichten, aber zuerst verrätst du mir, was da im Backofen auf uns wartet.«

»Das ist ein Auflauf, das heißt mehr ein Püree aus geräuchertem Hering und Kartoffeln.«

»Ah, eine Art *brandade*. Ich kenne es mit Stockfisch und Kartoffelpüree. Mir läuft das Wasser im Mund zusammen. Und ein Bier passt bestens. Ich schenke uns schon mal ein Glas als Aperitif ein.«

Louise nahm zwei schlanke Biertulpen aus dem Schrank

und aus dem Vorratsraum zwei Flaschen Pils. Der herbe Gerstensaft würde hervorragend zu dem Fischgericht munden. Sie goss ein, zelebrierte eine kleine Schaumkrone und reichte Fine ein Glas. Die beiden Frauen prosteten sich zu und genehmigten sich einen kräftigen Schluck.

Louise wischte sich den Schaum von der Oberlippe. »So, was ist denn drin in diesem Auflauf?«

»Nun, das Rezept ist für zwei Personen. Also, vier gekochte Kartoffeln für ein ganz normales Püree. Zwei Zwiebeln fein gehackt und in Öl angedünstet und die mit zwei bis drei geräucherten und klein geschnittenen Matjesfilets und einer ordentlichen Prise Pfeffer vermischen. Für das Püree habe ich Milch und Schmand genommen, man kann aber auch Crème fraîche oder saure Sahne nehmen. Das Püree wird mit dem Hering vermischt und ab in die Auflaufform damit. Darüber ein kräftiger geriebener Käse und fertig. Ich hatte noch von dem Deichgrafkäse von unserer Inselkäserei. Eine halbe Stunde bei hundertachtzig Grad, und fertig ist unser Abendessen.«

Und was für ein Abendessen! Louise war begeistert. Nach dem köstlichen Mahl entfachte Fine Holz im Kaminofen in der Stube, und die beiden Frauen machten es sich mit einem Schimmelreiter Köm gemütlich. Fine schwärmte von der Reise nach Bremen. »Allerdings hat auch uns der Unfall deiner Freundin etwas aus der Bahn geworfen. Sie wird ja nun hoffentlich bald wieder auf den Beinen sein«, fügte sie hinzu.

Louise räusperte sich. Das, was sie jetzt sagen würde, hörte Fine garantiert nicht gerne. »Ich überlege gerade, ob Momme noch mal nachhaken kann wegen des Unfalls von Christine. Weißt du, ich kann einfach besser schlafen, wenn ich hundertprozentig davon überzeugt werden könnte, dass es wirklich ein Unfall gewesen ist.«

Und Fine reagierte genauso, wie Louise befürchtet hatte.

»Louise Dumas. Nicht schon wieder. Es liegt hier kein Verbrechen vor. Momme hat Gott und die Welt gelöchert, aber es bleibt dabei, es war ein Unfall.« Sie seufzte tief und trank einen Schluck des herzhaften Korns. »Du weißt, dass Solveig Olms hier angerufen hat? Sie war stinksauer wegen deiner Detektivspielerei, so ähnlich hat sie sich ausgedrückt. Du wirst sehen, Louise, bald ist Christine wieder fit. Sie wird dir bestätigen, aus eigener Unachtsamkeit im Krankenhaus gelandet zu sein. Es ist schon schlimm genug, dass auf Pellworm zwei Tote zu beklagen sind. So ein grauseliges Schicksal. Der eine ertrunken, die andere aus Eifersucht getötet, nicht zu fassen. Gott sei Dank ist der Täter schon dingfest gemacht worden. Nicht auszudenken, zu welchen detektivischen Hochleistungen dieser Mord dich ansonsten wieder angestiftet hätte. Aber da besteht ja nun keine Gefahr. So, mien Deern, Zeit fürs Bett. Und wie gesagt, zerbrich dir nicht den Kopf. Alles wird gut.«

Fine drückte ihrer Patentochter einen Kuss auf die Stirn. Kurz überlegte Louise, ob sie Fine nicht doch reinen Wein einschenken, sie an ihren Überlegungen teilhaben lassen sollte. Doch Fine hatte sie ja eben noch eindringlich vor der *Detektivspielerei* gewarnt. Wie hatten Fine und Momme noch gesagt? Wenn sie handfeste Beweise hätte, solle sie damit zur Polizei gehen. Doch für diese musste sie weiter recherchieren.

Sie drückte Fine an sich, wünschte auch ihr eine Gute Nacht und blieb noch so lange sitzen, bis die letzte Glut im Kaminofen vergangen war.

Kapitel 42

Das klagende Iah von Sture riss Louise um kurz vor halb acht aus dem Schlaf. Sie kannte mittlerweile diesen speziellen Laut, den der Esel in kurzen Abständen von sich gab, wenn er Fine erspäht hatte und diese nicht schnell genug mit seiner Futterschüssel, in der sie ein besonderes Müsli aus Hafer, Sonnenblumenkernen, Karotten und Brennnesseln bereithielt, angetrabt kam. Das Eselgeschrei wurde dann immer lauter und wehleidiger. Letzte Woche hatte sogar ein früher Wandersmann angehalten, um sich zu vergewissern, dass hier keinem geschundenen Eselchen Leid zugefügt wurde. Einen Vorteil hatte das Geschrei: An Einschlafen war nicht mehr zu denken.

Louise setzte sich im Bett auf und versuchte, ihre Gedanken zu einem Tagesplan zu ordnen. Klar war, sie musste mit ein paar Leuten reden, sonst kam sie nicht weiter. Zuallererst rief sie jedoch in Bremen im Krankenhaus an, um sich nach dem Zustand von Christine zu erkundigen. Noch war sie nicht bei Bewusstsein, doch ihr Zustand war weiterhin stabil, die Ärzte waren zufrieden. In zwei, drei Tagen würde man sie aus ihrem Heilschlaf wecken. Und ja, wenn sie eine nähere Verwandte des Unfallopfers sei, dürfe sie natürlich Frau Evers auch in absehbarer Zeit besuchen.

So ganz wohl fühlte sich Louise nicht in ihrer Haut. Jetzt

hatte sie sich schon zum zweiten Mal als Verwandte eines Krankenhauspatienten ausgegeben. Irgendwann kam sie noch in Teufels Küche mit ihren Lügengespinsten. Doch das spielte jetzt keine Rolle. Recherchearbeit und Faktensammeln waren angesagt. Der einzige Anhaltspunkt, den sie im Moment hatte, war Hammerstein. Sie würde ihn eiskalt zur Rede stellen. Was lag für ihn näher, als den Mann, der das Geheimnis um das Siegel mit seinem journalistischen Gespür zu lüften drohte, zumindest mundtot zu machen.

Kurz entschlossen wählte Louise Mommes Nummer.

»Momme, mein lieber Momme«, flötete sie in ihr Handy.

Konnte man misstrauisch brummen? Ja, man konnte, Momme konnte. »Mademoiselle, was kann ich für dich tun?«

»Momme, *mon cher*, glaubst du, du kannst in Husum etwas für mich in Erfahrung bringen?«

»Wo in Husum? Bei der Fischereiaufsicht? Bei der Freiwilligen Feuerwehr?«

Louise seufzte ins Telefon. Momme wusste genau, was sie meinte. *»Tu monte un bateau à moi«,* sagte sie streng. »Du nimmst mich auf den Arm, das ist nicht nett.«

Sie bildete sich ein zu sehen, wie sich Mommes skeptisches Gesicht in ein breites Grinsen verwandelte. Und sie wusste, der ehemalige Polizist konnte ihr nichts abschlagen.

»Was möchtest du wissen? Und das hast du sehr schön gesagt, *monte un bateau*, das heißt doch Boot, *bateau*?«

»Ja, genau. Es ist nur eine klitzekleine Kleinigkeit, *une bagatelle*. Dieser Journalist, der tagelang verschwunden war, er ist doch in einem prähistorischen Steingrab gefangen gehalten worden. Du kennst dich doch in der Gegend aus, gibt es eins, in dem man einen Menschen festhalten kann, einen

Ort, der um diese Jahreszeit nicht oft besucht wird, sonst hätte man ihn doch früher finden können? Und das ist genau *le point*. Man hat ihn gefunden, also hat der Entführer auch damit rechnen müssen, dass dies passiert. Daraus schließe ich, diese Person hatte nicht die Absicht, ihn sterben zu lassen, sondern hätte ihn vielleicht sogar selbst wieder befreit. Es würde mich auch interessieren, wie er überlebt hat. Gab es was zu trinken, zu essen? Wenn ja, hat man Willners Tod ganz sicher nicht geplant.«

Louise hatte ohne Punkt und Komma geredet, wobei ihr das eine oder andere Wort in ihrer zweiten Muttersprache entschlüpft war. Wieder sah sie Mommes Gesicht vor sich. Das breite Grinsen war jetzt verschwunden, Sorgenfalten hatten sich ausgebreitet, vielleicht sogar diese kleine Zornesfalte über seiner Nasenwurzel.

Doch er blieb erstaunlich ruhig. »Du lässt es ja eh nicht, die Detektivin zu spielen. Ich werd mich mal umhören. Aber wenn du nur den allerwinzigsten Verdacht hast, wer hinter der Entführung steckt, will ich es wissen. Oder die Kollegen werden von dir informiert, ist das klar?«

»*Naturellement, mon commissaire.* Aber man sollte sich da schon sicher sein, nicht wahr? Sonst bringt man einen Unschuldigen womöglich noch in Teufels Küche.« Ein geschickter Schachzug von ihr, fand Louise.

Und Momme reagierte prompt wie erhofft. »Natürlich, man kann nicht einfach solch einen schlimmen Verdacht in die Welt hinausposaunen. Ich melde mich wieder. Und bis dahin keine Dummheiten. Ich bin ja nur froh, dass der Mörder von Marieke Schloot schon dingfest gemacht worden ist und der Tote im Watt ein Unfall war. Sonst würdest du noch auf dumme Gedanken kommen.« Er legte eine kurze Pause ein.

Er hat Verdacht geschöpft, schoss es Louise durch den Kopf. Der Mann ist ja clever, er kennt mich mittlerweile.

Momme hakte nach. »Und das tust du nicht, Mademoiselle? Ich meine, auf dumme Gedanken kommen?«

»Aber nein, wo denkst du hin. Niemals. Nur das mit dem Journalisten interessiert mich einfach. Dass er in einem uralten steinzeitlichen Grab lag. Weißt du, ich glaube, ich habe meine Liebe zur Archäologie entdeckt. Eine superspannende Sache, diese Archäologie, nicht wahr? Das findest du doch auch? Was in der Antike schon alles geschaffen wurde, Schrift, Philosophie, Kunst. Hast du das von der Moorleiche gelesen, die vor Kurzem in Irland entdeckt worden ist? Auch so ein spannendes archäologisches Thema. Nun, ich drück dich schon mal ganz fest und sage *merci*. Wann glaubst du, hast du die Informationen?«

»Keine Ahnung, ich melde mich auf jeden Fall umgehend. Und was die Moorleichen angeht, nur gut, dass die schon seit Jahrhunderten dort gelegen haben, als man sie entdeckt hat, sonst würdest du dir noch sonst was ausdenken«, brummte Momme und legte auf.

Es quietschte leise, und ganz langsam öffnete sich die nur angelehnte Tür zu Louises Schlafzimmer. Fiete schlich hinein und sprang aufs Bett, wo er begann, sich ausgiebig die Pfoten zu putzen.

»Fiete, du hast ja so recht. Zeit für die Morgenwäsche, ich habe noch einiges vor. Wie war deine Nacht? Erfolgreich, hoffe ich doch.« Louise strich dem kleinen Kater über den Kopf. Er unterbrach seine Putzaktion, schnurrte und legte sich so lang, wie er war, aufs Bett. Zeit, nach der aufregenden Jagd ein kleines Nickerchen zu machen. Louise ließ das Pelztier gewähren, sprang ins Bad und stand zehn Minuten später bei Fine in der Küche. Auf dem Tisch stand noch ein Gedeck, Fine war wohl schon fertig mit dem Frühstück.

»Na, du Langschläferin, ich hab dir ein Ei mitgekocht. Kaffee ist noch heiß. Ich bin mal eben draußen. Es liegen so viele Äpfel unter dem Baum. Vielleicht koche ich heute wieder Apfelgelee.«

»Mmh, das werd ich mir dann morgen auf meinem Brot schmecken lassen. Aber ich kann dir das Ernten und Sammeln gerne abnehmen.«

»Nee, lass mal, ich bin gerne in Bewegung, sonst roste ich noch ein.« Mit einem Weidenkorb mit zwei Henkeln verließ Fine die Küche.

Louise zog die rote wärmende kleine Strickmütze von ihrem weich gekochten Ei, goss sich einen Becher Kaffee ein und butterte eine Scheibe Schwarzbrot. Mit einem gekonnten Schlag, der einem Samurai alle Ehre gemacht hätte, köpfte sie das Ei, das vor einer halben Stunde noch in seinem warmen Nest im Hühnerstall gelegen hatte. In Gedanken war sie bereits dabei, eine Plauderstrategie zu entwickeln.

Ihr Plan war zunächst, den alten Professor auszuquetschen. Er war wie ein Moderator zwischen die Pro- und Contra-Parteien gefahren, hatte für beide Seiten Verständnis gezeigt. Aber was nutzte ihr eigentlich ein Gespräch mit ihm? Nichts. Dieser Greis war wohl kaum in der Lage, durch ein Flötenspiel einen jungen kräftigen Mann in sein Unheil zu locken, ihm eins über den Schädel zu geben und dann, nur einen Tag später, Marieke Schloot mit einem Kissen zu ersticken, eine ebenfalls dynamische kerngesunde kräftige Person. Sie hätte sich gewehrt. Nein, da musste schon ein gleichwertiger oder stärkerer Gegner Hand angelegt haben. Im wahrsten Sinne des Wortes.

Und was war mit Frau Professor Schwontkowski? Dasselbe in Grün. Diese ältere distinguierte Dame, die fast zusammengebrochen war, als sie vom Tod Lutz von Winterfelds erfahren hatte? Zu allem Überfluss ging sie am Stock. Louise konnte sich noch gut an ihren Auftritt vor ein paar Tagen erinnern. Der Stock endete in einem Entenkopf, sehr elegant. Wie hätte sie zwei Menschen töten können? Welches Motiv hätte sie gehabt?

Nein, das ergab alles keinen Sinn, brachte ihre Ermittlungen nicht weiter. Sie musste endlich mehr über das Siegel erfahren, es war der Dreh- und Angelpunkt der ganzen Geschichte, Grund für den Streit zwischen den Archäologen, Grund für die Entführung Willners und, Louise würde drauf wetten, Grund für zwei Morde. Willner hatte sein Gedächtnis in diesem Punkt verloren, Schloot und von Winterfeld, die beide an die Existenz des Siegels geglaubt hatten, waren tot, und Hilla Uldrup vom Museum in Husum gab vor, ein solches Artefakt habe nicht existiert. Kronkorken!

Dasselbe bei Hammerstein. Wie kam sie nur am besten an den ran? Über seine Frau? Die beiden zogen doch garantiert an einem Strang. Silvana Hammerstein war total verärgert gewesen, als sie von dem Siegel anfing, hatte seine Existenz einfach abgestritten. Und wenn sie an der Entführung Adrian Willners beteiligt gewesen war? Genau! Vielleicht war Silvana ja noch auf Pellworm. Louise würde sie aufsuchen und so lange nachbohren, bis Silvana Hammerstein zusammenbrach und gestand.

Louise streute ein wenig Salz auf ihr Ei. Eine Sache hatte sie bisher noch überhaupt nicht berücksichtigt. Es gab eine Person, die das Siegel gesehen haben musste. Sie hatte es sogar in Händen gehalten. Der Junge aus dem Artikel von Willner. Ihn musste sie ausfindig machen und mit ihm sprechen. Da lag noch ein ganzes Meer an Recherchearbeit vor ihr.

Etwas knirschte zwischen Louises Zähnen, brachte sie zurück in die Gegenwart. Ein Stück Eierschale. Oh, sie hasste so etwas. Auf einer Eierschale zu kauen, war mindestens so schlimm, wie mit Fingernägeln über Schiefer zu kratzen. Sie schüttelte sich. Eine der Angestellten im *Grenouille d'Or* hatte das immer mit Absicht gemacht, wenn sie die Tafeln mit den Menüvorschlägen beschriftete. Grässlich, dieses Geräusch. Louise zog eine Grimasse, als sie daran dachte.

»Was verziehst du so das Gesicht?« Fine war wieder da und stellte den Korb neben der Spüle ab.

»Ach, nichts, ich hab auf eine Eierschale gebissen. Dass eine solche Kleinigkeit einen so schütteln kann.«

Fine ließ die Äpfel in das steinerne Spülbecken plumpsen. »Hast du Lust, nachher mit zu Renate zu kommen? Ich bin eines ihrer Versuchskaninchen. Renate will bald mit Töpferkursen beginnen, weiß aber nicht, ob sie didaktisch dazu in der Lage ist. Sie befürchtet, sie könnte die Leute anraunzen, wenn der Ton durchs Atelier schießt.« Fine lachte laut bei dieser Vorstellung.

»Lust hätte ich schon, aber nein, ich hab schon was anderes vor.«

»Aha.« Mehr sagte Fine nicht, doch auch in ihrem *Aha* lag ein lauernder Unterton, wie Louise fand. Am besten war es, ein ganz und gar unverfängliches Thema anzuschneiden.

»Fine? Du kennst doch Gott und die Welt auf Pellworm?«

»Der liebe Gott ist mir zwar noch nicht leibhaftig erschienen, aber mit dem anderen könntest du recht haben. Was möchtest du denn über wen wissen, hmm?«

Das *Hmm* hörte sich so an wie das *Aha*. Nun, sie würde Fine mit einer Neuigkeit überraschen und so das Misstrauen einfach wegwischen.

»Wusstest du, dass die Archäologin Silvana Hammerstein, sie war auch bei den *Rungholt-Dialogen* mit ihrem Mann dabei, einem Professor aus Kiel, eine geborene Siv Klatte ist? Geboren und aufgewachsen auf Pellworm? Hat mir der alte Pastor Jaspersen erzählt?«

Fine nickte. »Das weiß hier jeder. Ihre Mutter hat es allen stolz erzählt, nachdem sich ihre Siv einen Professor geangelt hat. Ja, genauso hat sie gesagt. Geangelt. Dieser Hammerstein muss um viele Jahre älter sein. Ihn kenne ich nicht, aber an die kleine Siv kann ich mich gut erinnern. Ihre Mutter hat sie immer rausgeputzt wie eine kleine Prinzessin. Rosa Kleidchen, weiße Schuhe, sogar goldfarbene Söckchen hat sie mal angehabt. Als sie aus der Kirche kam, ist sie prompt in einen riesigen Hundehaufen getreten, der da unverschämterweise nicht weggemacht worden war. Das war ein Geschrei. Der ganze stinkende Dreck ist der armen kleinen Maus in den Schuh gequollen. Nun, sie ist dann weg zum Studieren, hat sich dabei diesen älteren Mann geschnappt. Ist sie eigentlich mittlerweile fertig mit dem Studieren? Einen Doktor wollte sie machen. Aber nein, wahrscheinlich nicht, Monika Klatte hätte es gleich auf der Kanzel verkündet. Soso, Silvana nennt sie sich jetzt. Das hab ich tatsächlich nicht gewusst.«

Louise lachte. Es war eigentlich gar nicht Fines Art, so ein wenig giftig zu sein.

»Ich hab den Eindruck, Monika Klatte ist nicht gerade deine Freundin.«

»Nein, ist sie auch nicht. Sie fühlte sich zu Höherem berufen, und das hat sie an ihre Tochter weitergegeben. Ulrike Fedder, die Mutter von Wim, ist mal ganz bös mit ihr aneinandergeraten. Monika hat sich aber auch ziemlich danebenbenommen.«

Louise kannte Wim Fedder seit ihrem Auftrag, für die Geburtstagsparty von Klas Thams im Sommer zu kochen. Wim war Mädchen für alles bei Thams, alias Jeff Storm, dem berühmten Schlagersänger, gewesen.

»Vor drei Jahren hatte Ulrike den Vorsitz für die Planungen der Rosentage übernommen. Monika hat ihr das übel genommen, weil sie die Planungshoheit für sich beansprucht hat, aus welchem Grund auch immer. Ulrike hat das ganz toll gemacht, alles war geschmückt und vorbereitet, und da ist Monika doch tatsächlich in der Nacht hin und hat alle Rosen um und an Ulrikes Haus einfach abgeschnitten. Das Haus sah furchtbar aus, wie ein gerupftes Huhn.«

Wider Willen musste Louise lachen, als sie sich den Rachefeldzug von Frau Klatte mitten in der Nacht vorstellte.

»Das ist nicht zum Lachen, Louise. Ulrike hat fast der Schlag getroffen. Was wollte ich eigentlich sagen? Oder was wolltest du?«

»Nun, dir nur das erzählen, was ich erzählt habe. Mehr

nicht. Aber warum hat Monika ihre Tochter so prinzessinnenhaft aufgezogen?«

»Das ist auch so eine Geschichte. Sivs Vater Jörn ist Krabbenfischer gewesen. Und Monika hatte sich immer was Besseres vorgestellt. Als ob ein Krabbenfischer nichts wäre. Siv hat sehr an ihrem Vater gehangen. Keinen Tag, an dem sie nicht am Wasser gewesen ist, im Watt, auf dem Deich, im Hafen, immer hat sie nach ihrem Papa Ausschau gehalten. Irgendwann kam er nicht mehr zurück. Da war sie so acht oder neun Jahre alt. Die See hatte ihn und einen Mitarbeiter verschlungen. Da fing das an mit den Kleidchen. Vielleicht tue ich Monika auch unrecht. Vielleicht wollte sie das Kind nur ablenken, indem sie ihm eine andere Welt vormachte. Glanz gegen stinkenden Fisch, ich weiß es nicht. Aber wenn sie nicht aufgepasst hat, ist Siv in Hosen, die ihr zu groß waren, und Gummistiefeln weiterhin bei Wind und Wetter am Wasser herumpatrouilliert. Nun, und jetzt ist sie eine angesehene Professorengattin. Wie Monika es sich immer vorgestellt hat, wohlhabend und zufrieden. Wie sieht er denn eigentlich aus, ihr Mann?«

Louise überlegte kurz. Wie Sven Hammerstein am besten beschreiben?

»Weich, weichlich, nicht sehr groß, behäbig, neigt zu Übergewicht. Die Augen haben was von einem Frosch.« Louise riss die Augen auf und stierte vor sich hin.

»Also nicht sehr attraktiv?«, fragte Fine lachend.

»Nein, nicht wirklich. Aber er ist nicht unsympathisch. Vielleicht hat sie das ja angezogen. Und, wie ich jetzt vermute, die Möglichkeit, sich in ein gemachtes Nest zu setzen.«

Fine kratzte sich an der Wange. »Sivs Vater war unglaublich gut aussehend. Ein wenig verwegen, blaue Augen, ein Bild von einem Mann. So ein wenig wie der jüngere Paul Newman«, schloss sie geradezu schwärmerisch.

»Nun, dann hat sie sich so ja ziemlich das Gegenteil geangelt«, sagte Louise, als sie sich Paul Newman und Sven Hammerstein nebeneinander vorstellte. »Paul Newman hatte es dir angetan, meine Fine?«

»Ich war ein wenig verliebt in ihn«, meinte Louises Patentante verschmitzt. »Kennst du den Film *Der zerrissene Vorhang* von Hitchcock? Den habe ich im Kino gesehen. Ich war hin und weg von ihm. Newman war da knapp vierzig. Gibst du mir bitte mal kurz dein Handy?«

Louise reichte Fine ihr Telefon, die tippte und scrollte und gab es dann mit einem Strahlen Louise zurück. Newman in einem weißen Sweatshirt. Der Mann hatte wirklich verdammt gut ausgesehen. Sie stutzte einen Moment, irgendwie erinnerte sie diese Szene an etwas.

»Natürlich, den Film kenne ich, ein Spionagethriller. Weißt du, dass François Truffaut Alfred Hitchcock, den er für seine Arbeit sehr verehrte, zu all seinen Filmen befragt hat? Daraus ist ein wunderbares Buch entstanden. Ich habe es verschlungen.« Aber warum erschien ihr denn nun gerade dieser Filmausschnitt so bekannt? In Louises Kopf fuhren die Gedanken Karussell. Doch sie konnte den einen wichtigen Gedanken nicht greifen, alle wirbelten durcheinander und stoben davon wie eine Herde aufgescheuchter Rehe.

»Siv ist übrigens immer noch, oder vielleicht schon wieder, auf Pellworm«, brachte Fine ihre Patentochter wieder in die Wirklichkeit zurück. »Ich hab sie gestern Arm in Arm mit ihrer Mutter herumschlendern sehen.«

»Wie schön, das wird den alten Jasper freuen, wenn sich Siv ein wenig um ihre Mutter kümmert. Er meinte, sie wird allmählich tüdelig. Wo wohnt sie denn, die Mutter?«

»Ach. Monika war schon immer etwas sonderbar. Kann natürlich sein, dass sich das steigert. Sie wohnt am Bupheverweg. So zwei Kilometer von hier, hinter Sankt Petrus, der katholischen Kirche. Das Haus ist nicht zu verfehlen. Es ist…« Da war es wieder, das Misstrauen in Fines Stimme. »Aber warum willst du das wissen?«

»Einfach nur so.« Louise verzog sich hinter ihren Becher, in dem die zweite Portion Kaffee dampfte.

»Einfach nur so gibt es bei dir nicht, mien Deern. Dazu kenne ich dich jetzt schon zu lange. Also, Louise Dumas, möchtest du den Damen einen Höflichkeitsbesuch abstatten? Dann grüße sie von mir.«

Louise wand sich. Vielleicht war jetzt eine Halbwahrheit, die in Richtung Wahrheit ging, angebracht.

»Ich habe während der Tagung ein paar Vorträge gehört. Und zu einem habe ich ein paar Fragen. Ich würde sagen, in mir ist ein kleines archäologisches Wissensfeuer entfacht worden. Ich möchte einfach mehr zu dem Thema wissen, und wahrscheinlich ist Silvana die Einzige auf der Insel, die mir meine Fragen beantworten kann.« Das war nicht mal nur eine Halbwahrheit, das war die reine Wahrheit. Das schlechte Gewissen verflog wie eine Meise, die von Fiete aufgescheucht wurde. »Den Nachmittag widme ich meinem Kochbuch. Ich habe schon einige interessante Ideen. Vielleicht hast du Lust, mir beim Aufstöbern passender Gemälde zu helfen. Na, dann will ich mich jetzt mal auf den Weg machen. Grüß Renate von mir.«

Kapitel 43

Louise verschwand kurz im Bad, schlüpfte in einen warmen Pullover und eine dicke wattierte Jacke, denn für heute war ein eisiger Wind angesagt. Sie zog sich ihre Lapplandmütze auf den Kopf und steckte ihre Lammfellhandschuhe ein. Die Mütze mit dem grünen Bommel hatte sie total albern gefunden. Fine hatte sie ihr vor zwei Wochen einfach hingelegt und gesagt, das Wetter würde rauer, und sie bräuchte was Ordentliches auf dem Kopf und an den Ohren. Louise hatte sie aufgesetzt und eine Grimasse gezogen. Fine hatte nur *Wart's ab* gesagt.

Bis zum Haus von Monika Klatte war es ja nicht weit. Louise verzichtete auf das Motorrad und stapfte los. Der Wind, dem sie sich, kaum dass sie den Vorgarten verlassen hatte, entgegenstemmte, war eisig, und nach ein paar Metern traten ihr die Tränen in die Augen. Wenn das ein Vorgeschmack auf die Herbststürme war, na dann *merci beaucoup*. Mehr brauchte sie beim besten Willen nicht. Das hatte sie nun von ihrem korsischen Blut. Von der Sonne und der Wärme war sie verwöhnt, diese Eiseskälte war nicht nach Louises Geschmack. Sie blickte nach oben, und augenblicklich versöhnte sie ein Himmel so blau wie ein, ja nun wie ein blauer Himmel eben, nur noch intensiver in seinem Blau, mit der eisigen Luft. Keine einzige Wolke war zu sehen, und das, obwohl der Wind heftigst blies und es ihm ein Leichtes gewesen wäre, eine Schar davon über Pellworm zusammenzutreiben.

Louise rieb sich die Tränen aus den Augen, und dann entdeckte sie ihn. Ein riesiger Seeadler zog über ihr seine Kreise auf der Jagd nach Beute. Sein heiseres *Klü*, so hörte sein Schrei sich für sie an, durchbrach die Stille. Der majestätische Vogel hatte seine Schwingen ausgebreitet, und dann stand er einfach still am Himmel. Plötzlich flatterte er mit seinen weiten Schwingen und schoss zum Boden, wo eine Maus oder ein anderes kleines Tier in diesem Moment sein Leben aushauchte. Momme hatte sie im Sommer auf den wunderschönen Greifvogel aufmerksam gemacht, der mit einer Spannweite von fast zweieinhalb Metern wieder seit einigen Jahren die norddeutsche Küste und das Wattenmeer erobert hatte.

Ein zweiter Vogel tauchte am Himmel auf. *Vielleicht die Frau des Seeadlers,* sinnierte Louise und dachte dabei an Chris. Spontan breitete sie die Arme aus und ahmte den Schrei des Greifvogels nach, drehte sich mehrfach um die eigene Achse. Was für ein wunderbares Gefühl. Ein Gefühl der unendlichen Weite, der Freiheit, der Unverwundbarkeit. Wenn sie jemand beobachtet und gehört hätte, es wäre ihr egal gewesen. Doch niemand war weit und breit zu sehen.

Louise setzte ihren Weg fort. Vor ihr lag rechts der kleine Flugplatz, eine unbefestigte Piste mit Hangar. Links passierte sie das katholische Gemeindezentrum, das Momme-Nissen-Haus. In dem ehemaligen Gehöft waren eine Kapelle und das Gemeindehaus untergebracht. Hier konnten die katholischen Urlauber und Einheimischen ihre Messe zelebrieren. Das alte Bauernhaus war eines der typischen großen Gebäude unter Reet, die Louise mittlerweile an jeder Ecke der Insel entdeckt hatte.

Plötzlich stutzte sie. Auf dem Parkplatz vor dem Momme-Nissen-Haus stand ein dunkler Wagen mit Kieler Kennzeichen, und den Mann hinter dem Steuer erkannte Louise trotz der Entfernung. Sven Hammerstein. Was wollte der denn hier vor dem katholischen Gemeindezentrum? Gut, es waren keine fünfhundert Meter von hier bis zum Haus seiner Schwiegermutter. Ob er hier nur parken wollte? Doch wie Louise die Gegebenheiten auf der Insel kannte, war doch garantiert genügend Platz, das Auto auf dem Grundstück im Bupheverweg oder am Straßenrand abzustellen.

Sie zögerte. Sollte sie die Gelegenheit beim Schopf packen und Hammerstein hier und jetzt auf das verschwundene Siegel ansprechen, um dann elegant das Thema auf Adrian Willner zu lenken? Schon hatte sie die ersten Schritte in Richtung Parkplatz gesetzt. Der Professor saß immer noch regungslos im Auto. Sie hielt inne. Ihr Bauchgefühl meldete sich. Es war kein guter Zeitpunkt, sagte es Louise. Sie konnte nicht einfach vorpreschen und Hammerstein der Entführung des Journalisten bezichtigen. Ihr Vorgehen musste durchdacht, minutiös geplant sein. Die Fragen mussten präzise sein, ihn verunsichern und dann aus der Reserve locken. So weit war sie noch nicht. Also doch zuerst zur Gattin. Sie würde an das Gespräch vom letzten Mal anknüpfen. Und dann? Auch Silvana konnte sie nicht mir nichts, dir nichts beschuldigen, einen unliebsamen Journalisten gekidnappt zu haben.

»Louise Dumas, deine Planung lässt mehr als zu wünschen übrig«, murmelte sie vor sich hin und setzte ihren Weg zum Elternhaus von Silvana – Siv – Hammerstein, geborene Klatte, fort. Das eingeschossige reetgedeckte Haus duckte sich unter dem eisigen Wind. Dem Dach hätte auf der Wetterseite eine Entmoosung gutgetan, es sah aus, als trüge es eine ungepflegte grüne Kappe. Doch die Erneuerung von Reet war eine kostspielige Sache. Sie schob die niedrige Gartenpforte auf. Links und rechts vom Eingang standen ausgediente Milchkannen, in denen sich lila Petunien wohl ein letztes Mal gegen den frostigen Herbst aufbäumten. Louise betätigte den Türklopfer in Krabbenform, und nach wenigen Sekunden öffnete Silvana. Offenbar hatte sie ihren Ehemann erwartet. Erstaunt trat sie einen Schritt zurück in den Flur.

»Ach, moin, ich dachte, es wäre mein Mann. Was wollen Sie denn schon wieder von mir?«

Von drinnen hörte Louise eine herrische Stimme. »Siv, sech to Sven, he schall de Schooh uttreck'n. Wie geiht Martin dat, föhlt he sick wohl?«

»Mama, es ist nicht Sven.«

Eine kräftige Person mit dunkel getöntem kurz geschnittenem Haar schob sich in den Flur und sah neugierig zu Louise.

»Sie sind doch die Patentochter von Fine Dierksen, nicht wahr? Wollten Sie zu mir?«

»Moin, Frau Klatte. Nein. Ich habe während der *Rungholt-Dialoge* für die Tagungsteilnehmer gekocht. Und da ich mich schon immer für Archäologie interessiert habe, wollte ich die Gelegenheit nutzen und ein wenig mehr über das Thema Rungholt und so erfahren.«

Schon setzte Silvana an, Louise hinauszukomplimentieren, als ihre Mutter sie voller Stolz hineinbat.

»Da sind Sie hier ganz richtig. Silvana ist eine Kennerin. Nicht wahr, Schatz, du bist eine der besten Archäologinnen auf diesem Gebiet.«

Silvana schien alles andere als begeistert, bat Louise jedoch höflich ins Haus. Louise putzte sich dreimal die Schuhe ab, nicht dass Monika Klatte noch auf die Idee kam, sie solle sie ausziehen. Das war also nun das Haus, in dem Siv groß geworden war. Die Zeit schien hier stehen geblieben zu sein. Allerdings lag auf dem Telefontischchen auf einem dunkelroten Brokatdeckchen ein modernes Handy. Die Wände zierten Fotos eines Kutters bei hohem Wellengang und ein Puzzle, das eine Schafherde zeigte. Louise verharrte vor einer großformatigen Fotografie. Vor einem dunkelgrünen Kutter standen drei Männer. In der Mitte überragte einer seine Kollegen. Er trug einen gestrickten Rollkragenpullover, darüber eine ärmellose Weste, auf dem Kopf eine blaue Seemannsmütze. Der Mann strahlte in die Kamera. Das musste Jörn Klatte sein. Er besaß sogar auf dem alten Foto eine enorme Ausstrahlung, ein wirklich attraktiver Mann. Und er kam Louise bekannt vor. Aber das konnte nicht sein. Jörn Klatte war seit über zwanzig Jahren tot.

Silvana hielt inne und betrachtete mit einem wehmütigen Blick das Foto. »In der Mitte, das ist mein Vater. Er ist auf See geblieben.«

»Oh, wie schlimm für Sie und Ihre Mutter. Es tut mir leid. Ihr Vater war eine sehr außergewöhnliche Erscheinung.«

Silvana trat an die Fotografie heran und strich zärtlich über das Gesicht ihres Vaters. »Ja, das war er. Und nicht nur das. Er war einzigartig. Nur erkennt man so etwas erst sehr viel später.« Ruckartig riss sie sich von der Fotografie los und bat Louise ins Wohnzimmer, in dem eine überdimensionierte Couchgruppe aus braunem Cord stand. Die Sofas waren im rechten Winkel angeordnet, den eine riesige Bodenvase mit künstlichen Rohrkolben ausfüllte. Louises Gastgeberin zeigte auf die Couch, und Louise nahm Platz.

Gerne hätte sie einen heißen Tee oder einen Kaffee getrunken, aber das Angebot blieb aus. Silvana zog sich einen Sessel, der vor dem Fenster an einem runden Tischchen stand, heran und setzte sich ebenfalls. Der Sessel war um einiges höher als die Couch, in der Louise dank der in die Jahre gekommenen Federung fast versank, und Silvana schaute auf sie herab.

»Nun, was hat Sie so besonders interessiert, Frau Dumas? Ich meine, außer dem angeblich verschwundenen Siegel. Eine interessante Kombination übrigens, Köchin und Laienarchäologin, oder hab ich Sie da falsch verstanden?«

Louise lächelte und hoffte, so das Eis, das ganz offensichtlich zwischen ihnen herrschte, etwas aufzutauen. »Laienarchäologin ist übertrieben. Wenn mich nicht alles täuscht, sollten sich Laien sowieso nicht archäologisch betätigen. Es ist doch verboten, selbst zu graben und die Funde womöglich noch mit nach Hause zu nehmen, oder?«

»Allerdings. Nur gibt es Leute, die das gar nicht stört.«

Besser hätte der Beginn des Gesprächs für Louise gar nicht laufen können. Schon hatte sie Silvana an dem Punkt, an dem sie mit dem geheimnisvollen Siegel anknüpfen konnte. Ob die Archäologin nun wollte oder nicht.

»Nun, mich fasziniert schon, seitdem ich auf der Insel

bin, die sagenhafte Geschichte Rungholts. Ich habe schon einiges darüber gelesen und jetzt im Rahmen der wirklich spannenden Tagung auch gehört. Doch ich werde einfach den Eindruck nicht los, dass dieses verschwundene Siegel, wenn es denn wieder auftaucht, der Grund sein wird, die Geschichte Rungholts neu zu schreiben. Oder sehe ich das falsch?«

Silvana seufzte und beugte sich nach vorne. »Frau Dumas, Sie wollen offenbar nicht verstehen, und Sie strapazieren meine Nerven. Ich erkläre es Ihnen jetzt ein letztes Mal.« Sie lehnte sich zurück und faltete ihre Hände wie zu einem stillen Gebet.

»Professor Schwontkowski hat einige ihrer Jünger einfach drauflosgeschickt, sie sollten im Watt nach Spuren Rungholts suchen. Allerdings nicht, wo es nach unserer Meinung liegt, südlich, sondern nördlich der Hallig Südfall. Mein Mann war fuchsteufelswild, denn es wurde ohne Genehmigung gesucht, es war eine Raubgrabung, und die ist verboten. Eigentlich wissen wir nichts über Rungholt, es wird vor der Sturmflut von 1362 nur ein einziges Mal urkundlich erwähnt als Adresse auf der Rückseite eines Testaments aus dem Jahr 1345. Die Karten, auf denen es eingezeichnet ist, entstanden Jahrhunderte nach dem Untergang. Die Sage kennen Sie wohl?«

Louise nickte und hoffte, dass jetzt nicht gerade Sven Hammerstein klopfte, während seine Frau geradezu in Plauderlaune war.

»Nun, wie dem auch sei, ohne Beweise zu haben, sieht Elisabeth Schwontkowski in Rungholt eine blühende Hafenstadt. Ein faszinierender Gedanke, aber falsch. Wissen Sie, was hier war? Moorflächen, darunter eine allerdings fruchtbare Kleischicht. Und all das wurde den Küstenbewohnern zum Verhängnis, Rungholt und vielen anderen Ansiedlungen. Man trocknete den vom Meer überspülten Torf und verbrannte ihn, aus der Asche siedete man das kostbare Salz. Die Geschichte kennen Sie, Professor Nannen hat sie bei der Wattwanderung ausführlich erzählt. Nun, zurück nach Rungholt. Leiter der Raubgrabung war Lutz von Winterfeld. Er entdeckte nach eigenen Angaben Keramikscherben, aber auch Pfosten und Reste von Flechtwänden, die er einem mittelalterlichen Haus zuordnete. Sogar die Reste einer Kirche will er ausfindig gemacht haben.« Silvana schüttelte den Kopf und rollte mit den Augen.

»Sie glauben nicht, was angeblich alles unter dem Schlick verborgen sein soll. Rungholt, unversehrt, luftdicht abgeschlossen. So ein Bockmist. Was den Bremern offensichtlich total entgangen ist: Wie soll Rungholt eine blühende Hafenstadt gewesen sein, an dieser Stelle? Von hier gab es keinen Zugang zum Meer.« Silvana blies die Backen auf und prustete verächtlich.

»Aber das schließt nicht aus, dass die Minoer nach Rungholt gelangt sind? Nur, dass die Stadt dort lag, wo Ihr Mann sie vermutet?«

Jetzt lachte Silvana Hammerstein schrill auf. »Noch so eine Mär. Wie bitte sollen denn die Minoer nach Nordfriesland gekommen sein? Sie müssten die Schiffe zum Beispiel in Frankreich über Land getragen haben, um sie dann wieder zu Wasser zu lassen, um dann hier zu landen. Warum?«

»Wegen des Salzes?«

»Ach was, das Mittelmeer hat auch Salz. Höchstens wegen des Bernsteins, der hier vorkommt und den Herrschern der Antike ein kostbares Gut war. Aber dafür muss man hier nicht mit einem Schiff anrücken.«

»Und was ist nun mit dem Siegel?« Louise wusste, sie strapazierte Silvanas Geduld bis zum Äußersten.

Silvana schloss genervt die Augen, öffnete sie wieder und sah Louise mitleidig an. »Frau Dumas, Sie treiben mich zum Wahnsinn. Dieses dumme Geschwätz. Sie können von Glück sagen, dass Sie mich schon wieder mit dem Thema löchern und nicht meinen Mann. Der wäre explodiert, er kann es einfach nicht mehr hören. Apropos, wo bleibt er denn? Er wird sich wohl mit Martin verquatscht haben. Nun, wenn das alles war, Frau Dumas. Ich möchte noch packen, mein Mann holt mich ab, heute Nachmittag geht es zurück nach Kiel.« Sie stand auf und strich sich das beige Strickkleid glatt.

Zut. Wie sollte sie sich jetzt noch an Sven Hammerstein ranmachen? Die beiden verließen die Insel in ein paar Stunden. Wie die Sprache noch auf den entführten Journalisten bringen? Sie musste sich etwas einfallen lassen. Oder doch zuerst den jungen Schatzsucher ausfindig machen? Dann hätte sie, wenn der den Fund des Siegels bestätigte, wenigstens etwas in der Hand. Wahrscheinlich hätte sie sich sowieso die ganze Fragerei damit sparen können. Vielleicht sollte sie noch ein wenig Zeit schinden und hoffen, dass Sven Hammerstein noch auftauchte. Und dann? Louise war ratlos. Aber Zeitschinden war gar keine so schlechte Idee.

»Martin ist ein Freund?« Die Frage kam ihr spontan über die Lippen.

»Martin? Er ist der Bruder meines Mannes. Er ist ein Urlaubspriester. Das heißt, in der katholischen Kirche gibt es keinen festen Pfarrer. Martin wohnt für drei Wochen im Momme-Nissen-Haus und hält die Messe. Eigentlich ist er Franziskanermönch in Essen.« Sie zuckte mit den Schultern, als sei es ihr vollkommen unverständlich, wie ein Franziskanermönch aus Essen nach Pellworm geraten konnte.

In diesem Augenblick klopfte es an der Haustür.

»Ah, das wird Sven sein.«

Noch ehe Silvana die Tür erreichte, war ihre Mutter schon dort und öffnete. Doch kein Sven Hammerstein stand dort. Mit entschlossener Miene trat Polizeioberkommissarin Solveig Olms über die Schwelle. Ihre Augen verengten sich, als sie Louise sah, und sie schüttelte ungläubig den Kopf.

Kapitel 44

Wie ein Lauffeuer hatte es die Runde auf der Insel gemacht. Der Schwiegersohn von Monika Klatte, der Professor aus Kiel, war festgenommen worden, und man hatte ihn bereits aufs Festland gebracht.

Monika Klatte war in Tränen ausgebrochen, und Silvana Hammerstein hatte dagestanden wie zur Salzsäule erstarrt. Die Polizistin hatte nur gezischt *Was machen Sie denn da?* und dann Louise herauskomplimentiert. Und das *Wir sprechen uns noch* hatte wie eine unheilvolle Drohung in Louises Ohren geklungen. Sie war im Eilschritt nach Hause gelaufen. Fine war wohl noch bei Renate zum Probetöpfern. Wahrscheinlich war die Nachricht dort bereits angekommen.

Louise hatte es nicht gewagt, Momme sofort mit Fragen zu bombardieren, zumal sie sich nicht vorstellen konnte, dass der Ex-Polizist schon über Details verfügte. Doch sie hatte sich geirrt. Kaum an Fines Kate angekommen zirpte ihr Handy.

»Na, Mademoiselle, ich habe eigentlich deinen Anruf erwartet. Was ist denn los mit dir? Ich weiß schon, dass du bei Klattes warst, als Kollegin Olms dort aufgetaucht ist, um ihre Hiobsbotschaft zu verkünden. Eigentlich wollte ich dir erzählen, was ich auf deine Bitte hin bei den Kollegen in Husum in Erfahrung bringen konnte. Der Journalist ist in einem Ganggrab aus der Jungsteinzeit in der Nähe von Idstedt gefangen gehalten worden. Es scheint so, dass Hammerstein dort seinerzeit geforscht hat. Willner war mit Essen und Trinken für mehrere Tage ausgestattet worden. Was genau, hat mir aus ermittlungstaktischen Gründen niemand sagen wollen. Doch das spielt ja nun keine Rolle mehr. Wer hätte das gedacht, Professor Hammerstein ein Entführer. Es wird noch heute zu einer Gegenüberstellung kommen. Hammerstein hat bereits alles gestanden oder sagen wir lieber, er hat alles seinem Bruder gebeichtet.«

Und so erfuhr Louise aus quasi erster Hand, was sich zugetragen hatte. Das Siegel existierte tatsächlich. Hammerstein hatte es verschwinden lassen. Er hatte so lange gegen die Minoer-Theorie gekämpft, das Siegel hätte seine gesamte Reputation als Archäologe infrage gestellt. Jetzt lag es wohlbehütet in einer Schublade in seinem Arbeitszimmer. Die erste Person, die von der Existenz des Artefakts überzeugt gewesen war, hieß Adrian Willner, und der Mann hatte nicht lockergelassen, dem Siegel auf die Spur zu kommen. Bei einem Treffen, das Hammerstein organisiert hatte, um Willner auf den Zahn zu fühlen, hatte der Archäologe einsehen müssen, dass er das Geheimnis wohl nicht mehr länger hätte verschweigen können. In einer Kurzschlussreaktion hatte er den Journalisten mit seinem Wagen verfolgt, niedergeschlagen und den ohnmächtigen Mann in dem Steingrab abgelegt. Nach Kiel waren es keine vierzig Minuten Fahrtzeit. Und zwei Tage später ging es zur Tagung.

»Er muss während dieser Zeit Blut und Wasser geschwitzt haben«, mutmaßte Momme. »Wenn Willner entdeckt worden wäre und sich dazu auch noch hätte erinnern können, wäre das für Hammerstein sofort das Aus gewesen. Keine Ahnung, was in einem solchen Hirn vor sich geht.«

»Nun, wie du gesagt hast. Es war eine Kurzschlussreaktion. Aber er hat Willners Tod nicht in Betracht gezogen«, stellte Louise fest.

»Nein, das nicht. Aber er hätte ihn wohl in Kauf genommen. Stell dir vor, der Mann hätte ein schwaches Herz gehabt, wäre auf lebenserhaltende Medikamente angewiesen. Nach der Tagung hätte er ihn befreien wollen, allerdings hatte Hammerstein keinen Plan, wie es dann weitergehen sollte. Als er hörte, dass man Willner entdeckt hat und der unter einer Amnesie litt, war er zunächst beruhigt. Doch das Gewissen plagte ihn zusehends. Hinzu kam noch, dass das Vorhandensein dieses Siegels während der Tagung bereits heftig diskutiert worden ist. Er kam aus der Nummer nicht mehr raus. Als er sich vorstellte, Willner bekäme sein Gedächtnis zurück und würde sich an alles erinnern, zog er die Notbremse und vertraute sich seinem Bruder an. Der hat ihm dann dringend angeraten, sich zu stellen. Gemeinsam haben sie Solveig Olms informiert, die natürlich sofort zum Momme-Nissen-Haus gedüst ist. Martin Hammerstein hat versprochen, seinen Bruder nicht aus den Augen zu lassen, Olms hat die Kollegen vom Festland beigeordnet und Siv und Monika informiert. Was hattest du dort eigentlich zu suchen?«, fragte Momme unvermittelt.

»Ich hab mir auch so meine Gedanken über das Siegel gemacht und wollte von Silvana wissen, was es damit auf sich hat. Aber sie hat offensichtlich wirklich keine Kenntnis davon gehabt?«

»Es sieht wohl so aus. Hammerstein hat seinem Bruder gesagt, seine Frau habe von alldem nichts gewusst. Aber was hast du nun mit dem Siegel zu tun?«

»Das ist eine Geschichte von Zufällen. Während der Tagung war permanent die Rede davon, es sei im Watt gefunden worden, dann wieder nicht, es sei verschwunden, nie da gewesen und es sei aus der minoischen Kultur. Ich habe null Ahnung von Archäologie, und die Minoer haben mir auch nicht viel gesagt. Aber das Gemälde von Clara Peeters gibt ebenfalls einen Hinweis darauf, dass die antiken Bootsfahrer tatsächlich bis nach Nordfriesland gekommen sein könnten. Allerdings wusste die gesamte archäologische Fachwelt nichts davon. Der Hinweis darauf war übermalt worden.«

Louise berichtete Momme bis ins letzte Detail von dem rätselhaften Stillleben, dem goldenen Becher, von dem sogar ein zweites Exemplar existierte.

»Ein minoischer Goldbecher als Sammelbüchse für Einmachgummis und Büroklammern in Ahrenshöft? Weiß die alte Dame, welchen Schatz sie hütet?«

»Jetzt ja. Sie wollte es kaum glauben. Sie will das gute Stück höchstpersönlich in Bremen bei Elisabeth Schwontkowski abliefern. Für die alte Professorin wird ein Traum in Erfüllung gehen. Das, woran sie immer geglaubt hat, wird Wirklichkeit. Die Minoer waren, so wie es aussieht, hier.«

Louise verstummte. Diese Sache war also geklärt. Ein Wissenschaftler, der seine Fehleinschätzung nicht zugeben wollte, war zum Verbrecher geworden. »Jetzt wird mir auch endgültig so einiges klar. Als Solveig Olms die Tagungsteilnehmer aufforderte, das Hotel nicht zu verlassen, hat Hammerstein fast einen Anfall bekommen. Er müsse unbedingt weg, irgendwas wegen Forschungsgeldern, die sonst verfielen. Ich schätze, er hat sich Sorgen um Willner gemacht. Er wusste ja, was er ihm zum Überleben in seinem steinernen Grab gelassen hatte und dass die Vorräte so langsam aufgebraucht waren. Er muss befürchtet haben, dass sein Entführungsopfer stirbt, wenn er nicht rechtzeitig dort wieder auftaucht. Wie verrückt muss man sein, einen Menschen niederzuschlagen, zu entführen, ihn quasi seinem Schicksal zu überlassen, nur um seine wissenschaftliche Reputation nicht zu verlieren. Ein Glück für Willner, dass Hammerstein wenigstens kein skrupelloser Mörder ist und ein Gewissen besitzt. Ob er auch gestanden hätte, wenn sein Bruder nicht ein Mann Gottes und zudem gerade auf Pellworm gewesen wäre?«

Momme stieß hörbar die Luft aus. »Keine Ahnung. Er wird sich auf jeden Fall als reuiger Sünder zeigen. Allerdings kann er als Wissenschaftler wahrscheinlich einpacken. Sein Geständnis wird ihm positiv ausgelegt werden, aber Freiheitsberaubung bleibt Freiheitsberaubung. Hammerstein kann von Glück sagen, dass Willner keine Woche in dem Grab verbracht hat. So kommt er dafür mit vielleicht drei, vier Jahren weg. Allerdings hat er ihn vorher niedergeschlagen, der Mann hat sein Gedächtnis verloren, das kommt wiederum erschwerend hinzu. Ich kann nur spekulieren, aber bis zu zehn Jahren Freiheitsstrafe sind da schon drin.«

»Und das alles nur, weil er einen Irrtum nicht zugeben wollte. Schon ganz schön verrückt. Momme...?«

»Hm?«

»Die beiden Toten, von Winterfeld und Marieke Schloot, mit deren Tod hat er nichts zu tun?«

Momme schwieg, und Louise befürchtete schon, ihr Freund habe entnervt sein Handy ausgeschaltet. Warum nur konnte sie sich nicht mit den Gegebenheiten abfinden?

Doch dann war Mommes Stimme wieder zu vernehmen. Er sprach mit Louise wie mit einem bockigen Kind, das am Abend, obwohl todmüde, nicht ins Bett gehen wollte.

»Louise, jetzt hör mir mal gut zu: Lutz von Winterfeld ist aus welchem Grund auch immer ins Watt gegangen. Er hat die Orientierung verloren und ist unglücklich auf ein Stück Holz gestürzt. Die Kopfverletzung lässt keinen anderen Schluss zu. Ohnmächtig hat ihn das Wasser überrascht. Das war's.«

»Aber er kannte sich im Watt aus, Momme, er hat vor Jahren eine Expedition genau an dieser Stelle, also nicht genau, aber im Umkreis, geführt. Er kannte sich aus, Momme«, betonte Louise störrisch.

»Kind, es war Seenebel. Du hast keine Ahnung, was der anrichten kann. Er kommt mit einer enormen Geschwindigkeit, er ist wie eine Wand. Es gab kein Entkommen für den Mann, er hat sich in unglaubliche Gefahr begeben und ist darin umgekommen.« Mommes Nachsicht ließ nach, streng waren die letzten Worte an Louise gerichtet.

Sie nickte. »Wird wohl so gewesen sein.« Von der Flöte, die Sören gehört hatte, fing sie besser erst gar nicht an. »Und Marieke Schloot? Hat ihr Verlobter gestanden?«, fragte sie zaghaft.

»Nein, du Nervensäge. Noch nicht. Aber es ist nur eine Frage der Zeit. Man hat auf ihrem PC einige E-Mails entdeckt, er drohte ihr, er ließe sich nicht abservieren, von niemandem. Sie solle sich das gut überlegen, mit ihm Schluss zu machen. Louise, er wird gestehen, vielleicht nicht heute oder morgen, aber die Beweislast ist erdrückend, glaub mir.« Momme seufzte tief.

»*Et bien*, dann will ich das mal so stehen lassen.«

»Nicht stehen lassen, Louise, akzeptier es, Mademoiselle.«

Momme verabschiedete sich, und Louise spürte, wie gerne er ihr noch einmal ins Gewissen geredet hätte. Doch nach einem kurzen Zögern legte er dann auf.

Als Fine nach Hause gekommen war – *Ich weiß es schon, Momme hat mich angerufen. Ich mach uns jetzt erst mal einen Tee. Wir können uns heute Abend drüber unterhalten* –, saß Louise am Küchentisch, vor ihr der Laptop, und war auf der Suche nach passenden Stillleben mit essbaren Objekten, die sie zu einem Gericht in ihrem Kunstkochbuch verarbeiten würde. Wieder Austern, Käse allemal. Obst gab es zuhauf, Schinken, Würste, Gemüse. Ein Stillleben von Jan Davidsz de Heem quoll geradezu über von Köstlichkeiten. Feigen, Zitronen, Trauben, und ihm hatten es offensichtlich die Hummer angetan, die in kräftigem Rot die üppige Tafel bereicherten. Jedes einzelne Gemälde regte ihre Fantasie an, aus jedem entwickelte sie bereits ein Menü.

Wenn Fine schon alles wusste, musste man sich nicht mehr groß darüber unterhalten, und Louise war dankbar, dass Momme ihrer Patentante offenbar nichts von ihren störrischen Nachfragen erzählt hatte. Fine stellte Louise einen Becher mit dampfendem Tee neben ihren Notizblock.

»Vorsicht, sehr heiß. Wenn du so konzentriert arbeitest,

bringst du es noch fertig, dir die Lippen zu verbrennen. Ach Gott, ist das eine Augenweide.«

Fine beugte sich über den Laptop und betrachtete interessiert das Bild, das Louise angeklickt hatte. Ein saftiger Schinken, begleitet von einer angeschnittenen Melone, Kirschen und Granatäpfeln. Ein Fest der Sinne und des Genusses.

»Sind das Tomaten?« Fine zeigte auf ein paar rötliche Früchte.

»Nein, ich glaube nicht, ich kann die Früchte nicht identifizieren. Von der Form her sehen sie aus wie Quitten.«

»Gab es zu der Zeit überhaupt schon Tomaten in Europa?«

Louise nickte. »Ja, und sie waren recht kostbar. Es würde mich also nicht wundern, wenn sie auf Gemälden des 17. Jahrhunderts auftauchen. Allerdings findet man sie später viel öfter als Sujet. Schau hier, van Gogh oder Gauguin haben sie gemalt. Den Tomaten werde ich ein eigenes Kapitel widmen müssen, so vielseitig wie die Frucht ist. Aber weißt du was, wir trinken jetzt in Ruhe unseren Tee, und du erzählst mir, was du aus einem Tonklumpen Schönes gezaubert hast.«

Sie klappte ihren Laptop zu, hob den Becher an den Mund und pustete. Fine setzte sich zu ihr an den Tisch und berichtete schmunzelnd von ihren ersten Versuchen, dem Ton die Form einer Schale abzuringen.

»Nach einigen Versuchen, bei denen mir der Klumpen fast von der Scheibe geflogen wäre, hat es dann doch noch geklappt. Beim nächsten Brennvorgang ist das gute Stück dann dabei. Die Schale wird grün glasiert werden, und Tomaten machen sich garantiert ganz wunderbar darin.«

Bei der zweiten Tasse Tee kam die Sprache dann natürlich doch auf Sven Hammerstein. »Momme meint, das Geständnis kommt ihm zugute. Aber das muss man sich mal vorstellen, hält aus reiner Geltungssucht einen Mann gefangen. Unfassbar. Was er seiner Frau und seiner Schwiegermutter damit angetan hat. Siv will jetzt die nächste Zeit auf Pellworm bleiben, habe ich gehört«, schloss Fine das Gespräch über Hammerstein und seine Untat ab.

»Und weißt du, was ich jetzt gerne machen würde? Wir suchen uns ein Bild aus und kochen danach. Auf was hättest du Lust? Barock? Klassizismus? Impressionismus? Expressionismus?«

»Auf das, was der Kühlschrank und die Vorräte hergeben. Ich schau gleich mal nach.«

Flink hatte Fine all das aufgezählt, was ihnen für heute Abend zur Verfügung stand. Geräucherte Makrele, ein Bund Radieschen, die letzten Tomaten aus dem Garten. Louise zäumte das Pferd von hinten auf, gab die Zutaten in die Suchmaschine des Computers ein, ergänzte sie durch das Wort *Stillleben*, und schon hatte sie ein passendes Gemälde gefunden. Die Künstlerin Ernestina Orlandini sagte ihr zwar nichts, aber das Bild gab einen Vorgeschmack auf das, was sie gleich zubereiten würde.

»Wir machen uns einen Couscous-Salat nach Art der Berliner Sezession. Was immer das auch ist, die Künstlerin hat dazugehört«, tat Louise nach kurzer Überlegung kund. »Zwiebeln sind wohl auch noch da, Gries für einen Couscous ebenfalls.«

Eine Stunde später hatten Louise und Fine ihr Abendbrot mit großem Genuss verzehrt. Ein Glas Rotwein hatte das Ganze abgerundet. Die geräucherte Makrele hatte Louise in Stücke gezupft, die Tomaten überbrüht, von ihrer Haut befreit und in Würfel geschnitten. Die hauchdünnen Radieschenscheiben hatten dem Salat Frische und eine kleine Schärfe angedeihen lassen, die Louise durch das Dressing, dem sie einen Teelöffel scharfen Senf beigemischt hatte, noch unterstrich.

Ein aufregender Tag neigte sich dem Ende zu, und Fine verabschiedete sich um zehn ins Bett.

»Ich werde mich noch mit ein paar Stillleben beschäftigen. Dieser kleine Salat war erst der Anfang«, entschied Louise, wünschte Fine eine gute Nacht und süße Träume und setzte sich mit ihrem Arbeitsmaterial wieder zurück an den Küchentisch. Blättern in den virtuellen Galerien, dazu ein Glas Wein und viele gute inspirierende Eindrücke, so konnte der Abend ausklingen.

Die Auswahl an Stillleben mit »Lebensmitteln« war schier unerschöpflich. Von A bis Z, vom Apfel bis zur Zitrone war alles vorhanden, Louise konnte aus dem Vollen schöpfen. Sie notierte sich die Namen der Maler, die Titel der Bilder. *Stillleben mit Äpfeln, Stillleben mit Hummer und Austern, Stillleben mit Ente, Stillleben mit Hase, Stillleben mit Kartoffeln,* alles, was eine bunte Küche ausmachte, war vertreten.

Doch so konzentriert sie alle Bilder studierte, so sehr lenkte sie doch das Tagesgeschehen immer wieder von ihrer Arbeit ab. »Hammerstein, ein Entführer, aber kein Mörder«, murmelte sie. Das Gefühl, dass irgendetwas immer noch nicht stimmte, breitete sich erneut mit Nachdruck in Louises

Bauch aus. Sie blätterte in ihrem Notizbuch auf eine leere Seite, überschrieb sie in Großbuchstaben mit dem Namen des Professors aus Kiel HAMMERSTEIN, darunter führte ein Pfeil zu Adrian Willner und dazwischen *Entführt wegen des minoischen Siegels*.

Lutz von Winterfeld hatte über Christine von dem minoischen Goldbecher gewusst, doch wenn er deswegen sterben musste, ergab dies doch nur Sinn, wenn er Hammerstein von dem Becher erzählt hätte und dieser in der Lage gewesen wäre, doch zu töten. Wenn dem so gewesen wäre, war damit Marieke Schloots Tod nicht erklärt. Es sei denn, von Winterfeld hatte es Marieke gesagt, und sie war als Mitwisserin getötet worden.

Nein, das ergab alles in Louises Augen keinen Sinn. Doch so sehr sie sich den Kopf zerbrach, wollte ihr kein logisches Szenario einfallen. Am besten, sie befolgte Mommes Rat und hakte es ab. Tot war tot, ein Unfall und ein Eifersuchtsdrama.

Eifersucht. Ein winziger Gedankenblitz durchzuckte Louises Hirn, doch schon war er wieder verschwunden, und so sehr sie sich auch konzentrierte, er blieb es auch. So war es ihr schon im Haus von Monika Klatte ergangen. Irgendetwas hatte sie gesehen. Ein Bild, einer Fata Morgana gleich, war in ihrem Kopf entstanden, um sich sofort wieder in Nichts aufzulösen.

»Louise, du musst endlich damit aufhören, hinter allem ein Verbrechen zu wittern«, schalt sie sich. Gut, der Mord an Marieke Schloot war ein Verbrechen, aber es war ein offensichtliches. Genau, der Verlobte würde sicher noch gestehen, und dann hatte sie endlich ihre Ruhe.

Louise riss das Blatt aus dem Notizbuch, knüllte es zusammen und warf es mit Schwung quer durch die Küche in die Spüle. Treffer. Sie sah auf die Wanduhr. Halb zwölf. Sie würde noch bis Mitternacht arbeiten, und dann sollte auch für sie Schluss sein. Sie las über die Bildtitel der Stillleben hinweg. Was noch fehlte, waren eindeutig Gemälde mit Tomaten. Und auch die gab es zur Genüge. Ein wunderbares Werk von Paul Gauguin, dessen Tomaten offenbar Louises geliebte *Coeur de Boeuf* mit ihrer gerippten Struktur darstellten. Van Gogh wartete zusätzlich mit Makrelen und Zitronen auf, Paula Modersohn-Becker mit einer Apfelsine und August Renoir mit einer reifen Melone. Karl Schmitt-Rottluff legte Wert auf die Begleitung von Gurken, während Edvard Munch den Tomaten eine Stange Lauch an die Seite malte.

Die meisten Künstler waren Louise bekannt, von vielen hatte sie Gemälde vor Augen. Von Edvard Munch war ihr jedoch lediglich *Der Schrei* ein Begriff gewesen, und sie war erstaunt, wie vielfältig sein Oeuvre war. Allerdings waren die Gemälde mit einer eher unheimlichen, düsteren Ausstrahlung in der Mehrzahl. *Der Spiegel, Trennung.* Louise fröstelte ein wenig beim Anblick der Gemälde. Sogar die Kinderbilder hatten etwas Unheilvoll-Quälendes an sich. Und sehr oft war, so konnte sie nachlesen, die Eifersucht ein Thema in seinem Oeuvre, das er über all seine Schaffensperioden hinweg immer wieder aufgegriffen hatte.

Und da war er wieder, dieser Gedanke, der sich wohl doch irgendwo in ihrem Kopf festgesetzt hatte. Eifersucht. War nicht Eifersucht das stärkste Mordmotiv überhaupt?

Louise schloss die Augen, versuchte, alles Überflüssige

aus ihrem Kopf zu verbannen, sich auf die Punkte zu konzentrieren, die wie eine Sternschnuppe aufgetaucht und ver-
glüht waren. Plötzlich sah sie alles genau vor sich. Den Mann
im Rollkragenpullover vor seinem Kutter, das Kind, die er-
wachsene Frau, den Mann im Strickpullover, attraktiv, wie er
das Foyer des Hotels betrat, die giftige Bemerkung, die ihm
galt. Bremer Wattwurm. Eine Bemerkung, die niemals den
Verdacht würde aufkommen lassen, diese Frau habe eine in-
time Beziehung zu dem Mann. Liebte ihn. Hatte er das Verhältnis vielleicht an diesem Tag beendet? War er nicht bereit,
es wieder aufleben zu lassen? Und wer kannte sich besser im
Watt und mit den Gezeiten, mit dem Seenebel und den dro-
henden Gefahren aus? Sie, das Kind, das auf Pellworm groß
geworden war. Das Stunde um Stunde auf und am Deich
verbracht hatte, um auf den Vater zu warten, den Vater,
der, wenn man genau hinschaute, ein Bruder von Lutz von
Winterfeld hätte gewesen sein können. Und sie hätte Zu-
griff auf die Flöte haben können, die Professor Nannen verwahrte. Die Flöte, die dem einen, wenn man die Geschichte
gerne doch glauben wollte, das Leben gerettet hatte, und ihre
Kopie, die einen Mann in den Tod lockte. War es nicht ein
Kinderspiel, einem Ahnungslosen, der sich der ehemaligen
Geliebten voll Vertrauen nähert, ein Holzscheit über den
Kopf zu ziehen? Ihn dann liegen zu lassen, bis die Flut ihr
Werk vollendete?

Louise lief ein Schauer über den Körper. So musste es gewesen sein. Sie war sich plötzlich ganz sicher. Wie hatte Silvana gesagt? *Er war einzigartig. Nur erkennt man das erst sehr viel
später.* Die Worte klangen in Louises Ohr, und jetzt wusste
sie, was sie bedeuteten. Lutz von Winterfeld hatte ihn, den

einzigartigen Vater, nicht ersetzen können, und Silvana hatte es erkannt, als der Geliebte sie verlassen hatte.

Doch wie passte Marieke Schloot in das Szenario? Eifersucht? Wenn ja, dann nicht die des Verlobten auf einen Widersacher, den es gar nicht gab. Louise legte ihre Hände vors Gesicht und versuchte, sich Marieke Schloot vorzustellen. Eine nette junge Frau, aber offenbar nicht der Typ von Lutz von Winterfeld. Das hatte sie ihr selbst unter Tränen anvertraut. Also doch der Verlobte? Nein, diese beiden Toten hingen ganz eng miteinander zusammen.

Louise stieß einen kleinen spitzen Schrei aus. Genau, das war es. Eifersucht spielte tatsächlich eine Rolle, aber ganz anders, als die Polizei glaubte. Marieke Schloot war voll davon, voll von diesem missgünstigen Gefühl. Die eine konnte Lutz von Winterfeld haben, sie nicht. War sie den beiden gefolgt, in der Vermutung eines Schäferstündchens im Watt? Was genau hatte sie gesehen? Hätte sie aufgrund des Seenebels überhaupt etwas beobachten können? Oder hatte sie die beiden einfach nur nicht aus den Augen gelassen, hatte bemerkt, dass von Winterfeld und Silvana das Hotel verließen, und nur Silvana war wieder zurückgekehrt? Als die Nachricht von Lutz' Tod kam, hatte sie dann eins und eins zusammengezählt. Silvana musste etwas damit zu tun haben. Doch warum hatte sie geschwiegen und stattdessen Silvana mit ihrem Wissen konfrontiert? Damit hatte sie ihr Todesurteil unterschrieben. Eifersucht, vielleicht auch Gier, Motive so alt wie die Welt. Nicht Siegel, nicht goldener Becher, ein klassisches *crime passionel,* wie es seit Urzeiten überall auf dieser Erde geschah.

Und nun? Sie konnte doch jetzt nicht einfach noch eine

Nacht darüber schlafen! Und wenn sie Solveig Olms über ihren Verdacht informierte? Keine gute Idee. So wie sie diese Frau einschätzte, würde sie ihr gegenüber das alles als Hirngespinst abtun. Schließlich war der Fall Schloot gelöst, und einen Fall von Winterfeld gab es nicht. Nein, sie würde Momme anrufen. Er würde wissen, was zu tun war.

Kapitel 45

Momme hatte weder erstaunt noch skeptisch reagiert. Ohne sie zu unterbrechen, hatte er einfach nur zugehört. Louise hatte konzentriert alle Fakten aufgezählt, ihre Mutmaßungen dargelegt und ihren Verdacht ausgesprochen. Mit jedem Satz war ihr dieser noch plausibler erschienen, und sie hoffte inständig, Momme würde dem auch folgen.

Als sie geendet hatte, ließ Mommes Reaktion nicht lange auf sich warten. »Louise, wenn ich dich nicht besser kennen würde, müsste ich jetzt sagen, Mademoiselle hat zu viele Krimis gesehen und verfügt über eine geradezu überbordende Fantasie. Aber den Fehler habe ich im Juni schon einmal gemacht, dein Bauchgefühl und deine Kombinationsgabe zu unterschätzen.«

Louise gab ein zufriedenes Schnauben von sich.

»Ich befürchte, du hast recht mit deiner Einschätzung, Kollegin Olms besser nicht damit zu konfrontieren. Nein, wirklich keine gute Idee. Ich sehe sie direkt vor mir, wie sie deinen Verdacht abschmettert wie ein Tischtennisprofi seinen Zelluloidball.«

Louise kicherte. »Ein netter Vergleich. Weißt du, ich hatte wirklich Angst, du würdest mich für überspannt halten.« Dann ging sie in medias res. »Was schlägst du vor, Momme? Soll ich Silvana einfach darauf ansprechen?«

»Um Himmels willen, Louise. Willst du so enden wie Marieke Schloot? Ich hab da so eine Idee. Eigentlich dürfte ich sie dir gar nicht erst vorschlagen, sondern müsste mich mit den Kollegen in Flensburg in Verbindung setzen. Aber wie du schon gesagt hast, von Winterfeld ist als Unfall abgehakt, der Mörder von Marieke Schloot sitzt in U-Haft, zwar ohne Geständnis, aber, wie ich hörte, sprechen mittlerweile wirklich alle Indizien gegen ihn. Er hat ein Motiv, hat ihr Drohmails geschrieben, er war vor Ort, er hat kein Alibi, Frau Schloot hat den Täter freiwillig ins Zimmer gelassen, und überall sind seine Fingerabdrücke zu finden. Ein Verdächtiger wie aus dem Bilderbuch. In der Gesamtheit dessen würde jedes Gericht ihn verurteilen. Langer Rede, kurzer Sinn, bei den Kollegen würde ich kein offenes Ohr finden. Und nur aufgrund deiner Mutmaßungen wird niemand Silvana auch nur in Untersuchungshaft stecken.«

Louise sicherte sich und ihr Verdachtsgespinst ein letztes Mal ab. »Also, Momme, du hältst es wirklich nicht für abstrus und mich für eine gefährliche Irre?«

Momme lachte laut. »Nein, fantasiebegabt, aber nicht irre. Weißt du, Morde aus Eifersucht gehören zu den ältesten Verbrechen der Menschheitsgeschichte. Kain hat seinen Bruder Abel aus Neid und Eifersucht getötet. So hat alles begonnen. Und bei diesem Fall kommt noch hinzu, dass Silvana offenbar unter einem Vaterkomplex leidet. Durch den Tod ihres Vaters hat sie ein Leben lang das Gefühl des Verlustes begleitet, und dieses Verlustgefühl wirkte sich dann auf die Partnerwahl aus. Ein älterer, gesettelter Mann wurde zum Vaterersatz, der die Geborgenheit geben sollte, die sie durch den verstorbenen Vater natürlich vermisst hatte. Dann trat ein Mann in ihr Leben, der beides vereinte: anerkannt, mit beiden Beinen auf dem Boden stehend und dazu noch ihrem Vater, wie sagtest du, wie aus dem Gesicht geschnitten. Und von diesem Mann hat sie sich ein zweites Mal im Stich gelassen gefühlt. Vielleicht hätte sie nie ein Verhältnis mit Lutz von Winterfeld angefangen, wenn sie sich nicht in den Wahn hineingesteigert hätte, er sei der ideale Ersatz für den verlorenen Vater. Als der, also im übertragenen Sinne, sie ein zweites Mal allein gelassen hat, hat sie ihn getötet. Sie hat es nicht ertragen und ihn in die Falle gelockt. So ein bisschen wie bei den Sirenen. Haben die nicht gesungen und damit Seefahrer verzaubert, die sie dann getötet haben? Nur hat sie auf der nachgemachten Rungholt-Flöte geblasen. Wer weiß, vielleicht hat sie sich sogar von den antiken Mythen beeinflussen lassen, schließlich ist sie ja Archäologin.«

»Momme, du bist ja Antikengelehrter und Psychologe in einem«, rief Louise bewundernd. »Es hat eine Zeit gedauert, bis sich mir die Ähnlichkeit zwischen von Winterfeld und Jörn Klatte offenbart hat. Aber als es dann endlich Klick gemacht hat, war mir klar, dass nur sie etwas mit den beiden Toten zu tun haben konnte. Und als ob es noch eines Beweises bedurft hätte, hat Sören in der Nacht die Flöte gehört. Wie ein Lockruf, hat er gesagt.«

Louise verstummte. In ihrem Kopf nahm soeben ein Plan Gestalt an. »Momme, ich habe da so eine Idee, wie wir die Mörderin zur Strecke bringen können. Das A und O bei der Sache ist, dass Silvana Hammerstein sich in Sicherheit wiegt, von unserem Verdacht nicht das Geringste ahnt.«

Kapitel 46

Es war nicht einfach gewesen, Silvana Hammerstein zu einem gemeinsamen Spaziergang zu überreden.

Louise war gleich nach dem Frühstück in den Bupheverweg spaziert und hatte sich auf dem Weg ein letztes Mal den Plan durch den Kopf gehen lassen. Ihnen drohte keine Gefahr. Lutz war tot, offiziell als Unfall abgehakt, Marieke von ihrem Verlobten ermordet. Das dachten die Ermittler, das glaubte die ganze Welt. Silvana Hammerstein wiegte sich in Sicherheit.

Sie musste viermal klopfen, bis sich hinter der Haustür etwas tat. Monika Klatte öffnete einen Spalt. Als sie Louise erkannte, entspannte sich ihr von Sorgenfalten durchfurchtes Gesicht.

»Moin, Louise. Ich dachte, es wäre jemand von der Zeitung. Seitdem mein Schwiegersohn sitzt, läutet das Telefon ununterbrochen. Wir haben kein Auge zugemacht. Sie kommen doch jetzt nicht auch noch wegen meines Schwiegersohns?« Plötzliches Misstrauen flackerte in ihrem Blick auf.

»Aber nein, warum sollte ich? Ich habe es ja gestern hautnah miterlebt, das ganze Drama. Nein, ich dachte nur, ich könnte Ihre Tochter ein wenig ablenken. Vielleicht ein kleiner Spaziergang. Sie sollte sich jetzt nicht verkriechen, sie kann ...«

Weiter kam Louise nicht. Monika Klatte fasste sie am Arm und zog sie ins Haus. »Sie haben ja so recht, das habe ich Siv auch schon gesagt.«

Mit einem Mal kam sich Louise schäbig vor. Frau Klatte betrachtete sie als eine Freundin ihrer Tochter, eine, die es ehrlich meinte. Und wenn sie und Momme doch falsch lagen? Dann würde eben gar nichts passieren. So einfach war das. Sie würden einen gemeinsamen Spaziergang machen, den sonnigen Vormittag genießen, ein wenig plaudern. Wenn Silvana mitkam!

»Siv, komm runter, deine Freundin, die Frau Dumas, Louise, ist da. Du sollst dich nicht verkriechen, hat sie gesagt. Genau wie ich. Die Sonne scheint, frische Luft tut immer gut.«

Monika Klatte stand vor der Treppe, die Hände in die Hüften gestemmt. Silvana tauchte auf, starrte nach unten.

»Sie schon wieder.«

Louise hätte nicht sagen können, ob die Stimme verärgert oder eher resigniert klang.

»Ich dachte, nach der ganzen Aufregung gestern tut ein wenig Ablenkung gut. Hätten Sie Lust auf einen Spaziergang?« Sie merkte selbst, wie lahm der Vorschlag klang, und sie hätte es verstanden, wenn Silvana Hammerstein sich einfach wortlos umgedreht hätte und zurück in ihr Zimmer marschiert wäre. Ein Spaziergang mit einer ihr eigentlich wildfremden Frau.

Umso erstaunter war sie, als Silvana nickte. Ihre Stimme klang tonlos, als sie sagte: »Ich zieh mich an und muss noch ins Bad. Mama, machst du mir einen Kaffee? Aber bloß nichts zu essen, ich hab keinen Hunger.«

Eine Tür wurde zugeschlagen, und Monika Klatte bat Louise in die Küche. Während die Kaffeemaschine ihre Arbeit tat, setzte sich Silvanas Mutter zu Louise an den Tisch.

»Wissen Sie oder weißt du, ich sage einfach du. Wir leben beide auf der Insel, ist doch albern, dieses Gesieze.«

Louise nickte und bekam einen Kloß in den Hals. Da saß sie mit der Mutter einer jungen Frau, die sie für eine Mörderin hielt und die sie der Taten überführen wollte. Was für ein Leben würde Monika Klatte führen, wenn sich ihr Verdacht bestätigte und Silvana hinter Gittern landete wegen zweifachen Mordes? Dazu noch der Schwiegersohn im Gefängnis. *Mon Dieu*, was für eine Tragödie. Die Frau tat ihr unendlich leid. Vielleicht würde sie sogar Pellworm verlassen, um den neugierigen und auch anklagenden Blicken nicht mehr ausgesetzt zu sein.

»Mein Schwiegersohn ist kein schlechter Mensch.«

Louise zuckte zusammen, sie hatte gar nicht hingehört, was Monika Klatte ihr erzählte.

»Siv hat versucht, es mir zu erklären. So ganz habe ich es nicht verstanden. Ist doch eigentlich egal, ob diese Menoer, oder wie sie heißen, schon mal hier waren oder nicht. Ist doch Tausende Jahre her, wen interessiert das denn noch? Er hat ganz einfach eine Dummheit begangen, den armen Kerl zu entführen. Aber er hätte ihm nie etwas zuleide getan, niemals.«

Sie nickte bekräftigend, stand auf und goss sich und Louise zwei Tassen Kaffee ein. Der Kaffee war unfassbar stark. Vielleicht hatte sie sich beim Einfüllen des Pulvers in die Filtertüte verzählt, so konnte man ihn kaum genießen. Doch Monika Klatte nahm einen Schluck, ohne das Gesicht zu verziehen.

»So mochte mein Jörn den Kaffee immer. So stark, da könnte man glatt einen Löffel reinstellen, hat er immer gesagt. Weißt du, er fehlt mir immer noch, und noch mehr Siv. Sie hat ihn vergöttert. Ich glaube, sie hat Sven geheiratet, um einen Vaterersatz zu haben.« Die letzten Worte flüsterte Monika Klatte. »Wir haben aber nie darüber gesprochen. Ich weiß nicht, was jetzt passiert, wenn Sven ins Gefängnis muss. Ich habe keine Ahnung, wie meine kleine Prinzessin das verkraften soll.«

Wenn das nur alles wäre, dachte Louise, und erneut überkam sie dieses Gefühl der Scham, das sie jedoch sofort wieder verbannte.

Die Küchentür ging auf, und Silvana kam herein, eingepackt in eine dunkle Jeans und einen viel zu großen grob gestrickten Pullover. An den Füßen trug sie bereits halbhohe Stiefel. Sie warf eine wattierte Jacke über einen Stuhl, Mütze und Handschuhe flogen hinterher.

»Nur einen Schluck, dann können wir los.«

Dunkle Schatten lagen unter ihren Augen, sie sah um Jahre gealtert aus.

»Ah, tut der gut.«

Ihre Mutter hatte eine dritte Tasse gefüllt, und Silvana hatte ohne mit der Wimper zu zucken das heiße starke Gebräu getrunken.

»Wollen wir?« Ohne abzuwarten, zog sie sich die Mütze auf den Kopf und verließ die Küche. Louise stand auf, bedankte sich für den Kaffee und dachte, das Leben von Monika Klatte würde in einer halben Stunde nicht mehr dasselbe sein.

Silvana war schon an der Gartenpforte, als Louise die

Haustür hinter sich zuzog. Mit strammen Schritten ging die Archäologin voran, machte keine Anstalten, auf Louise zu warten, die einen Zahn zulegen musste.

»Wollen wir zur Vogelkoje?«, fragte Louise, als sie Silvana eingeholt hatte. »Ich würde sie mir gerne mal ansehen. Seit Februar und dann den ganzen Sommer über war sie ja wegen der brütenden Vögel gesperrt.«

Silvana zuckte mit den Schultern. »Von mir aus.«

Schweigsam verließen sie den Bupheverweg und steuerten auf die Windräder am Deich zu, bevor es im rechten Winkel am Deich entlang zur Vogelkoje ging. Silvana hatte auf dem knapp einen Kilometer langen Weg geschwiegen, und Louise hatte ihren Versuch aufgegeben, sie durch ein paar beiläufige Bemerkungen – *Die Windräder drehen sich heute gar nicht. Ist das nicht ein Storch? Hoffentlich liegt kein Schaf auf dem Rücken. Ganz schön kalt heute* – zum Reden zu bewegen.

Ob Momme schon in ihrer Nähe war? Louise verspürte nun doch eine gewisse Anspannung, jedoch keine Spur von Angst. *Silvana ahnt ja nichts von unserem Verdacht.*

Vor der Vogelkoje, die von einem Wäldchen umgeben war, angelangt, blieb Silvana stehen. »Hört sich doch irgendwie gemütlich an, Koje, so zum Reinkuscheln. Aber hier sind zigtausend Enten getötet worden. Das Morden ging bis Anfang der Fünfzigerjahre«, sagte sie unvermittelt.

Louise zuckte bei dem Wort *Morden* unwillkürlich zusammen.

»Mein Vater hat mir erklärt, wie es funktioniert. Komisch, er hat wahrscheinlich Hunderttausende Krabben gefischt, aber die Wildenten haben ihm immer leidgetan.«

Die beiden Frauen betraten die Vogelkoje, nun Biotop

und geschützter Brutplatz für die unterschiedlichsten Vogelarten.

»An den Ecken sind die Pfeifen, das sind diese Ausbuchtungen an den Ecken des Teichs. Darüber hat man Netze gespannt, und an den Enden waren Reusen. Lockenten haben dann die vorüberziehenden Wildenten in die Reusen gelockt, wo der Kojenmann ihnen den Hals umgedreht hat.«

Louise lief es bei Silvanas mit monotoner Stimme vorgetragenen Ausführungen eiskalt den Rücken hinunter. Der Wind fegte leicht durch die schon fast kahlen Äste der umgebenden Gehölze. Louise kannte die Geschichte der Vogelkoje, und nicht umsonst hatten sie und Momme dieses Ziel ausgewählt.

»Sie vermissen Ihren Vater sehr. Sie haben sicher viele schöne Stunden mit ihm verbracht. Auch hier. Ist ja nicht weit weg von Ihrem Elternhaus.«

Silvana, die mit dem Rücken zu Louise stand und bewegungslos auf den Teich starrte, drehte sich langsam um. »Was wollen Sie von mir? Mein Mann ist gestern verhaftet worden. Wollen Sie Material, um es an eine Zeitung zu verkaufen? Es geht Ihnen doch nicht um mich und meinen Vater.«

Tränen traten in ihre Augen, und sie richtete ihren Blick wieder auf das Gewässer, auf dem ein Entenpaar herumdümpelte. Der Erpel tauchte mit seinem smaragdgrünen Köpfchen gerade ins Wasser, während seine braun gefiederte Gefährtin entspannt weiterschwamm. Heutzutage hatten sie hier nichts mehr zu befürchten.

Louise antwortete wahrheitsgemäß. »Nein, ganz bestimmt nicht. Die Zeitungen werden ihr Material woanders finden müssen.« Sie spürte eine leichte Vibration in ihrer Jackentasche. Endlich. Momme war ganz in der Nähe. »Man kann Enten auch mit einem künstlichen Ruf anlocken, mit einer speziellen Flöte zum Beispiel, habe ich gelesen.« Louise ging nicht weiter auf Silvanas Anschuldigung ein. Sie hatte eine Mission zu erfüllen. »Ob die Rungholt-Flöte auch dazu gedient hat? Zur Jagd? Und damit letztendlich auch zum Töten? Was meinen Sie?«

Silvana lachte laut auf. »Wo haben Sie das denn her? Angeblich ist doch ein Mann aus dem Watt gerettet worden, weil er auf dem Ding rumgetutet haben soll. Sie waren doch bei dem Vortrag dabei. Ist ja leider nur eine Legende. Mir hätte es gefallen. Ich sehe die alte Gräfin geradezu vor mir, wie sie auf einen Gehstock gestützt ins Watt humpelt und ihr ganz plötzlich ein feindlicher Engländer gegenübersteht, den sie rettet. Köstlich.«

Plötzlich erstarrte die Archäologin. Ein leises Pfeifen ertönte vom Deich her. Auch Louise hielt in ihrer Bewegung inne.

Das Pfeifen wiederholte sich, zuerst noch in unregelmäßigen Abständen, dann wurde es zu einer rhythmischen Folge. Es hörte sich an wie *fuit, fuit, fuit,* wollte nicht mehr enden, kam jedoch nicht näher.

Silvana machte einen ersten Schritt in Richtung Deich, wie magisch vom Pfeifton angezogen. *Wie eine Marionette, die an Schnüren gezogen wird,* fuhr es Louise durch den Kopf, die langsam hinter Silvana herging.

Sie hatte sich vorher keine klare Vorstellung von der Reaktion der Frau auf das Pfeifen gemacht und beobachtete nun geradezu fasziniert, wie Silvana traumwandlerisch dem Lockruf folgte. Sie stieg auf den Deich, immer noch wie von einer Schnur unerbittlich in diese Richtung gezogen. Auf der Krone blieb sie stehen, stieß einen kleinen Schrei aus und schlug die Hand vor den Mund. Louise war neben sie getreten und entdeckte ebenfalls die Gestalt, die etwa hundert Meter von ihnen entfernt im Watt stand. Mit einer Hand hielt sie die Flöte an den Mund, mit der anderen vollführte sie eine einladende Geste.

Louise war beeindruckt. Von Weitem sah Momme tatsächlich aus wie Lutz von Winterfeld, als sie ihm im Foyer des Hotels zum ersten Mal begegnet war. Dunkelgrüne Wachsjacke, beiger Rollkragenpullover, Cordhose, halbhohe Stiefel, blaue Strickmütze.

»Papa?« Mehr kam nicht aus Silvanas Mund. Zuerst ein ungläubiges Flüstern, dann ein Schrei, der Louise zusammenfahren ließ. Mit dieser Reaktion hatten sie nicht gerechnet. Natürlich! Momme sah ja nicht nur aus wie Lutz von Winterfeld, sondern auch wie Jörn Klatte. Ein Fast-Ebenbild.

»Papa, Papa«. Silvana Hammerstein rannte den Deich hinunter, stolperte, stürzte, rappelte sich wieder auf und rannte weiter. Louise eilte hinterher, auch sie stolperte und schlug sich dabei das Knie auf einem scharfkantigen Stein auf. Sie richtete sich unter Schmerzen wieder auf und humpelte mühsam weiter.

Momme flötete und winkte und stand im Watt wie ein Fels in der Brandung.

Silvana verlangsamte ihren Schritt, je näher sie Momme kam. Dann hielt sie abrupt an, öffnete den Mund und kreischte wie von Sinnen: »Lutz? Das kann nicht sein. Du Dreckschwein, du bist tot! Ich hab dich doch im Watt liegen lassen. Krepieren solltest du!«

Louise war fassungslos. Und was war das? Etwas funkelte an Mommes Ohr. Hatte er schon immer einen Ohrstecker getragen? Sie konnte sich nicht erinnern. Aber es war genau das Accessoire, das ihn von Jörn Klatte unterschied und Silvana glauben ließ, Lutz von Winterfeld sei wiederauferstanden. Ihr stellten sich die Nackenhaare auf, der Plan hatte tatsächlich funktioniert. Und nun? In ihrem Knie klopfte und pochte der Schmerz.

Silvana hatte mittlerweile Momme erreicht. Louise konnte nicht hören, was er sagte, doch das wilde Gekreische Silvanas drang ihr schrill in die Ohren. Sie musste zu Momme. *Mon Dieu*, was, wenn Silvana eine Waffe bei sich hatte? Sie musste die Falle mittlerweile erkannt haben, so wie sie schrie und sich gebärdete, als Momme sie eben am Arm fassen wollte. Die Archäologin entwand sich dem Griff, stürzte davon, um nach wenigen Metern haltzumachen. Sie bückte sich, hob etwas auf und rannte dem ihr nachjagenden Momme wieder entgegen.

Louise humpelte, so schnell sie konnte. Der Schmerz trieb ihr Tränen in die Augen, diese verschleierten ihren Blick. Nur noch schemenhaft nahm sie wahr, wie Silvana den Arm hob und versuchte, mit irgendetwas auf Momme einzuschlagen. Sie rief, so laut sie konnte, um Hilfe, doch außer ihr, Momme und der Wahnsinnigen war niemand am Deich.

Mit einem Schrei unbändiger Wut stürzte sich Silvana auf Momme, hob den rechten Arm. Doch Momme war noch immer Polizist durch und durch. Er hatte natürlich den Angriff kommen sehen und war Silvana trotz seines Alters körperlich weit überlegen.

Als Louise mit einem Knie so dick wie eine Grapefruit

die beiden endlich erreichte, kauerte Silvana regungslos im Schlick, die Hände auf dem Rücken mit einem Kabelbinder fixiert, während Momme Solveig Olms und die Kollegen auf dem Festland informierte.

Louises Mitleid, das sie kurzfristig verspürt hatte, war verflogen. Am liebsten hätte sie Silvana noch einen Tritt in den Hintern gegeben. Doch sie ließ es natürlich bleiben. Momme steckte sein Handy ein und breitete die Arme aus, in die sich Louise mit einem erleichterten Schluchzen warf.

Kapitel 47

Im Radio trällerte Freddy Quinn das Wunschlied eines Hörers zum Geburtstag seiner Oma, *Junge komm bald wieder*, und Louise lag auf dem plüschigen Sofa in Fines guter Stube, unter dem rechten Knie ein dickes Kissen, neben sich auf dem Couchtisch einen Becher mit Erdtee, eine Eigenkreation Fines aus den Kräutern und Pflanzen, die in ihrem Garten wuchsen. Der Schmerz hatte nachgelassen. Dirk hatte das Knie geröntgt, nichts war gebrochen. Wenigstens etwas. Er hatte es als Patellakontusion diagnostiziert. Allein bei diesem Wort war Louise zuerst ein Schreck durch die Glieder und ein besonderer Schmerz durchs Kniegelenk gezuckt. *Nur keine Aufregung, das heißt nichts anderes als Kniescheibe geprellt. Hier ist was zum Einreiben, ich wickele dir was drum, und du hältst einfach mal eine Zeit lang still. Kein Rumgerenne, keine Verfolgungsjagden irgendwelcher Bösewichte. Hast du mich verstanden?*

Und da lag sie nun, zur Untätigkeit verdammt. Noch hatte Fine ihr keine Strafpredigt gehalten. Aber die kam noch, das war so sicher wie das Amen in der Kirche. Sie legte das Buch, einen uralten Krimi von Francis Durbridge, neben sich. *Melissa.* Auf dem roten Cover ein schwarzes Telefon, wie *grandmère* Clothilde noch eins besessen hatte, auf einem Hocker. In diesem Roman war eine Frau erwürgt worden, und der Ehemann, der verdächtigt wurde, hatte kein Alibi vorzuweisen. So ähnlich wie bei Marieke Schloot. Allerdings war deren Verlobter jetzt auf freiem Fuß, dank Louise und Momme.

Sie schloss die Augen, ließ alles noch mal Revue passieren. Sie sah sich noch zitternd an Mommes Seite, Silvana Hammerstein kniend und stumm im Schlick. Nach der ganzen Szene, die sie erlebt hatte, vermutete Louise, dass Silvana für nicht ganz zurechnungsfähig erklärt werden würde. Diese Frau war vollkommen *zinzin*, absolut plemplem. Man musste doch nicht gleich zur Mörderin werden, nur weil der Vater früh verstorben und man vom Geliebten verlassen worden war. Als Solveig Olms nach nur wenigen Minuten an Ort und Stelle gewesen war, hatte Momme ihr kurz die Situation erklärt.

Der Polizeioberkommissarin fiel die Kinnlade herunter. Schon wollte sie über Louise herfallen *Sie sind wohl von allen guten Geistern verlassen. Das ist Sache der…,* als Momme die Polizistin am Arm nahm.

»Jetzt beruhigen wir uns mal, nicht wahr, Frau Kollegin?« Schon plusterte sich Solveig Olms wieder auf, doch dann überlegte sie es sich anders. Sie nickte mit grimmiger Miene, schüttelte Mommes Arm ab und wandte sich nun endlich der wahren Missetäterin zu.

»Wurde aber auch Zeit«, murmelte Louise, die in diesen Minuten ihr schmerzendes Bein vollkommen vergessen hatte. Doch das Knie hatte sich wieder bemerkbar gemacht, pochend Louises Aufmerksamkeit gefordert.

Momme und Solveig Olms zogen Silvana wieder auf die Beine. Stumm, einer willenlosen Puppe gleich, ließ sie sich zum Wagen der Polizistin führen und hineinbugsieren. Momme kehrte zu Louise zurück.

»Kommst du alleine klar? Ich würde gerne mitfahren. Im Moment traue ich Siv alles zu. Wenn sie anfängt, im Wagen zu randalieren … Ich ruf Dirk an, er soll dich abholen und auch gleich verarzten. Ist das in Ordnung?«

Louise hatte nur genickt, Momme noch einmal fest an sich gedrückt und auf ihren Retter gewartet. Alleine hätte sie sich keinen Meter mehr vorwärtsbewegen können, geschweige denn, den Deich hinaufzukrabbeln. Dirk Claussen war zehn Minuten später da, ausgerüstet mit einer Thermoskanne, deren Inhalt ein heißer Tee mit einem guten Schuss Rum zumindest Louises Lebensgeister wieder hatte entfachen können. Fine hatte sie schon erwartet und ihr ein provisorisches Krankenlager im Wohnzimmer eingerichtet.

Und da lag sie nun. Im Kaminofen loderten die Flammen, eine wohlige Wärme erfüllte den Raum, und Louise wurden die Lider immer schwerer. Sie schreckte hoch, als jemand vorsichtig an die Wohnzimmertür klopfte. Da war sie doch tatsächlich eingedöst.

»Moin, Mademoiselle. Wie geht's?« Momme trat ein und betrachtete sorgenvoll Louise und ihr dick bandagiertes Knie. »Tut's noch weh?«

»Nein, geht schon wieder. Ich glaube, die Salbe, die Dirk mir gegeben hat, wird normalerweise in der Tiermedizin eingesetzt. Pferdesalbe oder so was. Aber es wird noch einige Zeit dauern, bis ich wieder normal gehen kann. Bis dahin soll ich die da benutzen.« Mit *die da* meinte Louise zwei Krücken, die an die Couch gelehnt waren. Sie rollte mit den Augen. »Und jetzt erzähl. Hast du Fine übrigens schon gesehen, sie ist ganz schön sauer auf uns.«

Momme nickte lächelnd. »Ja, wir haben eben in der Küche

geplaudert. Ein Wunder, dass du nicht wach geworden bist. Ich wusste gar nicht, dass Fine so laut werden kann. Aber jetzt ist wieder alles gut. Sie hat mich allerdings gewarnt. Noch so eine Detektivaktion... Die Konsequenzen hat sie mir allerdings noch nicht genannt«, gestand er schmunzelnd. »Ich soll dich nicht strapazieren, hat sie gemeint, aber sie gibt mir zehn Minuten, damit ich dir den Rest der Geschichte berichten kann. Im Moment ist sie in der Küche beschäftigt, sie kocht dir eine Gemüsebrühe.«

Louise spürte erst jetzt, welchen Hunger sie hatte. Gestern hatte sie keinen Bissen mehr heruntergebracht. Die Schmerzmittel hatten ausgereicht, sie noch auf der Couch in einen tiefen Schlaf fallen zu lassen. Fine hatte sie zugedeckt und es ihr so bequem wie möglich gemacht. Louise hoffte, die nächste Nacht wieder in ihrem Bett verbringen zu können. Und das Frühstück heute Morgen hatte ihr überhaupt nicht gemundet. Nach einer halben Scheibe Brot mit einem Klecks Marmelade war Schluss gewesen. Umso mehr grummelte ihr jetzt der Magen, als sie auch nur an die Suppe dachte. Schon glaubte sie, den verführerischen Duft von Zwiebeln, Lauch und Wurzelwerk zu riechen.

Momme setzte sich in den Sessel gegenüber. »Ich habe in den ganzen Jahren meines Berufslebens so etwas noch nicht erlebt. Sie saß ganz ruhig in Olms Wagen. Hat nichts gesagt, auf keine Frage geantwortet. Ab und zu hat sie leise etwas gemurmelt, was aber keiner von uns verstanden hat. Sie ist dann seelenruhig aus dem Auto gestiegen und hat sich einfach in Olms Büro auf den Stuhl gesetzt. Ich hab schon gedacht, wenn die wieder loskreischt... Wir haben ja noch nicht mal eine Arrestzelle auf der Insel. Wie ein Häufchen

Elend hat sie dagehockt. Dann fing sie an zu summen, keine Melodie, einfach nur so. Ich hatte den Eindruck, Solveig Olms war mit der Situation vollkommen überfordert. Also habe ich mich einfach vor Siv gesetzt und sie gefragt, warum sie das alles gemacht hat. Ich hab zuerst geglaubt, sie hört mich gar nicht. Vollkommen geistesabwesend. Dann hat sie hochgeschaut und gelächelt, ganz merkwürdig, so als wolle sie mir sagen, ich würde das alles sowieso nicht begreifen. Dann ging's los. Ihr Vater sei direkt im Elysium aufgenommen worden, er sei ein Held gewesen, dessen Seele im Himmel in eine neue Hülle gewandert sei, mit der er wieder auf der Erde erschienen wäre. Und das sei Lutz von Winterfeld gewesen. Nur eben nicht als Vater, sondern als Geliebter. Alles total wirr. Und Virgil habe es gewusst. Keine Ahnung, was sie damit sagen wollte. Virgil war ein Dichter der Antike, so viel weiß ich auch. Vielleicht hat er sich ja mal zum Thema Seelenwanderung geäußert. Dann sagte sie, Lutz wäre ihrer nicht mehr Wert gewesen, er habe sie im Stich gelassen und deshalb gehen müssen. Marieke Schloot muss wohl den Verdacht gehabt haben, dass Silvana den Tod von Lutz von Winterfeld verschuldet hat. Was sich genau zwischen den beiden Frauen abgespielt hat, wird sich hoffentlich noch zeigen. Ob Marieke Siv erpressen wollte? Wir wissen es nicht. Vielleicht wollte sie einfach nur Gewissheit haben, bevor sie ihren Verdacht der Polizei meldet. Siv hat sich nicht dazu geäußert, ich hab sie natürlich danach gefragt, aber dann summte sie wieder, und das war's. Nichts mehr, stumm wie ein Fisch.« Momme seufzte tief. »Das hat mich endgültig davon überzeugt, dass sie nicht mehr ganz beieinander ist. Doch das werden die Spezialisten zu entscheiden haben. Weißt du, trotz ihres mörderischen Tuns tut Siv mir unglaublich leid.«

Louise nickte zustimmend. Ihr erging es jetzt nicht anders. Silvana Hammerstein war eine gequälte Seele. »Auch wenn sie Lutz vielleicht im Wahn ermordet hat, so war aber doch der Tod von Marieke ein kaltblütiger Mord. Vielleicht werden wir nie erfahren, was Marieke wirklich beobachtet hat.«

»Darüber können wir im Moment nur spekulieren. Wie dem auch sei, ich war heilfroh, als die Kollegen da waren und sie mitgenommen haben. Solveig Olms ebenfalls. Und kein einziges Wort über Amtsmissbrauch mir gegenüber oder Ähnliches.«

»Was hatten denn deine Kollegen für einen Eindruck?«

»Keine Ahnung. Dann ging ja alles ganz schnell. Sie haben sie abgeholt, und sie ging brav mit. Wir beide werden natürlich noch angehört.«

»Also hat das alles überhaupt nichts mit diesem verdammten minoischen Siegel zu tun. Ich hatte tatsächlich an die Möglichkeit gedacht, dass Lutz von Winterfeld sterben musste, weil er Hammerstein nach dem Auftauchen des Siegels hätte wissenschaftlich widerlegen können, und Marieke Schloot aus demselben Grund. Eine total irre Geschichte.« Louise lehnte sich in ihrem Kissen zurück. Plötzlich musste sie lachen. »Bei all dem Schlimmen, was da passiert ist, eins muss ich dich noch fragen: Hab ich mir das eingebildet oder hast du tatsächlich einen Ohrstecker im Ohrläppchen getragen? Es hat da was geblitzt.« Sie beugte sich vor, kniff die Augen zusammen und studierte eingehend Mommes Ohren. »Soweit ich sehe, hast du noch nicht mal ein Loch im Ohr.«

Momme grinste zurück. »Mir tut das Ohr jetzt noch weh. Ich habe mir von meiner Cousine einen Clip stibitzt. Du hast mir von Winterfeld so exakt beschrieben, und da dachte ich, dieses kleine Accessoire macht mich noch glaubwürdiger. Es hat ja auch funktioniert. Allerdings saß der Clip so stramm, dass es mir fast das Blut abgedrückt hat. War ich froh, als ich ihn wieder abmachen konnte. Was ihr Frauen so alles erduldet für die Schönheit.«

Erneut öffnete sich die Wohnzimmertür. Fine streckte den Kopf herein. »Die zehn Minuten sind um. Möchtest du zum Essen bleiben, Momme? Es ist genug da.«

Ein ultimatives Friedensangebot, zu dem Momme nicht Nein sagte.

Kapitel 48

Eine Woche später war Louise zwar noch nicht ganz wiederhergestellt, aber die Krücken blieben nun unbenutzt in einer Ecke ihres Zimmers stehen.

Der letzte Oktobertag gab noch einmal alles, die Sonne blitzte mit aller Kraft vom Himmel. Louise saß im Garten in einem bequemen Korbsessel, eine, trotz der milden Temperaturen, mollige Decke über den Beinen. Sie blätterte in einer Kunstzeitschrift, die Momme ihr aus Husum mitgebracht hatte. Schwerpunkt war eine Stilllebenausstellung im *Frans Hals Museum* in Haarlem.

Sture stand mit geschlossenen Augen dösend am Gatter und gab einen zufriedenen Seufzer von sich. Louise lächelte. Vielleicht sollte sie sich einen kleinen Karren bauen, überlegte sie und legte das Heft zur Seite. Sture würde ihn ziehen, sie könnte die Insel bequem weiter erkunden, sich ein Picknick einpacken oder Einkäufe erledigen. Als ob Sture ihre Überlegungen telepathisch empfangen hätte, riss er seine braunen Augen auf, stieß ein empörtes Iah aus und trottete davon.

Vor ein paar Tagen hatte Louise endlich die befreiende Nachricht erreicht, dass Christine wieder bei vollem Bewusstsein sei. Noch dürfe sie keinen Besuch empfangen, man müsse jede Aufregung für Frau Evers vermeiden. Doch nächste Woche würde sie mit Fine nach Bremen fahren und der Freundin von all den Entdeckungen, Dramen und Tragödien berichten können. Louise stellte sich Christines Gesicht vor, wenn sie von dem noch existierenden minoischen Goldbecher erfuhr. Und dabei war der Brand im Werkstattatelier der Restauratorin tatsächlich nur ein Zufall parallel zu den anderen mörderischen Ereignissen gewesen.

»Louise, Post für dich.« Fine wedelte mit beiden Händen, in der einen eine Karte, in der anderen einen Brief. Sie legte ihrer Patentochter beides in den Schoß und strich ihr liebevoll über die Haare. »Jetzt kann es ja nicht mehr lange dauern, bis er wieder da ist«, meinte sie lächelnd und zeigte auf die Ansichtskarte, die die Freiheitsstatue zierte. »Na, dann lass ich dich mal wieder alleine.«

Louise drückte kurz die Karte an ihr Herz, öffnete dann aber zuerst den Briefumschlag. Es war der Ausdruck eines Zeitungsartikelentwurfs, der noch nicht erschienen war. Dazu ein kurzes Schreiben von Adrian Willner, dessen Erinnerungsvermögen wiederhergestellt war. Er habe an einem großen Artikel über die Minoer in Nordfriesland gearbeitet. Hier der Entwurf. Frau Dethlevsen sei einverstanden, und er dürfe als Erster den Goldbecher vorstellen. Das Siegel sei ja nun auch wieder in Kiel aufgetaucht. Er bedanke sich bei Louise für ihre Vermittlung und überhaupt für alles.

Louise faltete den Brief zusammen und steckte ihn zurück in den Umschlag. Wie nett von Adrian. Aber ein wenig drollig fand sie es schon, dass ein junger Journalist sich noch des altmodischen Briefeschreibens bediente. Dann nahm sie die Postkarte, hauchte ein Küsschen darauf und las.

Miss Liberty. Das Erste, was die Auswanderer sahen,
nachdem sie das Wagnis auf sich genommen hatten,
Amerika zu erreichen. Und das Letzte, was ich sehe,
bevor ich zurückfliege. Bin bald wieder da, bis dahin keine
Mörderjagd oder sonstige Dummheiten. Versprochen?
In Liebe, Chris.

Nein, bis dahin ganz sicher nicht, das konnte Louise versprechen. Aber dann …

Epilog

Antwerpen Herbst 1633

Vor fast dreizehn Jahren hatte er seine Heimat verlassen. Sie war nur noch eine Erinnerung für Sönke Brodersen. Er war nicht mehr nach Hause zurückgekehrt und würde es wahrscheinlich auch nicht mehr tun. Mit seinem Bruder Ogge hatte er sich heillos überworfen, sein Vater wollte nichts mehr von ihm wissen. Nur mit Levke hatte er noch Kontakt, sie ließ ihn von der Mutter grüßen. Und gerade Levke, die er so hintergangen hatte, hätte ihm doch besonders gram sein müssen.

Der Vater und Ogge verziehen ihm nicht, dass er einfach so verschwunden war. Er war in der Nacht aufgebrochen und hatte Tönning im Morgengrauen erreicht. Von dort war es ihm gelungen, zusammen mit zehn Schock Käselaiben, die ein Frachtschiff aufgenommen hatte, nach einer ungemütlichen Fahrt bei stürmischer See in Antwerpen zu landen.

In diesem Oktober feierte Sönke Brodersen seinen dreißigsten Geburtstag. Er war ein noch junger Mann. Nicht gebunden und kinderlos, geachtet in der Stadt und beliebt bei den Frauen. In diesen dreizehn Jahren in der Stadt seiner Träume war er zu einem, wenn nicht steinreichen, so aber doch betuchten und angesehenen Bürger Antwerpens geworden. Grundstock seines Erfolgs waren die Schätze Levkes gewesen, die er wie ein lumpiger Dieb an sich genommen hatte.

Sönke konnte an diesem Oktobertag nicht ahnen, dass im darauffolgenden Jahr fast seine ganze Familie ausgelöscht werden sollte. Lediglich Levke würde die Mandränke im Oktober 1634, die als Burchardiflut in die Annalen eingehen sollte, überleben. Mindestens achttausend Menschenleben sollte die Flut fordern.

Er klopfte an die geschnitzte Holztür des stattlichen Bürgerhauses, und ein Hausmädchen öffnete.

»Mijnheer?«

»Vrouw Clara Peeters bitte. Ist sie zu Hause?«

»Sie arbeitet in ihrem Atelier.«

»Das trifft sich gut. Ich möchte, dass sie ein Bild für mich malt.«

Das Mädchen führte Sönke Brodersen durch einen langen Flur, der an einer doppelflügeligen Tür endete. Die Angestellte klopfte, ging nach einer kurzen Aufforderung ins Atelier, um kurz darauf wieder zurückzukehren.

»Vrouw Peeters erwartet Sie«, teilte sie Sönke mit, nickte ihm zu und zog davon.

Sönke sah sich staunend um. Es war kein gewöhnlicher Raum, sondern eine Art Gartenzimmer. Das Licht flutete von drei Seiten durch eine Vielzahl fast quadratischer Fenster von mindestens drei Fuß Länge und Breite. Im Atelier roch es nach Farbe und Reinigungsmittel. Clara Peeters stand an einem kleinen Tischchen und war dabei, einen Pinsel auszuwaschen. Sönke wartete. Nachdem sie ihn zur Seite gelegt hatte, neigte die Künstlerin ein wenig den Kopf und sah Sönke aufmerksam und zugleich fragend aus graugrünen Augen an.

Clara Peeters war nur um wenige Jahre älter als er. Unter einem Malerkittel, der vorne geöffnet war, trug sie einen weiten roten Rock, der üppige Busen war in ein dunkelgrünes Samtmieder geschnürt. Ihr rotblondes Haar hatte die Malerin streng zurückgebunden, ein ebenfalls grüner Haarreif hielt die feinen Strähnen, die sich gelöst hatten, aus ihrem rundlichen Gesicht.

»Wie sind Sie auf mich gekommen, Mijnheer?«

»Ich habe ein Gemälde von Ihrer Hand bei van Uchelen gesehen. Der Hecht sah so frisch und natürlich aus, als hätte er eine Stunde zuvor noch am Haken gezappelt. Sie sind eine wunderbare Künstlerin, Clara Peeters.«

Die Malerin wurde bei dieser ungewohnten, fast intimen Ansprache rot. Sie stemmte die Arme in die kräftigen Hüften und lächelte. »Wer sagt Ihnen, dass es nicht so war? Und wem wollen Sie das Gemälde widmen?«, wollte sie dann wissen.

»Mir, ich mache mir mein eigenes Geburtstagsgeschenk. Ein Stillleben von Ihrer Hand, mijn vrouw Peeters, und das hier soll auf dem Bild einen beachteten Platz erhalten. Alles andere überlasse ich Ihrem Ideenreichtum.«

Neugierig beobachtete Clara Peeters, wie Brodersen aus einer umgehängten Ledertasche einen von einem dicken Tuch umschlossenen Gegenstand zog. Vorsichtig wickelte er ihn aus.

Keine Schamesröte, wie andere Frauen sie gezeigt hätten, schoss Clara Peeters in Gesicht. Voller Ehrfurcht nahm sie den goldenen Becher in die Hand, drehte ihn hin und her, hielt ihn ans Licht.

»Er ist wunderschön. So etwas habe ich noch nie gesehen. Wo kommt er her? Er ist alt, sehr alt nicht wahr? Und so perfekt gearbeitet. Und er soll auf Ihr Gemälde! Eine wunderbare Idee.«

Clara Peeters stellte den Goldbecher auf einer langen, hölzernen Tafel ab, auf der Pinsel, Lappen und Röhrchen mit Farbpulvern verstreut lagen. Sie nickte. »Ich sehe es vor mir, Ihr Bild. Ich freue mich auf die Arbeit.«

Und so fand das kostbare minoische Artefakt sein gemaltes Ebenbild in dem Stillleben einer flämischen Malerin. Clara Peeters ließ den goldenen Becher auf eine besondere Art lebendig werden. Und das Kunstwerk, das einst wohl minoische Seefahrer bis an Nordfrieslands Küste gebracht hatten, erfreute das Auge des Betrachters bis zu dem Tag, als es schnöde übermalt wurde. Doch ein weiteres Mal wurde es Jahrzehnte später wieder zum Leben erweckt, durch die Hand einer jungen Restauratorin, die dem Becher, im wahrsten Sinne des Wortes, zu seinem alten Glanz verhalf.

Als Sönke Brodersen hochbetagt verstarb, war sein letzter Wunsch, man möge ihm diesen Becher mit in sein Grab geben.

ENDE

Louise Dumas' Rezepte

Zur Auster – der Königin der Meere – bemerkte der Autor Jonathan Swift (1667–1745): *Es war ein mutiger Mann, welcher die erste Auster aß,* und Theodor Fontane (1819–1898) befand: *Wenn man die Wahl hat zwischen Austern und Champagner, so pflegt man sich in der Regel für beides zu entscheiden.*

Die einfachste Art, die Auster zu genießen: öffnen und schlürfen. Dabei rechnet man pro Person mit einem halben Dutzend Austern. Dazu passen ein trockener eisgekühlter Weißwein, aber auch ein trockener Sekt oder ein Champagner, und ein Stück Brot. Wer mag, kann das Austernfleisch mit Zitronensaft beträufeln, es mit einem Spritzer Tabasco würzen oder mit ein paar Tropfen einer klassischen Vinaigrette überziehen.

Ewas aufwendiger und für den Gaumen gedacht, der den Verzehr roher Auster (noch) scheut:

Eine festliche Vorspeise

Austern Rockefeller

(für 4 Personen)

24 Austern

3 EL Pastis

6 Schalotten

2 Knoblauchzehen

1 Scheibe Weißbrot oder Toastbrot

1 Handvoll Petersilie

3 EL Butter

400 g Blattspinat (frisch oder tiefgekühlt)

10 Scheiben Bacon

Worcestershiresoße oder Tabasco

Käse zum Gratinieren nach Belieben

▶ Den Backofen auf 200 °C vorheizen.

▶ Die Austern öffnen, aus der Schale lösen und das Austernwasser in einem Topf auffangen. Die Schalen in eine feuerfeste Form, deren Boden mit grobem Salz befüllt ist – damit die Schalen nicht kippen –, setzen.

▶ Schalotten, Petersilie und Knoblauch fein hacken, Spinat putzen (Tiefkühlspinat vorher auftauen und abtropfen lassen), in feine Streifen schneiden.

▶ Das Austernwasser aufkochen, die Austern darin ca. 30 Sekunden pochieren, dann zurück in ihre Schale setzen. Den Sud aufbewahren.

▶ Butter in einer Pfanne zerlassen, Schalotten, Knoblauch, Spinat und Petersilie andünsten, den Austernsud dazugeben, kurz einkochen lassen und das zerkrümelte Weißbrot hinzufügen. Mit Pastis und Worcestershiresoße (wer es schärfer mag, mit Tabasco) abschmecken.

▶ In einer zweiten Pfanne die Baconscheiben knusprig braten, im Anschluss in kleine Stücke brechen und zu der Gemüsemasse geben. Die Mischung auf den Austern verteilen, darüber etwas zerlassene Butter und, nach Belieben, geriebenen Käse geben.

▶ Die Austern im vorgeheizten Ofen ca. sieben Minuten gratinieren. Sofort servieren.

Köstlich, einfach, vegetarisch

Lasagne mit Schafskäse und Mangold
(für 4 Personen)

10 nicht zu kleine Mangoldblätter

3 Schalotten

4 Knoblauchzehen

Olivenöl

300 g Schafskäse

1 Handvoll Pinienkerne

1 Dose gehackte Tomaten

1 EL Tomatenmark

250 ml Crème fraîche

Lasagneplatten

Salz, Pfeffer, Thymian, Piment d'Espelette

Käse zum Überbacken (keinen zu kräftigen, da er sonst den Schafskäse übertönt), nach Belieben

▶ Mangold waschen und putzen, die Stiele in kochendem Salzwasser fünf Minuten blanchieren, dann die grünen Mangoldblätter dazugeben, weitere drei Minuten blanchieren, abgießen, abschrecken und ausdrücken. Den Mangold klein hacken, ebenso zwei Schalotten und drei Knoblauchzehen. Pinienkerne anrösten.

▶ Olivenöl erhitzen, Zwiebeln und Knoblauch andünsten. Mit dem Mangold, dem zerbröselten Schafskäse und den Pinienkernen vermengen, mit Salz, Pfeffer und Thymian abschmecken.

▶ Restliche Schalotten und Knoblauch hacken, in Olivenöl andünsten, Tomatenmark hinzufügen, kurz mitschwitzen lassen. Gehackte Tomaten dazugeben, alles 15 Minuten einkochen lassen. Mit Salz, Pfeffer und einer Messerspitze Piment d'Espelette abschmecken. Zuletzt die Crème fraîche unterrühren, nicht mehr kochen lassen.

▶ Eine Auflaufform ausfetten. Abwechselnd Tomatensoße, Lasagneplatten und die Mangold-Schafskäse-Masse hineinschichten. Mit der Tomatensoße abschließen.

▶ Bei 180 °C Umluft ca. 30 Minuten backen, nach Belieben mit dem geriebenen Käse bestreuen und weitere zehn Minuten überbacken.

Für den Fischfreund

Gefüllte Dorade

(für 4 Personen)

4 Doraden

3 mittelgroße Auberginen

4 EL Olivenöl

4 Knoblauchzehen

6 in Öl eingelegte getrocknete Tomaten

1 EL Zitronensaft

1 Ei

Salz, Pfeffer, Piment d'Espelette

▶ Den Herd auf 220 °C vorheizen. Die Auberginen waschen, trocknen und auf einem Backblech ca. eine halbe Stunde garen. Die Auberginen abkühlen lassen, die Haut abziehen, das Fleisch würfeln und zusammen mit dem Olivenöl, Zitronensaft, den getrockneten Tomaten, Ei, Salz, Pfeffer und dem Piment d'Espelette im Mixer pürieren.

▶ Den Backofen auf 200 °C vorheizen. Die Doraden mit der Farce füllen und in eine mit Olivenöl gefettete große Auflaufform oder ein tiefes Backblech geben. 25 bis 30 Minuten im Backofen garen.

Ein Lieblingsrezept von Louise

Kalbsleber auf Rotem-Zwiebel-Chutney

(für 4 Personen)

4 Scheiben Kalbsleber

50 g Mehl

1 kg rote Zwiebeln

5 EL Olivenöl

2 EL Butter

200 g brauner Zucker

150 ml dunkler Balsamicoessig

100 ml roter Portwein

Salz, Pfeffer

▶ Die Zwiebeln schälen und in schmale Ringe schneiden. In 3 EL Olivenöl andünsten, den braunen Zucker unterrühren, mit Essig und Portwein ablöschen. Ca. eine halbe Stunde bei geringer Hitze einkochen lassen. Mit Salz und Pfeffer abschmecken.

▶ Die Leberscheiben in Mehl wenden, überschüssiges Mehl abklopfen. Restliches Olivenöl und Butter in einer Pfanne erhitzen, Leber von beiden Seiten je drei Minuten braten. Zuletzt mit Salz und Pfeffer würzen. Zusammen mit dem Rote-Zwiebel-Chutney anrichten.

Sowohl zur Dorade wie zur Kalbsleber passt ein

Mediterranes Kartoffelpüree
(für 4 Personen)
1 kg Kartoffeln
Saft einer Biozitrone
250 g Crème fraîche
150 ml Olivenöl
1 Handvoll grüne oder schwarze Oliven
Fleur de Sel

▶ Die Kartoffeln schälen, in Stücke schneiden und in leicht gesalzenem Wasser garkochen. Grob zerkleinern, sodass das Püree etwas stückig bleibt.
▶ Die Oliven in Scheiben schneiden.
▶ Das Püree mit Zitronensaft, Crème fraîche und Olivenöl verrühren, die Oliven dazugeben und mit Fleur de Sel abschmecken.

Bon appétit!

Danksagung

Mein Dank gilt:

- Georg, Arlena und Biggi – meine ersten Leser und Kritiker
- der Literarischen Agentur Kossack, danke Nadja und Lars für die Herberge
- Nora Haller, die mir Louise entlockt hat
- Patricia Czezior, die Louise ebenfalls unter ihre Fittiche genommen hat
- Sandra Lode, der kein fehlendes Komma entgeht
- Erika Behrens und Regina Lützen, meinen Plattdeutsch-Übersetzerinnen
- dem Rungholtmuseum Bahnsen, das die Geschichte Rungholts erlebbar macht
- dem Warft Café und der Nordsee Lodge auf Pellworm, die mir ihre Namen und Louise ihre Küche zur Verfügung stellen
- Frizz Feick, einem Pellwormer, dem nichts entgeht
- Angela und Manu, denen ich nicht nur einen guten Schlaf zu verdanken habe
- Heike und Thomas, die dafür sorgen, dass man auf einer Insel nicht lesen sondern auch hören kann
- und nicht zuletzt allen Bewohnerinnen und Bewohnern der zauberhaften Insel Pellworm, die mir meine Fragen beantworten, den Weg weisen und mich willkommen heißen